Ladrona de guante negro

ANASTASIA UNTILA

Ladrona de guante negro

Grijalbo

Primera edición: mayo de 2023

© 2023, Anastasia Untila
© 2023, Penguin Random House Grupo Editorial, S. A. U.
Travessera de Gràcia, 47-49. 08021 Barcelona

Printed in Spain – Impreso en España

ISBN: 978-84-253-6495-2
Depósito legal: B-5.826-2023

Compuesto en La Nueva Edimac, S. L.

Impreso en Romanyà Valls, S. A.
Capellades (Barcelona)

GR 6 4 9 5 2

A María, mi editora, porque tan solo te bastaron diez segundos para enamorarte de esta historia. Gracias por todo

Prólogo

Milán, Italia

No se sentía cómoda. No quería estar ahí, pero las puertas siempre se encontraban cerradas; todas las habitaciones, todas las ventanas… Como si fuese una pequeña cárcel, un infierno de paredes pintadas en colores pastel para aquellos niños que habían perdido a sus padres. Niños huérfanos y abandonados por la decisión de un destino cruel.

Y Aurora, con tan solo cinco añitos cuando aterrizó en el Orfanato della Misericordia, sentía que se estaba ahogando en un mar infinito y que, por más que lo intentara, no lograba salir a la superficie. Aquello despertó en ella un sentimiento que nunca había experimentado y cada noche, mientras observaba los demás rostros dormidos, se preguntaba cuántos segundos harían falta para que la madre superiora, la más despiadada de las monjas, parara de respirar y se ahogara en ese mismo mar negro, frío y sin vida.

Dejó que el tiempo siguiera su curso. Ahí, rodeada por un ambiente que la consumía, no se percató de que ya había pasado un año desde que lo había pisado por primera vez. Pronto fueron dos, incluso tres. Tres años hasta que encontró la manera de salir para acariciar esa libertad que tanto ansiaba. Aprendió a escaparse sin ser vista y a regresar a su cama en medio de la oscuridad, como si nunca hubiera pasado nada.

Hasta que una noche la descubrieron.

Y el castigo fue atroz.

Las monjas la habían destrozado tanto por dentro como por fuera. Rota, vacía... Una criatura desamparada a la que deberían haber cuidado, pero a quien acabaron arrebatándole la infancia.

«Quiero irme a casa», pensó la pequeña de ojos verdes en la noche de su décimo cumpleaños mientras dejaba escapar la única lágrima que se había permitido soltar, la que encerró toda su tristeza para que no siguiera afectándola. Quería regresar, volver con sus padres, pero, nadando en su vaga memoria, se golpeó contra la realidad al percatarse de que ya no tenía casa y tampoco padres. No tenía nada, a nadie, y ya llevaba cinco largos años viviendo en el silencio de aquel lugar. Los pocos recuerdos que conservaba los había enterrado sin remordimiento dejando que ese nombre con el que habían empezado a llamarla formara parte de ella. Permitieron que en esa niña de diez años creciera la más oscura de las tormentas y se reflejara la amenaza que habitaba en su mirada, lo que provocó que creara una identidad que, sin saberlo, pronto se convertiría en su salvavidas, un escudo negro, sombrío, mortal..., que la protegería del mundo. Aurora no iba a seguir encerrada, pero tampoco pensaba someterse ante aquellas señoras de ropas ridículas, aunque sonriera haciéndoles creer que sí, pues de eso trataba la supervivencia: de procurar que su corazón siguiera latiendo a pesar de encontrarse vacío.

Después de aquel castigo que la marcó, dejó transcurrir el tiempo necesario para que bajaran la guardia y una noche, tras asegurarse de que todo el mundo se encontraba en el más profundo de los sueños, volvió a escaparse de esas cuatro paredes. Deambuló por las oscuras calles de la ciudad italiana sin una pizca de miedo y cuando se acercó a ese callejón, como si esa misma oscuridad la estuviera llamando, se escondió al observar a un grupo de hombres vestidos de negro. No sabía qué hacían, pero intuía que no era nada bueno.

No retrocedió, no hizo nada; permaneció oculta hasta que uno de ellos se dio cuenta de su presencia. Cualquier corazón habría empezado a bombear con frenesí, pero el de Aurora siguió tranquilo.

—Sal de ahí, *principessa* —le pidió uno de los hombres, y no dudó en regalarle una sonrisa llena de encanto, aunque cargada de maldad. Una sonrisa elegante que la invitó a acercarse. El hombre se sorprendió cuando la niña dio un paso hacia él sin dudar—. ¿Qué haces aquí? Sola, de noche… ¿Dónde están tus padres?

Aurora negó con la cabeza y él se limitó a esbozar otra mueca, una mera curvatura de los labios que escondió un pensamiento fugaz, pues el tipo con quien se encontraba hablando dirigía una de las organizaciones ilegales que controlaban el territorio italiano. A Giovanni Caruso, el *capo* de la Stella Nera, le bastaron unos pocos segundos para darse cuenta del potencial que encerraba su mirada y ahí mismo, en ese callejón negro que apestaba a humedad, se asignó la misión de entrenarla y convertirla en un activo para él.

—¿Estás sola? —preguntó agachándose para ponerse a su altura. Los demás miembros del grupo no se movieron, aunque tampoco dudaron en estirar el cuello para oír lo que fuera que su jefe le estuviera diciendo a esa niña de pelo negro.

Giovanni esperó una respuesta que no llegó, aunque vio que la niña elevaba ligeramente la barbilla.

—Es peligroso que merodees por aquí —añadió. El italiano volvió a sonreír ante el silencio—. ¿Cómo te llamas?

—Me llaman Aurora —se limitó a decir, y no dudó en torcer la cabeza sin dejar de mirarlo.

—Aurora —repitió acariciando ese nombre que daba la sensación de pertenecer a la realeza—, ¿te gustaría venir conmigo?

La niña de larga melena y ojos verdes no se lo pensó dos veces cuando asintió con la cabeza y le dio la mano al *capo*, que se convertiría en su mentor y en las puertas hacia la libertad que siempre había anhelado. Aurora no volvió a pisar el orfanato. Las monjas tampoco se molestaron en denunciar su desaparición y pronto se olvidaron de ella, como si nunca hubiera existido.

Con el paso de los años, Giovanni la moldeó a su capricho potenciando sus habilidades dormidas además de corregir la inestabilidad que habitaba en su interior. Al menos eso creía él, pues a Aurora nadie la podía dominar, y si actuaba siguiendo sus órdenes era porque resultaba la única forma de sobrevivir. Solo hacía falta que se presentara el momento adecuado para recuperar ese control que había congelado. Un momento que, tarde o temprano, llegaría. Bastaba que fuera paciente, que mantuviera esa impulsividad dominada hasta que ella misma rompiera las cadenas.

1

Milán, Italia
Noviembre de 2017

A las ocho de la mañana la ciudad parecía ser esclava del tiempo. En realidad, a las ocho de la mañana todas parecían serlo.

Aurora frenó su andar deteniéndose en mitad de la calle y observó los rostros cansados a su alrededor: personas que necesitaban volar para no perder el metro, otras que se habían levantado con el pie izquierdo y algunas presas de la rutina laboral, aunque la gran mayoría intentaba no perder la máscara de felicidad que se habían colocado nada más abrir los ojos.

Las ignoró a todas.

No se tomaría la molestia de apartarse hacia un lado, pues había dejado de afectarle lo que la gente pensara de ella. Tampoco sentía lástima ni afecto, incluso se había olvidado de lo que significaba el amor. Al fin y al cabo, esos sentimientos no le servían de nada en ese mundo donde su alma desolada deambulaba por las oscuras calles siguiendo las órdenes del *capo*, la persona que la había acogido ocho años atrás y la había coronado como la princesa de la muerte.

Alzó la cabeza hacia aquel cielo gris que se extendía por la ciudad mientras el gélido viento teñía sus mejillas de un suave rosado. Entonces cerró los ojos durante escasos segundos para dejar que el invierno la refugiara entre sus brazos. Por primera vez en mucho tiempo los pequeños copos de nieve se habían dignado a aparecer con su clásica entrada: danzando unos con otros para cubrir las calles de un blanco impecable.

Aurora alzó la palma de la mano desnuda hacia el cielo deprimente y no tardó mucho en capturar un copo y verlo sucumbir al tacto de su piel. Negó de forma sutil con la cabeza mientras volvía a esconder las manos en los bolsillos y reanudaba la marcha con el objetivo de volver a casa. «Casa», pensó mientras se entremezclaba con la multitud. Una casa sin chimenea ni cenas navideñas, sin regalos debajo del árbol… Sin risas, sin paseos ni salidas al cine. Una casa sin amor, vacía; una casa gris que solo ofrecía un plato de comida y un techo donde resguardarse de la lluvia. El lugar al que Aurora se dirigía no era un hogar, pero sí lo más parecido a ello. Nunca se había quejado, pues sabía que tampoco le serviría de nada. En esas cuatro paredes debía limitarse a obedecer, ser una oveja más del rebaño, asentir a cada orden y asumir los encargos que los demás no querían: la entrega y recogida de paquetes.

Y eso estaba haciendo. Había recogido un paquete, cuyo contenido desconocía, que debía llevarle a Giovanni, su jefe, el *capo* de la Stella Nera, una organización criminal que se escondía tras una empresa de fabricación de papel y cartón. Giovanni Caruso era inteligente y sabía cómo ocultar sus huellas, cómo camuflarlas para que ni la misma policía descubriera la tapadera que, desde hacía años, funcionaba a la perfección. El italiano se estaba haciendo de oro y nadie parecía darse cuenta.

Descendió hacia el subsuelo de Milán y no tardó en adentrarse en uno de los vagones del metro. No obstante, se arrepintió en el mismo instante en que las puertas se cerraron y el hedor la golpeó de lleno.

Resguardada en un rincón, nunca había deseado tanto bajarse en la siguiente parada y caminar el trayecto que le restaba. Lo que tenía claro era que, si alguien se atrevía a acercarse demasiado o a levantar el brazo a menos de medio metro, le daría un puñetazo en la nariz y esa nariz no tendría más remedio que acabar en el hospital.

Fijó la mirada durante los primeros minutos, pero la curiosidad no tardó en apoderarse de ella y terminó por explorar todo el vagón. Observó a una señora a lo lejos cuyo perro pronto se volvería azul de lo mucho que lo apretaba contra su cuerpo, como si temiera que algún desalmado se lo quitara para vendérselo a una pareja feliz que no tuviera idea de razas. Sus ojos fisgones siguieron su exploración y sonrió sin poder evitarlo al apreciar a la única persona que sostenía un libro ensimismada en el mundo ficticio que relataban sus letras; ajena a la realidad, a la rutina y a cualquier tipo de responsabilidad.

Siguió paseando la mirada y pronto se dio cuenta de las intenciones de un niño que, despacio, se estaba acercando a la señora del perro, cuyo abrigo de piel parecía ser caro aunque en realidad era de imitación. Desde el rincón donde se encontraba la joven de pelo negro, con la espalda apoyada contra el metal y escondida entre los cuerpos sudorosos, apreció la pequeña mano intentando colarse en uno de los bolsillos del abrigo.

Aurora dejó escapar el aire por la nariz mientras pensaba en los errores que estaba cometiendo.

Número uno: La ubicación de la dama no era la más adecuada, pues por lo menos se encontraba rodeada de ocho personas cuyos ojos acusadores no dudarían en delatarlo.

Número dos: El perro. ¿A quién se le ocurría meter la mano con la probabilidad de que acabara mordida y llena de babas?

Y error número tres: La inexistente seguridad y habilidad del muchacho. Era evidente que lo hacía por pura desesperación.

Aurora contempló lo que sabía que pasaría. El intento de robo había sido un completo fracaso, una chapuza, pues el animal había empezado a ladrar, la señora se había vuelto, asustada y el chico, que no tendría más de doce años, no había hecho más que disimular y bajarse segundos más tarde para desaparecer del escenario del delito. «Patético», pensó poniendo los ojos en blanco, imaginándose que ella habría salido victoriosa del robo de esa misma cartera. El problema era que Giovanni la mantenía atada y bajo su atenta vigilancia. Lo único importante que le permitía hacer era justo eso: entregar y recoger paquetes. Simples encargos. Estaba harta, sentía que estaban desperdiciando sus habilidades en tonterías.

Dejó escapar el aire de nuevo mientras contaba otra vez cuántas paradas faltaban. Cuatro, cuatro paradas y podría volver a respirar aire puro. Con suerte, en unos meses, Giovanni le permitiría de nuevo moverse en moto y ya no tendría que estar respirando a medias y con la nariz protegida bajo el jersey.

La base de la organización se encontraba en una calle desierta, de esas que se consideran peligrosas cuando el sol desaparece.

Cualquiera se habría llevado la mano al pecho al saber que habían dejado que una jovencita de dieciocho años caminara por esos lares sola y envuelta en la oscuridad. Sin embargo, nadie podía intuir que la encantadora Aurora y esa oscuridad se habían vuelto amigas y que el peligro no habitaba en el lugar, en esa calle, sino en ella misma y que se había adueñado de su mirada esmeralda.

Siguió caminando con una tranquilidad amenazante e intercambió algunas miradas con las pocas personas que ahí se encontraban, como si ese gesto bastara para mantenerlas alejadas de ella.

—Hola, Aurora —saludó la mujer de la recepción con una dulce sonrisa una vez que la muchacha se adentró en el edificio. Esa sonrisa los escondía ante el mundo, la máscara que la Stella Nera debía mantener para no levantar sospechas.

La joven se limitó a devolverle el saludo con un movimiento de cabeza y continuó su camino hasta llegar a las catacumbas de la organización.

Existía una zona, la más alejada de aquel edificio industrial, pensada para los miembros que no tenían dónde dormir. Aurora vivía ahí, con ellos, cada uno en una habitación individual. También disponían de un pequeño gimnasio y algunas salas de reuniones y ocio, además del despacho de Giovanni Caruso, ubicado en la segunda planta y adonde ahora ella se dirigía.

Aurora mantenía un trato cordial con los demás, nunca se había mostrado interesada en crear ningún tipo de relación de amistad o de afecto; sin embargo, había una persona a quien le permitía acercarse un poco más y con quien compartía alguna que otra conversación más íntima: Nina D'Amico, la sobrina de Giovanni. Se trataba de una chica igual de temeraria que ella y cuyo veneno se escondía en su amplia sonrisa y en los ojos de cachorrillo. Nina era una víbora, un arma letal para sus enemigos. Ese era el motivo por el cual ambas se llevaban tan bien, porque eran iguales y se habían reconocido como tales en el instante en que Aurora había puesto un pie en la organización.

Y como se llevaban bien, no dijo nada cuando Nina se puso a su lado.

—¿Qué tal hoy? —preguntó la Rubia. «Rubia», como algunos solían llamarla, aunque su color de cabello tirase más a un castaño claro.

Aurora se encogió de hombros sin dejar de caminar hacia el despacho.

—Rutinario —respondió—. Fácil, aburrido, sin chiste alguno. No entiendo por qué tengo que seguir haciendo estos encargos. Ya no soy una novata.

—Ya sabes que son órdenes de Giovanni... ¿Has probado a hablar con él?

—Es ahí a donde voy, a su despacho.

La muchacha de ojos oscuros le regaló una sonrisa compasiva, pues ya podía intuir el resultado de aquella conversación. Su tío no cedía con tanta facilidad, menos cuando se trataba de Aurora, pero tampoco quería impedirle que hablara con él. Estaría presente en cualquiera de los escenarios para mostrarle su apoyo, pues comprendía lo que sentía su amiga. Giovanni no parecía darse cuenta de que Aurora era un dragón hambriento que necesitaba volar.

—¿Quieres que te acompañe? A lo mejor puedo suavizar la situación.

—¿Lo harías?

—Claro; me ofende que lo dudes —aseguró la Rubia esbozando una pequeña sonrisa—. Además, piénsalo bien: podríamos ir juntas a las misiones, entrenar, planificar las estrategias, las reuniones... Tienes que convencerlo, Aurora. Imagínate cuando llegue el momento de infiltrarte por primera vez, será una experiencia inolvidable.

No quería seguir escuchándola, pues sentía como si le estuviera restregando por la cara todo eso a lo que Aurora rogaba que Giovanni accediera. Dejó escapar un profundo suspiro mientras trataba de alejar ese pensamiento de su cabeza. Nina solo quería ayudar, persuadir a su tío y que ella se convirtiera en su compañera de aventuras, para lo bueno y para lo malo.

—Voy a hablar con él —respondió la joven en el momento en que se detuvo delante de su puerta. Dos golpes en la madera preguntando si podía entrar, pero no oyó respuesta alguna—. ¿Ha salido?

Nina se encogió de hombros y la muchacha probó de nuevo. Esa vez fue el propio Giovanni quien abrió dando un paso hacia atrás para que ambas se adentraran en su humilde morada. Desde ahí controlaba todo el edificio y la organización al completo.

—Tengo tu paquete —empezó a decir mientras sacaba de la mochila una caja envuelta en un papel marrón algo desgastado. Podría haberlo abierto, ver lo que escondía y haberlo vuelto a cerrar, pero el *capo*, además de inteligente, era observador y se habría percatado al instante—. ¿Podemos hablar?

Giovanni echó un rápido vistazo a Nina, quien no había dudado en sentarse en uno de los sillones delante de la mesa. Así era ella, directa, además de entrometida.

—¿De qué se trata, *principessa*? —Ese apodo que había surgido ocho años atrás y que todavía seguía utilizando. Nina se reclinó en el asiento de cuero y se aclaró la garganta mientras que Aurora prefirió quedarse de pie sin romper el contacto visual con su jefe.

—¿Confías en mí? —A Giovanni le sorprendió la pregunta, pero asintió al instante con la cabeza mientras le permitía continuar. Quería ver hacia dónde dirigiría la conversación—. Te he demostrado mi lealtad mil veces, ¿por qué sigues dándome esos encargos? Sabes que estoy perfectamente capacitada para llevar a cabo una misión real. Me has enseñado bien, he entrenado y practicado por mi cuenta. —Aurora quiso añadir algo, pero se quedó callada cuando percibió el tinte de desesperación que había surgido en su tono de voz; sin embargo, no dudó en agregar—: No puedes mantenerme atada por siempre.

La sobrina del *capo* parpadeó rápido al darse cuenta de lo que había dicho su compañera, pues sabía que a su tío no le gustaba que le dijeran lo que debía hacer. Giovanni se puso de pie apoyando las manos llenas de anillos sobre la mesa de roble diseñada por encargo.

—Aurora. —Daba igual los años que pasaran, su nombre le seguiría pareciendo majestuoso—. Te sugiero que no vayas por ese camino.

—¿Por qué?

—Porque no. —La voz de Giovanni sonó dura, imponente, con la clara advertencia de quien no va a seguir escuchando más tonterías. Eso hizo que no se percatara de que había utilizado la peor expresión de todas, una que la chica no toleraba en absoluto—. Todavía no estás lista —decidió añadir al observar que su mirada había cambiado a una más oscura, más temeraria, más inestable.

—No lo sabes, ni siquiera me has dado la oportunidad de demostrártelo.

—He dicho que no.

—*Zio* —intervino Nina pensando que él se ablandaría con su voz—. Deja que lo intente, que vaya conmigo. Estaré con ella en todo momento.

El *capo* no daría su brazo a torcer, pues, en el momento en que dijera que sí, perdería el control que tenía sobre Aurora, y no podía permitir que su carácter rebelde saliera a flote. Se había esforzado durante años para mantenerlo a raya y no iba a dejar que todo el trabajo se fuera al traste. La joven huérfana tenía un potencial que pocas veces había visto. Él mismo se había encargado de modelarlo, pero todavía no era el momento de que viera la luz. Ya llegaría; tarde o temprano se encargaría de las misiones más importantes, pero él decidiría cuándo, no Aurora ni su sobrina.

—La respuesta sigue siendo la misma. —Continuó mirando fijamente a Aurora—. Vigila el tono, *principessa*; no querrás atenerte a las consecuencias, créeme. Será un no hasta que yo decida lo contrario, ¿está claro? Y ahora, fuera de mi despacho.

Ni siquiera cruzó miradas con su amiga, y mucho menos con su mentor. Salió de la habitación sintiendo una furia creciente en su interior, como si una pequeña llama rojiza le susurrara al oído que se marcara una salida triunfal: un portazo que se oyera por todo el edificio, como un rugido, y eso fue exactamente lo que hizo. Demostró lo enfadada que estaba y, cegada por la rabia, sus pies la llevaron hasta el gimnasio.

Ignorando los ojos curiosos de los demás, dejó el abrigo en el suelo sin preocuparse de dónde, pues lo único que ahora captaba toda su atención era aquel saco de boxeo envuelto en cuero negro. Iba a destrozarlo; quería hacerlo, pero, antes de que descargara el primer puñetazo, una voz detrás de ella la detuvo. Era la de un miembro de la organización con quien Aurora había conversado algunas veces.

—¿Y esa cara? —Intentaba hacerse el gracioso—. ¿La *principessa* no ha dormido bien? Parece que vayas a matar a alguien.

Delante del *capo* nadie se atrevía a referirse a ella con ese apodo, y mucho menos a mofarse, pero cuando sus ojos no miraban, cuando él no estaba ahí, algunos se creían con el valor suficiente para reírse y bromear al respecto.

Decidió que aquella iba a ser la última vez, y esas dos esmeraldas que tenía por ojos pronto se volvieron negras. No iba a aguantar sus provocaciones de nuevo y no le hizo falta mucho más para que su puñetazo cambiara de dirección y acabara en la nariz del muchacho. Un golpe directo, sin miedo, fuerte; a pesar de la diferencia de peso y altura, la princesa de la muerte había conseguido abatirlo sin mucha dificultad.

Lo que nadie esperaba era que a ese primer golpe le siguieran otro, y otro, y otro… Aurora se había subido a su regazo y no podía detenerse. La bomba de su interior había explotado y las palabras de Giovanni no dejaban de danzar en su cabeza. «He dicho que no». Siempre era «no»; siempre encadenada, presa de sus deseos, de sus exigencias. Encerrada de nuevo entre esas cuatro paredes que, aunque no fueran de colores pastel, seguían siendo paredes.

Lo único que había pedido era un poco más de libertad. ¿Qué había de malo en eso? ¿Por qué todo el mundo se empeñaba en pisotearla? No era una muñeca ni un títere… No tenía ningún hilo con el que controlarla. Había sobrevivido al abandono de sus padres, a esos cinco años de humillaciones, maltratos y castigos en el orfanato; había perdido su infancia y a su familia sin derramar una sola lágrima. No había nacido para cumplir órdenes, no: había nacido para darlas, para rugir su nombre al mundo y que se la oyera.

Nadie se atrevió a acercarse a separarlos, salvo una persona: Giovanni, quien no dudó en agarrarla por la cintura para evitar que la disputa acabara siendo una carnicería.

El *capo* irradiaba enojo, su mirada lo confirmaba, y estaba enfadado con todos, pues ninguno había sido capaz de intervenir. También sentía furia hacia Aurora, que se había rebajado a la inmadurez de los demás, pero, sobre todo, estaba rabioso consigo mismo porque debería haberlo intuido. Lo peor de todo era que la joven no había apaciguado su temperamento y seguía retorciéndose entre sus brazos, tratando de seguir con la pelea.

—¡Suficiente! —gritó él, y eso bastó para que Aurora saliera de su trance, de su burbuja de caos y destrucción—.

¡¿Qué mierda te pasa?! —Al italiano ni siquiera le importó regañarla delante de todos, hasta que se percató de ese detalle. Manteniendo el brazo de Aurora firme en su agarre, se dirigió a Nina—: Ocúpate de Rinaldi, haz que alguien le vea esa nariz. Los demás ¿no tenéis nada mejor que hacer? ¡A trabajar!

Pero antes de que el líder volviera la cabeza para marcharse y mantener una conversación con su rebelde discípula, Rinaldi se levantó, todavía sangrando, con la única intención de amenazar a la mujer que acababa de romperle la nariz. Nina quiso intervenir, ordenarle que se estuviera quieto; no obstante, Giovanni fue mucho más rápido que ella. Él no vaciló y tampoco le tembló el pulso cuando le apuntó con el arma.

—¿Querías decir algo? —Su voz sonó tranquila, aunque intimidante. No iba a permitir que nadie se atreviera a cuestionar su palabra.

—No, señor —murmuró bajando la cabeza, totalmente sometido aunque incapaz de resistirse a mirarla y enfrentarse a esos ojos verdes.

Giovanni guardó el arma y, sin una sola palabra más, salió del gimnasio manteniendo la tenaza en el brazo de Aurora, que lo acompañaba rígida solo de pensar en las consecuencias de sus actos.

De nuevo en el despacho, él se mantuvo callado mientras buscaba el botiquín de primeros auxilios. Hizo que Aurora ocupara uno de los sillones para arrodillarse delante de ella y curarle los nudillos ensangrentados. Durante varios minutos Giovanni se mantuvo concentrado en su tarea bajo la atenta mirada de la muchacha.

—Lo siento —murmuró.

El italiano soltó un profundo suspiro para que ella lo oyera.

—¿Lo dices de verdad?

—No debí hacerlo —confesó—. Ir contra Rinaldi, pero estaba… enfadada.

—No puedes dejar que esa impulsividad te domine. —Por primera vez desde que habían vuelto al despacho, Giovanni alzó la cabeza para encontrarse con sus ojos, carentes de expresión, que lo único que evidenciaban eran unas disculpas vacías—. Aprende a respetar mis decisiones, es la última vez que te lo digo. Y controla esa violencia, sé más inteligente.

Aurora se mordió la lengua para acallar lo que iba a decir. En su lugar, asintió mientras se miraba las manos vendadas.

—Perdón —repitió, aunque no lo sintiera.

—La semana que viene entregarás otro paquete, pero esta vez te acompañará Nina, ¿está claro? —ordenó, aunque aquello había sido una sugerencia de su sobrina—. No quiero oír ninguna queja al respecto. Ahora vete y procura mantenerte lejos de Rinaldi.

—¿Temes que me haga daño?

Giovanni negó con la cabeza.

—Temo que se lo hagas tú a él.

Aurora mantenía la nariz dentro del cuello del jersey. De nuevo se encontraba en el metro, pero esta vez acompañada por Nina. Ya habían entregado el paquete y se disponían a regresar a casa. «Rutinario, aburrido y extremadamente fácil». Las palabras no dejaban de rondarle por la cabeza; sin embargo, decidió mantenerse en silencio, no rechistar ni poner mala cara. Lo único que la calmaba era pensar que algún día llegaría el momento. Su momento.

—¿Quieres que hagamos algo esta noche? —sugirió la Rubia—. Hace un mes que no salimos.

Aurora se encogió de hombros mientras se lo planteaba.

No estaría mal ir a algún sitio, bailar toda la noche, gastar la energía acumulada y, tal vez, acabar en la cama de alguien. Hacía mucho tiempo que no disfrutaba, que no se permitía dejarse llevar.

—¿Tienes algo en mente? —preguntó, y dejó que Nina hablara. Sin poder evitarlo, la mirada de Aurora empezó a viajar por aquel vagón pestilente mientras la voz de su acompañante se convertía en un murmullo de fondo.

Recordó al niño de la semana anterior, cómo había tratado de robar la cartera de la señora y había fracasado en el intento. De pronto, una idea le cruzó la mente. ¿Y si...?

—¿Me estás escuchando? —se quejó su compañera—. ¿Qué miras?

—Disimula —la avisó, dejando que sus ojos adquirieran un brillo de diversión poco usual—. ¿No has dicho que estabas aburrida?

Nina frunció el ceño mientras trataba de entender las intenciones de su amiga. No sabía lo que pretendía, pero no tardó mucho en averiguarlo. Sus gestos pronto la delataron y nadie pareció darse cuenta cuando la ágil mano de Aurora se coló en uno de los bolsillos del pasajero que tenían al lado, demasiado distraído con la pantalla del móvil como para percatarse de que se había quedado sin cartera.

—¿Qué? —preguntó Aurora una vez que su víctima bajó del vagón.

—¿Qué haces?

—¿Tienes algún problema?

La Rubia se quedó callada ante el tono y observó la intención de su compañera de repetir la hazaña.

—No tientes a la suerte —advirtió—. Que te haya funcionado una vez no significa que te salga bien una segunda.

—Es divertido. —Se encogió de hombros—. Además, no creo en la suerte, nunca nos hemos llevado bien.

Sabía que aquello iba a acabar mal y no se quería imaginar lo que diría su tío si llegaban a atraparlas o si la policía intervenía. No, no podía permitir que sucediera, que Aurora fuera tan irresponsable y que su inmadurez no la dejara razonar. Trató de impedírselo, de decirle que parara, pero fue demasiado tarde: ya se había hecho con una nueva cartera. No obstante, tal como había predicho, la señora se dio cuenta y los gritos no tardaron en oírse por todo el vagón.

Nina D'Amico no supo si esa suerte, la que Aurora parecía repudiar, las había ayudado, pero gracias a ella consiguieron salir antes de que las puertas del metro se cerraran y dejaran a la histérica señora en el interior. Las dos muchachas empezaron a correr hasta que la luz del día les dio la bienvenida de nuevo.

Atravesaban el parque cuando la más temeraria de la dos dijo mientras investigaba ambas carteras:

—Quiero repetir.

—¿Estás loca? —Nina la frenó deteniéndose en mitad del camino terroso—. ¿Eres consciente de lo que habría pasado si la policía nos hubiera detenido? Piensa en mi tío, en la organización.

—Ya, pero no ha pasado nada.

—Has sido muy imprudente, Aurora; por eso Giovanni no te da ninguna misión, porque solo piensas en ti.

—¿Imprudente? —Lo sintió como una bofetada. Empezó a caminar dejándola atrás, pero no sin antes decirle—: Tal vez lo sería menos si me dejarais hacer algo.

No quería oír ni una palabra más. Se había dejado llevar, no lo podía negar, pero nunca se había sentido más viva. Su cuerpo seguía eufórico, a tope de adrenalina. Nadie las había detenido, se encontraban en pleno parque caminando con exquisita calma, ¿por qué seguía regañándola?

Nina intentó llamarla, alcanzarla, pero ella ni siquiera

se volvió. Siguió su camino sin dejar de pensar en lo que acababa de hacer, en cómo ese simple robo había avivado su llama abriendo una puerta que ya no querría cerrar jamás y en que, sin saberlo, aquello había supuesto el principio de su identidad, de su historia.

Ese robo chapucero e improvisado fue el inicio de todo.

2

¿Se lo contaba o mejor no? ¿Le decía que había robado un par de carteras u omitía el detalle? Esas dos preguntas no dejaban de deambular en la cabeza de la joven ladrona. Debía resolverlas antes de plantarse delante de Giovanni para decirle que había efectuado correctamente la entrega.

Nina se mantenía a su lado, aunque en completo silencio.

Desde la pequeña disputa en el parque ninguna de las dos había dado el brazo a torcer, y tampoco lo harían, pues el orgullo era un enemigo difícil de combatir.

Se dirigieron escaleras arriba hasta su despacho. Aurora mantenía las manos escondidas en el interior de los bolsillos, temiendo que alguien descubriera lo que había hecho y se lo contara a su jefe. Empezó a negar con la cabeza; se lo diría ella, nadie más. No permitiría que su versión de la historia se viera manchada con mentiras que empeoraran la situación. Le haría ver de lo que era capaz además de demostrarle que, si desarrollaba esa agilidad singular que residía en sus manos dormidas, podría proponerse objetivos más ambiciosos, convertirse en algo más que en una simple carterista; tal vez en una ladrona que dominara a la perfección el arte del hurto. Ese pensamiento inocente provocó que una fuerte emoción la atravesara.

—¿Entras conmigo? —preguntó Aurora girándose hacia su amiga.

—Nos ha mandado a las dos. —Se encogió de hombros haciéndole ver lo evidente. Tenía claro que no se mantendría al margen si su tío descubría lo que había pasado en el metro.

Aurora golpeó la madera con los nudillos y esperó unos segundos antes de que la áspera voz del *capo* se dejara oír desde el interior para que pasaran. Abrió la puerta con delicadeza, aunque mostrando una seguridad de la que Giovanni se percató al instante. Este dejó de prestar atención a los documentos que descansaban en la mesa e, inclinándose en la silla, empezó a retorcer la pluma de oro que sujetaba en la mano, como si no tuviera nada mejor que hacer.

—¿Ocurre algo? —preguntó aclarándose la garganta mientras observaba a las dos muchachas.

—Veníamos a decirte que el paquete se ha entregado correctamente y que he robado dos carteras en el metro. ¿Que eso no es nada? Es lo más probable, pero he introducido la mano sin que apenas lo notaran —murmuró con una firmeza que dejó atónito al jefe de la Stella Nera—. Para que veas que puedo hacer algo más que entregar y recoger paquetes, y que sigues manteniéndome en el banquillo cuando podrías aprovechar todas mis habilidades.

En aquel momento Aurora se estaba ofreciendo en una bonita bandeja de plata para que Giovanni se replanteara las tareas que le asignaba. Ella quería fuego y adrenalina, acción. Sin embargo, no acababa de comprender que lo que Giovanni temía no era que no pudiera salir viva de las misiones, sino que su egocentrismo y su carácter indomable hicieran que todo el equipo acabara pagando sus actos.

—¿Dos carteras?

—Antes de que me demuestres lo enfadado que estás, piénsalo, ¿de acuerdo? Llevo aquí ocho largos años en los que no he hecho nada salvo entrenar y dominar todas las técnicas que me has enseñado. Me has convertido en una máquina capaz de acabar con el mundo, pero sigo encerrada y con las manos atadas a la espalda. Las he robado —dijo poniendo las carteras sobre la mesa— porque quiero que sepas que no tengo miedo y que puedo hacer cualquier cosa que me proponga. —Giovanni se estaba conteniendo y no podía dejar de contemplar esas dos piedras preciosas que tenía en la mirada—. Te aprecio, Giovanni, y te doy las gracias por haberme traído hasta aquí, pero recapacita antes de que tome la decisión de marcharme y de que no nos volvamos a ver.

Sin atreverse a intervenir, Nina atendió a cada palabra que salía de la boca de su compañera, palabras que nunca habría imaginado que fuera a decir. Se hizo a un lado dejando que Aurora saliera de la estancia con el punto final todavía revoloteando por el aire. Podía notar la conmoción en el rostro de su tío, pues lo había dejado perplejo y con una máscara de seriedad enganchada a la piel. ¿Qué había sido todo aquello? ¿Qué acababa de decir? ¿Marcharse?

La Rubia se percató de la intención de Giovanni de levantarse e ir a por Aurora, pero se lo impidió plantándose delante de él y poniéndole la palma de la mano sobre el pecho. Tenía que contarle lo que de verdad había sucedido en el metro, pues no había ido tan bien como su amiga quería hacerle creer. Casi las habían atrapado y había sido cuestión de suerte que hubieran conseguido escapar dejando a esa señora en el interior del vagón. Giovanni debía saberlo y actuar en consecuencia, así que se lo dijo, lo soltó todo; además, le aseguró que ella siempre iba a querer lo mejor para Aurora y que se pensara muy bien los siguientes pasos.

—Haré lo que crea necesario. —Eso fue lo único que dijo antes de salir del despacho con su sobrina detrás.

Aurora se había encaminado directamente a la zona que, con frecuencia, denominaban «la cafetería», aunque no se tratara de una, pues no había vitrinas llenas de dulces, tampoco plantas que decoraran el lugar; el suelo no era de parquet y las sillas no estaban acolchadas. Su cafetería era una habitación, no tan pequeña, con cuatro mesas largas y sillas plegables de un color azul espantoso, además de una luz blanca parpadeante que producía un sonido difícil de ignorar.

Había acabado ahí, en la esquina de una de esas mesas, con un vaso desechable lleno de un café que ni siquiera disfrutaba. Tal vez era porque, en el fondo, sabía que el *capo* no tardaría en aparecer delante de ella, aunque el primer lugar donde empezaría a buscarla sería en su habitación. Quizá, de manera inconsciente, quería que esa búsqueda tardara todo lo posible.

Giovanni Caruso apareció en la cafetería antes de lo que ella había previsto y sus gritos no tardaron en oírse. Estaba enfadado, y también molesto, y la culpable era de nuevo Aurora. La furia se palpaba en su rostro cuando se acercó a su discípula para agarrarla con fuerza del brazo y llevarla al centro de la habitación.

—¿Te das cuenta de lo irresponsable que has sido? ¡¿Quieres que esta organización se vaya al traste por tus ansias de protagonismo?! —rugió dejando que su voz atravesara el espacio.

Nadie se atrevió siquiera a respirar.

—Giovanni... —trató de decir Aurora con la intención de deshacerse de su agarre.

—¡Nada! No te consiento ni una palabra. ¿Qué pretendías? ¿¡Qué cojones pretendías!? ¿Te crees con derecho a hablarme de esa manera e irte sin más? —Aurora no se arriesgó a abrir la boca; era la primera vez que lo veía a punto de ebullición, tan irritado, con la decepción bailándole en los ojos—. No te olvides de que no estás sola: perteneces a una organización y cualquier error que cometas puede tener consecuencias nefastas. ¿Ni siquiera te has planteado que podríamos haber acabado en la cárcel por una tontería improvisada?

—*Zio* —intentó decirle su sobrina apoyando la mano en su hombro, pero en aquel momento Giovanni no atendía a razones. Estaba fuera de sí—. Al final no ha pasado nada, no ha...

—¡No! —Parecía como si sus ojos se hubieran bañado en un carmín oscuro y, aunque su voz había bajado un registro, seguía siendo letal, incluso más que cuando gritaba—. No tenías por qué hacer nada. Te lo advertí la semana pasada y me has ignorado por completo. —No hacía falta que dijera más, todo el mundo conocía el castigo que había detrás de aquellas palabras; no obstante, Giovanni dictó sentencia igualmente. En alto. Delante de todos—: Al pozo. Sin comida ni agua hasta nuevo aviso.

No hubo ninguna reacción. Tampoco se atrevieron a soltar el aire ante la mención del castigo más cruel que podría existir y, por primera vez en mucho tiempo, Aurora sintió un picor en los ojos que amenazaba con dar rienda suelta a las lágrimas que había estado conteniendo.

—No —negó ella con la cabeza; echó un paso hacia atrás, pero el agarre del *capo* la mantuvo quieta en su posición—. Lo he hecho mal, lo sé; por favor, al pozo no;

por favor, no me encierres, no me hagas esto, por favor... —Sintió las rodillas desfallecer, el cuerpo entero le pedía sentarse.

A Aurora la habían castigado varias veces a lo largo de su vida. Sabía lo que el pozo significaba; nunca había entrado, pero era consciente de ello. Y había suplicado, en silencio y más de una vez, no tener que experimentar nunca lo que Giovanni ahora quería que sintiera. Él se había visto abocado a elegir el último recurso, la opción que haría que su pequeña, porque así la percibía, entendiera al fin que no estaba sola y que sus actos improvisados nunca le traerían nada bueno ni a ella ni a los que se encontraran a su alrededor.

—Todo tiene consecuencias —repitió y se encontró con la mirada de Rinaldi, que estaba deseando aislarla en esa oscuridad—. Llévatela.

—¡No! ¡Ni se te ocurra tocarme! —Se podía notar la desesperación en su voz, pero nadie hizo nada, nadie se movió, e ignoraron sus súplicas desgarradoras.

Rinaldi empezó a arrastrarla hacia la planta inferior, rumbo a aquella habitación maloliente que no tenía nada excepto la trampilla oxidada en el suelo.

—Vamos, *principes*... —Ni siquiera se dio cuenta de lo que iba a decir cuando la mano del jefe le impactó directamente en la nuca.

—La próxima vez te cortaré la lengua.

Asustado, el muchacho asintió porque sabía que no se trataba de ninguna expresión metafórica. Lo haría, le cortaría la lengua sin que le temblara el pulso, porque así era como funcionaba una organización criminal, y Giovanni sabía a la perfección cuándo tocaba amenazar y cuándo dar una felicitación acompañada de una palmada en el hombro.

Aurora trató de resistirse durante todo el camino, probó

a escabullirse de su agarre, pero las lágrimas le nublaban la visión y sus piernas parecían no querer responder. No tenía fuerzas, ya no le quedaban; así que Rinaldi tuvo que cargarla sobre el hombro hasta que llegaron a la habitación del infierno.

—Por favor... —musitó con un doloroso suspiro—. No me encierres ahí.

Se encontraban los dos solos porque el *capo* sabía que su hombre no desacataría la orden.

—No tengo todo el día —dijo después de abrir la trampilla—. O entras por las buenas o lo harás por las malas.

Pasaron unos segundos durante los cuales el muchacho perdió toda la paciencia que le quedaba. La agarró por ambos brazos y no se lo pensó dos veces cuando la arrojó a la oscuridad. Se lo había advertido, así que no tuvo más remedio que recurrir a la fuerza bruta. Aún recordaba el enfrentamiento de la semana anterior, unos segundos más y se habría quedado sin nariz, así que el remordimiento pasó de largo cuando cerró la trampilla y la dejó ahí, en ese espacio de tres metros cuadrados, maloliente, húmedo y lleno de suciedad.

Los gritos de Aurora vibraron, una vez más, cuando el hombre abandonó la habitación.

Y, si Nina los hubiera escuchado, estaba segura de que se habría enfrentado a su tío sin que le importaran las «consecuencias». Necesitaba creerlo, aferrarse a algo para sobrevivir en esa ratonera llena de desesperación.

—Te va a odiar cuando salga de ese agujero —reprendió la Rubia a su tío mientras caminaba a su lado dejando atrás la cafetería. Todo el mundo se había quedado estupefacto, siempre habían creído que Aurora era intocable—. ¿De verdad es necesario? Sácala de ahí.

—No. —Giovanni se iba a mantener firme en su postura.

—Te odiará —le aseguró de nuevo—. No será la misma

y no la vas a poder recuperar. Lo que ha hecho en el metro ha estado mal, pero siempre se pueden encontrar otras soluciones.

—Nina, no pienso cambiar de parecer, así que ahórrate el sermón. —Se detuvo delante de ella—. Aurora permanecerá castigada hasta que yo diga lo contrario, y no hay más que hablar. ¿No lo entiendes? Lo estoy haciendo por su bien, porque, si dejo que continúe así, en el futuro será imparable, y eso la acabará destrozando.

En ese instante, Nina se percató de algo: la voz de su tío traslucía una preocupación que muy pocas veces había mostrado con nadie.

—No la dejes ahí mucho tiempo —murmuró al cabo de unos segundos.

Giovanni asintió antes de marcharse. La dejaría el tiempo que considerara necesario.

Pasaron varias horas, casi un día completo, hasta que el jefe ordenó que abrieran la trampilla. Sabía con exactitud cuánto tiempo había transcurrido y pensó que Aurora habría tenido el suficiente para reflexionar con tranquilidad. Incluso creyó, durante una milésima de segundo, que se disculparía. Sin embargo, negó con la cabeza cuando la observó desde lo alto; ella ni siquiera lo miró a los ojos.

Se había equivocado por completo, así que le ordenó a Rinaldi que cerrara de nuevo la trampilla.

Aurora no movió ni un músculo del cuerpo y mantuvo las rodillas contra el pecho mientras dejaba que esa negrura la engullera hasta que ya no quedara nada de ella. Una lágrima silenciosa viajó por su mejilla, todavía húmeda, y empezó a contar de nuevo: «Uno, dos, tres..., diecisiete, dieciocho..., cincuenta...». Necesitaba mantener la mente ocupada, dejar de pensar que no tenía cómo salir y que no vería la luz hasta que Giovanni diera la orden. Su vida dependía de ello y cuando sucediera esperaba poder cerrar la nueva grieta que había surgido.

Se acurrucó un poco más mientras intentaba ignorar esa soledad insoportable que no dejaba de enfrentarla y que no paraba de recordarle que nadie llegaría a quererla. Al fin y al cabo, sus propios padres la habían abandonado en aquel miserable orfanato, las monjas habían hecho de su vida un infierno y su mentor la había encerrado en el más oscuro de los agujeros. ¿Qué les había hecho ella para que se comportaran de esa manera? Tan despiadados, atroces, insensibles... Seguía siendo una niña que necesitaba que le brindaran un poco de amor, no pedía mucho más. Tampoco necesitaba que alguien estuviera pendiente de ella a cada segundo del día, pero sí que le demostrara que estaría a su lado por encima de todo.

No.

Se mordió el interior de la mejilla mientras hacía que esas frágiles lágrimas desaparecieran de su rostro. Se bastaba para brindarse el amor que necesitaba. Nadie más. Porque el mundo era cruel y Aurora tendría que serlo mucho más para sobrevivir a la dura vida que le esperaba.

Dándole la mano a la oscuridad, en ese preciso momento decidió que no dejaría que nadie le fuera un paso por delante. Tenía que ser mucho más inteligente que sus enemigos y colocarse una máscara negra que reconocieran y temieran. Quería que su nombre se convirtiera en una leyenda de mil versiones distintas y coronarse como la mayor criminal de todos los tiempos: Aurora, la princesa de la muerte; Aurora, la ladrona de joyas más buscada; Aurora, la ladrona de guante blanco.

Negó con la cabeza, blanco no. Repudiaba ese color tan claro, angelical, tan inocente... Ella no era un ángel, sino todo lo contrario: una tormenta de fuego capaz de arrasar con todo y con todos, bastante le habían arrebatado ya como para permitir que siguieran haciéndolo. Su color era el negro, como su alma, como la oscuridad que la rodeaba, como la noche misma. Se sentía segura entre las sombras y así se lo haría saber a los demás. Que no tentaran a esa oscuridad y mucho menos la provocaran, porque atacaría sin pensárselo dos veces.

Se esmeraría para que todo el mundo reconociera sus guantes negros, empezando por el *capo* de la organización, que había ordenado que la encerraran porque pensaba que había perdido el control sobre ella. Un control que nunca había existido, pues siempre se había tratado de un vulgar espejismo. Había llegado el momento de que Aurora se levantara y destrozara el cristal que la contenía; iba a romper las cadenas que la limitaban y conseguiría avivar esa llama que dormitaba en su interior. No iba a permitir que nadie más, ni siquiera Giovanni, volviera a aplastarla. Ella sola se protegería y dejaría que el resto del mundo se pudriera. No iba a suplicar, tampoco a arrodillarse; de hecho, no se arrodillaría ante nadie. Jamás.

Lo único que debía hacer ahora era ser paciente y aguardar el tiempo que fuera necesario hasta que la luz volviera a darle la bienvenida.

Las manecillas del reloj no cesaron de girar hasta que esa luz artificial y parpadeante se abrió camino hacia los pies de Aurora, que se apoyaba en la pared mohosa y fría para erguirse cuan alta era. Giovanni asomó la cabeza para verla, pero la princesa de la muerte permaneció oculta detrás de aquella pared de ébano. Esperaba a que el telón desapareciera por completo para que, por fin, comenzara el espectáculo.

—¿Tienes algo que decir? —preguntó él tanteando el terreno.

Aurora esperó unos segundos antes de responder:

—Lo siento. —Era la primera vez que había hecho que sus disculpas no sonaran vacías—. No debí hacerlo.

Despacio, se situó por completo debajo de la luz y dejó que el *capo* viera la máscara que se había colocado escasos segundos antes, una que le haría verla más doblegada, sometida a él, asustada y, sobre todo, totalmente arrepentida.

—Vuelve a desobedecerme y te encerraré de nuevo.

Estaba convencida de que eso no volvería a pasar, de que antes lo encerraría a él, así que, continuando con la función, dejó que el cervatillo asustado hablara por ella.

—No lo haré —aseguró con temor.

Giovanni quedó convencido con su respuesta y ordenó a Rinaldi que la sacara de allí. Segundos más tarde, volvió a encontrarse con esa mirada esmeralda sin identificar que algo en ella había cambiado.

—Ve a darte una ducha, *principessa*. Pediré que te traigan algo de comer mientras tanto —sugirió sin dejar de mirarla, contemplando las consecuencias de varios días sin comida ni agua en aquel agujero oscuro y sucio.

Aurora se aseguró de tener la máscara bien puesta mientras se dirigía a su habitación. Algunos la contemplaron sin decir una palabra mientras observaban la suciedad de su piel; sin embargo, lo que más temieron fueron sus ojos carentes de vida, unos ojos que escondían una amenaza implacable.

Dejó que el agua corriera por su cuerpo a la vez que mantenía las manos sobre la pared llena de azulejos y apreciaba la mugre que caía hasta desaparecer por el desagüe. Lo había engañado, se había tragado cada palabra. Sus labios se curvaron en una sonrisa burlona y llena de maldad, pues lo que iba a hacer a continuación sería culpa de su jefe, no suya.

Se enfundó unos pantalones negros, la camiseta del mismo color, y se guardó una pistola en la parte de atrás. Ni siquiera se molestó en secarse el pelo; salió de la habitación, cerró la puerta detrás de ella y empezó a caminar por el edificio hasta que encontró a su objetivo, que se volvió al notar su presencia. La sonrisa le desapareció de los labios cuando vio a Aurora apuntándole con el arma.

—Piensa bien lo que vas a hacer —murmuró Rinaldi con el miedo saltando en los ojos—. Nos conocemos desde hace años, piéns...

Ni siquiera pudo acabar la frase; a Aurora no le tembló el pulso cuando hizo que la bala viajara hacia su frente. Un tiro perfecto, decidido, firme.

Lo acababa de matar delante de los presentes y su mirada no cambió cuando contempló sus ojos abiertos, su cuerpo desangrándose en el suelo... Era la primera persona a quien le había arrancado la vida y no había sentido nada en absoluto al hacerlo.

Nina D'Amico no tardó en llegar al gimnasio después de haber oído el disparo. Su tío corría detrás de ella imaginándose lo peor. Y así fue. Observaron el charco de sangre alrededor del cuerpo inerte de Rinaldi, el tiro que tenía en la frente y a la persona que lo había matado aún agarrando la pistola.

—¿Qué...? —trató de decir la Rubia sin poderse creer lo que estaba viendo—. ¿Qué has hecho? ¿Por qué lo has matado? —Sus ojos se mantenían abiertos, confundidos. Sentía el corazón bombear con fuerza.

Pero Aurora mantuvo los ojos fijos en el *capo*, sin apartarlos; una mirada que sería capaz de mandarlo al infierno si llegaba a proponérselo.

—La próxima vez que me encierres quien recibirá el tiro

en la frente serás tú. —La muerte se había adueñado de su voz mientras la profunda negrura danzaba en sus ojos, brillante, queriendo más, como si se tratara de una droga letal.

Giovanni había perdido por completo el control de la situación. No pensaba con claridad, no con lo que acababa de pasar. Aurora lo había engañado y ahora se encontraba ahí, al borde de la histeria.

—Fuera —murmuró, pero nadie dio un paso—. ¡FUERA! ¡Todo el mundo fuera!

Incluso obligó con la mirada a que su sobrina se marchara. Segundos más tarde, el gimnasio se quedó vacío y la respiración de Giovanni se volvió irregular.

—Te lo dije. —Aurora se encogió de hombros obviando por completo que, a pocos metros, había un cuerpo carente de vida. Sin embargo, esas palabras consiguieron desquiciar por completo a Giovanni.

—¿Te lo dije? —repitió incrédulo—. ¿Sabes lo que acabas de hacer? ¡¿Lo sabes?!

La joven negó con la cabeza, pero no porque no lo supiera, sino porque no iba a permitir que le levantara la voz de esa manera. Alzó la pistola de nuevo y le apuntó con ella.

—Vigila el tono porque ahora mismo no estoy para aguantarlo. Me has mantenido ahí abajo durante tres días. Tres. —Hizo énfasis y dio un paso hacia él cuando vio su intención de decir algo—. Podrías haber conseguido grandes cosas conmigo, pero desaprovechaste cada oportunidad. ¿Pensabas que esa idea tuya de contenerme funcionaría?

—Lo hacía por tu bien —respondió él sin dejar de mirarla.

Aurora esperó unos segundos antes de decir:

—Tenemos dos opciones: o me voy y no me volvéis a

ver en vuestra vida o empezamos a trabajar juntos como la familia que somos.

—¿Crees que dejaría que te marcharas?

—No pienso permitir que intentes someterme de nuevo, ¿queda claro? —Estaba harta de que el italiano aún pensara que tenía poder sobre ella, que creyera que podría hacer que se plegara a sus órdenes de nuevo—. Ordena que alguien me ponga una mano encima y acabo con él. No creo que te guste la idea de seguir quedándote sin hombres. —El jefe se mantuvo en silencio, por lo que Aurora aprovechó para añadir—: O me voy o trabajamos juntos de igual a igual.

Giovanni desvió la mirada un instante para volver a encontrarse con la de ella, la chiquilla de dieciocho años que todavía sostenía el arma en la mano.

—¿Qué propones? —preguntó, y observó la amplia sonrisa en su rostro.

—Pienso convertirme en la ladrona de joyas más buscada del mundo.

Esa seguridad, junto a las palabras que había pronunciado, hizo que una pequeña alarma sonara en la mente del jefe, una que intentó disimular.

—¿Por qué joyas?

—Poder, riqueza, prestigio… —Aurora se limitó a encogerse de hombros sin saber que esos objetos pronto se convertirían en su debilidad—. Todo ladrón necesita un equipo detrás. Tú me buscas las joyas de más valor y yo las robo. Piénsalo, ambos salimos ganando. ¿Qué me dices?

La joven empezó a bajar el arma al percibir en la mirada de Giovanni que aceptaría; solo faltaba que lo dijera en voz alta.

—No será fácil.

—Me gustan los retos —aseguró ella.

Aún no lo sabían, pero acababan de firmar una alianza

que se volvería indestructible con el tiempo. Aurora había conseguido su objetivo y ahora tenía libertad absoluta para hacer lo que quisiera, incluso arrasar el mundo entero si lo deseaba. Sus ojos verdes nunca habían brillado tanto como en aquel momento.

3

París, Francia
Marzo de 2022

Estaba cometiendo el atraco número treinta y siete.

Rodeada de franceses confundidos y asustados, la sutil sonrisa de su rostro podría haberla delatado, pues acababa de robar el anillo recién subastado por casi seis millones de euros. Un atraco sencillo, fácil, que no le había supuesto ningún tipo de complicación. Ahora tenía que esperar al momento adecuado para desaparecer entre las sombras y huir de la escena del delito por la puerta grande.

Observó el reloj en lo alto de la sala. Unos segundos más y el comienzo del espectáculo permitiría que la ladrona de guante negro se moviera entre la multitud sin que pudieran verla. Había mejorado esa habilidad con el tiempo, ya que, tras cinco años, había aprendido a pasar inadvertida y huir con una gracia y agilidad envidiables.

Las luces se apagaron de repente, las exclamaciones de angustia no se hicieron esperar y Aurora pudo salir de la sala de subastas para encontrarse con una de las calles parisinas más transitadas: la avenida de los Campos Elíseos. Aprovechando el alboroto e, incluso, pecando de un exceso de confianza, la tranquilidad con la que caminó hasta su moto podría haberla puesto en peligro, pero sabía lo que estaba haciendo. Junto a Giovanni y Nina había calculado ese golpe infinitas veces: cada variable, escenario y movimiento.

Cuando las sirenas empezaron a oírse, ni siquiera se inmutó, así que, tras colocarse el casco, totalmente negro, aceleró por la avenida dejando que comenzara una divertida persecución. Podía sentir el anillo por debajo de la chaqueta de cuero, la fría gema acariciándole la piel, mientras alcanzaba una velocidad infernal para dejar atrás varios coches de la gendarmería. La ladrona nunca perdía la ventaja mientras seguía la ruta marcada, una que esquivaba todas las cámaras de tráfico. No pudo evitar sonreír al pensar que se volverían locos al rastrearla por las grabaciones tratando de dar con una mísera miguita de pan que les permitiera seguirle la pista.

Aurora era un fantasma para las organizaciones policiales, un cuerpo sin rostro que no lograban identificar. Lo único que sabían, y era porque ella así lo había querido, era el título con el que el mundo entero la conocía: la ladrona de guante negro. Era el apodo con el que los propios periodistas habían empezado a nombrarla por el objeto que la propia Aurora iba dejando: un guante negro a cambio de la joya robada. Un guante pequeño, delicado, que habían concluido que pertenecía a una mano femenina.

Las sospechas se cumplieron cuando, en el atraco número dieciséis, la joven de ojos verdes envió una nota anunciando su llegada. Y firmó, precisamente, con ese nombre.

Desde entonces, la ladrona se había encargado de convertir cada robo en un auténtico espectáculo.

Asegurándose de haber esquivado los coches que la seguían, empezó a aminorar la velocidad para virar hacia una calle oscura y estrecha, el punto de encuentro que le serviría para huir de la ciudad y regresar a casa. Dejó la moto en una esquina del callejón y la tapó con plásticos negros y bolsas de basura. A pesar de esconderla de los ojos curiosos, todavía suponía un cabo suelto que no podía ignorar; por eso había dejado órdenes para que, horas más tarde, se la llevaran al desguace y la convirtieran en chatarra.

Nunca dejaba nada al azar, el mínimo error implicaría acabar en una cárcel de máxima seguridad. Además, mancharía su reputación y el respeto que se había ganado durante todo este tiempo perdería su valor. Por eso no permitía que nadie traspasara su barrera; si algún enemigo, cualquier persona que perteneciera a la justicia, llegaba a descubrir su verdadera identidad...

Ni siquiera quería imaginarlo.

El viaje de regreso a Milán le había servido para acabar con la lectura que tenía pendiente desde hacía semanas. Por lo general, sus preferencias se centraban en ensayos y novelas policiacas y de misterio, pero esa vez, cuando leyó en la librería la sinopsis del libro que le había llamado la atención, no pudo evitar comprárselo. Relataba un mundo fantástico junto a una historia de romance y, aunque tuvo sus prejuicios, su vena curiosa le susurró que lo intentara, que se sumergiera en sus letras para vivir lo que ella misma se sentía incapaz de experimentar.

Lo había disfrutado, no quería negarlo, y ese libro había hecho que acabara con una sonrisa en el rostro, deseando empezar la segunda parte.

Aurora escondía sus pequeños placeres de los ojos y oídos de los demás. Para quienes la conocían y sabían a qué se dedicaba, sus gustos y aficiones eran un completo misterio. La ladrona no solo era reservada, desconfiaba de todo y de todos, y no contaba precisamente con el don de la comunicación, sino que solo hablaba cuando lo creía necesario. Ninguno se salvaba, ni siquiera Giovanni ni su sobrina.

Sin embargo, todo el mundo posee una debilidad, y Aurora había desarrollado un vínculo único con el pequeño animal que había rescatado de la calle casi dos años atrás. La gata, a la que bautizó como Sira después de ponerle un collar de diamantes, se encontraba ahora bajo el cuidado de Giovanni, esperando el regreso de su dueña.

Como era habitual, justo cuando Aurora puso un pie en la base de la Stella Nera, Sira apareció sigilosa y moviendo la cola con elegancia para que su dueña la cargara al hombro y la abrazara. Esa fiera de pelaje suave bañado en azabache toleraba la cercanía de los demás, pero solo permitía que la levantara en brazos la princesa de la muerte.

—¿Cansada? —preguntó Nina con un bol de fruta en la mano—. Por cierto, deberías enseñarle modales a Sira, ¿tú has visto lo que me ha hecho? —se quejó mostrándole el arañazo que tenía en el brazo—. Podrías cortarle las uñas, ya de paso.

Aurora empezó a caminar con la gata en el brazo izquierdo mientras la acariciaba con la otra mano.

—A lo mejor la has cabreado —sonrió—. Ya sabes que es muy peleona.

—Ya, pero a mí me conoce desde que la trajiste.

—También tiene un carácter difícil. —En realidad, a Aurora le dio igual que Sira la hubiera arañado—. No te acerques a ella.

—¿Esa es tu gran solución? —Nina arqueó las cejas viendo que su amiga se limitaba a encogerse de hombros—. Supongo que la dejarás en casa cuando salgamos esta noche.

No se trataba de ninguna pregunta y Aurora no se molestó en responder algo tan obvio. Nunca la llevaba a esos lugares.

Llegaron al despacho de Giovanni un par de minutos

más tarde y entraron sin molestarse en advertir de su presencia. Aurora dejó a la gata en el suelo antes de aproximarse a la mesa para colocar el anillo de diamante azul delante del *capo*.

—Ninguna complicación —murmuró refiriéndose al robo. Nina se dejó caer en uno de los sillones sin dejar de observar al demonio negro deambular por la habitación.

—Es una verdadera exquisitez. —Los ojos del italiano se mantenían absortos en la piedra de aquel azul tan pálido—. Nos quedamos el anillo.

—¿Estás seguro? Podríamos ganar bastante, teniendo en cuenta el precio con el que han cerrado la subasta.

—¿Cuánto?

—Seis millones —respondió.

—Hay muchos interesados —intervino Nina con una manzana en la mano—. Si quisierais que publicara el anuncio —no se refería al lugar que todo el mundo conocía, sino a ese otro, oculto de los ojos fisgones: la *dark web*—, tendríais que decírmelo en las próximas horas para poder prepararlo y dar aviso tanto a los compradores como al que logre meterse en la subasta.

Aquello arrancó una sonrisa de los labios de Giovanni.

—Una subasta de un anillo robado que ha sido subastado previamente —dijo sin dejar de mirarlo mientras le daba vueltas entre los dedos—. ¿Cuánto podríamos ganar?

—La puja empezaría en medio millón —siguió hablando su sobrina—. Tal vez suba a cuatro, no sé si un poco más; depende de lo codiciosos que sean.

—Dos millones menos —puntualizó el *capo*.

—Pero obtendríamos cuatro limpios. Seguimos ganando nosotros.

Giovanni se quedó mirando el anillo en silencio y no se inmutó cuando Sira se subió a su mesa de un brinco con la intención de acercarse a su dueña para que la acariciara.

—Dame una hora para pensármelo; por el momento, nos lo quedamos.

—Como quieras —respondió levantándose—. Avísame cuando lo decidas, me voy a la cocina. ¿Queréis algo?

Ambos negaron con la cabeza. Se quedaron solos y Aurora aprovechó para colocarse el anillo en el dedo anular mientras apreciaba el brillo que desprendía la gema, un diamante cortado en una forma única que descansaba sobre un engarce de platino. Ella podía decidir si quería quedarse con la pieza que acababa de robar; si no, Giovanni se ocupaba de la venta de las joyas con ayuda de su sobrina, la segunda al mando de la organización.

—¿No quieres quedártelo? —preguntó el italiano.

—No —se limitó a decir mientras la volvía a dejar ante él. En los cinco años que llevaba burlándose de la policía, no se había quedado con ninguna.

Planificaba cada robo al detalle, con una precisión milimétrica. Le dedicaba el tiempo necesario para contemplar cualquier variable, cualquier imprevisto que pudiera surgir. A veces se pasaba noches sin dormir para resolver las incógnitas que parecían no tener solución, pero que ella siempre acababa enmendando. Se entregaba en cuerpo y alma a robar lo que se proponía; sin embargo, y, a pesar de todo, seguía sin quedarse con nada. Quizá todavía no había llegado el tesoro que despertara su lado más ambicioso.

Aún.

—Sabes que tú eres quien decide.

—Lo sé —sonrió poniéndose de pie—. Avísame cuando encuentres algo un poco más difícil.

Giovanni dejó escapar una pequeña risa mientras colocaba una pierna encima de la otra.

—¿Ha sido muy fácil para ti?

—Tal vez, aunque ha sido divertido; tampoco quiero quitarte mérito.

—Desagradecida... —La sonrisa en sus labios no desapareció.

—Me voy, se supone que he quedado para salir con Nina.

—Que lo paséis bien.

Y, con esas palabras, Giovanni centró de nuevo la atención en la pila de papeles que tenía sobre la mesa, aunque ahora el diamante azul estuviera haciéndole compañía.

La noticia del robo de la joya no tardó en dar la vuelta al mundo.

Cada vez que la ladrona decidía mostrarse ante el público con sus guantes negros, conseguía que todos los medios estuvieran pendientes de sus movimientos, como si se tratara de una celebridad a punto de subirse al escenario. Y a Aurora le encantaba ser el centro de atención. Le gustaban los aplausos y las sirenas de la policía tratando de cazarla, aunque también le divertía burlarse de ellos. Les dejaba un rastro y hacía que, días más tarde, se dieran cuenta de que los conducía a un callejón sin salida.

La muchacha, que ahora contaba veintitrés años, era una narcisista calculadora que necesitaba que en las redes sociales corrieran teorías sobre cuál sería su siguiente golpe. La entretenía saberse oculta tras una máscara y conservar el anonimato, ya que nadie pensaría que la criminal más buscada de todos los tiempos se dedicaba a algo tan rutinario como hacer la compra. Le encantaba esa doble vida y haría lo que fuera preciso con tal de preservarla, ya que, a pesar de todo, le gustaba tener un lugar al que volver, una casa.

Observó los titulares de las cadenas más importantes, noticias que intentaban explicar lo que había pasado con la poca información de la que disponían. Curvó los labios en una sonrisa codiciosa mientras oía el ronroneo de Sira y la acariciaba detrás de las orejas.

«La ladrona de guante negro escapa con el Anillo de Ternay».

«Cinco años apropiándose de las joyas más valiosas y la policía sigue sin tener respuestas».

«Treinta y siete atracos limpios. La ladrona lo vuelve a hacer y su rostro no sale del anonimato».

Esos titulares habían viajado de boca en boca y eran tendencia en todas las plataformas. Había miles y miles de comentarios opinando al respecto, personas quejándose, insultándola; otras demostrando una admiración insana. Todo el mundo exigía respuestas, pero eso era algo que no iban a obtener. Nadie. Ningún periodista que buscara la exclusiva, ningún ser ordinario necesitado de nuevas noticias, y mucho menos aquel detective que se mantenía de brazos cruzados mientras contemplaba el revuelo internacional que una sola persona era capaz de causar

—¡Atención todos! —exclamó el inspector del Departamento de Policía de Nueva York—. No pienso descansar hasta que no vea el culo de esa ladrona metido entre rejas. ¿Está claro? Lleva cinco años tocándole los cojones al mundo entero, así que averiguad su *modus operandi*, qué hace, cuándo roba, por qué tipo de joyas tiene preferencia y qué hace con ellas.

—Señor, tendríamos que contactar con la Inter... —se oyó decir a uno de los allí presentes, aunque no tardó en cerrar la boca cuando el inspector se volvió hacia él.

—¡Pues contactad, joder! ¿Os tengo que llevar de la manita o cómo va la cosa? Con la Interpol, la CIA o con la madre que la parió, si os parece —volvió a gritar sin dejar de pasearse por la sala—. Quiero respuestas y las quiero ahora —demandó, pero, al no ver movimiento, se enfadó todavía más—. ¡¿Estáis sordos o qué?!

Tardaron menos de medio segundo en ponerse manos a la obra cual hormiguitas siguiendo las órdenes de la reina. Todo el departamento acababa de ver las noticias y a Howard Beckett, el inspector a cargo de los casos de hurto y crimen organizado, se lo llevaban los demonios. «La policía sigue sin tener respuestas». Cinco años riéndose de ellos y seguían sin nada. ¿A qué clase de persona se enfrentaban?

El detective, que aún mantenía los brazos cruzados sobre el pecho, se acercó al inspector con cautela. Lo conocía lo suficiente para saber que su enfado se encontraba a niveles exorbitantes.

—El robo ha ocurrido en París, ¿por qué nos estamos encargando nosotros?

La mirada de Howard no se suavizó cuando se encontró con sus ojos cálidos.

—Acabo de agenciarme el caso —dijo, pero eso no fue suficiente para el detective, así que el inspector no tuvo más remedio que explicárselo—: Los de arriba me han dicho que hay rumores sobre una nueva joya aquí, en Nueva York, que podría interesar a esa ladrona de pacotilla, así que quiero saber absolutamente todo, conocer cuáles son sus puñeteros trucos y esperarla con los brazos abiertos cuando decida venir a por ella.

—¿Cómo sabes que vendrá?

Howard dejó escapar una sonrisa cargada de confianza.

—Porque es una ladrona, Vincent. —Le dio una palmada en el hombro queriendo que apreciara la obviedad—. No va a poder resistirse, y menos cuando le hagamos llegar la invitación. Para ponerle la trampa necesito saber cómo juega, ¿comprendes?

—Dime qué quieres que haga —se limitó a decir permitiendo que el inspector observara la determinación en su mirada.

A pesar de sus veintinueve años, no podía ocultar el orgullo que sentía por él.

Conocía a Vincent Russell desde que tenía pañales, le había enseñado todo lo que sabía, así que no dudaba de sus capacidades, y menos cuando su rostro gritaba que iba a hacer lo necesario con tal de capturarla.

El detective, con el semblante serio, volvió a mirar la pantalla en la que se sucedían los titulares. Acababa de decidir que capturaría a la ladrona de guante negro. No se detendría hasta encontrarla y meterla entre rejas. Iría a por ella y a por todo aquel que la ayudara.

La caza había empezado y Aurora ni siquiera podía imaginarse lo que le esperaba.

4

Cuando Giovanni la llamó para decirle que había encontrado una nueva joya, no dudó en ponerse la cazadora de piel y subirse a su coche, con Sira como copiloto, para dirigirse a la organización.

Hacía años que se había marchado de ahí; cuando cumplió los diecinueve y tras cuatro exitosos robos decidió independizarse en su pequeño rincón: un apartamento con unas fantásticas vistas a la ciudad italiana. Al principio le costó, nunca había disfrutado de un espacio para ella, pero con la llegada de Sira todo fue más fácil. Por primera vez en mucho tiempo sentía una cálida bienvenida al llegar a casa cuando la felina se acercaba a ella para brindarle su cariño. Como una familia.

«Familia», una palabra que ya no le parecía tan lejana. ¿Qué habría sido de su vida si hubiera crecido con sus padres? Se mordió el interior de la mejilla; odiaba que su mente divagara por aquellas arenas movedizas. Pensar en sus padres le generaba una sensación de ahogo, de incertidumbre, sobre todo cuando sus rostros no eran más que dos manchas borrosas sin forma alguna. Trató de olvidarse de su pasado y lo encadenó de nuevo para concentrarse en la carretera.

Había pasado casi una semana desde el robo de París.

Los medios y las redes sociales seguían hablando de ello, pero ya sin tanta frecuencia. Con la ladrona escondida entre las sombras, no tenían más remedio que esperar hasta su próximo golpe. Aguardar, especular y lanzar teorías que Aurora leía desde la comodidad de su cama con una sonrisa en los labios. Incluso escuchó que la policía francesa había tirado la toalla y que se retiraba del juego.

«Patético», pensó ella mientras acababa de leer la noticia sin prestarle atención a ese último párrafo que decía que otro departamento se haría cargo del caso. Le dio igual; Aurora confiaba en que siempre iría dos pasos por delante, siempre asegurando el botín, la supervivencia.

No podían vencerla, ya lo había demostrado infinidad de veces: en ese tablero de ajedrez ella era la reina con treinta y siete victorias acumuladas. Pero ¿y si llegara un adversario igual de fuerte? Alguien del bando contrario que no dudara en hacerle un jaque mate. La ladrona negó con la cabeza.

Una vez en el territorio de la Stella Nera y con Sira caminando tras ella, se adentró en el edificio sin molestarse en saludar a los miembros que se encontraba a su paso. Algunos seguían recordando lo sucedido años atrás, aunque Aurora tampoco se preocupaba por desmentir los rumores a los que aquella bala en la frente había dado pie; le gustaba que la imaginación volara sin límites, sobre todo si la ayudaba a mantenerlos alejados.

Giovanni Caruso ya la esperaba en su despacho, pero no en el que todo el mundo conocía, sino en el que se ubicaba tres plantas más abajo, en una habitación de acceso restringido donde se hallaban aquellas joyas, además del dinero y los objetos de valor, a la espera de que decidieran qué se hacía con ellos. Se trataba de una cámara acorazada cuya existencia conocían muy pocas personas. Cuando uno tenía dinero solo bastaba con pedir un deseo para hacerlo realidad, y ese edificio era una caja de sorpresas protegida de los intrusos y de las miradas hambrientas de poder.

Nina llegó minutos más tarde, cerró la puerta detrás de ella y lo primero que vio fue a Sira moviendo la cola.

—Deberíamos convertirla en una integrante más del equipo —sugirió mientras intentaba acercarse a la minina—. Podría entrar contigo a robar y arañarles la cara a los guardias. Sería divertido.

—Yo que tú me quedaría quieta —puntualizó la ladrona al observar las intenciones de su compañera.

—Le traigo un regalo, cálmate, a ver si me la gano. —Bajo su atenta mirada, abrió el paquete, que contenía una especie de pasta que, según había leído, era la perdición de cualquier gato.

Giovanni observaba la escena divertido esperando que Sira se comportara y no enseñara las garras, pues recordó la cicatriz de su muñeca izquierda, resultado de una tarde en la que subestimó la paciencia del animal. A pesar de las múltiples advertencias de la ladrona, no se alejó hasta que no hubo contemplado la sangre deslizándose por su piel. Desde entonces, se lo pensaba dos veces antes de acercarse. Por ello, trató de avisar a su sobrina, aunque no tuvo éxito.

Sira se acercó a la mano de la italiana, que estaba deseando hacerse su amiga, y olió lo que le ofrecía. Con cierto recelo, la obsequió con la primera lamida. Nina no evitó mostrarse sorprendida, pero jamás habría esperado que la gata fuera a quitarle el tubo y esconderse lejos de ella para acabarse el banquete por su cuenta. Aurora soltó una carcajada que provocó que el jefe acabara uniéndose a ella mientras observaban su cara de decepción.

—Ni con comida —murmuró.

—¿Te rindes? —Las risas continuaron, aunque en menor medida.

—Por supuesto que no. Es imposible que no quiera acercarse a nadie, la has mimado demasiado.

—No me culpes —contestó Aurora limpiándose la lágrima imaginaria solo para enfurecerla un poco más—. Deberías buscar otros métodos más efectivos.

—Descuida, lo haré.

—Señoritas —anunció Giovanni con una pequeña palmada—. No tenemos todo el día. Os he hecho llamar porque, al parecer, han surgido rumores sobre una nueva joya cuyo robo se convertirá en el acontecimiento del siglo.

Esas simples palabras despertaron la atención de Aurora.

—¿Qué joya?

—No tengo mucha información al respecto, pero sé que es bastante peculiar y exclusiva, la leyenda de las joyas perdidas.

—¿Leyenda? —preguntó Nina—. ¿Estás seguro de que no se sabe nada? Siempre hay información, solo hay que saber dónde mirar.

—Repito: es una joya que acaba de aparecer después de muchos años perdida. Es muy antigua, pero tiene un valor inmenso. Estamos hablando de un colgante repleto de diamantes, cuya rareza reside en la piedra protagonista.

—Deberíamos contrastar esa información. —Aurora se mantenía callada, escuchando, mientras Nina seguía hablando con su tío—. Tal vez solo sean eso, rumores, y tampoco quiero ponerme a planificar el robo de una joya que vete a saber si existe. Sabes que prefiero evitar los riesgos. ¿Cuál es la fuente?

—De todas maneras, quien decide es Aurora.

Nina levantó las cejas con sorpresa.

—¿Y yo no tengo voto en este asunto?

—Claro que lo tienes, querida —intentó aplacarla como si de un niño se tratara—, pero, al fin y al cabo, es Aurora quien entra y las roba.

—Ya, y quien se encarga del sistema de seguridad o *hackea* cualquier dispositivo electrónico soy yo —dijo indignada—. Se supone que somos un equipo.

—Lo somos —aseguró Aurora después de haberle quitado el tubo de comida a Sira—. ¿Cómo se podría obtener más información de la joya en cuestión? Además, ¿sabemos su nombre? Yo tampoco pienso arriesgarme sin conocer antes lo básico. Puede ser todo lo exclusiva que quieras, pero hay que analizar los riesgos.

—Dmitrii Smirnov —murmuró el *capo*—. Un empresario de nacionalidad rusa que tiene múltiples cadenas de hoteles y restaurantes con los que se ha hecho de oro, además de otros negocios por los que se ha empezado a hablar de él.

—¿Y? ¿Qué tiene que ver? —quiso saber su sobrina.

—Déjame terminar. —Se volvió hacia ella y Nina se dio cuenta de lo arisco que había sido; sin embargo, trató de no darle mucha importancia, así que le dejó continuar—: Va detrás de la joya y tiene información que podría sernos de utilidad para dar con ella.

—¿Cómo se llama? —insistió una vez más la ladrona refiriéndose al colgante.

—El Zafiro de Plata —pronunció dejando una leve pausa—, y ha estado desaparecida casi veinte años. Podemos investigarla todo lo que queráis, pero creo que vale la pena centrarnos en ella. —Buscó la mirada verde de Aurora—. Tú misma me has dicho que te apetecía un robo un poco más difícil. Te lo estoy ofreciendo en bandeja, *principessa*.

—Quiero verla. ¿No hay ninguna imagen?

—Antiguas; la última que se hizo fue antes de que desapareciera en 2001. Después ya no se sabe nada, una página en blanco —explicó mientras les enseñaba la fotografía que se había revelado por aquel entonces.

Aurora observó con detalle el Zafiro de Plata: un colgante formado por diamantes que variaban su tamaño de menor a mayor. La piedra transparente, el zafiro blanco, mostraba su ilimitado brillo en el centro de la composición. Incluso a pesar de la escasa calidad de la fotografía se podían observar ciertas ondulaciones metálicas en la superficie. Una pieza única que podría valer millones, más de cincuenta, incluso sesenta si contaban la cantidad de diamantes que lo componían y el tamaño de la gema.

La ladrona, cuya debilidad por las joyas no había hecho nada más que aumentar con los años, acababa de enamorarse del Zafiro de Plata.

—Iremos a por él —dijo sin dejar de admirar el colgante.

—¿Eso lo has decidido solo con verlo en una fotografía cuya calidad deja mucho que desear? —No hablaba Nina, sino su orgullo.

—Toma. —Le entregó la imagen—. Míralo por ti misma y te darás cuenta de por qué.

La Rubia se quedó en silencio al contemplar la obra de arte que descansaba sobre el terciopelo negro encerrada en una vitrina. Entonces entendió la insistencia de Giovanni. Ella misma sintió que la emoción la golpeaba con insistencia para que aceptara.

—No sabemos nada —respondió Nina, pero, al ver que querían interrumpirla, continuó hablando—: Pero podemos empezar a trabajar.

—El robo del siglo —recordó su tío con una sonrisa—. La ladrona de guante negro haciéndose con el Zafiro de Plata, la joya que ha estado desaparecida durante casi veinte años.

Los tres sabían que no podían dejarse guiar por la emoción, pues tal vez esos rumores resultaran ciertos y ese colgante no fuera nada más que una ilusión. Pero no querían rendirse antes de intentarlo siquiera, y la primera pista que tenían era ese tal Smirnov.

—Tenemos que encontrarlo —murmuró Aurora refiriéndose al ruso—. Ir a por él. Si dices que cuenta con información crucial, me apunto a la idea de llegar por sorpresa y mantener con él una conversación en la que nos cuente todo lo que sepa.

—No hablará —aseguró el jefe reclinándose contra el respaldo. Tenía los hombros doloridos, la espalda tensa—. Además, lo difícil no será encontrarlo, sino acercarse a él.

—Quien dice hablar, dice amenazar.

—Tiene poder, Aurora, es un tipo influyente que cuenta con un anillo de seguridad que lo protege las veinticuatro horas del día.

—El plan B sería olvidarnos de Smirnov e ir directamente a por la joya. Empezar desde cero e ir juntando las piezas para encontrarla. Si te han llegado rumores de que ha aparecido después de tantos años, no será complicado dar con ella.

Nina se encontraba atenta a la conversación, aunque tuviera la mirada fija en la pantalla del ordenador.

—Smirnov no está escondido —dijo sin levantar la cabeza—. Si me dais unos minutos, puedo localizarlo.

—Entonces, vamos a por el ruso. —A la ladrona le emocionaba la idea de encontrarse con él, «conversar», pues la amenaza y la manipulación eran dos de sus pasatiempos favoritos. De hecho, y si era totalmente sincera, tampoco le suponía un problema participar en el maravilloso juego de la tortura.

—Un momento. —Aurora podía percibir la concentración de su compañera en la pantalla—. Su señal rebota. El tipo es listo, pero podría...

Cada vez que Nina trabajaba, dejaba frases sin terminar, palabras que los demás debían, sin más remedio, dejar a la imaginación.

—Tengo algo —dijo minutos más tarde—. No he podido localizarlo, pero he hallado una pista que nos podría servir para averiguar dónde se esconde.

Volvió a reinar el silencio.

—Nina —la llamó Aurora—. ¿Qué tienes? —insistió una vez más.

Hasta que, de repente, en esa mesa redonda, sus ojos se encontraron con los de las dos personas que se mantenían expectantes por saber.

—Nos tocará hacer un viajecito a Nueva York. —Fue lo único que dijo.

Y los labios de la ladrona se curvaron en una pequeña sonrisa. Después de un par de años volvería a pisar la ciudad que nunca duerme, en la que se había divertido como nunca durante esa semana en la que reinó el descontrol, y que ahora se convertiría en el escenario del mayor robo de la historia.

La misma ciudad donde la esperaba Vincent Russell sin saber que no faltaba mucho para que sus miradas se vieran por primera vez.

5

Nueva York, Estados Unidos

El aire había cambiado, se notaba un poco más pesado, o aquella fue la impresión que la ciudad le regaló a Aurora en cuanto se bajó del avión. Una sensación de alerta.

A pesar del tiempo que había transcurrido, la ladrona aún era capaz de recordar las calles neoyorquinas por las que había transitado y, sobre todo, las múltiples fiestas que había disfrutado. Todavía guardaba un recuerdo borroso de aquella semana, como si nunca hubiera existido, ya que, amante de la vida nocturna como era, habría sido impensable que no hubiera vivido la experiencia completa.

Pero en este nuevo encuentro no había tiempo para jugar. Habían ido a trabajar y el primer paso era localizar al hombre que, según Nina, tenía la información. Luego, una vez que hubieran dado con Dmitrii Smirnov, empezaría la verdadera caza del tesoro.

—¿Quién tiene hambre? —preguntó la Rubia mientras abría todos los cajones de la cocina.

La Stella Nera contaba con varias bases y apartamentos en las ciudades principales de cada continente para que los miembros pudieran disponer de un refugio y punto de encuentro mientras completaban las misiones. Aunque en Nueva York tuvieran tanto un apartamento como una base de operaciones en el distrito de Brooklyn, habían decidido instalarse en el primero para estar más cómodas. Dos hombres de confianza les darían apoyo y harían el trabajo sucio. Stefan y Romeo, los dos mosqueteros capaces de deshacerse de un cuerpo, torturar, engañar y robar, dominaban las técnicas del combate cuerpo a cuerpo, además de otras habilidades. Mientras que el primero era capaz de conducir cualquier clase de vehículo y escapar de las persecuciones, el segundo, un par de años más joven, tenía una puntería envidiable.

—Todos —respondió Stefan sin apartar la mirada del móvil y con un cigarrillo en la otra mano.

Ambos sabían perfectamente quién se escondía detrás de la ladrona de guante negro. Habían estado con ella desde el primer golpe, siempre en el *backstage* de cada robo, dispuestos a socorrerla cuando las cosas se torcieran. Le habían jurado lealtad y, con el paso del tiempo, habían desarrollado una confianza que pronto se convirtió en una amistad.

—Voy a calentar el agua —contestó. No contaba con grandes dotes culinarias, pero siempre hacía lo que podía. Para aquella comida, decidió que la mejor opción sería preparar unos fideos instantáneos—. Mañana habrá que hacer la compra, avisados estáis, que no me apetece alimentarme a base de fideos el resto de la semana.

—¿Piedra, papel o tijera, o a ver quién saca el palo más corto?

—¿Qué tienes, cinco años? —Enarcó una ceja.

El otro par se encontraba deshaciendo el equipaje y colocando el equipo electrónico, ya que, cuanto antes estuviese preparado, antes podrían empezar.

Aurora no tardó en acercarse a Sira en cuanto la vio

protestar por hambre. Se sentó directamente en el suelo, en el rincón al lado de la ventana, y abrió una pequeña lata de comida; sin dejar de acariciar al animal, empezó a analizar su entorno: el apartamento no contaba con mucho mobiliario, tan solo lo indispensable para dormir y preparar el golpe. Al fin y al cabo, no debía haber distracciones.

—¿Estás cómoda? —preguntó Romeo, el más dulce del equipo, aunque su mirada escondiera cierto peligro. Una vez en el suelo, cruzado también de piernas, levantó una mano por inercia con la intención de tocar a la gata, pero se lo pensó dos veces antes de hacerlo—. Dejaré que coma.

—Buena idea.

Entre los dos se instaló un silencio que él no dudó en romper.

—¿Por qué un collar de diamantes? —Seguía mirando a la felina.

—Me gustan los diamantes.

El muchacho sabía que la ladrona era parca en palabras; no obstante, él seguiría intentándolo, no para obtener algo o aprovecharse, sino porque ese halo de misterio que la envolvía despertaba en él un interés difícil de obviar. No la conocía, a pesar de haber pasado años a su lado, y dudaba mucho que se abriera totalmente; Aurora era de esos libros encantados que se mantienen protegidos con un candado de siete llaves.

—¿Es tu piedra favorita? Creo que nunca te lo he preguntado.

La ladrona se lo pensó durante unos segundos mientras deslizaba la mano con suavidad por el pelaje de Sira.

—La esmeralda —se limitó a decir.

—¿Por tus ojos?

No pasaban desapercibidos ni aun queriéndolo.

—No necesariamente; me gusta ese color en todas sus variantes, aunque el turquesa es mi perdición.

—El verde me recuerda a los villanos de Disney. —Aurora esbozó una sonrisa curiosa, diminuta, mientras se preguntaba por qué esa simple mención había hecho que sintiera un nudo en la garganta.

Tal vez porque lo atribuía a la infancia, una infancia que debería haber vivido.

—Hace años que no veo ninguna de sus películas —confesó.

—¿Cuántos?

—No lo sé... ¿más de quince? —En realidad, lo sabía a la perfección, incluso recordaba cuál había sido la última.

—Eso no puede ser —contestó Romeo negando sutilmente con la cabeza, como si estuviera decepcionado—. Deberíamos corregir eso, ¿no quieres apuntarte a una maratón?

—No. —Esa respuesta, tan directa y clara, lo había sorprendido.

—¿Por qué no?

—Porque ya no soy una niña. —Se encogió de hombros sin querer, deseando dar por terminada la conversación—. Además, hemos venido a trabajar.

—Sí, jefa —murmuró mientras intentaba no soltar ningún suspiro—. Ya llegará el momento, supongo.

Esa charla, algo incómoda, acabó en el instante en que Nina avisó de que la comida estaba servida. Ni siquiera se había molestado en servir los fideos en platos, no porque no hubiera querido, sino porque no tenían. Daba gracias a que había encontrado unos cuantos tenedores.

Pero solo había tres y ellos eran cuatro.

Tras un par de horas delante del ordenador y gracias a sus contactos, Nina había logrado localizar a la persona que les diría dónde encontrar al ruso. Había rastreado a un conocido de un conocido de un conocido que conocía a alguien que pertenecía al círculo íntimo de Smirnov. Era lo que Aurora llamaba «una cadena de hormiguitas que presumían de codearse con la reina».

Ese rastro había acabado en un nombre, una fecha y una dirección: Oliver Lee, en el Paradise, cerca de Times Square, durante esa misma noche de sábado. Se trataba de un club nocturno de alta categoría al que sería difícil acceder sin invitación, pero Nina ya se estaba encargando de ello. La italiana había conseguido entrar en el sistema informático del club y registrar una reserva con nombre falso, por supuesto, para una mesa de tres: ella, Aurora y Stefan. Llegarían media hora antes que el tal Oliver Lee para mezclarse entre la multitud y estar pendientes de su llegada. Solo conocían un par de detalles físicos: pelo castaño; ojos marrones; alto y bien vestido, con frecuencia de negro; y una pequeña cicatriz que le recorría la mano izquierda.

—¿No puedes conseguir una imagen suya? —preguntó Stefan mientras dejaba que Romeo le hiciera el nudo de la corbata, ya que él no sabía—. ¿Sabes cuántos castaños altos va a haber en ese club?

—¿Y sabes cuántos Oliver Lee hay en internet? Es todo lo que tenemos, habrá que espabilarse —se quejó Nina cerrando el portátil—. ¿Por qué te pones corbata? El local es formal, pero tampoco es para tanto.

—Porque me apetece, ¿algún problema, Rubita? —Dejó escapar una sonrisa torcida, burlona, mientras se metía con su compañera, aunque esta no había dudado en responder y mandarlo a la mierda.

Aurora salió de la habitación ya vestida y Romeo no pudo evitar contemplarla de pies a cabeza: una falda negra de cuero ajustada a la cintura con un pequeño corte en el muslo. La blusa, del mismo color y de un material ligero, perfecto para las cálidas temperaturas primaverales. Portaba un collar de diamantes que tenía la forma de una serpiente enroscándosele en el cuello; una joya fina, delicada.

El pelo negro le caía cual cascada por la espalda y acababa en unas ondas sutiles. Pero lo que más le impactó fue ese toque de color que le había brindado al conjunto: el rojo explosivo en los labios, también en las uñas.

—¿Quieres una servilleta? —murmuró Stefan sin dejar de observar a su compañero.

—¿Q-qué?

Aurora charlaba con Nina mientras esta acababa de ajustarse la blusa estampada dentro del pantalón.

—La baba, hermano, límpiatela.

—No digas estupideces.

Stefan no pudo evitar reírse mientras escondía la tristeza que aquella mirada llena de deseo le había provocado.

—Muy bien, ¿quién conduce? —preguntó.

—Yo. —El tono de Aurora no dio lugar a protesta—. Tú te quedas a cuidar a Sira —ordenó con una mirada a Romeo—. Procura no hacer ninguna tontería y mantente atento por si llama Giovanni, ¿queda claro?

—Sí a lo segundo, pero… ¿estás segura de que quieres que me encargue de ese pequeño demonio?

—Se porta bien si no la enfadáis. Simplemente, no hagas que saque las garras. —Como si la hubiera llamado, Sira se acercó hasta llegar a los pies de su dueña para pasearse entre ellos—. Nos vamos.

La ladrona de guante negro, sin antifaz, aunque con los labios rojos, condujo por las calles neoyorquinas con una habilidad cautivadora. Las miradas celosas de los viandantes siguieron al deportivo que se movía con seguridad bajo el cielo nocturno. Cuando las dos mujeres se bajaron del vehículo lucían poderosas, desafiantes, inalcanzables. Dos damas cuya mirada asesina se escondía bajo las pestañas kilométricas.

Con Stefan detrás de ellas, ingresaron en el Paradise sin mucha dificultad. «La catorce», dijo el mozo mientras los acompañaba hacia una de las mesas redondas. Aurora observó el entorno que encerraba aquel local: mesas de mármol, sofás circulares de terciopelo rojo, luces, muchas luces, y lámparas de araña, algunas más bajas que otras; pero lo que más destacaba eran esas pinturas en las paredes, que proporcionaban un espacio único, elegante, exclusivo.

Los tres miembros de la organización italiana se sentaron a una de esas mesas y el camarero no tardó en tomarles nota. Tres cócteles de la casa; la explosión de sabores en el paladar estaba asegurada.

—Medianoche —dijo Stefan después de haberlo comprobado en su reloj—. Se supone que nuestro amigo viene dentro de una hora.

—Quién sabe, a lo mejor se adelanta. Tenemos que estar atentos —respondió Nina.

—Con esta luz, por muy atento que esté, me voy a quedar ciego. No se ve una mierda. Debería haberme puesto las lentillas.

El muchacho de ojos claros no se refería a las lentillas que todo el mundo conocía, sino a las de visión nocturna, unas que utilizaban los soldados en las misiones militares. Las habían conseguido con mucha dificultad para Aurora y no debían usarse para cualquier cosa.

—Te quejas mucho, Stefan, ¿no te parece?

La ladrona se mantenía callada sin dejar de fijarse en los rostros desconocidos. Miradas disimuladas que se extendían por todo el espacio, como si se tratara de un depredador buscando a su presa, un depredador hambriento a quien no le gustaba perder el tiempo.

—Me quejo lo justo y necesario para sacarte a ti de quicio. —El brazo de Stefan bordeando el sofá aterciopelado no hizo más que demostrar, una vez más, la chulería con la que actuaba—. Por suerte, puedo hacer las dos cosas a la vez —aseguró llevándose la copa a los labios mientras echaba un vistazo rápido por el local—. ¿Tú puedes hacer más de una cosa a la vez, querida Nina?

—Créeme, te sorprenderías. —La voz de la italiana había adoptado un tono más… cautivador después de haber acercado un poco más el cuerpo—. Lástima que yo no te guste ni un poquito, ¿verdad? Porque tu cabeza ahora mismo está ocupada.

Stefan se limitó a sonreír sin dejar de mirarla mientras la imagen de Romeo aparecía en su mente.

—No sé de qué me hablas —respondió mientras se encendía un cigarrillo. No le gustaba hablar más de la cuenta, sobre todo, cuando la conversación se centraba en sus asuntos.

—Oh, claro que lo sabes. —Nina lo intuía; nadie se lo había dicho, pero tampoco había hecho falta. Las miradas no mentían—. Salud por eso. —Acercó su copa a la de él contemplando, al instante, su reacción.

—No te metas —gruñó.

La Rubia se encogió de hombros y no pudo evitar echarle un vistazo a su compañera, cuya atención se mantenía lejos de aquella conversación.

—Sabes que no suelo meterme en los asuntos de los demás.

Aurora fingió que no había prestado atención, aunque, en realidad, sí lo había hecho. Ella también se fijaba en los detalles, en la manera que tenía Stefan de hablarle a su compañero: un poco más tierno, no tan arisco, menos sarcástico; en las miradas que le regalaba, pero que Romeo parecía no notar, pues vivía más concentrado en ir detrás de la ladrona. Se trataba de un amor que, al parecer, no estaba siendo correspondido; un amor amargo.

Y la ladrona se había percatado de ello, así que lo único que podía hacer era no darle esperanzas a Romeo y dejarle claro que ella no estaba interesada en ningún tipo de relación más allá de una simple amistad. Ni con Romeo ni con nadie.

—Mirad hacia la barra —murmuró Aurora—. Tal vez sea ese.

Sentado en uno de los taburetes, el hombre llevaba una camisa negra que escondía su espalda ancha, tonificada, y el nacimiento de un tatuaje en la parte de atrás del cuello se podía contemplar con la claridad suficiente. El color del pelo... negro, tal vez, aunque apuntaba más a un castaño oscuro; la luz roja del entorno impedía distinguirlo.

—Treinta años, tal vez —intuyó Stefan—. No le veo las manos... La única manera de comprobarlo sería acercarse a él, ver si en realidad se trata de Oliver Lee.

—Aún no es la hora —puntualizó Nina mientras su mirada se teñía de preocupación.

—Puede que se haya adelantado y nos esté esperando en la barra —respondió él—. Además, ¿él sabe que hemos venido?

—No.

Stefan frunció el ceño queriendo decir algo más; sin embargo, cerró la boca cuando la vio ponerse de pie.

—Iré a hablar con él —sentenció la ladrona.

—¿Qué le dirás? —Nina se mantenía callada, limitándose a observar la elegancia que su sola presencia emanaba y lo bien que le quedaba ese color en los labios.

—Lo invitaré a una copa y después —hizo una pausa muy breve en la que le regaló al hombre, todavía de espaldas, una mirada fugaz— improvisaré sobre la marcha.

—Buen plan. —Dos palabras que intentó que sonaran graciosas, pero que, en realidad, le deseaban buena suerte—. Estaremos atentos.

Aurora dejó la copa vacía sobre la mesa y empezó a caminar hacia su objetivo, hacia aquella aura sombría que lo rodeaba, decidida a conseguir la información que la acercara al valioso colgante.

—Hola —murmuró sentándose a su lado, y pudo apreciar, a pesar de la poca iluminación, unos ojos de color miel claro que atesoraban calidez.

El hombre se volvió hacia ella sin dudarlo y su primer pensamiento, vencido por una absoluta atracción, fue contemplar su belleza inhumana, de esa que parece de otro mundo.

—Hola —respondió él con una leve sonrisa torcida—. ¿Te puedo ayudar?

Aurora ni siquiera tuvo que esforzarse para entrar en ese juego de provocación. Lo único que tenía que hacer era seguirle la corriente y no levantar sospechas. Tenía que ver si se trataba de Oliver Lee o no.

—En realidad, esperaba ayudarte yo a ti —pronunció tratando de esconder el acento que la caracterizaba. Durante los años en la organización se había esmerado por dominar a la perfección el inglés, además de chapurrear el ruso, para aquellas misiones en las que precisaba infiltrarse.

—¿De verdad? —respondió mordaz. Se sentía atraído por ella; tal vez podría llevársela a la cama para olvidarse del día de mierda que había tenido. Una distracción.

—Camarero, por favor, rellene la copa al caballero y póngame otra a mí, gracias. —Su voz magnética, cautivadora, le había hecho sentir cosquillas en las manos al imaginar cómo sentiría el cuerpo de aquella enigmática mujer pegado al suyo.

—Qué considerada.

—Siempre. —Sus miradas seguían manteniendo el contacto y, de un momento a otro, todo el local pareció desvanecerse.

Un silencio intrigante y cargado de tensión roció la burbuja en la que se encontraban.

—¿Es la primera vez que vienes? —preguntó el hombre.

—Sí, por recomendación de una amiga. —El camarero ya había servido las dos copas, así que la italiana no dudó en llevarse la suya a los labios sin permitir que sus ojos se desviaran de aquel color miel.

—¿Y dónde está esa amiga?

—¿Quién dice que estoy sola? Y, aunque así fuera, ¿acaso crees que necesito niñera?

—Para nada. —Su voz se volvió un poco más oscura—. Pero tal vez estés tratando con un asesino en serie y no sería muy inteligente por tu parte confesar que lo estás.

Aurora quiso reírse de verdad, pues la ironía que se escondía en aquella oración había sido muy atrevida. Tal vez ella no fuera una asesina en serie, pero ya había matado antes y contaba con una puntería que no había hecho más que mejorar con los años.

—Quién sabe, tal vez lo sea yo.

—Entonces debería andar con cuidado.

—Es probable —sonrió—. Incluso dormir con un ojo abierto esta noche.

El hombre esbozó una sonrisa torcida.

—¿Pretendes acabar conmigo? —Una pregunta que escondía otra intención mucho más placentera, una que Aurora pudo identificar muy bien.

—Depende.

—¿Tiene que depender de algo?

—De si eres bueno bailando o no.

Dejaron que la conversación fluyera y ese fue el primer

error que la ladrona cometió: olvidarse por un momento del plan y seguirle el juego a aquel desconocido de camisa negra y sonrisa irresistible. Nina detectó ese error en la distancia, sentada junto a Stefan a la mesa de marfil. Intentó hacerle una señal, incluso le mandó un mensaje al móvil, pero no hubo manera de romper aquella cúpula de cristal en la que se encontraba.

Aquello le generó un leve enfado, sobre todo cuando los vio acercarse a la pista de baile mientras el verdadero Oliver Lee hacía acto de presencia.

Una nueva canción inundó todo el local y el desconocido no dudó en rodearle la cintura con un brazo y atraerla hacia sí. Esa falda de tubo lo volvía loco, más aún el corte en vertical que acariciaba el muslo izquierdo. Incluso se permitió cerrar los ojos cuando Aurora se acercó un poco más y dejó que su perfume se clavara en lo más profundo de su ser. La sensualidad de la melodía se apreció en cada uno de sus movimientos: la cintura de Aurora se movía con gracia mientras sus miradas jugaban a ver cuál de las dos ganaría; las manos de él, grandes y fuertes, acaparaban toda su espalda queriendo que se acercara cada vez más a su pecho.

Entonces se produjo el segundo error: no se había fijado en su mano izquierda.

—¿Cómo va el examen? —susurró el hombre muy cerca de su oído, y eso no hizo más que provocar que la espalda de ella se tensara. ¿Cómo reaccionaría su cuerpo si dejaba que le susurrara durante el resto de la noche?—. Habías dicho que dependía de mi manera de bailar.

—¿Quieres que dependa de tu manera de besar?

Entre ellos se respiraba una tensión que Aurora pocas veces había sentido.

—También podríamos olvidarnos de los preliminares y que ya dependa de mi manera de follar.

Justo en aquel instante, él la hizo girar provocando que los cuerpos chocaran de nuevo, aunque no esperaba sentir un roce extraño en la cadera, como si se tratara de un objeto metálico. Trató de ignorarlo.

—No creo que sepas lo importantes que son esos preliminares que quieres obviar. —Intentó que aquel juego continuara, llevarlo a su terreno, pero aquella sensación seguía sin desaparecer.

Otra vuelta. Esa vez, su espalda contra el pecho de él mientras dirigía los labios hacia su cuello.

—A lo mejor debería dejar que lo comprobaras por ti misma —murmulló sin resistirse a imaginar la noche que le esperaba.

—Es una propuesta halagadora, atrevida también —se limitó a decir mientras sus miradas volvieron a encontrarse por encima de su hombro.

—¿Entonces?

Quería una respuesta, pero los ojos verdes de Aurora bajaron hasta su torso, acercándose al abdomen. Dudó en preguntar, pero necesitaba saber qué se escondía por debajo de su cazadora de piel antes de que su imaginación empezara a jugarle una mala pasada.

—¿Qué es? —susurró.

—Ah, ¿esto? —También bajó la mirada de manera instintiva—. Siento que se te haya clavado, debería habérmela quitado. Es mi placa —contestó mientras permitía que su pareja de baile apreciara el metal enganchado en su cinturón.

Aurora palideció y las alarmas empezaron a sonar en su cabeza; no obstante, no dejó que él se percatara de ello.

—Así que no estoy tratando con ningún asesino en serie —concluyó siguiendo el juego que habían iniciado minutos antes. Aquello robó una pequeña risa al hombre desconocido.

73

—No; con un detective, más bien —respondió sin imaginarse siquiera que le había revelado esa información a la ladrona más buscada de todos los tiempos—. Vincent Russell, un placer.

6

De repente empezó a sentir calor. Mucho. Incluso podía notar cómo esa gota de sudor se deslizaba tensándole la espalda. Si no se controlaba, si no trataba de escapar de aquel aire que la oprimía, su propio cuerpo la delataría.

Pero las manos de él sobre su piel... Quemaba. Sus manos quemaban, al igual que la diminuta distancia que los separaba.

—Creo que es tu turno —murmuró el policía en su oído, consciente de la reacción que había provocado—. El segundo paso.

Vincent siempre había sido así. Tenía esa capacidad innata para camelar a cualquier mujer, para susurrarle al oído promesas que le harían ver las estrellas. Le encantaba el juego previo: las miradas que irradiaban deseo, la conversación que iba subiendo de intensidad, los primeros roces, la desesperación por llegar a la cama...

—¿Y cuál es ese paso? —La italiana quería marcharse sin levantar sospechas.

—Tu nombre.

Le regaló una sonrisa sutil mientras esas palabras no dejaban de brincar a su alrededor.

«Con un detective, más bien».

«Es mi placa».

«Vincent Russell, un placer».

Necesitaba escapar.

—¿Sucede algo? —preguntó él al notar su deseo de romper el contacto.

Sí.

—Para nada —aseguró—. Tengo que ir un momento al baño, no tardaré.

—Aquí estaré. —Eso le había sonado como a una promesa y Aurora solo pudo sonreír sabiendo que aquello acabaría convertido en añicos.

Sin decir nada más, la ladrona empezó a caminar entre la multitud sintiendo su mirada clavada en la espalda. ¿Era una trampa? No había dejado de preguntárselo. ¿Aquel policía había conseguido encontrarla? ¿Sabía quién era? Imposible. Aurora podía ocultarse y pasar inadvertida, esconder sus huellas para que ni el más capacitado rastreador supiera por dónde empezar.

Existía otra opción igual de probable: que hubiera sido una bonita coincidencia fruto de un destino juguetón que, preso del aburrimiento, los hubiera juntado mientras contemplaba el fin de aquel espectáculo. Tendría que esmerarse la próxima vez, quizá con otro baile que los obligara a juntar más los cuerpos.

La parte divertida era que Vincent Russell seguía desconociendo con quién había bailado en realidad. Esa era la ventaja de la ladrona, pero ponía al detective en peligro.

—Ahora me vas a explicar qué mierda estabas haciendo —exigió Nina apareciendo de repente y sujetándole la muñeca para llevársela hacia una de las salidas traseras—. No estamos de fiesta, ¿me oyes? —Aurora se deshizo de su agarre con la intención de defenderse, pero su compañera no dejaba de hablar, de regañarla—. La misión de hoy era clara, ¿en qué momento se te ocurre irte a bailar con ese?

—Vigila el tono. —Su voz había sonado más fría. No

iba a permitir que la reprendiera—. Pensé que estaba hablando con Oliver hasta que me di cuenta de que no se trataba de él; por eso he inventado una excusa.

No solía dar explicaciones, pero tampoco le gustaba que su compañera sacara conclusiones precipitadas.

—¿Y ya está? —Alzó ambas cejas asombrada. Ella era la segunda al mando, pero parecía que a la ladrona le resultaba prescindible—. ¿Así solucionas los problemas? Conmigo no funciona, lo sabes, ¿no? A mí no puedes amenazarme y esperar que te haga caso.

—No me provoques, Nina; no te conviene —murmuró intentando no perder el control.

—¿Qué? ¿Qué harás? —Su voz envolvía un claro desafío—. Tienes que aceptar lo que la gente te diga, darte cuenta de que ha estado mal, ¿es que no lo ves? Me preocupo por ti y no quiero que acabes entre rejas por tu imprudencia.

—No me atraparán.

—¿Sabes lo que deberías hacer? —musitó sin esperar respuesta—. No abusar de esa seguridad, no tentar continuamente a la suerte o…

—Cállate. —Empezó a respirar con rapidez. No podía dejar de apretar la mandíbula mientras un conocido hormigueo le invadía las manos. Nina, sin darse cuenta, estaba haciendo que Aurora perdiera el control.

—… o acabarás encerrada.

—¡He dicho que te calles! —Ni siquiera se lo pensó cuando la agarró por el cuello con una sola mano. Su compañera se abalanzó sobre su brazo con la intención de soltarse, pero no pudo.

Entonces, Nina sintió miedo de verdad.

—S-suélt… tame —trató de decir con bastante dificultad, pero Aurora no cedía, pues la parte racional que en cierta manera la limitaba se había esfumado.

Stefan no tardó en aparecer después de haberlas buscado por todas partes.

—Aurora, hey, vamos, suéltala, joder. Suéltala. —Las palabras se le atropellaban; por un instante deseó que Giovanni hubiera estado ahí para separarlas—. Vamos, lo solucionaremos en casa. No queremos llamar la atención, ¿recuerdas? —Trató de romper el agarre, pero Aurora tenía mucha fuerza y su técnica de combate era impecable.

Nina no podía dejar de mirarla con los ojos sumergidos en súplica mientras, poco a poco, iba quedándose sin aire.

—Basta —insistió. Incluso se atrevió a rozarle la mejilla, y en aquel instante la ladrona volvió la cabeza al tiempo que la iba soltando—. Eso es, salgamos de aquí antes de que a alguien se le ocurra meter las narices.

Ninguno de los tres dijo una sola palabra cuando empezaron a caminar hacia el coche. Y Nina, acariciándose el cuello dolorido, ni siquiera se percató del brillo —mucho más sombrío— que había adquirido la mirada de su compañera. Seguía sin entender su enfado cuando lo único que había intentado era abrirle los ojos.

Al fin y al cabo, ella había conseguido la información que necesitaban, no Aurora. Pero parecía que eso había dejado de importar.

Durante los primeros cinco minutos Vincent se mostró tranquilo, incluso mantuvo intacta la sonrisa picarona. Eso empezó a cambiar tras el primer cuarto de hora, cuando pareció que la pierna del detective había cobrado vida propia. No lo entendía. ¿Dónde se había metido?

—Yo creo que se ha ido —pronunció su amigo y compañero, Jeremy Carter. También era detective, incluso trabajaban juntos en el caso de la delincuente con la que Vincent había empezado a obsesionarse sin darse cuenta—. Tal vez no le hayas gustado como para volver.

Vincent se volvió hacia él con una ceja levantada. ¿Qué acababa de decir?

—Piénsalo —continuó—: La gente huye de los enfrentamientos cara a cara. Quizá ha preferido decir que se iba al baño para evitarte un mal trago —sonrió burlón. Le encantaba meterse con él—. Esto me recuerda a los que dicen «me voy a por tabaco» y nunca más vuelven. Ha hecho exactamente lo mismo.

—A lo mejor le ha pasado algo. —Vincent se bebió de un trago el contenido de la copa.

—Lo dudo, pero, si piensas que así vas a sentirte mejor, adelante.

—Ahora vuelvo.

—A por ella, tigre.

Jeremy recibió una mirada de advertencia y se limitó a encogerse de hombros mientras esbozaba otra diminuta sonrisa y lo veía perderse entre la multitud.

Habían aterrizado por casualidad en ese club nocturno. No lo habían planeado, pero a Jeremy le apeteció tomarse una última copa en un buen ambiente. Vincent no pudo decir que no y, aprovechándose de sus placas y del puesto que ocupaban en el Departamento de Policía, entraron sin problema. Habían abusado de su poder, pero a ellos poco les importó. Eran policías, no santos, y necesitaban con urgencia olvidarse de ese caso imposible durante unas horas. La noche entera, preferiblemente.

Querían distraerse y no había hecho falta mucho para que esa distracción se presentara ante Vincent: una belleza de cabello negro y labios rojos que había acaparado varias miradas, incluida la suya, desde que entró por la puerta del local.

—¿Vas a ir a hablar con ella? —había preguntado Jeremy.

—Si estuviera sola, a lo mejor. —Se había sentado a una de las mesas circulares junto a dos personas más, que supuso que eran sus amigos.

—¿Desde cuándo eso te ha impedido mover ficha?

—¿Me estás retando?

—Dímelo tú. —Alzó una ceja—. Deja que ella se acerque a ti, ¿o no te ves capaz de llamar su atención?

Vincent se quedó callado durante unos segundos sin dejar de mirarla. Claro que se veía capaz, no era un hombre que pasara inadvertido.

—¿Y si tiene pareja?

—Piénsalo así: si llamas su atención y se acerca, lo sabrás. —Jeremy puso los ojos en blanco ante su propia obviedad. No era típico de Vincent cuestionarse a sí mismo—. Oye, Vin, ¿todo bien?

Su compañero no se molestó en responder.

—Me voy a la barra.

Y cuando la mujer desconocida se sentó a su lado, no pudo evitar regalarle una de sus sonrisas torcidas mientras contemplaba su mirada esmeralda. Sintió que habían conectado, sobre todo cuando la invitó a la pista de baile y ella permitió que la acercara a él hasta destruir esa distancia absurda. En aquel momento quiso besarla; de hecho, todavía ansiaba conocer el sabor desconocido que habitaba en sus labios rojizos.

Por eso no acababa de comprender qué había dicho o hecho para que desapareciera sin decir adiós, que hubiera preferido darle una excusa barata antes que enfrentarse al rechazo. Esa mujer había conseguido dejar sin palabras al detective, que, tras buscarla por todo el establecimiento, había acabado por aceptar que no volverían a encontrarse.

No pudo evitar recordar la sensación de su espalda rozándole el pecho, los brazos por encima de sus hombros...

Esa mujer había hecho que apenas acariciara la miel de sus labios y lo había dejado con las ganas.

Observó la decepción deambulando a su alrededor con los hombros caídos. ¿Qué podía hacer? Al fin y al cabo, no sabía nada de ella y tampoco se esmeraría por buscarla, no cuando le había dejado claro que había escapado por voluntad propia.

Volvió con Jeremy minutos más tarde y este pudo apreciar la resignación en sus ojos.

—Se ha ido. —No se trataba de ninguna pregunta, pero Vincent asintió con la cabeza mientras se dejaba caer a su lado—. No te martirices. Estas cosas pasan.

—Es la primera vez que me sucede.

—¿Quieres ir de chulo ahora? Así sabrás lo que se siente. Además, lo mejor que puedes hacer es olvidarte de ella. Nueva York es grande, dudo mucho que os volváis a encontrar.

Sin embargo, el destino travieso se mantenía atento a la conversación, deseoso de que Vincent descubriera quién se escondía en realidad tras esos labios rojos.

—¿Cambiamos de tema?

—¿Ya? ¿Te rindes tan fácil?

—No me toques los cojones, haz el favor —respondió Vincent irritado—. Respecto a la semana que viene...

—No vayas por ahí —lo interrumpió llevándose la copa a los labios—. Me lo puedes contar cuando amanezca. Ahora no.

—No sabes lo que te iba a decir.

—Claro que sí. —Lo miró bufando—. La fiesta del ruso en la que nos infiltraremos. Me lo dices mañana, ¿de acuerdo? Ahora, si me disculpas, me iré a bailar con esa preciosidad que no ha dejado de hacerme ojitos desde que he llegado. Tú puedes seguir pensando en la desconocida que acaba de darte plantón.

—Te estás ganando una patada en los huevos.

Pero Jeremy ya se había esfumado dejando que su compañero se pudriera en esa desgracia de color negro y mirada esmeralda. Vincent bebió otro trago largo y sintió la quemazón en la garganta, que competía con el fuego en el interior de sus pantalones cada vez que la recordaba.

Y el destino, más caprichoso que nunca, decidió abrir otra botella mientras esperaba el momento en que esas dos miradas volvieran a unirse.

En el vehículo reinaba un silencio tan incómodo que Stefan, en el asiento del conductor, podría llegar a tocarlo si se lo proponía. El ambiente se percibía denso y él no sabía cómo aligerarlo.

Aurora, en la parte de atrás, observaba las calles inmersas en la oscuridad, al igual que Nina, que se encontraba a su lado.

—¿Qué ha pasado ahí dentro? —se atrevió a preguntar en un hilo de voz.

—¿Tú también vas a decirme que no debería haber bailado con ese hombre? —soltó Aurora.

—¿Qué? Nada de eso. Haz lo que te dé la gana, pero somos un equipo y hemos venido a trabajar —dijo, y le echó un vistazo a Nina, que no parecía tener la intención de abrir la boca—. ¿De verdad queréis seguir en este plan?

De nuevo, otro silencio que las engulló, y Stefan suspiró mientras negaba sutilmente con la cabeza. Dos niñas pequeñas que se habían peleado, eso es lo que eran, sin contar que esa discusión por poco no había dejado sin aire a la segunda al mando de la Stella Nera.

Esa tensión continuó el resto del trayecto, incluso se incrementó cuando llegaron al apartamento. Aurora ni siquiera saludó a Romeo, que no tardó en preguntarse qué habría ocurrido. Detrás de ella, la cara de pocos amigos de Nina lo confundió todavía más. Quiso decir algo, aunque desechó la idea cuando la ladrona se encerró en la habitación después de que Sira hubiera alcanzado a entrar.

Necesitaba respirar y calmarse. Cerrar los ojos y olvidarse de lo que había pasado, aunque, en el fondo, supiera que había actuado mal.

—Debería hablar con ella —murmuró minutos más tarde, mientras acariciaba a su gata y contemplaba la ciudad que se extendía a lo lejos—. Aunque...

Se quedó callada. Con el ronroneo de Sira de fondo, la joven recordó el tiempo en el orfanato: siempre la regañaban, daba igual lo que hiciera; siempre se enzarzaban con la pequeña Aurora, la rarita que había llegado sin saber pronunciar su propio nombre. Las monjas empezaron a llamarla según lo que habían deducido y le asignaron un apellido cualquiera para poder registrarla.

Durante todos esos años la habían sermoneado, castigado, insultado, golpeado, encerrado, maltratado.

Giovanni la había acogido trece años atrás y, aunque nunca le había puesto una mano encima, las regañinas y los castigos no cesaron; el último había sido el más cruel de todos. En sus sueños, Aurora todavía era capaz de tocar esa pared rocosa y de notar las lágrimas secas alrededor de los ojos irritados.

Se llevó una mano al corazón deseando que esos latidos furiosos se tranquilizaran e intentó enterrar de nuevo esa caja donde guardaba los recuerdos que intentaban romperla. No podía permitírselo, no en la posición en la que se encontraba. Un solo fallo, una sola muestra de debilidad y esa máscara que la protegía del mundo caería.

Ante sus enemigos debía mostrarse implacable. Esa era la promesa que se había hecho desde el principio. Le encantaba sentirse poderosa, temible. Que bastara su nombre para despertar la alerta. Así era como debía mostrarse ante el mundo, como una sombra audaz que se mueve con agilidad.

Se oyó crujir la madera, pero Aurora ni siquiera le prestó atención. Sabía de quién se trataba, así que dejó que ella se acercara hasta que se puso a su lado. Las dos siguieron sin atreverse a iniciar la conversación hasta que, segundos más tarde y bajo el asombro de Nina, Aurora rompió el silencio.

—No debí reaccionar de esa manera —murmuró.

No podía dejar que ese enfrentamiento las enemistara; Aurora todavía la consideraba su amiga.

—Y yo no debí provocarte —confesó la Rubia mientras se decidía a hacer la pregunta que danzaba en su cabeza desde lo ocurrido—. Si Stefan no hubiera llegado… —Juntó los labios de nuevo y tragó saliva—. Si no hubiera aparecido, ¿me habrías soltado?

—Sí —dijo rápidamente—. No quería hacerte daño. —En realidad, no sabía lo que habría hecho si Stefan no hubiera llegado a tiempo—. ¿Qué has conseguido saber de Lee?

Decidió cambiar el tema de conversación por el bien de ambas.

—Smirnov es una rata que sabe esconderse bien, pero no se oculta del mundo, sino de sus enemigos. No es difícil dar con él, simplemente hay que saber cuándo y dónde encontrarlo.

—¿Te ha dicho dónde?

—Me ha comentado que a Dmitrii le encanta presumir de posesiones y riquezas mientras se cuelga a dos mujeres de cada brazo. Adora las fiestas —continuó explicando—. Hay una programada para el viernes que viene, pero solo se puede acceder con invitación.

—Y tú puedes meternos en la lista.

—Exactamente. —Ambas sonrieron—. Tenemos una semana para prepararnos. Hay que conocer sus puntos débiles, averiguar quién es Dmitrii Smirnov dentro de nuestro mundo y por qué está detrás del Zafiro.

—¿Crees que puede darnos problemas?

—No lo sé —respondió—. Espero que no; solo le perjudicaría a él.

Un silencio breve se instauró entre ambas y Aurora no pudo evitar pensar en el policía del local.

«Vincent Russell, un placer».

—Es detective —confesó, y Nina volvió la cabeza rápidamente—. El hombre con el que he bailado... Es detective —repitió como si intentara asimilarlo.

—Te habría arrestado —aseguró—. No te habría dejado escapar tan fácil, así que dudo mucho que sepa quién eres en realidad. Puede que ni siquiera esté al corriente del caso.

—No pienso arriesgarme. Hay que investigarlo también.

—Por si acaso.

—Si se interpone en nuestro camino... —Nina sabía a qué se refería su compañera, y asintió.

—Vamos a dormir —dijo segundos más tarde—. Mañana empieza la diversión.

7

Victoria y Alessio Varano.

Con aquellos nombres Aurora y Romeo se infiltrarían en la fiesta de Dmitrii Smirnov. Se harían pasar por dos hermanos adinerados y recién llegados de Monza; el ruso desconocía por completo su apariencia física. «Es el disfraz perfecto», había murmurado Nina después de haber investigado su vida entera. Teniendo en cuenta el detalle de la nacionalidad, no tendrían que esforzarse por ocultar su acento.

Era su primera vez en Estados Unidos y, gracias a su red de contactos y amistades, Smirnov les había hecho llegar una invitación a su fiesta exclusiva, que empezaba a las siete de la tarde. Se celebraba en una enorme mansión cuyo salón podía albergar cerca de trescientos invitados, ubicada en la zona residencial de los Hamptons y a poco más de dos horas en coche de la ciudad neoyorquina.

—¿Todo el mundo tiene claro el plan? —preguntó Aurora saliendo de la habitación.

Por supuesto, lo tenían como el agua, pues se habían pasado la semana entera recabando información sobre el ruso y su interés por el Zafiro de Plata. Cómo entrarían y se mantendrían entre las sombras, por dónde saldrían... Muchas variables daban pie a infinitos escenarios que se habían esmerado por cubrir.

O a casi todos.

Aurora y Romeo serían la cara visible de la misión, vestidos con sus mejores galas para entrar por la puerta grande. Nina se mantendría oculta hasta la señal y les brindaría soporte informático, y Stefan aguardaría en el vehículo hasta su llegada, quedándose pendiente, también, de la comunicación con el exterior. La segunda al mando había conseguido, por tiempo limitado, interceptar la radio de la policía.

—Yo tengo una pregunta —pronunció Stefan ganándose la atención de los demás. Un asunto de vital importancia e independiente de la misión le generaba inquietud—: Respecto a tu gatita… No pretenderás que se quede en el coche conmigo, ¿no? Que nos conocemos. —Sira se encontraba tendida sobre el sofá cual reina contemplando a sus súbditos—. Es una misión, no un parque de atracciones gatuno —protestó sin dejar de mirar a Aurora—. Me distraerá. Y si, además, la dejas a mi cuidado y se le ocurre salir corriendo, acabaré sin manos.

Aurora se permitió esbozar una pequeña sonrisa. Quiso responder, pero ni siquiera le dio tiempo a abrir la boca cuando la voz del italiano volvió a inundar la habitación:

—¿Y si tiene hambre? ¿Y si tiene que hacer sus necesidades? No sé tú, pero yo no lo veo.

Nina y Romeo, fingiendo estar ocupados, no perdían detalle de la conversación.

—¿Sabías que los gatos son unos animales muy independientes? —respondió la ladrona para cortar su histerismo. Le divertía la situación—. Estaremos fuera unas ocho horas, diez como máximo. No le pasará nada. —Se encogió de hombros, despreocupada, mientras le echaba un vistazo a Sira.

—Hombre, pues… A mí me preocupa más la casa. Los

ordenadores, los cables, mis calcetines... Ya sabes, esas cosas.

—¿Quieres tenerla en el coche contigo? —Aurora alzó las cejas.

Nina, al observar la reacción de Stefan, empezó a reírse y, después de colocarse las gafas de sol en la cabeza, intervino:

—Sois de lo mejorcito que tiene la organización, unos delincuentes de manual que aprietan el gatillo sin pestañear. Pero cuando se trata de Sira... ¿Le tenéis miedo o qué?

—Miedo a morir, que es diferente —murmuró Stefan, y Romeo asintió con la cabeza.

—No digáis tonterías —contestó la ladrona, que no dudó en dejarse abrazar—. *Ciao, amore.*

Sira, la única en el mundo a quien Aurora le demostraba su amor y cariño sin esconderlo.

—Que alguien me recuerde por qué este tipo va detrás de una joya carísima si está podrido de dinero —murmuró Romeo mientras se acercaban lentamente hacia la entrada de la mansión, una de las más caras de la zona.

Aurora, a su lado, alzó la barbilla sin dejar de observar la lujosa y elegante residencia. Vestidos con sus respectivos trajes y en el interior de un Ferrari de los cincuenta, el espectáculo estaba a minutos de empezar. Nina permanecía escondida, cerca, esperando el momento adecuado para entrar. Para ello, era indispensable que Aurora consiguiera distraer el tiempo suficiente a Dmitrii Smirnov.

—Deberíamos hacernos la misma pregunta, ¿no crees? Somos ladrones —respondió volviendo la cabeza hacia su compañero—. Más que por riqueza, lo hacemos por el proceso previo, como un depredador que caza a su presa. —Hizo una breve pausa antes de añadir—: Robar es un arte, un riesgo por el que vale la pena morir. No se trata de ningún juego.

Romeo se mostró impasible ante esa declaración, sobre todo por la seriedad que había mostrado la ladrona.

—Sin miedo a la muerte, entonces —murmuró Stefan por el pinganillo para aligerar el ambiente.

Diez minutos antes se habían asegurado de que los pequeños dispositivos funcionaban. En la base de operaciones Nina los había configurado para que permanecieran activos en todo momento.

—Estamos llegando a la entrada principal —informó Aurora ganándose un «recibido» por parte de los tres.

—Por cierto —empezó a decir el conductor—, ¿dónde están los Varano originales?

—Muertos. Tal vez cruzando el cielo. —La voz de Aurora había sonado fría como el hielo, lo que hizo que Romeo dudara de si era broma o no. El humor de la princesa podía llegar a ser violento, un humor ácido que, a veces, cruzaba el límite.

—¿De verdad?

—Están en Cancún, tomando el sol —respondió ella con una sonrisa. Romeo se quedó mirándola. ¿Había sido otra broma?—. Nos toca.

En el coche con Stefan, Nina tecleaba a toda velocidad en el pequeño ordenador que llevaba consigo.

—Accediendo a las cámaras de la entrada en tres, dos... ya. —No iban a arriesgarse a que grabaran su imagen—. Ya podéis salir del coche.

El telón acababa de alzarse y Aurora y Romeo, disfrazados de los hermanos Varano, se integraron entre los invitados con una facilidad asombrosa. El segundo, con un esmoquin clásico, no dudó en sonreír y saludar a quienes pasaban por su lado. En cambio, la mujer a su derecha mantenía una expresión más seria mientras atravesaban el patio interior y avanzaban hacia el vestíbulo. Lo que no habían esperado era encontrarse con una mesa repleta de antifaces, algunos más estrambóticos que otros.

—Si me permiten —murmuró la mujer de sonrisa amable mientras les proporcionaba un par de máscaras que combinaran con sus atuendos.

—Tal vez un cambio de última hora —pronunció Stefan—. ¿Ponía en la invitación que sería un baile de máscaras?

—¿Y con unas que ofrecen ellos, además? —añadió Romeo.

En ese instante, las puertas se abrieron para dejar que la pareja de hermanos avanzara hacia el salón, abarrotado de gente enmascarada, que parecía haber sido bañado en oro. Una lámpara de araña coronaba el techo y las luces, algo leves, irradiaban calidez. El círculo que formaban las mesas de cóctel dejaba el centro libre como pista de baile, ocupada ya por varias parejas.

—Puede que haya sido cortesía del anfitrión —pronunció con disimulo la ladrona esbozando una dulce sonrisa.

—¿De verdad lo crees? —preguntó el italiano a su lado mientras avanzaban poco a poco. No podían dejar de mirar a su alrededor—. Joder con el ruso, parece que nos hayamos trasladado a la época victoriana.

—¿Lo veis? —oyeron decir a Nina.

Tardaron unos segundos en responder.

—Sí —confirmó Aurora—. Al fondo, en un sofá rojo encima de una plataforma. Sentado. Rodeado de su equipo de seguridad: dos hombres desconocidos bebiendo a su lado y varias mujeres alrededor.

—Querida hermana. —Aurora se volvió ante un Romeo que se encontraba levemente inclinado con la mano extendida hacia ella—. ¿Me concedes el honor?

Aceptó sin rechistar, pues aquel baile no tenía otra función que la de reconocer con disimulo el entorno para comprobar la ubicación de cada hombre de seguridad, además de coordinar el siguiente paso. No podían dejarlo al azar, tampoco en manos del destino que ni siquiera les estaba prestando atención, demasiado ocupado regodeándose en la mirada de color miel que se encontraba escondida entre la multitud.

La mirada de Vincent, que se detuvo cuando la mujer misteriosa, del brazo de un hombre un poco más alto que ella y de pelo rizado, se presentó en la sala.

El detective se mantuvo quieto, sin apartar los ojos de la esbelta figura. Admiró su vestido largo desde la distancia: una prenda de satén con una abertura hasta el muslo y bañado en el mismo color esmeralda que la joya que portaba en el cuello.

Era preciosa.

Se llevó la copa de champán a los labios mientras se sorprendía a sí mismo por aquel pensamiento; no obstante, frunció un poco la frente al percatarse de dónde se encontraba. Las casualidades no existían, menos de ese calibre. ¿Cómo era posible que, después de una semana, hubiera aparecido en la fiesta del hombre al que la policía tenía en la mira?

Deseó que se tratara de una casualidad inocente y que esa mujer de pelo azabache no tuviera nada que ver.

—¿Qué miras tanto? —preguntó Jeremy a su lado—. Concéntrate.

—Dijiste que no volveríamos a encontrarnos.

—¿Eh? ¿Qué estás diciendo?

—¿Te acuerdas de la mujer con la que bailé la semana pasada? —Volvió levemente la cabeza hacia su compañero, sin perderla de vista.

—Ah, sí, la que te dio plantón. ¿Qué pasa?

—Está aquí.

Jeremy se quedó unos segundos en silencio ante la escueta respuesta de Vincent.

—¿Aquí? ¿En este salón?

—No, en el de mi casa. —Dejó escapar el aire—. Lleva un vestido verde, pelo de color negro. Ahora está bailando con ese tipo.

Su compañero dejó vagar la mirada por la pista de baile y no tardó en dar con ella. Sí, tenía cierto parecido, aunque no pudo evitar fruncir el ceño.

—¿Es ella?

—¿Dudas de mí? —Incluso sonó ofendido.

—No, pero… ¿tan fácil la has reconocido? Lleva antifaz.

—¿Y?

—Pues eso, que tiene media cara escondida. —Daba la sensación de que los antifaces se hubieran cortado con una plantilla de encaje.

—Es inconfundible —aseguró.

—De todas maneras, estamos de servicio, en una operación encubierta de reconocimiento. No podemos perder el tiempo en asuntos personales.

—¿Y si no fuera un asunto personal?

Jeremy se quedó pensativo.

—No crees que sea una casualidad. —No era una pregunta. Vincent lo confirmó con un gesto de cabeza—. Se acercó ella a ti, a fin de cuentas. ¿Qué te dijo cuando estuvisteis en la barra?

—No sabía que era detective —respondió—. Recuerdo que se quedó un poco asombrada, pero no le di mucha importancia. Acto seguido, se marchó, y una semana más tarde aparece aquí —concluyó—. Puede que guarde relación con Smirnov.

—¿De verdad lo crees?

—Es lo que me gustaría saber —respondió, aunque, en el fondo, esperaba equivocarse.

No podía apartar la mirada de su cuerpo, de ese vestido verde que se movía a su compás, de su melena azabache recogida con suavidad... Y en aquel instante la leve sospecha que intentaba aplacar dio paso a una desconfianza salvaje. Necesitaba respuestas y lo primero que debía averiguar era su nombre.

—Espera —lo frenó su amigo—. ¿Qué vas a hacer? Ni se te ocurra improvisar sobre la marcha, que te conozco. No hagas ninguna tontería, ¿me oyes?

—Cálmate.

—Una mierda me calmo —respondió algo agresivo, intentando controlar el tono de voz—. Cíñete al plan si no quieres que nos descubran.

—No pasará nada —aseguró—. Está todo controlado.

—Vincent —trató de llamarlo al ver su intención de dirigirse hacia ella—. Vincent, vuelve aquí, joder.

Tarde.

Demasiado tarde.

Y Jeremy tuvo que permanecer en aquel rincón, apartado de la multitud, mientras veía que su compañero se acercaba a la mujer que lo había dejado en jaque y que se escondía tras un nombre robado.

Aurora ni siquiera se había dado cuenta de su presencia. Había dejado de preocuparse por él el día después de su primer encuentro, cuando se percató de las pocas probabilidades de coincidir. Su especialidad era huir de la policía, salir victoriosa de las persecuciones y confundirla cada vez que quería. ¿Qué haría un simple detective que ni siquiera la había reconocido? Llevaba años en este mundo, lo conocía mejor que nadie y su mente estratégica nunca descansaba. Ahora su mirada no podía dejar de observar a quien suponía el primer paso para llegar hasta Dmitrii Smirnov.

—Los dos hombres se han ido —la informó Romeo en el oído; todavía bailaba mientras intentaba que no se percatara de su nerviosismo al estar cerca de ella. La italiana no respondió. Lo acababa de ver.

Aprovechando el final de la canción, empezó a caminar hacia el anfitrión de la fiesta. Sabía lo que su mirada tenía que transmitir: una seducción capaz de derruir su sosiego, que lo enloqueciera lo necesario para perder los sentidos. El plan era que se acercara lo suficiente para que la cámara instalada en su colgante le escaneara la retina del ojo derecho y que Nina lo utilizara para acceder a la información que necesitaban.

—Me estoy acercando —informó a su equipo, pendiente de cualquier movimiento.

—Recuérdalo —empezó a decirle su compañera al oído—: siete segundos para completar el escaneo.

—Entendido.

Y, por fin, se produjo el primer contacto visual. A pesar del antifaz, Smirnov no pudo ignorar a la belleza esmeralda que se dirigía hacia él. Apreció la seguridad en sus pasos junto con el sutil juego de caderas. La espalda erguida, los hombros levemente hacia atrás para que el colgante tuviera el protagonismo absoluto.

No obstante, antes de que pudiera dar un paso más, una mano desconocida le agarró la muñeca y se lo impidió. Si no hubiera tenido que conservar la calma, no habría dudado en dejarlo sin descendencia. Ahí mismo, sin preguntas.

—Qué agradable sorpresa. —Esa voz, en cambio, sí le resultó familiar.

La sonrisa desapareció justo cuando Aurora se volvió a su encuentro, cuando su mirada verde se tropezó con la suya sumergida en miel. Segundos más tarde, el agarre se había diluido y la mano del detective se adentró de nuevo en el bolsillo del pantalón mientras intentaba que sus ojos pícaros no se posaran en los labios de la desconocida.

—Vincent Russell —pronunció Aurora recuperando la compostura.

El detective ignoró la caricia de su nombre y elevó la comisura del labio.

—¿Me concedes el placer? —Alargó la mano en su dirección dejándole clara la invitación a bailar, pero poco le importó no recibir respuesta cuando esa misma mano se deslizó hacia la parte baja de su espalda y la atrajo hacia él—. Supongo que me lo debes —susurró cerca de su oído mientras comenzaba una nueva melodía: un tango—. Quedó algo pendiente entre nosotros.

Ese baile la había pillado desprevenida. No esperaba encontrarse con él precisamente ahí, en la mansión del ruso; tampoco que la reconociera.

Romeo, alejado de la muchedumbre y con el ceño fruncido, observaba el baile que protagonizaban y no dudó en decir por el pinganillo:

—¿Quién es ese gilipollas? Voy a rescatarte.

—No —susurró la ladrona dirigiéndose a su compañero; no obstante, Vincent elevó las cejas pensando que la respuesta había sido para él.

—¿No?

—Que yo recuerde, me fui —respondió en el mismo tono mientras dejaba que el detective marcara el ritmo.

—Te escapaste.

Aurora tensó la mandíbula sin apartar la mirada. La pareja siguió interpretando uno de los mejores bailes de la noche. Se habían ganado el foco de atención, incluidos los ojos de Smirnov, atento desde la distancia.

—Me surgió un compromiso.

—¿De verdad?

—¿Por qué iba a mentirte?

Una vuelta. Volvieron a unirse un segundo más tarde.

—Dímelo tú —respondió él entrando en su juego—. No habría estado mal una despedida.

—¿Quieres mi hombro para llorar? Me surgió un compromiso y tuve que marcharme. No entiendo la necesidad de darte más explicación que esa.

Otra vuelta. Esa vez Vincent se las ingenió para que la espalda de ella impactara contra el pecho de él y no pudo resistirse a rozarle sutilmente con los labios la piel descubierta del cuello. ¿Qué había sido aquello? ¿Qué…? Aurora cerró los ojos y los abrió un segundo más tarde, cuando el brazo de él la impulsó hacia un lado y luego la hizo volver. De nuevo se enfrentaban las dos miradas.

—Oh, ninguna explicación, preciosa. —Le acarició con sutileza la espalda desnuda—. Pero esperaba que, por lo menos, me hubieras dado tu nombre. ¿Sabe que la curiosidad casi ha podido conmigo, señorita…?

Aurora sonrió al descubrir la intención que se ocultaba detrás de aquella pregunta.

—Varano —dijo la mujer consciente de la cercanía de sus labios—. Victoria Varano.

—Victoria —repitió saboreándolo. Sus ojos mostraban un brillo peculiar que la ladrona captó al instante—. De familia italiana, ¿no? Hablas muy bien el inglés, si me permites decírtelo. Y dígame, señorita Varano, ¿qué la trae por aquí? ¿Conoce usted al anfitrión?

—Si no lo conociera, no estaría aquí, ¿no le parece?

Touché.

Ambos labios se curvaron en una ligera sonrisa. Mientras que la dama arrojaba una diversión envuelta en burla, él se había quedado sin palabras aunque intentara ocultarlo.

—Me parece que sabes que soy policía.

—¿Dónde has escondido la placa esta vez —daba la sensación de que la distancia que los separaba volvía a estorbar, así que el detective se esmeró y volvió a combatirla. Aurora no tuvo más remedio que levantar el mentón para que sus miradas siguieran luchando por el poder—, detective Russell?

—¿Qué relación tienes con Smirnov?

—Está sospechando. —Era Nina a través del auricular—. Tienes que desviar su atención. Eres Victoria Varano, no Aurora; métete en el personaje.

—¿Personal o profesional? —Enarcó una ceja jugando con él—. ¿Por qué quieres saberlo?

—Curiosidad.

—La curiosidad mató al gato.

Silencio.

Una nueva sonrisa. Más tensión en la mandíbula, en los brazos. La mano de Vincent se deslizó hasta la parte baja de su espalda y la caricia que le regaló no fue precisamente suave.

—Contéstame.

—¿Ni con un «por favor»? —La italiana se atrevió a rozarle la quijada con los labios. Y en ese instante la respiración del detective se tomó una pequeña pausa para saborearlo—. ¿Dónde están los modales?

—No me provoques.

—Y tú a mí no me des órdenes —respondió algo arisca, aunque al instante suavizó la expresión al darse cuenta de que era Aurora la que acababa de decir aquello y no su personaje—. No tengo ninguna relación con el ruso. Nos ha invitado por cortesía. De hecho, iba a ir a saludarlo cuando me has secuestrado para que bailara contigo.

—¿Nos?

—¿De todo lo que te he dicho solo te ha interesado eso?

—Sí —respondió, y no pudo evitar, aprovechando la posición en la que se encontraban, alzar una de las piernas para que le rodeara la cadera e inclinarse levemente hacia el lado contrario—. ¿Me dirás quién es o estás esperando ese «por favor» de mi parte?

Demasiado cerca. Incluso sus labios podían saborear la tensión.

—La cortesía brilla por su ausencia, al parecer.

—Habló la que se fue sin despedirse.

—Pensaba que ya lo habías superado —murmuró cerca de su oído para después mirarlo. La melodía estaba llegando a su fin, aunque sus manos no parecían querer abandonar el tacto de su piel. Finalmente, Aurora interpuso esa distancia amarga entre ambos—. ¿Sigues pensando que tengo algo que ver con el ruso? —Vincent no respondió, pero su silencio bastó para afirmarlo—. Investígame si quieres, tal vez te quedes más tranquilo cuando veas que no hay nada de lo que puedas acusarme.

—Nunca te he acusado.

—Pero lo has pensado —refutó ella, y, de nuevo, sus labios sellados respondieron por él.

Vincent no pensaba dejar que se fuera con la última palabra, pero justo cuando iba a responderle, la imponente presencia de Smirnov lo interrumpió. La mirada de Aurora le había despertado un agradable interés y un deseo que necesitaba resolver cuanto antes.

—¿Me permite un baile con la bella dama, caballero? —murmuró la voz ronca del ruso; tenía un magnetismo difícil de eludir. Incluso se tomó el atrevimiento, bajo la atenta mirada de la sala, de agarrarle la mano para plantarle un delicado beso.

—La dama puede responder por sí misma —espetó Aurora. Por un momento, el detective pensó que rechazaría la propuesta, pero no fue así—. Será todo un placer.

Ni siquiera le regaló una última mirada, pues desvió toda su atención hacia el hombre de aspecto serio y acento ruso, cuya mano ya se encontraba en su espalda para guiarla hacia él. En aquel momento Vincent se escondió entre la multitud, aunque sin poder dejar de mirarlos. Una nueva melodía había invadido el salón y la dama de esmeralda volvía a protagonizar otro baile.

—¿Y bien? —Jeremy apareció a su lado, con ambas manos en los bolsillos—. ¿Te ha servido de algo bailar con ella? Espero que, por lo menos, te haya dicho su nombre.

—Victoria Varano —se limitó a decir sin poder apartar la mirada. Apretó la quijada cuando la vio reír—. Italiana, no sé cuánto tiempo llevará en Estados Unidos porque no le he notado el acento, ni hoy ni cuando hablamos la semana pasada. Me ha asegurado que no guarda relación alguna con Smirnov.

—¿Y tú la crees?

—Sí y no.

—¿Sí y no? ¿Qué respuesta es esa?

—También ha dicho que puedo investigarla si quiero —murmuró recordando la conversación—. O es muy lista y tiene un as bajo la manga, o de verdad no sabe nada y ha sido pura casualidad.

—No todos los invitados de esta fiesta van a estar compinchados con él. Su círculo está bastante limitado y es lo que hemos venido a concretar.

—No me fío de ella —dijo segundos más tarde—. Tiene algo que… Hay algo en su mirada, incluso en su forma de hablar. Es como si tuviera siempre el control, sabe qué decir en todo momento. Te lleva a su terreno sin dificultad.

—Una manipuladora de manual, ¿no?

El detective no respondió; quiso asentir con la cabeza, pero tampoco lo hizo, ya que tenía la mente ocupada pensando en qué lado de la balanza tenía más peso: ¿su desconfianza hacia Victoria o el deseo de creer en su inocencia? No podía dejarse llevar por su apariencia de ángel, tampoco por su cautivadora mirada ni por las dulces palabras que salían de su boca, ya que podían estar impregnadas de un veneno letal.

Y la nueva víctima del ángel ahora bailaba con ella. Los cuerpos cerca, aunque sin rozarse; las manos juntas y rectas, dignas de un vals; la mano de él en su espalda sin la intención de dejarla ir, y sus miradas... Los ojos de Aurora no abandonaban los del ruso, pues aún debía convencerlo de que mirara la joya que le descansaba en el pecho. «Siete segundos», le había recordado Nina por el pinganillo. Siete segundos para que la minúscula cámara de luz infrarroja escaneara la retina de Smirnov.

—¿Los antifaces fueron una decisión de última hora? —preguntó Aurora tratando de llevarlo a su terreno—. En la invitación no decía nada.

—Digamos que... Soy un hombre de sorpresas. —Su sólido acento brillaba en cada palabra pronunciada—. Realza tus ojos verdes, ¿no te parece?

Primera oportunidad.

—Realza mi conjunto entero, no lo dudes, incluido el colgante —susurró enderezando un poco la espalda mientras bailaban al son de la pieza—. ¿No te parece una piedra preciosa?

La ladrona no perdió la sonrisa cuando los ojos de Smirnov se desviaron disimuladamente hacia su pecho para apreciar la joya, cuya estructura plateada conseguía captar toda la atención.

—Seis, cinco, cuatro... —La cuenta atrás empezó justo cuando Dmitrii bajó la cabeza—. Tres... —Su mirada volvió a encontrarse con la de Aurora—. Tres segundos más —comunicó Nina por el auricular.

—Esmeralda auténtica, natural, tallada en forma de pera, que cuelga de una cadena fina de oro blanco —murmuró mientras apoyaba la mano en la espalda de la dama para inclinarla hacia abajo con elegancia. Digna de la realeza, al igual que su portadora.

—¿Entiendes de joyas?

Smirnov volvió a centrarse en la pieza mientras asentía sin saber que el escaneo acababa de completarse. Había caído en su trampa sin sospecharlo siquiera, sin darse cuenta de que acababa de entrar en un terreno que la ladrona dominaba.

—Escaneo concluido —masculló Nina—. Fase dos del plan: distraerlo.

El objetivo era que la segunda al mando pudiera acceder a los archivos encriptados.

—Digamos que siempre me han gustado —respondió Dmitrii atreviéndose incluso a levantar una mano para acariciar el colgante. Desde el otro lado de la sala, Vincent no perdía detalle de cada movimiento.

Aurora sonrió y no dudó en dejar escapar una de las bombas.

—¿Por eso vas tras el Zafiro de Plata? —La pregunta había conseguido que Smirnov tensara el cuerpo.

—¿Qué sabes tú del Zafiro de Plata? —preguntó en un susurro, apenas separando los dientes.

—Muchas cosas. —En aquel momento, Aurora era consciente de que lo estaba provocando, pero debía alargar la conversación—. Pero no creo que este sea lugar para hablarlo, ¿no crees?

—¿Quién eres?

—He dicho que no hablaré aquí, querido.

Aunque había empezado a sonar otra melodía, parecía que su baile acababa de terminar, pues el ruso la miraba chasqueando la lengua y planteándose si creerla o no.

—¿Y yo cómo sé que no estás intentando jugármela?

—No lo sabes. —Se encogió de hombros—. No te queda más que confiar en mí. Además, no tendría por qué mentirte; mi intención es hacer un trato contigo, no matarte.

Dmitrii se mantuvo en silencio mientras admiraba el rostro de la dama cuyo nombre desconocía.

—Detrás de ti —se limitó a decir indicándole el camino con la mano.

Si había información que él desconocía, tenía que descubrirla.

Empezaron a caminar por el salón, esquivando a los demás invitados, bajo la atenta mirada del detective, que se mostraba confuso. ¿Por qué se marchaban?

—Se van.

—No estoy ciego, Jer, lo estoy viendo —respondió serio—. ¿De qué coño habrán hablado?

—Esa no es la pregunta —murmuró su compañero—. ¿Por qué abandona la gente una sala llena? Podrían haberse ido al sofá, pero tiene pinta de que van a encerrarse en una habitación.

Vincent tensó la mandíbula.

—Ilumíname.

—A: Van a resolver la tensión sexual. B: El tema es privado y no lo puede saber nadie. C: Ponte en la peor situación, tal vez quiera secuestrarla y venderla.

—¿Eres imbécil?

—He dicho que te imaginaras lo peor. De todas maneras, dime qué quieres que hagamos.

El detective soltó un suspiro disimulado al ver que desaparecían de la sala. No podían llamar la atención. Si avanzaban, los guardaespaldas de Smirnov no dejarían que cruzaran la puerta. Tampoco podían revelar su identidad porque echarían a perder la investigación. Su única opción era contrastar las respuestas que le había ofrecido con la información que iban a encontrar. Nadie estaba limpio por completo y los pequeños detalles de los cabos sueltos eran un buen hilo del que tirar.

Lo que Vincent Russell ignoraba era que la ladrona siempre iba un paso por delante. Con él y con todo el mundo, incluso con Smirnov, pues con unas simples palabras había conseguido que se encerrara con ella en una habitación lejos de sus guardaespaldas.

—¿Quién eres? —volvió a preguntar el ruso tras haberse acomodado en el sillón de piel.

—Alguien a quien también le interesa el Zafiro.

—¿Y se puede saber con quién tengo el gusto de tratar? Al fin y al cabo, me has dicho que querías hacer un trato conmigo; me gusta saber con quién negocio.

—No permito que me den órdenes, querido —murmuró observando a su alrededor—. ¿Tanta curiosidad tienes?

Dmitrii frunció el ceño.

—La lista de invitados. Mis hombres tenían instrucciones específicas de no dejar entrar a cualquiera.

—¿Crees que soy una persona cualquiera? —Aurora se acercó para sentarse en el reposabrazos del sillón. Su oponente alzó la barbilla—. No es mi intención frustrar tus planes, simplemente quiero que te calles y me escuches.

—Empiezo a sospechar que no sabes una mierda —murmuró en un tono que a la ladrona no le gustó—. Además, a la única persona con la que podría hacer un trato le gusta permanecer oculta. ¿Qué puedes ofrecerme tú? Alguien que sigue sin decirme quién es.

—¿De qué te serviría saberlo? —Sus labios se encontraban cada vez más cerca de su rostro, de su mandíbula. Otra distracción mientras desenfundaba la pequeña pistola que escondía en el muslo—. ¿Qué cambiaría?

—No estás siendo clara, así que te sugiero que empieces a hablar si no quieres que llame a mis hombres.

Pero la habitación se quedó en silencio cuando Aurora quitó el seguro del arma y le apuntó en sus partes íntimas, justo donde se encontraba la cremallera del pantalón.

—Y yo que pensaba que tendríamos una conversación tranquila… —murmuró sin dejar de mirarlo. La expresión de su rostro había cambiado a una más sorprendida, asustada—. Sin embargo, no me importará adoptar un método más… agresivo.

—¿Esperas que te confiese lo que sé? ¿Así?

La sonrisa curvada de la mujer demostraba seguridad, intimidación, pues estaba dispuesta a soltar la segunda bomba.

—¿Y si te dijera que la ladrona de guante negro estaría dispuesta a negociar contigo?

8

A Dmitrii Smirnov era difícil engañarle, o eso creía él. Su percepción del detalle se lo impedía, incluso detectaba cuándo alguien le estaba mintiendo, y esa mujer, que todavía le apuntaba con el arma, le había parecido sospechosa nada más mencionar el Zafiro de Plata.

—Mientes —murmuró mientras le brotaba una pequeña risa incrédula—. Nadie ha visto el rostro de esa ladrona, ¿cómo quieres que te crea? Roba, escapa de la policía y se esconde. Literalmente, vive entre las sombras. Nadie la conoce, ¿y ahora resulta que llegas tú y me lo confiesas? ¿Así como si nada?

—¿Dudas de mi palabra? —susurró con el peligro disfrazado de tranquilidad. Quería seguir jugando con él, distrayéndolo, así que empezó a subir el cañón de la pistola rozando muy despacio el material de su traje.

—Voy a llamar a mis hombres —respondió con otro susurro, pero el suyo encerraba una innegable inquietud.

—Cálmate —le pidió. Levantó la pistola y se alejó de él, aunque sin romper el contacto visual—. Ya lo habrías hecho de haberte visto en peligro. No te haré nada; como he te dicho, solo quiero hablar.

—Pues habla.

—No puedo hacerlo si dudas de mí. —Empezó a caminar de nuevo por la habitación, a pequeños pasos, mientras apreciaba los cuadros de las paredes—. Dime, ¿qué debería hacer para que me creyeras?

Dmitrii pareció pensárselo, detalle que Aurora captó al instante. La distracción estaba funcionando.

—Cinco minutos más —anunció su compañera por el auricular. Cinco minutos nada más; no obstante, aunque pudiera parecer poco tiempo, en ocasiones se convertía en una eternidad.

—Nadie conoce tu rostro —empezó a decir el hombre—. Si realmente eres la ladrona, sabes ocultarte bien. Justo eso es lo que me hace desconfiar, porque acabas de confesármelo sin apenas conocerme. ¿Cómo sabes que no voy a delatarte? Tengo contactos, gente que daría millones por tu cabeza. ¿Es un movimiento inteligente? ¿De verdad lo crees?

La habitación se quedó en silencio ante la declaración de Smirnov, incluso las manecillas del gran reloj de pared se tomaron un breve descanso para regalarle a la ladrona ese instante de incertidumbre.

—Querido —recalcó con una voz que detonaba seguridad, intimidación—, ¿en qué momento te he dicho que yo sea la ladrona? —Sonrió y apreció en su mirada un deje de confusión—. Trabajo para ella, por lo que hablo en su nombre.

—Acabas de decir...

—Nunca he especificado nada —aclaró manteniendo aún la sonrisa burlesca—. «La ladrona está dispuesta a negociar contigo». En ningún momento te he dicho que se trate de mí. —Hizo una breve pausa—. Si pretendes irte de la lengua, adelante, pero te sugiero que la escondas antes de que venga y te la arranque.

—¿Así quieres llegar a un acuerdo? ¿Con amenazas?

—Es efectivo, ¿no te parece? —respondió Aurora—. Conoces su reputación, imagina lo que sería capaz de hacer con solo dar la orden. No te conviene tenerla de enemiga, créeme —aseguró acercándose al sillón donde Dmitrii permanecía sentado. No dudó en colocar las manos en los dos reposabrazos e inclinarse hacia su rostro—, porque se vuelve implacable. No querrás que te grabe una sentencia de muerte en la frente, ¿verdad?

Otro silencio, este mucho más denso por la amenaza bañada en chocolate amargo y espolvoreada con veneno letal. Aurora no mentía, podía destruirlo si lo deseaba, pero lo haría ella misma, sin terceros de por medio.

—Muy bien —concluyó Smirnov al cabo de unos segundos—. Cerramos el trato, pero ¿qué gano yo? ¿Qué quiere de mí?

—Información, es evidente —respondió alejándose de nuevo mientras veía cómo se ajustaba la corbata. Parecía que lo había dejado sin aire—. Es lo que le hace falta. Además, tú mismo lo has dicho: ella es la única con la que harías un trato porque sabes que, precisamente, es la única capaz de robar esa joya con éxito. Ganamos todos.

—Creo que no eres consciente de lo que estás diciendo.

—¿No? —expresó divertida—. ¿En qué me estoy equivocando?

—El Zafiro de Plata es la punta del iceberg —confesó—. ¿Qué te hace pensar que compartiré el botín?

—A partes iguales.

—No. —Negó relamiéndose los labios—. El Zafiro es de ese tipo de riqueza que no se comparte, sino que se venera. La muestras ante el mundo para que vean que la tienes, para regodearte en la envidia de los que ansiaban obtenerla.

—Acabé —murmuró Nina—. Sal de ahí. Nos vemos en el punto de encuentro.

La ladrona guardó silencio mientras festejaba en su interior. Había logrado entretenerlo sin decirle absolutamente nada. No obstante, ahora debía escapar sin que sospechara que se había tratado de una distracción repleta de amenazas y burlas.

—¿Qué tiene de especial?

Dmitrii volvió a negar con la cabeza, un movimiento sutil, aunque, esa vez, acompañado de una sonrisa socarrona.

—La información es valiosa, *дорогая*. —Hizo énfasis en el apodo, como había hecho ella minutos atrás con su «querido»—. Al igual que tu jefa, yo también necesito asegurarme de que no habrá ninguna traición por su parte. Ya sabes, no me gustaría morir al día siguiente porque a la ladrona ya no le guste jugar en equipo.

Había llegado el momento de utilizar el as que tenía bajo la manga, uno que había aparecido sin que ella lo pretendiera.

—¿Estás seguro de haber comprobado la lista de invitados? —preguntó. No iba a desperdiciar la posibilidad de escapar que le brindaba el detective.

—¿Y ese cambio de tema repentino? —Se levantó, ya que no le gustaba hacia dónde se encaminaba la conversación—. Por supuesto, esta es una fiesta exclusiva.

—¿Y está invitada la policía?

—¿Qué coño estás diciendo?

—Un detective del departamento de Nueva York, especializado en casos de hurto y crimen organizado, se pasea por tu fiesta como si fuera su casa. Y, dada tu reacción, veo que ni siquiera te habías percatado de ello —murmuró sin que le importara haberle perjudicado—. Eso es lo que te ofrezco; compañerismo, comunicación y confianza. Llegaremos al Zafiro mucho más rápido si trabajamos en equipo. Los demás jugadores no tendrán nada que hacer y habrán perdido sin haber empezado siquiera.

—¿Cómo se llama?

Tercera bomba activada.

—Vincent Russell. —No le había temblado la voz, tampoco había dudado en decirlo. Acababa de lanzarlo a los tiburones para apartarlo de su camino—. Haz lo que quieras con él, pero, como le menciones que lo has sabido por mí, te mataré yo misma, ¿queda claro?

—¿Eres así de sanguinaria siempre?

—Te sorprenderías.

—Quédate tranquila, no se enterará —aseguró dirigiéndose hacia la mujer de esmeralda. Claramente, había llegado el momento de la despedida—. Ha sido un placer conversar contigo, pero, como comprenderás, debo ocuparme de un asunto. Seguro que encuentras la manera de que estemos en contacto.

Aurora no respondió, se limitó a asentir con la cabeza mientras observaba cómo Dmitrii Smirnov abandonaba la habitación. No pudo evitar esbozar una pequeña sonrisa. Lo había engañado, había hecho que se adentrara en su juego sin apenas darse cuenta y, lo más importante de todo, ni siquiera parecía haber sospechado de las verdaderas intenciones que se ocultaban tras su distracción.

Sira era capaz de intuir cuándo se aproximaba su dueña. Era una gata inteligente, que la entendía a la perfección y la defendía de todo peligro, tal como ella había hecho con la felina un par de años atrás cuando la rescató de la muerte.

Aurora la había salvado y Sira, desde la primera vez que le había ofrecido aquel biberón con leche, había permanecido a su lado. No dudaría en esperar a que cruzara la puerta que las separaba para dirigirse hacia sus pies y ronronear. Aquel encuentro no tardó demasiado. Solo pasaron unos pocos segundos hasta que los cuatro se adentraron en el piso.

Después de dejar sus pertenencias en el suelo, empezaron a sentarse con las cervezas en la mano. La princesa se acomodó en el sillón que había quedado libre, con la felina en el regazo.

Habían transcurrido unas horas desde que habían abandonado la mansión en los Hamptons, y Aurora aún podía recordar la última mirada que le había regalado al detective Russell: desinteresada, fría, mientras observaba cómo el equipo de seguridad le pedía con poca amabilidad que abandonara el lugar. Había ejecutado una maniobra de distracción perfecta para escapar de Smirnov sin levantar la mínima sospecha.

—Estoy reventado —murmuró Stefan mientras cerraba los ojos un instante—. ¿Alguien sabe hacer masajes?

—¿Crees que alguno de nosotros está dispuesto a hacerte uno? —La segunda al mando colocó una pierna encima de la otra y no pudo evitar echarle una mirada a Romeo, que acababa de darle un trago al botellín—. Pregúntale a Romeo, a lo mejor él sabe.

Stefan tensó la mandíbula.

—¿Dónde te duele? —preguntó el más joven del equipo, que no parecía haberse percatado de su reacción.

—Sin ofender —empezó a decir Aurora cortando la conversación—, pero ¿podemos pasar a lo importante? El Zafiro no se robará solo.

Nina volvió la cabeza hacia ella.

—¿No podemos ponernos mañana? —se quejó Stefan, aunque no dudó en juntar de nuevo los labios cuando las miradas de ambas se encontraron, recordando la disputa que habían protagonizado en el club.

—Por cierto, ¿nos puedes explicar por qué casi te has delatado? No formaba parte del plan que Smirnov supiera que la ladrona de guante negro va detrás del Zafiro de Plata —inquirió Nina.

—El plan era distraerlo, y ha funcionado.

—Ya, pero… ¿seguro que puedes confiar en él?

—¿Quién ha dicho que esté confiando? —contraatacó—. Sigue sin saber nada de mí, incluso le he hecho creer que no soy ella.

—¿Por qué? —intervino Stefan para calmar las aguas.

Aurora seguía acariciando a Sira, preguntándose qué era tan difícil de entender. Después de pasarse la lengua por el colmillo, dijo:

—Smirnov acaba de bajar la guardia, está convencido de que vamos a formar un equipo para robarlo porque sabe que sin mí no podrá conseguirlo. Él no es un ladrón, no sabe cómo dar un golpe así. Está más acostumbrado a pagar en la *dark web* —explicó con las miradas atentas a sus palabras—. Con esa distracción le he hecho creer que la ladrona lo necesita para llevar a cabo el plan. Se ha sentido importante, una pieza fundamental, y no dudará en cooperar por la confianza que he demostrado en él al delatar al policía infiltrado en la fiesta.

—El tipo con quien bailaste. El mismo del club al que fuimos —respondió Stefan.

—Exacto —dijo echándole un vistazo a su compañera—. Para que la manipulación funcione es crucial darle a la víctima una pequeña dosis de verdad; así confiará en ti y habrá caído en el juego. No sabrá que el control lo tiene quien lo ha manipulado.

La habitación se sumió en un breve silencio hasta que Romeo lo rompió.

—Creo que estos discursos inteligentes me ponen cachondo —murmuró. Stefan no tardó en asestarle un golpecito en la nuca.

—Muestra un poco de respeto.

—Vale, pero —dijo captando la atención de la princesa— ¿qué harás con Smirnov? Porque no vamos a trabajar con él. Nina ha conseguido todo lo que necesitábamos, ¿no?

La segunda al mando asintió.

—Continuaré haciéndole creer que la alianza es verídica, que no tiene nada que temer, hasta que… —Juntó los labios sin acabar la frase para darle ese toque de dramatismo que tanto le gustaba.

—¿Hasta…?

—Hasta que lo obligue a retirarse de la caza del tesoro.

—¿Y piensas que no responderá? No creo que debas subestimarlo y, posiblemente, también se cubrirá las espaldas. Lo hemos investigado, el tipo no es tan imbécil.

—Dudo mucho que le dé tiempo —respondió sin entrar en detalles—. ¿Alguna pregunta más?

Nadie contestó y Aurora dio la conversación por finalizada.

—Bien. —Nina se adjudicó el turno de palabra—. Había mucha información; no sé cómo la ha conseguido, pero he logrado copiar sus archivos. Sabemos todo lo que Smirnov ha averiguado hasta ahora.

No tardó en vincular la pantalla del ordenador con la del televisor para enseñarles lo que había conseguido recopilar.

—¿Dice dónde podemos encontrar la joya? —preguntó Stefan.

—Eso y más —respondió mientras mostraba las imágenes—. Esta información aún no es pública, pero se expondrá en el Museo de Arte Moderno, aquí, en Nueva York. ¿Cómo ha llegado el Zafiro de Plata ahí? No lo sé. Disponemos de la ubicación y de la fecha, poco más.

—¿Cuándo será?

—Treinta de abril, sábado. A las siete de la tarde.

—Tenemos un mes para preparar el golpe —murmuró

la ladrona mientras dejaba que su mirada se perdiera en un punto lejano—. ¿Qué más sabemos?

Su compañera mostró otra imagen, esa vez de una corona con tres espacios reservados para tres piedras preciosas, un tesoro cuyo nombre todavía permanecía oculto.

—El Zafiro solo es una parte —declaró—. Smirnov tampoco ha conseguido averiguar mucho más, pero se trata de un verdadero tesoro, una corona que, con las tres piedras juntas, podría valer billones. A simple vista esta pieza posee un valor incalculable.

La ladrona mantuvo los ojos sobre la imagen. Si el Zafiro de Plata había conseguido cortejarla, esa corona acababa de robarle el corazón.

Nina continuó con la explicación:

—Es un tesoro que ha estado desaparecido durante muchos años, ni siquiera sabría deciros cuántos. —Se quedó en silencio mientras exploraba entre los archivos—. Se ha recuperado la pista recientemente y ahora se expondrá de ese museo.

Aurora no había dejado de observar la pantalla mientras pensaba en el colgante que acababa de impregnarse de un interesante misterio.

—¿Sabes por qué desapareció? —preguntó Romeo—. Es que no entiendo por qué la gente no ha seguido buscando el resto de las piedras, ¿por qué solo se sabe de esta gema?

—Ahí radica el problema. Para localizar la siguiente pieza es fundamental disponer de la primera. Smirnov no tiene mucha información al respecto, así que tendremos que ponernos manos a la obra para encontrar lo que sea que nos ayude a resolverlo.

—Tal vez la gente del museo haya empezado la búsqueda de la segunda piedra —continuó diciendo él—. Por cierto, ¿cómo se llama?

—No lo dice, pero aquí aparece el nombre de la corona —murmuró, haciendo una breve pausa, mientras observaba sus miradas inquisidoras—. La Corona de las Tres Gemas.

—Qué original —se mofó Romeo aguantando la risa—. Pero es imponente, ¿eh?, todo hay que decirlo.

Aurora entrecerró los ojos con sutileza.

—Si los del museo encontraran la segunda —empezó a decir—, nos lo pondrían más fácil, porque solo sería cuestión de robársela igual que haremos el día treinta con el Zafiro.

—Entonces nos quedaremos aquí una buena temporada —dedujo Stefan.

—El tiempo que sea necesario —respondió la ladrona—. No saldré de esta ciudad sin el Zafiro de Plata —aseguró, y se quedó callada durante unos segundos—: Llamaré más tarde a Giovanni para contárselo.

Su compañera la miró.

—¿Tú? —preguntó Nina en un tono que sorprendió a Aurora. No obstante, esbozó una sonrisa rápida—. Pensaba que sería yo la que hablaría con él.

—Tengo que decirle varias cosas más. —Compartieron una mirada que a los otros dos miembros del equipo les resultó difícil descifrar—. Bien, ahora nada de distracciones; mañana a primera hora os quiero ver aquí para empezar a preparar el plan.

El plan para perpetrar el mayor robo de la historia.

9

A primera hora de la mañana de aquel triste lunes, los gritos de Howard Beckett se extendieron por todo el departamento como ráfagas de aire gélido.

El inspector estaba furioso; no con Vincent ni con Carter, sino con el mundo entero. Se sentía como un volcán a punto de entrar en erupción.

Vincent, de brazos cruzados, no se había atrevido a interrumpir su enfado; era consciente de todo lo que su superior le estaba diciendo. Intentó desconectar varias veces, pero la furia de sus ojos amenazaba con mandarle dar diez vueltas alrededor de Central Park y, en realidad, no le apetecía cumplir con ese castigo.

De todas maneras, harto de que los segundos avanzaran con esa lentitud exasperante, trató de poner fin a la conversación.

—Señor, lo comprendo, pero…

¿Pero? ¿Había escuchado un «pero»?

Jeremy, desde el rincón en el que se encontraba, trataba de contener la risa que estaba a punto de brotar. Todavía era joven, no podía dejar que el inspector lo hiciera picadillo.

Otro grito emergió en medio de aquel silencio mortal.

—¡Cuando el superior habla, el resto mantiene la puta

boca cerrada! ¡No me hagas arrastrarte de los huevos hasta la academia para que vuelvan a enseñarte modales! —Tenía la respiración agitada, los hombros echados hacia atrás y las manos a ambos lados de la cadera—. ¡¿Cómo habéis dejado que Smirnov os descubra?! He mandado a dos incompetentes a hacer el trabajo del que podría haberse encargado cualquier novato. ¡Mírame cuando te hablo, cojones!

Ignorando su orden directa, el detective empezó a caminar con la intención de llegar hasta el despacho del jefe. Su paciencia había rozado el límite y no iba a permitir que su mentor siguiera burlándose de él sin dejar que se explicara.

—Te oigo, ¿de acuerdo? No es necesario que me grites —pronunció tratando de sonar convincente. Howard lo conocía desde que llevaba pañales, y seguía siendo su superior, pero no iba a dejar que lo interrumpiera. Siguió hablando mientras le indicaba la puerta con la palma de la mano—. Vamos a hablarlo en privado como dos personas civilizadas.

Su voz había sonado oscura. Segundos más tarde, Beckett se limitó a pasar por su lado y entrar en la habitación.

No era la primera vez que Vincent le plantaba cara; no obstante, la sorpresa seguía siendo palpable en el resto. No lograban comprender cómo el detective conseguía que Howard el Temible cediera. Si algún otro osara responderle de la misma manera, su cabeza acabaría de trofeo en su mesa.

Vincent cerró la puerta del despacho mientras veía al inspector ponerse cómodo delante del escritorio.

—Muy bien; si quieres hablar, habla —dijo indicándole que se sentara—. Espero una explicación que me haga entender por qué se ha puesto en riesgo la investigación. ¿Eres consciente de que acabas de mandarlo todo a la mierda?

—¿Todo? —Vincent enarcó una ceja sorprendido—. ¿Te recuerdo que Dmitrii Smirnov solo es una pequeña hormiga? Hemos estado vigilando sus movimientos durante meses porque era el único con información respecto al Zafiro. Además, el tipo trabaja solo y se esconde muy bien. No tiene ningún tipo de relación con esa ladrona ni con ningún otro. Solo es un empresario que juega a ser ladrón. Smirnov compra las joyas que a él le interesan, no las roba —murmuró con la inescrutable mirada de Howard encima de él—. ¿Podemos dejar de hablar del ruso multimillonario y centrarnos en lo que de verdad nos interesa, que es proteger el colgante? Lo van a exponer el día treinta, ¿crees que esa mujer no lo sabe ya? Si quieres atraparla, utilicémoslo como cebo. Que filtren la noticia a la prensa y solo habrá que esperarla con los brazos abiertos. Tú mismo lo dijiste: es una ladrona y los ladrones no pueden resistirse. Si quieres resultados, hay que actuar ya.

Howard admiró, una vez más, la tenacidad que había mostrado el detective; no se había equivocado cuando había decidido ponerlo al mando de su primer caso. Estaba seguro de que él, de una manera u otra, acabaría destruyendo el reinado de la ladrona de guante negro, que ya duraba cinco largos años. Solo era cuestión de tiempo, de entrar en su mismo juego y vencerla con un jaque mate perfecto.

—Habla con el director del museo —respondió el inspector—. Si te pone pegas, lo convences; me da igual cómo, pero necesito que esa noticia haya dado la vuelta al mundo mañana a primera hora. ¿Está claro?

—Sabes que no es necesario que utilices ese tono conmigo, ¿no?

—Te olvidas de que tengo el poder y la influencia necesarios para ponerte de patitas en la calle, ¿no? A lo mejor sí te vendría bien regresar a la academia, niño malcriado —le espetó mientras se dejaba caer contra el respaldo de la silla—. Eres igual que tu padre; de tal palo, tal astilla.

Era curiosa la manera en la que Howard Beckett y Thomas Russell se habían conocido, ya que, a pesar de que Thomas nunca había pertenecido a la fuerza policial, no habían dudado en forjar una amistad que se había mantenido intacta durante años.

—Creo que a mi padre le encantará saber que me amenazas con echarme del cuerpo.

—Ahora resulta que también eres soplón —respondió riéndose de él. Se quedó mirándolo unos pocos segundos—. Confío en que harás lo necesario para capturar a esa delincuente. No pienso tolerar nada que reafirme la incompetencia de la policía. Quiero sus guantes como trofeo y encerrarla en una prisión de máxima seguridad.

—Sus deseos son órdenes, mi señor —murmuró el detective con un suave ladeo de cabeza.

—Suficiente tengo con aguantar las tonterías de los demás como para lidiar también con las tuyas.

—Es inevitable. —Se encogió de hombros.

—Por cierto, respecto a Smirnov...

—Ya me lo has preguntado —respondió—. Te recuerdo que también me has dedicado una dosis de tus gritos por teléfono.

—Quiero saber cómo logró el ruso descubrir vuestra tapadera. Ah, no, espera, solo la tuya, porque ni siquiera se fijó en Carter.

—Te lo dije en su momento y te lo voy a repetir.

—Vigila ese tono, muchacho —lo interrumpió—. Te recuerdo que sigo siendo tu superior y mi intención es resolver este caso.

Vincent dejó escapar un profundo suspiro.

—No sé qué ha pasado —se limitó a decir; sin embargo, era perfectamente capaz de intuirlo—. En un momento, sus hombres me sacan de la fiesta y acabo en la calle. Lo más probable es que lo haya descubierto por su cuenta, aunque tampoco es que haya tenido la oportunidad de hablar con él.

—¿Carter averiguó algo?

—No. Nada que no sepamos ya. Ya te lo he dicho —volvió a insistir—: Smirnov trabaja solo y tampoco vimos por la fiesta a ningún sospechoso o sospechosa con intención de acercarse a él.

Mentira tras mentira. Había una razón por la cual Vincent se negaba a compartir la aparición de Victoria Varano en su vida. Quería encargarse de ello por su cuenta, investigarla y descartar cualquier sospecha. No era estúpido y podía sumar perfectamente dos más dos para darse cuenta de que había sido ella quien lo había delatado.

La encontraría. Removería cielo y tierra para dar con ella y, solo entonces, mantendrían una agradable conversación en la que mediaría su gran amigo el polígrafo. No iba a permitir que volviera a burlarse de él. La había creído la primera vez; la segunda no le había dado tiempo a reaccionar, pero la tercera sería diferente.

—De todos modos, quiero que lo mantengáis vigilado. Todo el que vaya a por el Zafiro es sospechoso —ordenó—. Tal vez nuestra ladrona se oculte tras la máscara de un rostro masculino.

—Sería gracioso descubrirlo.

No quería encerrarse de nuevo en la soledad de aquellas cuatro paredes. Entre el mal temperamento de Howard y sus órdenes, y la investigación del caso de la ladrona, solo ansiaba la calidez de una casa a la que pudiera llamar hogar.

Estaba harto de la soledad, de las botellas de whisky; también de la oscuridad que lo recibía cada noche al volver de trabajar. No le apetecía recalentarse las sobras del día anterior ni que la televisión le hiciera compañía, y mucho menos sentir el frío de la cama. No le desagradaba el silencio, pero aquella noche necesitaba hablar con su padre, sentarse con él en el sofá, que bebieran un par de cervezas mientras esperaban la pizza de *pepperoni* y hablar de sus respectivas rutinas. Echaba de menos el ambiente familiar, abrir la puerta y toparse con el aroma de la cena recién servida. Todo eso era algo que había perdido y que nunca recuperaría.

Minutos más tarde aparcó delante de la casa en la que había crecido, un lugar que le traía a la memoria momentos de felicidad, aunque sin obviar las lágrimas que habían protagonizado su adolescencia.

Esperó a que su padre abriera la puerta y lo recibiera con una pequeña sonrisa junto a unas palmadas en el hombro.

—No me llamas en semanas y ahora te presentas sin avisar —lo reprendió en un tono divertido—. Estaba haciendo la cena; ven, siéntate. ¿Qué tal hoy?

—No te quejes, por lo menos he venido. ¿Cuántas veces se ha presentado mi querida hermana? Ni siquiera se acuerda de los cumpleaños.

—¿Te olvidas de que Layla se pasa la vida en el hospital? Por lo menos ella me llama, no como tú.

—Auch.

Layla Russell, la pequeña de la casa, era médico residente en el área de cirugía y el gran orgullo de la familia.

Vincent aprovechó para sentarse a la mesa mientras observaba a su padre dar vueltas por la cocina.

—¿Quieres que te ayude?

—No te preocupes, ya lo hago yo.

—Qué poca fe tienes en mí. Sé cocinar.

—Hervir agua para la pasta o pedir a domicilio no es cocinar, hijo.

—Sigue siendo comida —respondió enarcando las cejas a la vez que sonreía—. Que tú sigas otras técnicas no tiene nada que ver.

—Ya. —Empezó a preparar una ensalada—. ¿A qué se debe tu visita?

—¿Tiene que haber un motivo? Me apetecía verte, hablar contigo. Aunque, si te soy sincero, me sorprende haberte encontrado; por lo general vuelves más tarde.

—Ya, bueno, tampoco es mi intención dedicarle la vida entera al museo. Me gusta mi trabajo, pero tampoco me obsesiona.

—Hubo un tiempo en el que sí.

Thomas endureció la mandíbula sin dejar de cortar las verduras; no era su tema favorito y su hijo lo sabía. Prefería evitar esa época donde casi había perdido el juicio, pues su única preocupación era aquella piedra preciosa cuyo nombre hacía temblar a todos los joyeros. Ahora que el Zafiro de Plata se encontraba bajo la protección del museo donde trabajaba, esa obsesión se había sosegado.

—No me gusta hablar de ese tema.

—Lo sé —negó con la cabeza algo afligido—. No era mi intención, perdóname.

—¿Hay avances con el caso? No he oído nada en las noticias.

—Sabes que no puedo hablar de esos detalles contigo, papá —respondió—. Aunque lo que puedo asegurarte es que vamos a hacer lo imposible por atraparla.

—Es escurridiza.

—Todo el mundo tiene un punto débil; basta con saber de qué se trata, amenazarla con eso, rodearla y encerrarla.

—No permitiré que ponga las manos sobre la joya, Vincent. Han sido muchos años de investigación, de paciencia, para conseguirla.

—Tranquilo, papá. El museo es una fortaleza y la protección alrededor del colgante es a prueba de balas. Esta vez lo tendrá realmente difícil.

Thomas esbozó una sonrisa, dejó la comida en el centro

de la mesa y se sentó con su hijo. Incluso se las ingenió para llevar dos cervezas mientras decidía si le contaba lo que había hecho.

—Prométeme que no se lo dirás a nadie —empezó a decir.

—¿El qué? ¿Qué has hecho?

—He tenido el Zafiro de Plata en las manos —confesó—. Y he aprovechado una revisión para instalar un pequeño localizador en el cierre del colgante. No quiero arriesgarme, no con esta joya.

—¿Por qué no quieres que se sepa? Es decir, a mí me parece bien que se lo hayas puesto. Es una ventaja que podríamos utilizar.

—Estás pensando como un policía —murmuró su padre mientras usaba el tenedor para jugar con la comida.

—Eso es lo que soy, papá. —Cruzó los brazos sobre el pecho sin dejar de mirarlo—. Podría servirnos de cebo, piénsalo: caería directamente en la trampa sin imaginarse que el colgante tiene un chip. Creería que acaba de ganarnos y, en el momento más inesperado, la capturaríamos porque sabríamos en todo momento dónde se encuentra.

—No.

—¿No? ¿Por qué no? Recuperaríamos el Zafiro y la tendríamos a ella. No tiene por qué salir mal.

Era un disparate, un plan que nacía de la pura improvisación y que no aseguraba el éxito. ¿Y si la ladrona llegaba a ver el pequeño dispositivo? ¿Y si se hacía con la piedra y dejaba atrás el engarce? Thomas no iba a arriesgarse, no valía la pena, porque lo único que le interesaba era encontrar la segunda piedra y completar la Corona de las Tres Gemas. Quería que su nombre adornara el artículo y que los medios se pelearan por la exclusiva. No iba a perder el Zafiro de Plata, no lo permitiría.

—Lo que tú ves como un plan de ataque yo lo considero protección. Le he insertado el chip por si la ladrona llegara a robar la joya, no para convertirla en carnada. No pienso arriesgar nada.

—Papá...

—Vincent, por favor, no empieces. Ya conoces mi postura y por eso te he pedido que no lo comentes, ¿de acuerdo? No quiero que Howard lo sepa porque propondría el mismo plan que tú.

—¿Y el director del museo? ¿Tampoco quieres que lo sepa?

—No quiero que lo sepa nadie —respondió con firmeza—. Además, a Williams ni siquiera le interesa el tesoro y desconoce que el Zafiro solo es la primera pieza del puzle. Le da exactamente lo mismo mientras todo el reconocimiento y las ganancias de la exposición sean para él. ¿Por qué crees que quiere mostrar la piedra auténtica? Si no lo ha anunciado ya, estará a punto de hacerlo. Es una rata ambiciosa con un símbolo del dólar en cada ojo.

—Veo que le tienes mucho aprecio —observó mientras seguía comiendo. Le gustaba la manera de cocinar de su padre y no se había dado cuenta de lo que lo había echado de menos, pues la última vez que habían cenado juntos había sido en Navidad.

—Es un grano en el culo, pero sigue siendo mi jefe.

—Créeme, te entiendo a la perfección.

—¿Has tenido problemas con Howard?

—Lo de siempre.

No le importó contarle la anécdota, tampoco que opinara al respecto, ya que la intención de aquella conversación era compartir un momento divertido con algunas risas de regalo, hablar de algo que no fuera el trabajo y recordar las vivencias de años atrás. No quería volver a su apartamento, al bullicio de Brooklyn, pero tampoco iba a perturbar el sueño de su padre. Al fin y al cabo, la rutina no se movería de su lugar, atrapada en aquel reloj de arena que dependía de que alguien le diera la vuelta al día siguiente.

Se despidió de Thomas una hora más tarde rechazando con la cabeza su oferta para quedarse a dormir. Vincent no lo haría, pues sabía que adoraba su espacio, la tranquilidad que le proporcionaba el silencio de la noche, estar solo en casa. No se lo iba a arrebatar sin necesidad; ya había conseguido su propósito: conversar con su padre, verlo y preguntarle qué tal le había ido el día.

En lugar de eso, le prometió que lo llamaría, tal como hacía su hermana, que se mantenía enganchada al teléfono.

—Odias hablar por el móvil —le recordó Thomas ya en la puerta.

—Contigo puedo hacer una excepción.

—Vaya, gracias, hijo mío, qué consideración por tu parte. —Se llevó una mano al pecho con afectación—. Entiendo la carga que soportas casi a diario, así que no te preocupes; prefiero que nos veamos cuando puedas y quieras.

Su padre era un trozo de pan. No podía encontrar otras palabras para describirlo.

Con un último abrazo, se despidieron en aquel porche blanco y Vincent entró en el coche, listo para marcharse a casa. Estaba cansado y lo único que quería era llegar, darse una ducha caliente y dejar que las sábanas lo acunaran. Sin embargo, ignorando sus propios pensamientos, atacó la oscuridad con la pequeña lámpara de la mesita y se sentó en el sofá sin despegar la mirada de la pantalla del móvil. Había recibido un mensaje de alguien que le había devuelto un favor.

> Aquí tienes lo que me has pedido.
> La próxima vez, te agradecería algunos datos más,
> porque ha sido como buscar una aguja en un pajar.
> De nada y no me llames

Abrió el archivo y acarició en su mente el nombre de Victoria Varano. El informe, un documento de una sola página, contenía su fotografía y algunos datos básicos, además del expediente de criminalidad.

Mientras lo estudiaba, no dudó en servirse una copa de whisky y volver al sofá.

Apreció su fotografía, el rostro descubierto por aquel antifaz que le permitía observar sus ojos bañados en el más puro esmeralda, como dos piedras preciosas talladas a mano. Se transportó dos noches atrás; entre ellos habían surgido chispas de fuego.

Se fijó en su edad: veintitrés años.

Lugar de nacimiento: Monza, Italia.

Expediente de criminalidad: dos multas de tráfico. No había más antecedentes penales.

«Dos multas», repitió en su mente mientras no dejaba de observar ese apartado casi en blanco. Nada que la relacionara con Smirnov ni con el robo de joyas. Tampoco había participado en ningún crimen, estaba limpia por completo. Así que Victoria le había dicho la verdad... Entonces ¿por qué esa sensación no desaparecía? Algo en su interior, que se había tomado la libertad de acomodarse en su hombro, le susurraba que no era de fiar. Pero no creía que esa información fuera falsa.

«Investígame si quieres, tal vez te quedes más tranquilo cuando veas que no hay nada de lo que puedas acusarme». En aquel momento, mientras conquistaban la pista de baile, no pudo evitar pensarlo.

Volvió a leer el informe y se detuvo una vez más en la fotografía. Era ella. Un ser inconfundible de una belleza singular. La mujer de los labios rojos, la misma con quien había bailado en el Paradise Club después de que lo hubiera invitado a una copa.

¿Una jugada del destino, tal vez? El susodicho, con una sonrisa en el rostro y observando desde la distancia, asintió en respuesta. La ladrona, en la azotea del edificio de enfrente, contemplaba a Vincent Russell sin perder ni un solo detalle.

A Nina no le había supuesto ningún problema encontrarlo ni tampoco modificar el verdadero informe de Victoria Varano y sustituirlo por el que el detective releía una y otra vez.

—¿Qué te parece, Sira? —preguntó en voz alta con la mirada escondida entre las sombras. Su gata ronroneó en respuesta alzando levemente la cabeza para dejarse acariciar.

Aurora sabía que el detective no se detendría hasta capturarla. ¿Y qué hacía la ladrona de guante negro con las amenazas? Acababa con ellas.

10

Sintió como si la misma noche la zarandeara tratando de que abriera los ojos. Por fin lo consiguió y la sacó de aquel cuarto de baño de un club cualquiera. Acababa de tener un sueño erótico que había mojado levemente su ropa interior.

Aurora no pudo evitar inspirar hondo para soltar todo el aire. Sentía la nuca pegajosa, además de las pequeñas gotas de sudor deslizándosele por la espalda. Incluso notó la humedad en la entrepierna; le reclamaba que terminara lo que su sueño había empezado, y la princesa de la muerte pocas veces ignoraba lo que su cuerpo le pedía.

Se levantó de la cama tratando de hacer el mínimo ruido y se encerró en el cuarto de baño después de rebuscar en la maleta para llevarse lo esencial.

Iba a tocarse. Y lo iba a hacer bajo la lluvia templada de la ducha, pues no podía esconder el deseo que aquel sueño acababa de provocarle. No le importaba tener compañía a pocos metros, aunque estuvieran profundamente dormidos; tampoco que el reloj hubiera dado las cuatro de la mañana, y mucho menos que el nombre de quien le había hecho ver las estrellas no dejara de resonar en su cabeza. Al fin y al cabo, ella no se lo diría y Vincent seguiría viviendo en la ignorancia.

Aurora se refugió bajo el agua dejando que la melena le cayera cual cascada por la espalda y no se lo pensó dos veces cuando deslizó una de las manos por su pecho. Empezó a manosearlo, a acariciar la aureola rosada y sentir lo mismo que le había provocado el detective en su fantasía. Su otra mano, entretanto, envolvía el juguete de silicona para dirigirlo hacia la zona palpitante que ansiaba una penetración profunda.

Escondida tras el ruido de la ducha y mordiéndose el labio inferior, dejó que sus manos la complacieran hasta que olvidó lo que había soñado: a él embistiéndola contra la pared de aquel baño minúsculo, sus piernas rodeándole la cintura. Intentaba no gritar cada vez que entraba en ella. Más profundo. Más rápido. Y más, y más...

Aurora se mordió de nuevo el labio mientras cerraba los ojos con fuerza, pero se arrepintió en el instante en el que su rostro volvió a aparecer. No podía dejar de proyectarse en su sueño; solo pensaba en él, en Vincent sujetándola con fuerza.

Esa fantasía la engulló de nuevo e imaginó la caricia de sus manos por su cuerpo desnudo, al detective escondido en su cuello emborrachándose de la suavidad de su piel y de su reacción ante unos besos que, de haber sido reales, le habrían dejado marcas.

Ya no oía el sonido del agua, tampoco el de su respiración irregular; se había olvidado de dónde se encontraba. La princesa de la muerte, acurrucada en la bañera vacía, mantenía la cabeza inclinada hacia atrás y los ojos todavía cerrados. No podía detener el vaivén del juguete entre sus piernas, levemente flexionadas, cuando estaba empezando a sentir la cercanía del orgasmo.

Necesitaba llegar al punto álgido y sentir la agitación de su cuerpo. Para ello, con la mano libre, le brindó su atención al clítoris, ya sensible; empezó a acariciarlo con las yemas de los dedos. Con trazos circulares y variando la presión, sintió que las piernas le temblaban y arqueó la espalda.

Acababa de correrse pensando en Vincent Russell solo con imaginarlo entre sus piernas.

Era consciente de que aquello no sucedería nunca, pero no iba a negar la atracción que había sentido al verlo por primera vez, o cuando bailaron aquel tango provocador. Si la vida no los hubiera declarado enemigos naturales, si solo hubieran sido dos desconocidos hambrientos de una noche de placer, tal vez no se habría conformado con una triste masturbación en la ducha. Tampoco habría fantaseado con sus besos y el juego de sus caderas, con él entrando por completo en su interior.

Tal vez ese sueño se hubiera convertido en una realidad en el baño del club donde se conocieron.

Pero la vida, o incluso el propio destino necesitado de diversión, los había declarado adversarios. Y Aurora sabía anteponer el trabajo al placer. Vincent no era nada para ella, un estorbo en su camino, una amenaza que tenía que desaparecer, tal como le había susurrado a la oscuridad horas antes mientras lo observaba en la comodidad de su salón.

Horas más tarde, cuando el sol hizo su primera aparición, Romeo se adjudicó la preparación del desayuno: huevos revueltos, una tostada con queso fresco y zumo de naranja. El problema era que no había vasos de cristal para todos.

—Muy gracioso —comentó Aurora con ironía mientras daba un trago de una taza de Maléfica.

El equipo se sentó a la mesa redonda, aunque, antes de que pudieran empezar a comer, los interrumpió el zumbido del teléfono. Se trataba del *capo* de la organización, que llamaba desde la otra parte del mundo. Nina contestó a la llamada, pues era su deber como su segunda al mando, pero se sorprendió cuando Giovanni pidió hablar con Aurora.

—Es para ti —murmuró hacia su compañera, y se sentó a la mesa de nuevo.

La ladrona se levantó y se llevó el aparato a la oreja mientras se dirigía a la habitación.

—Ahora vuelvo, empezad a comer.

Empujó la puerta para tener un poco más de privacidad, pero no se dio cuenta de que la había dejado entreabierta. Se sentó en la cama y le preguntó a su jefe el motivo de la llamada.

—Quiero que me aclares cierta información —dijo sin molestarse en saludar. La ladrona apretó los dientes; había percibido en su voz el inicio de una reprimenda—. ¿Qué ocurre con ese policía, Vincent Russell? Nina me ha puesto al corriente. ¿Por qué has ido hasta su casa? ¿Has perdido la cabeza? ¿Qué esperabas conseguir?

Muchas preguntas, algunas de ellas carentes de contexto.

—¿Qué te ha dicho Nina exactamente? —se limitó a preguntar con voz seria.

—No, explícame por qué has ido a verlo. Bastantes encuentros fortuitos has tenido con él como para que ahora lo veas a propósito. Dime qué querías, ¿colocarle un micrófono en su casa? Arriesgado. Si se hubiera dado cuenta, habrías sido la primera sospechosa. Se supone que la misión es hacernos con el Zafiro de Plata, no provocar a un detective cualquiera.

—Giovanni… —trató de decir. Quería explicarle la situación, pero su mentor se estaba imaginando una historia que difería de la realidad.

—Es una orden directa, Aurora; no quiero que vuelvas a verlo.

La ladrona esbozó una sonrisa burlona.

—¿Me lo estás prohibiendo? ¿A mí? ¿Después de haberme asegurado que me tratarías como a tu igual? —preguntó escondiendo el fastidio que aquello le provocaba—. ¿Sabes lo que más me duele de todo este asunto? —siguió, aunque sin esperar respuesta—. Que pienses que de verdad lo he hecho.

—Nada justifica que hayas ido hasta su casa. —La voz del jefe no tembló. No volvería a caer en sus manipulaciones.

—Si me hubieras dejado hablar, te habría dicho que en ningún momento he pisado su apartamento. He pedido esa información para ver dónde se esconde, porque es una amenaza directa, y ya sabes lo que se hace con quienes representan un peligro —explicó—. También te habría contado lo que tengo pensado hacer con él, pero, dado que prefieres suponer antes que preguntar, me voy a reservar esa información y empezaré a actuar por mi cuenta, ¿cómo lo ves?

—¿Que cómo lo veo? ¿Se te olvida que gracias a mí estás llevando a cabo todas las misiones? Somos un equipo, como tú misma me propusiste años atrás, pero vuelve a dirigirte a mí con ese tono y te quedas fuera. No voy a aguantar tus ataques de arrogancia.

No era ningún misterio que el *capo* y Aurora tenían ciertas diferencias, sobre todo cuando la ladrona se enfrentaba a él pensando que saldría impune de la conversación. Pero Giovanni Caruso no era un hombre paciente y sus amenazas de marcharse habían empezado a cansarlo. Por ello, optó por un método más directo: si quería irse, le daría vía libre para que lo hiciera.

Aurora tardó varios segundos en responder.

—No soy tu muñeca, tampoco trabajo para ti —dijo enderezando la espalda—. No me gusta que dudes de mí.

—Mantente lejos de ese hombre, Aurora; es la primera y última vez que lo digo. Llevas cinco años burlándote de la policía, pero yo llevo otros veinte. Concéntrate en el objetivo y evita provocarlo. ¿Queda claro?

El silencio quedó dominado por una tensión que podría haberse cortado. Giovanni no iba a dar su brazo a torcer y la princesa de la muerte, con la mirada fija en la ventana, era demasiado orgullosa como para agachar la cabeza.

—Lo pensaré —dijo al final—. Vincent Russell ahora es mi problema.

—Es un problema que afecta a todo el equipo, no solo a ti. —Sabía que no serviría de nada tratar de razonar con ella—. Lo único que te pido es que no hagas ninguna tontería.

—Está persiguiendo a la ladrona de guante negro.

—Si caes tú, caemos todos —respondió con una seriedad amenazadora—, y no voy a dejar que eso suceda.

—¿Temes perder tu preciada organización?

—Temo perderte a ti —confesó.

El italiano le estaba mostrando un sentimiento que pocos habían conocido, que superaba al amor mismo, que proyectaba un sacrificio que cualquier padre haría por un hijo. Se sentía como un dragón custodiando a su princesa de alas negras, capaz de reducir a cenizas a cualquiera que pensara hacerle daño.

—Si crees que puedes comprarme con palabras...

—Lo digo en serio —respondió con decisión—. Ten cuidado con ese policía, porque, si llega a atraparte..., deseará no haber nacido.

Una amenaza directa.

—No pasará.

Giovanni no respondió, aunque asintió sabiendo que ella no era capaz de verlo.

—Aurora, feliz cumpleaños, *principessa*.

Aquel día era cinco de abril y, como cada año, la felicitaba.

A ella no le gustaba celebrarlo, no le daba la más mínima importancia; de hecho, el resto de la organización no sabía que acababa de cumplir veinticuatro años, y seguirían sin saberlo, pues odiaba convertirse en el centro de atención por una festividad que la hacía sentir incómoda. Con la única persona con quien no se molestaba era, precisamente, con su mentor.

Intercambiaron algunas palabras más y finalizaron la llamada. Justo cuando Aurora se levantaba, la persona que había escuchado toda la conversación volvía a la mesa redonda como si nada hubiera pasado.

En menos de diez segundos la noticia de la reaparición del Zafiro de Plata ya había recorrido todo el país. Cinco minutos más tarde acaparaba los titulares mundiales. Una hora después se había convertido en la comidilla de cualquier conversación.

Las redes sociales se avivaron con infinidad de teorías y explicaciones acerca de por qué se consideraba la joya más valiosa de todos los tiempos. Los medios televisivos no dejaban de mostrar imágenes y papeles arrugados asegurando que se había encontrado en una cámara subterránea oculta a los ojos mundanos. Algunos expertos estimaron el valor que podría tener la gema. Incluso hubo quienes se interesaron por el colgante solo para exhibir su dinero, sin saber que el Museo de Arte Moderno de Nueva York no pensaba deshacerse de tan valiosa joya.

Retransmitiendo desde las escaleras del edificio, el director, Aaron Williams, se entusiasmaba al anunciar la exposición del treinta de abril en la que la joya se presentaría ante el mundo entero.

Las entradas se agotaron en minutos.

Pero lo que la multitud también se preguntaba era si la ladrona de guante negro actuaría el mismo día de la presentación ante los ojos del público. Muchos esperaban una respuesta afirmativa. Incluso le preguntaron al director si estaba preocupado por ello.

—Ni siquiera tendrá opción de acercarse, así que estoy muy tranquilo —aseguró ante la docena de periodistas—. El sistema de seguridad será impenetrable.

—Esa mujer es una maestra del disfraz —empezó a decir otro—, ¿no le preocupa que pueda acceder al museo?

—Como he dicho, estoy muy tranquilo. Es más, la invito formalmente a asistir al evento para que contemple el Zafiro de Plata desde la distancia, porque no tendrá ni una sola oportunidad de hacerse con él.

«Estas han sido las palabras de Aaron Williams, el director del Museo de Arte Moderno de Nueva York, quien asegura que la ladrona de guante negro ni siquiera podrá acercarse al Zafiro de Plata».

Stefan bajó el volumen del televisor.

—Esto me huele a desafío de los buenos.

—Yo no entiendo por qué la gente se confía tanto —intervino Romeo—. Después se llevan la decepción y empiezan a llorar.

Lo que la humanidad no sabía era que Aurora ya merodeaba territorio enemigo. Estudiaba sus movimientos, sus estrategias, los planos del museo; perfeccionaba el plan para escapar del museo con la joya colgando del cuello, como si fuera un trofeo por haberse hecho con la victoria.

La noticia no la sorprendió y las palabras del director solo le hicieron esbozar una pequeña sonrisa.

—Podríamos enviar un mensaje —pronunció la ladrona captando la atención del equipo.

—¿A qué te refieres? —preguntó Nina—. ¿Decirles que ya estás aquí?

—Que sepan que estaré encantada de aceptar su desafío. —Se levantó para dirigirse hacia la mesita donde se encontraba el tablero de ajedrez. Las piezas estaban desordenadas, pues, minutos antes, acababa de ganar a Nina. Llevaban años intentando perfeccionarse en el juego—. Hagamos que se vuelva una partida entre la policía y la ladrona de guante negro, un espectáculo que durará semanas, hasta que uno de los dos mueva la última ficha y haga un perfecto jaque mate.

Y eso fue lo que hicieron. Un día más tarde, dejaron caer en las escaleras de la entrada del museo un globo de color negro que fue descendiendo por el contrapeso de la pieza de ajedrez que habían atado en el extremo, una reina que llevaba un mensaje de cortesía en una nota blanca para hacer un perfecto contraste.

Los transeúntes se quedaron en silencio, expectantes por lo que estaba sucediendo, pero no se acercaron. Lo hizo el propio director del museo, con la policía a su lado, entre ellos Vincent Russell, para leer el texto firmado por la misma Aurora.

Estaré encantada de aceptar tan extraordinario desafío y hacerme con el Zafiro de Plata. Nos veremos el día treinta y se lo robaré sin que se dé cuenta.
Con amor,

La ladrona de guante negro

Aaron Williams notó que el corazón se le paraba durante unos segundos; sintió que el miedo le recorría la espalda como una ráfaga de viento helado. Trató de disimularlo bajo un semblante de piedra y una sonrisa burlona, pero en el fondo sabía que la ladrona acababa de contestarle a un reto que él ni siquiera le había planteado.

La noticia hizo estallar los medios pese a los intentos de la policía por frenar la avalancha de datos, ya que, después de mucho tiempo, Aurora acababa de pronunciarse. Un globo de color negro había navegado por el cielo a la vista de la multitud y de los periodistas, pendientes de cualquier movimiento. Desde aquel día, ávidos de información, se preguntaban cómo iba la ladrona a entrar en el museo y, lo más importante, cómo conseguiría robar la joya

En la elaboración de su plan debían tener en cuenta muchas variables. No podían tentar a la suerte ni esperar que todo saliera a las mil maravillas, así que, durante las semanas siguientes, trabajaron día y noche para responder a cualquier tipo de pregunta: ¿cómo iban a entrar?, ¿cuál iba a ser la maniobra de distracción? En el caso de que capturaran a la ladrona, ¿cómo escaparía? Debían conocer al detalle todas las entradas y salidas del museo, dónde iba a estar ubicado cada policía, quién iba a encontrarse al mando de la operación. Cómo pensaban proteger la joya, si iban a reforzar el sistema de seguridad y un largo etcétera que debían resolver.

Por un lado, el globo negro había provocado la reacción que habían buscado desde el principio. ¿Quién iba a negarle al director todas las medidas de seguridad posibles alrededor del Zafiro de Plata? Había ordenado llamar al mejor ingeniero en sistemas de seguridad para impedir que la ladrona robara la pieza.

Ahí entró Nina y su mano para la informática. El director ni siquiera parpadeó cuando le permitió entrar a la sala donde se encontraba el Zafiro de Plata; la italiana verificó todo el sistema e hizo los ajustes pertinentes. Se hizo pasar por la trabajadora de élite de una empresa de seguridad de renombre con la que Aaron Williams ya había trabajado.

Nadie sospechó, tampoco hicieron preguntas; dejaron trabajar a la joven sin imaginarse que un par de guantes negros se habían colado en el recinto.

—Lo tenían encerrado en una caja fuerte con sensores alrededor —comentó Nina una vez que se reunió con su equipo en el apartamento—. Y, según me ha contado el director, la vitrina donde quedará expuesta la joya solo se podrá abrir de manera manual; no quiere que ningún sistema informático interfiera, para así evitar que alguien lo intervenga.

—Es precavido el hombre —intervino Romeo.

—El cristal es a prueba de balas y nadie que no sea el director podrá acercarse a menos de cinco metros, pues la alarma de seguridad se activa de inmediato y bloquea la vitrina —siguió explicando—. De hecho, se encontrará en un punto concreto para que, si se llega a activar la alarma, se accione un mecanismo que llevará el colgante, dentro de la vitrina, hacia una cámara acorazada en la planta inferior del museo.

—Se acaban de gastar todo el presupuesto.

—Es que llevan meses trabajando en su seguridad.

—Y si el cristal es a prueba de balas, ¿no sería mejor frenar ese mecanismo cerca de un conducto de ventilación? Así no llegará hasta la cámara acorazada —preguntó Stefan.

—Si se activa la alarma, esa vitrina se volverá el doble de impenetrable, y recordemos que solo puede abrirlo Williams y de forma manual.

Aurora se mantenía en silencio, aunque escuchando, sin dejar de mirar a través de la ventana. Se trataba del mayor reto al que se había enfrentado, pero justo aquello era lo que la hacía sentir viva: la adrenalina de pensar que tenía al mundo pendiente de sus pasos. Lo que tenía claro era que saldría por la puerta principal del museo con el Zafiro de Plata colgando del cuello.

—Tenemos que comprobar dónde están las cámaras —murmuró Aurora integrándose en la conversación—, además de la seguridad en la entrada. Saben que mi punto fuerte es el disfraz, así que esta vez no podré infiltrarme con el rostro al descubierto.

—¿Y cómo piensas entrar? —preguntó la Rubia—. ¿De la manita de ese detective?

La ladrona le dedicó una mirada mientras se pasaba la lengua por el colmillo. Durante las últimas semanas que había estado preparando el golpe también se había encargado de Vincent Russell.

—Me disfrazaré de pies a cabeza. —Los demás, ante la escueta respuesta, se imaginaron unas cuantas posibilidades—. Para hacer una visita al museo.

—No creo...

—Como una amable anciana a quien le gusta el arte y quiere pasar un día con su nieto.

Todas las miradas se dirigieron a Romeo.

—¿Por qué me miráis...? Ah, ya. Gracias por el halago, pero...

Nina no tardó en volverse hacia él sonriendo.

—Es tu oportunidad para brillar, niño bonito —empezó a decir con un agudo timbre en la voz—. ¿Cuántas veces nos has dicho que te apetecía infiltrarte?

—¿Crees que dará el pego? —preguntó Romeo mientras observaba a Stefan.

Este último solo esbozó una sonrisa. Le fascinaba ver su contrastada personalidad, pues, a pesar de sus oscuras habilidades, no era más que un joven de veintidós años cuyo rostro reflejaba una ternura irresistible. Pasarían totalmente inadvertidos. Aurora tenía que entrar en el museo, ver el interior con sus propios ojos y, posiblemente, captar algo que en los planos no habían sido capaces de ver.

Con su identidad protegida bajo aquel disfraz, entraron siguiendo a un grupo de turistas que miraban con la boca abierta las diferentes esculturas.

—Veremos todo el museo —murmuró Aurora con la espalda levemente encorvada y sosteniéndose del brazo de Romeo—. Mantén los ojos bien abiertos.

—Sí, abuela —sonrió mirándola; se dio cuenta de que ella también le devolvía el gesto.

La dulce anciana y su nieto, atentos a las explicaciones, empezaron el recorrido sin saber que Thomas Russell trabajaba allí.

Pasó por su lado sin reparar en su presencia, pues el director le había mandado que acudiera a su despacho. Si hubiera sabido que la ladrona acababa de entrar en su territorio, burlándose de ellos, la habría capturado en ese instante, en medio de la multitud.

Pero no había manera de reconocerla, de saber cómo era el rostro de una persona que se ocultaba en las sombras para cometer los atracos y salir victoriosa.

La abuela y su nieto siguieron paseando.

Y Thomas Russell continuó su camino hasta el despacho del director.

11

A Thomas no le gustaba dar explicaciones ni jugar en equipo, y mucho menos recibir órdenes de quienes no apreciaban el arte como él.

No pudo evitar dedicarle otra mirada a su jefe.

A pesar de que era el director de uno de los museos de arte más reconocidos de la ciudad, Aaron Williams solo sabía ver el valor monetario de las obras para exprimirlo y revolcarse en sus ganancias. Si no hubiera sido por Thomas, el Zafiro de Plata habría seguido vagando por el mundo. Por lo menos, podía dormir tranquilo sabiendo que la joya estaba resguardada en el museo, con un impenetrable sistema de seguridad alrededor.

Aunque «tranquilidad» tampoco era la palabra adecuada.

No podía quitarse de la cabeza las palabras de la ladrona: «Nos veremos el día treinta y se lo robaré sin que se dé cuenta». ¿Intentaba sonar graciosa? ¿Segura? ¿Mostrar su altanería?

Habían transcurrido seis días desde que la ladrona había dejado caer la nota desde el cielo, y no había vuelto a pronunciarse desde entonces. El director reconoció la jugada detrás del silencio: con el desafío aceptado, se había adueñado de su mente y aquello le provocaba angustia, miedo y paranoia, sentimientos que lo destrozaban a medida que se acercaba la fecha. Muy en el fondo, más que por el Zafiro, sentía temor por las catastróficas consecuencias que ocasionaría el robo.

No lo iba a permitir.

—Tu hijo es policía, trabaja en el caso, ¿todavía no han averiguado nada de la nota que ha mandado? Ya han pasado varios días, ¿se puede saber qué están haciendo?

No le gustó en absoluto la entonación, tampoco la exigencia de su gesto. Entendía su situación, pero no era el único que sufría.

—Aaron... Trabajan las veinticuatro horas del día, quieren capturar a esa criminal más de lo que tú y yo deseamos, pero las cosas llevan su tiempo. Además, Vincent no me cuenta los pormenores de la investigación.

—Debería —se limitó a responder—. Están de brazos cruzados mientras intentan robarme el Zafiro bajo sus narices.

«Robarme». Robarle a él una joya que a Thomas le había supuesto años localizar.

Dejó de hablar durante unos segundos, que aprovechó para cerrar los ojos y masajearse el cuello.

—Lo siento, estoy nervioso, nunca me he enfrentado a ella. No sé lo que hará, cómo entrará, por dónde saldrá... —continuó, aunque las palabras se le atropellaban—. Si supieras algo, no dudarías en decírmelo, ¿verdad?

—Deberías hablar directamente con la policía. Howard Beckett está al mando de la investigación, él podrá responder todas tus dudas —explicó deseando que la conversación llegara a su fin.

—No tengo dudas, quiero que me aseguren que harán todo lo posible por atraparla. Quiero resultados, avances, que me digan lo que están haciendo en todo momento. —La desesperación se apoderaba de su mente. Thomas no sabía qué decir—. No podemos perder esa joya. ¿Te imaginas el ridículo? ¿Las consecuencias?

Intentó por todos los medios que no se le escapara el suspiro que delataría su incomodidad.

—Dejando a un lado las consecuencias, si llegáramos a perder el Zafiro, sería difícil recuperarlo.

—Claro, claro, ni lo menciones —respondió—. Por eso quiero que la policía me mantenga informado en todo momento. ¿Sabes si es su prioridad número uno? Debería serlo; al fin y al cabo, se trata de una de las criminales más buscadas.

—Creo que saben lo que hacen, Aaron. —Thomas, además de resistirse al suspiro, también lo hacía a poner los ojos en blanco; en el fondo le parecía una falta de profesionalidad—. ¿Me necesitabas para algo más?

El director se levantó de su asiento apoyando ambas manos en la mesa de madera.

—Sí, vayamos a comprobar el colgante, quiero asegurarme de que todo funciona.

—Te aseguraste ayer por la noche; de hecho, ni siquiera han pasado veinticuatro horas desde la última revisión.

—¿Tienes algún problema, Russell?

—Ninguno, señor. —Juntó las manos por detrás de la espalda en una clara postura de subordinación.

—Lo suponía. —Se adelantó hacia la puerta—. Vamos.

El Zafiro de Plata se encontraba en una habitación a la que solo podía acceder Williams con el escaneo de su palma y un código exageradamente largo.

—Date la vuelta —le pidió el director antes de apretar el primer número. No iba a arriesgarse ni siquiera con quien consideraba su trabajador de máxima confianza.

—¿De verdad?

—Sí, de verdad, no me hagas repetírtelo.

Williams esperó a que esos ojos entrometidos tuvieran

algo con lo que entretenerse mientras él tecleaba la combinación de números, letras mayúsculas y minúsculas, y símbolos extravagantes.

Un minuto más tarde, la puerta se abrió y les dio paso a una pequeña sala de paredes blancas y luz fosforescente. El maletín negro, que contrastaba espectacularmente con el entorno, aguardaba en una peana en el centro de la habitación. El recipiente también estaba protegido por otra contraseña que a Thomas tampoco le permitió ver.

Mientras se encontraba de espaldas, no dudó en decir:

—Me pregunto si piensas que sería capaz de robarlo. Es absurdo que me pidas que me dé la vuelta.

—Ya puedes mirar —dijo—. No lo hago porque no confíe en ti... —murmuró mientras se rascaba la nuca. La joya brillaba en todo su esplendor—. Imagínate que esa ladrona te secuestrara antes de la exposición. Te torturaría hasta que le dijeras dónde se encuentra la pieza y todas las contraseñas necesarias para llegar hasta ella. Es por precaución.

—¿Crees que se lo confesaría?

—Nunca se sabe.

—¿Y si te secuestra a ti?

Williams se quedó callado. Lo cierto era que no había pensado en ese detalle.

—Procede con la revisión —pronunció dando un paso hacia atrás—. Va a hacer que me salgan canas. ¿No podría quedarse tranquilita en su casa? Hay más joyas en el mundo en las que podría centrarse.

—Pero ninguna como esta —susurró Thomas sin ser capaz de apartar la mirada de la maravilla que tenía ante sí. Un brillo como ninguno otro, que invitaba a rendirle pleitesía—. Voy a sacarlo del maletín. —Se colocó los guantes de algodón mientras contemplaba la piedra y el centenar de diamantes que la rodeaban.

Aaron mantenía los brazos cruzados sobre el pecho, pendiente de cada uno de sus movimientos.

—Me han ofrecido cantidades que han superado la docena de ceros —confesó en un hilo de voz con el temor de desconcentrar al trabajador de su tarea. Thomas había colocado la joya en la mesa, que ya estaba preparada para la revisión diaria—. ¿Cuánto crees que podría valer? Una aproximación.

—¿Quieres subastarla? —preguntó con la mirada clavada en la lupa—. Te advierto que no permitiré que lo hagas. El Zafiro de Plata es intocable.

—No te equivoques, Thomas. Puedes decir lo que quieras, pero sabes que la última palabra es mía.

—Tú quieres que te la robe, ¿verdad? —se volvió sonriendo hacia su jefe, y decidió redimirse de la respuesta anterior—. Si decidieras subastarla, saldrías perdiendo, pues este zafiro blanco es único en su especie. Una combinación extraña de dos componentes que surgió por un error que podría haber acabado muy mal, aunque, milagrosamente, no pasó nada —explicó—. Te conviene mantener el Zafiro de Plata en tu poder y…

Necesitaba pensar en otra explicación. No iba a confesarle que el tesoro estaba incompleto y que el Zafiro tan solo era la primera pieza… No se arriesgaría así a echar a perder tantos años de investigación para que otra persona lo despojara de su vida entera, sobre todo cuando él mismo tenía el cofre en el que se había encontrado la joya originalmente .

—¿Y…? Acaba lo que ibas a decir.

—Porque se trata de algo único en el mundo, una piedra preciosa jamás vista, que sigue conservando su pureza, lo que le aporta aún más valor. ¿No lo entiendes? ¿Por qué ibas a deshacerte de algo que solo tú posees? No te voy a decir qué hacer, pero piensa lo que te digo. La gente puede seguir peleándose si quiere, ofreciéndote la luna si no tienen nada más que hacer, pero juega bien tus cartas y no aceptes nada.

—Tampoco lo iba a hacer —respondió negando sutilmente. De hecho, por una milésima de segundo había dudado al ver la barbaridad de ceros que le ofrecían, pero jamás se lo confesaría.

—Ya. —Thomas se concentró de nuevo en el Zafiro—. Se trata de una joya que tiene una historia detrás. Una que muy pocos conocen, ni siquiera yo podría decirte lo que pasó realmente.

—Bueno, yo ni siquiera conocía su existencia —confesó—. ¿Cómo sabes tanto de ella?

—Años de investigación, incluso desde mucho antes de empezar a trabajar aquí.

—Tendrás que contarme esa historia.

Las manos de Thomas se detuvieron y sintió que los hombros se le tensaban. Su mente acababa de trasladarlo casi veinte años atrás, cuando oyó hablar por primera vez sobre un tesoro de valor incalculable que esperaba con infinita paciencia a que alguien lo completara: la Corona de las Tres Gemas, de estructura dorada y enfundada en un traje de diamantes. Se trataba de una reliquia que muy pocos habían visto y que solo una persona había portado completa en la cabeza, con las tres piedras.

Pero Thomas no estaba dispuesto a revelarle lo que el Zafiro de Plata escondía.

—Es un colgante muy antiguo que perteneció a la realeza de algún país del norte de Europa. No sé cómo se sucedieron los acontecimientos, pero una familia adinerada compró la joya. Sin embargo, debido a un accidente, se perdió. Le he seguido la pista desde que supe de ella y ahora está aquí, a salvo de las manos equivocadas.

En realidad, el cuento original era mucho más sombrío

y Thomas había omitido esa parte de la historia que no había sido bañada en sangre.

El hombre volvió a colocar el colgante en el interior de terciopelo negro del maletín. Williams se acercó para admirar, una vez más, el colgante, que daba la sensación de haber sido besado por mil estrellas, mientras pensaba en la triste familia.

—¿Y si algún descendiente de esa familia reclamara lo que le pertenece?

Thomas se quedó callado ante aquella pregunta.

—No creo que eso llegue a suceder.

—¿Cómo estás tan seguro?

No quería darle más detalles ni tampoco contarle la historia original, pues el misterio que escondía esa corona despertaba un interés cargado de ambición del que Thomas ya no podía escapar. No confiaba en Williams por lo imprevisible de su carácter, así que se limitó a darle una respuesta escueta que finalizara la conversación.

—Porque toda la familia murió y nadie continuó con su apellido.

12

Con un oído en las noticias y el otro en lo que le estuviera diciendo Nina, Aurora pensó si sería apropiado lanzar otra nota desde el cielo para sembrar de nuevo el caos.

Un mensaje igual de burlón, con el único propósito de divertirse. Mientras vivió en el orfanato no fue capaz de encontrar un límite a su talante caprichoso, mucho menos a la crueldad que solía acompañarlo. El resultado era un placer sumamente dañino que provocaba que los demás niños se apartaran de su lado y no quisieran jugar con la pequeña Aurora.

Con el tiempo llegó a comprenderlo, pues esa crueldad, cuya puerta estaba entreabierta, había surgido por los constantes maltratos, castigos y regañinas que las monjas le habían dedicado. La pequeña había normalizado esa actitud en su propia conducta y había crecido con esa ferocidad encadenada al pensamiento.

No le gustaba recordar el orfanato, tampoco a esas señoras que juraban seguir el camino del bien, pero su mente traicionera acababa remontándola a esos años cuyos días grises aún le provocaban pesadillas.

—Aurora. —Parecía que Nina la había llamado, pero no estaba del todo segura—. Aurora, ¿me estás escuchando?

Golpe de realidad. Parpadeó una vez y encerró de nuevo los recuerdos.

Nina mantenía una ceja enarcada y la mano apoyada en la cadera, incluso su rostro se mostraba ofendido. No se trataba de la primera vez, y lo cierto era que no le gustaba repetirse a sí misma solo porque no le hubiera prestado atención.

—Te mentiría si te dijera que sí —confesó aún con la palma bajo la barbilla, en una postura relajada—. Estaba distraída, ¿qué decías?

—Pues no lo sé, ¿ya dispongo de toda tu atención o seguirás distrayéndote?

Con Stefan y Romeo de excursión a la lavandería, la casa se encontraba en un silencio profundo que solo rompía una televisión a la que ninguna hacía caso. Aurora, frunciendo el ceño, se preguntaba qué había hecho para que reaccionara de aquella manera.

—Lo siento, no quería… —respondió tratando de disculparse, pero Nina empezó a negar con la cabeza.

—Parece que no te importa lo que te digo, y te recuerdo que sigo siendo la segunda al mando. Dime, ¿es eso? ¿Soy prescindible para ti?

La mirada verde de Aurora había dejado de brillar por la confusión en que la sumían aquellas palabras. «Prescindible», aseguró con firmeza mientras observaba sus ojos, presos de un enfado que la ladrona no estaba entendiendo.

—¿Lo piensas de verdad?

—Estoy cansada, Aurora, ¿no lo ves? Siempre tiene que ser a tu manera. Hay que hablarlo solo cuando tú estés dispuesta a escuchar. Ese egocentrismo tuyo solo hará que te quedes sola. Nadie te apoyará ni te ayudará… Y cuando te quedas sin un equipo que te respalde…

—Basta.

—… mueres —terminó por decir.

Apretó la mandíbula. No quería iniciar una disputa nueva; ya habían protagonizado otra unas semanas atrás. Trató de respirar, calmarse. Necesitaba ignorar el veneno que acababa de escupirle su amiga, su hermana, con la que había convivido más de diez años. Con ella no podía ser la sombra que acechaba por la noche; con su hermana tenía que mostrarse paciente y resistir a la petición de su crueldad de que le apuntara con la pistola.

—Ese aire de superioridad que te rodea y del cual presumes... La perfección de la que alardeas desde ese robo en el metro, pero ¿sabes una cosa? La ladrona de guante negro no existiría de no ser por mí. Tú eres la que entra, pero consigues el éxito gracias a que siempre estoy detrás de ti, pendiente de que todo vaya según el plan que también pienso y desarrollo.

Nina, cuyo pelo castaño, casi rubio, se encontraba recogido en un moño mal hecho, permaneció inmóvil sin dejar de mirar a Aurora, quien seguía sin reaccionar ante lo que acababa de decirle. Tragó saliva, nerviosa, mientras sentía el leve temblor en las manos, igual que en el corazón, que bombeaba con fuerza. Era la primera vez que le hablaba así.

—¿Se puede saber cuándo te he quitado mérito? —preguntó, segundos más tarde, cruzándose de brazos—. Nina, si vivieras bajo mi sombra, te habría dejado fuera de todos mis robos y no habrías tenido ni voz ni voto en ninguna de las decisiones que he debatido con Giovanni. Y ya que tanto aseguras que eres prescindible, me habría dado igual tu parentesco con el *capo* y habría hecho que durante estos cinco años me llevaras un café cada mañana y te encargaras de todos los recados que te pidiera, porque eso es lo que hacen las personas cuyo nombre ni siquiera recuerdo. Pero el tuyo siempre está junto al mío porque me importas, ¿me oyes?

Silencio.

La princesa de la muerte había jurado, años atrás, que mantendría el corazón congelado y no permitiría que ningún sentimiento lo penetrara; sin embargo, ni siquiera se había dado cuenta de que la gruesa capa de lana a su alrededor había conseguido calentarlo y provocarle una diminuta brecha. Un rayo de esperanza, tal vez, que le permitiría sanar ese corazón dañado y convertirse en alguien que se dejara querer, capaz de amar sin obstáculos. Lo único que anhelaba era que la luz no la temiera, poder abrazarla sin temor y sonreírle de manera genuina. Pero siempre había algo que la hacía retroceder un paso, su mente repitiéndole que esa crueldad que habitaba en su interior siempre espantaría a los demás.

Aurora no estaba hecha para entregarse en cuerpo y alma, para amar con su corazón completamente descongelado. Porque en su mundo repleto de sangre y oscuridad no podía, ni quería, que hubiera una debilidad que pudieran usar contra ella. Ni siquiera podía imaginárselo. Si llegara a tenerla... Si sus enemigos llegaran a... Cerró los ojos durante un segundo que le permitió observar las consecuencias de ese acto. Los haría sufrir y se encargaría en persona de reducir sus huesos a polvo, de lanzarlos al infierno por haberse atrevido a tocar su corazón.

Abrió los ojos para encontrarse con los de su compañera, algo vidriosos, y arrancó esa capa de lana que había intentado calentarlo. Dejó que el hielo volviera a rodear ese órgano cuya única función seguiría siendo mantenerla con vida. Aurora no sabía querer, mucho menos amar, pero reconocía cuándo alguien llegaba a importarle lo suficiente para desear que estuviera bien.

—Perdona si alguna vez te has sentido opacada, no era mi intención —murmuró, y ni siquiera esperó a que Nina contestara—. ¿Podemos seguir trabajando? —dijo echándoles un vistazo a los papeles esparcidos por la mesa—. ¿Qué me estabas diciendo?

Su compañera se aclaró la garganta mientras observaba las imágenes que había impreso. Por un lado, Dmitrii Smirnov, imponente con su traje azul marino; junto a él un segundo hombre cuyo rostro era ciertamente similar, sobre todo en el color de ojos.

—Los hermanos Smirnov —susurró Nina—. Serguei es el mayor por una diferencia de seis años. Ambos nacidos en San Petersburgo, Rusia, y con una educación soviética bastante estricta. Dmitrii no es nada comparado con su hermano mayor, un trozo de pan al lado de Serguei.

—¿Y qué tiene que ver Serguei en nuestro plan?

—De momento, nada; es Dmitrii quien está detrás del Zafiro de Plata, aunque todo es un juego para él, un remedio para su triste aburrimiento. No obstante, si llegara a sufrir algún daño… Un secuestro, si falleciera o si él mismo quisiera que su hermano lo ayudara contra nosotros, lo tendríamos jodido. Bastante. Serguei es un pez gordo, un tiburón al que le gusta cazar y torturar a sus víctimas.

—Dmitrii es el niño mimado de la familia, por lo que estoy viendo.

—No podemos arriesgarnos con él, así que tu plan de «no hacer nada e ignorarlo» no va a funcionar.

Aurora no había vuelto a hablar con el ruso y no había encontrado mejor solución que esquivar su inevitable encuentro, pues con la información en su poder Smirnov había pasado a ser una pieza inútil y reemplazable en el tablero de ajedrez. No obstante, la paciencia de Dmitrii no iba a durar mucho, no después de haber visto el espectáculo que la ladrona de guante negro había protagonizado en las escaleras del museo.

Era consciente de las palabras de Nina: no podía provocar una guerra hasta no tener el Zafiro en las manos. Además, con la silenciosa amenaza de su hermano mayor debía meditar bien el siguiente movimiento.

—¿Qué sugieres?

—Voy a encargarme de Smirnov, así que déjamelo a mí —respondió Nina—. No podemos permitirnos tenerlo de enemigo, así que esta alianza debe continuar hasta que la joya obre en nuestro poder.

—Hasta que no la tengamos no podremos empezar a buscar la siguiente piedra.

—Exacto. De todas maneras, cuando estemos lejos, tendremos que pensar qué hacer con Dmitrii. Puedo mantenerlo tranquilo hasta el robo, pero después querrá recuperarlo e irá a por la organización. Además, habrá que sumar a la policía; Howard Beckett es otro animal del que no podemos olvidarnos. —Había muchas variables en juego y la mayoría quería la cabeza de la ladrona envuelta en papel de regalo—. Es el robo más difícil al que nos hemos enfrentado —dijo casi en un hilo de voz.

—Y solo es el principio. La primera piedra de las tres que conforman la Corona… Quien la tenga llevará ventaja frente a los demás —aseguró la ladrona.

Sin embargo, esa idea le hizo arrugar la frente, pues habían pasado por alto un detalle importante.

—¿Puedes conseguir información de la persona que ha encontrado el Zafiro? —preguntó.

—Por supuesto —aseguró Nina, pero no pudo evitar una mueca—. ¿Para qué? ¿No tenemos ya bastante con los rusos y con la policía? Aunque ese tal Vincent debe de seguir dando vueltas con las pistas falsas que le has dejado. Tardará semanas en darse cuenta.

Aurora negó con la cabeza mientras se apoyaba contra el respaldo de la silla. Miró el techo, pensativa, y apreció por el rabillo del ojo que una mancha negra se acercaba con elegancia. De un salto, Sira se colocó en el regazo de su dueña buscando la caricia. La contempló durante un instante, apreciando el collar de diamantes auténticos que portaba, y dejó descansar la mano sobre la suavidad de su pelaje. Empezó a acariciarla por detrás de las orejas, su sitio favorito.

Con el agradable ronroneo de su gata y sin dejar de mirarla, pensó en lo que acababa de decirle Nina. ¿Por qué no investigar quién se escondía tras la aparición de la joya perdida? Utilizarlo a su favor, incluso. Podría mantener una agradable conversación con el sujeto, amenazarlo para obtener información. Si había conseguido localizar el Zafiro de Plata, podría saber mucho más que el ruso.

—Investígalo —concluyó Aurora segundos después. Se levantó de la silla, aún con Sira en brazos, y se volvió hacia su compañera—. Quiero saberlo todo. Averigua cuándo empezó a interesarse por la Corona, si tuvo que ver con su desaparición, cuál es su papel en este juego. Antes de atacar hay que conocer cómo piensa, cuál es su historia, cuál es su motivación para ir tras un tesoro como este.

—¿Cuál es la tuya? —preguntó Nina con rapidez ganándose una mirada de confusión—. ¿Qué harás una vez que la hayas completado?

—¿No es evidente?

—Tal vez —pronunció mientras admiraba el ansia de su mirada esmeralda. Nina se preguntó qué sucedería si Aurora llegara a fracasar en el intento de robo. ¿Gritaría? ¿Se mancharía las manos de sangre? ¿Admitiría la derrota?—. Eres una ladrona, pero jamás has mostrado una reacción parecida con ningún otro atraco. ¿Qué tiene de especial esta Corona, con independencia de su valor?

—No lo sé —confesó—. Desde que Giovanni me habló del Zafiro de Plata, cuando descubrimos que tan solo era la punta del iceberg, me ha atraído de una manera que no sé explicar. Quiero la Corona de las Tres Gemas para lucirla, solo por tenerla y saberla en mi poder.

—¿Y si fallas? El sábado, el día de la exposición, ¿qué pasará si fracasas?

Aurora no respondió.

En todos los planes había un plan de emergencia que solo la ladrona y el *capo* conocían. Un plan que aseguraba su supervivencia para no acabar en manos de la policía. Nunca había tenido que recurrir a él, pues la estrategia requería llevarse a varias personas por delante. No obstante, si se veía amenazada, cuando ya no existiera ningún tipo de escapatoria, no dudaría en activar ese plan que la salvaría de la muerte.

—¿Qué haremos si no puedo retener lo suficiente a Smirnov? —intervino Nina de nuevo—. No podemos permitir que se nos adelante o que nos tienda una trampa.

—Todo marchará bien, ¿de acuerdo? Confío en ti y sé que podrás con él y con cualquier idiota que se te cruce por delante.

Nina esbozó una pequeña sonrisa y dio un paso hacia su amiga.

—Sabes que no me gustan los abrazos.

—Me da igual. Quiero abrazarte.

Sira saltó de los brazos de la ladrona en el momento en que percibió las intenciones de la Rubia. Y ambas mujeres no tardaron en estrecharse en una muestra de cariño, aunque ese abrazo hubiera detonado dos sentimientos muy distintos.

Tal vez el robo del Zafiro de Plata fuera a convertirse en el principio de su fin.

13

Sábado, 30 de abril de 2022
Museo de Arte Moderno de Nueva York

Observó los guantes negros que había colocado con delicadeza sobre la cama, los que protagonizarían el atraco número treinta y ocho.

Hizo que el tiempo se detuviera durante unos segundos mientras se permitía apreciar los guantes que se habían convertido en su identidad. Un símbolo que todo el mundo reconocía y respetaba y que nadie osaba cuestionar. Aurora no era una persona piadosa y tampoco ofrecía misericordia. La ladrona de guante negro era un ser vengativo que castigaba la traición con la muerte.

Oyó un par de golpecitos en la puerta y, sin levantar aún la mirada, permitió que el causante se adentrara en la habitación.

—*Milady*, vuestro carruaje aguarda —murmuró Stefan con un tono propio de la nobleza. No tardó en rodear la cama y ponerse delante de ella—. ¿Ocurre algo con los guantes?

Aurora alzó la cabeza y esbozó una pequeña sonrisa al contemplar su atuendo. Era parecido al que había llevado al Paradise Club, incluso se habría atrevido a decir que se trataba del mismo traje de no haber sido por la corbata grisácea. Se puso de pie para arreglarle el nudo.

—Yo diría que el problema lo tiene tu corbata.

—Para eso te tengo a ti. A mí se me dan bien otras cosas; conducir, por ejemplo. Se me da de lujo despistar a la policía mientras tú escapas.

—Nadie lo duda —dijo mientras acababa la tarea—. Ahora sí, listo.

—¿Tú ya estás preparada? Los demás están esperando y me han mandado a avisarte. Se acerca la hora.

Asintió con la cabeza y se metió los guantes en el bolsillo. Su conjunto debía ser elegante pero discreto; tenía que permanecer oculta entre la multitud, con el rostro escondido bajo una máscara de silicona lo bastante realista para engañar a cualquier mirada. No podía arriesgarse, menos sabiendo que el detective estaría por la sala cual ave de presa pendiente de cualquier movimiento.

Durante las últimas semanas la ladrona se había encargado de minimizar sus sospechas, de destruir cualquier pista válida y crear otros caminos sin salida. Su método de distracción estaba funcionando y la paciencia de Vincent, incluso la de todo el departamento, no hacía más que ahogarse en desesperación.

—Cinco minutos —respondió ella.

Stefan desapareció de la habitación dejando que la soledad volviera a aparecer frente a ella, inquieta, expresando lo que la princesa de la muerte callaba. Tenía un mal presentimiento; tal vez los nervios estuvieran jugándole una mala pasada, tal vez la falta de sueño estimulara su imaginación. No lo sabía y tampoco era capaz de calmarse.

Se acercó al espejo que la juzgaba y contempló su mirada de color verde, oculta bajo las lentillas. Apretó los dientes mientras su respiración se ralentizaba. Casi no había dormido y quizá su inquietud se debiera a eso. Era consciente de que no se trataba de un robo más. El Zafiro de Plata estaba en juego y no podía aceptar quedarse sin él. Su plan debía salir a la perfección y dentro de unas horas, con la joya en su poder, partirían rumbo a Milán para seguir con la caza del tesoro.

Cerró los ojos un instante para eliminar cualquier nerviosismo que estuviera afectándole. Tenía que entrar al museo con seguridad y sin ninguna duda en la mirada.

Una vez lista, vestida y con la máscara ocultando su verdadero rostro, salió de la habitación para encontrarse con los demás miembros del equipo, que se quedaron asombrados.

—Os podéis ahorrar las caras de sorpresa —murmuró la ladrona acercándose a su gata, pero Sira se mostró recelosa ante ese nuevo rostro—. Sira, soy yo; vamos, ven aquí. —Su voz era idéntica y, aun mostrándose desconfiada, dejó que la acariciara. La felina reconoció su olor al instante.

—Es... extraño verte así. Pensaba que te la pondrías al llegar al museo —pronunció Romeo.

—¿Todo el mundo tiene claro lo que debe hacer? —Se volvió hacia su compañero para explicarle el motivo—. Debo parecer otra persona y no puedo arriesgarme a que no habérmela colocado bien me delate. Ese detective estará ahí, atento, y conoce mi rostro. Hemos neutralizado todas sus sospechas y no podemos arriesgarnos ahora. Bien, repasemos el plan.

Stefan se aclaró la garganta y se apropió del turno de palabra.

—Aurora y yo llegaremos al museo en coche. Mientras ella entra desarmada y oculta bajo la máscara, yo me dirigiré hacia la parte trasera para hacerme pasar por un empleado y así introducir el maletín con las cosas —empezó a decir, y observó a Nina, que iba a encargarse de las claves de acceso—. Procura teclear rápido para que no nos pillen.

—¿Te olvidas de con quién estás hablando? —pronunció, levantando una ceja, y no dudó en continuar con el repaso—: Una vez que todo el mundo haya entrado y me des la señal, provocaré el caos apagando las luces. El inspector al mando bloqueará todas las entradas y las puertas de emergencia creando una jaula sin escapatoria, pero yo me habré adelantado y tendré el control de las puertas.

—¿No se darán cuenta?

—No; pensarán que lo ha hecho su informático.

—En ese momento el telón se abrirá y comenzará el espectáculo. —Aurora alzó la barbilla en un sutil movimiento—. Ya sabéis cuál es el punto de encuentro, nos veremos ahí una vez que tenga el Zafiro de Plata. El avión nos estará esperando en la ubicación acordada.

El equipo se quedó mirándose en silencio.

—Pan comido —expresó Stefan dando una palmada—. Si hay preguntas, este es el momento. —Les regaló una última mirada de advertencia que no duró ni un segundo—. Se acabó el tiempo. Vamos, ya casi es la hora.

—Adelantaos y preparad los coches. —Los dos hombres ni siquiera se cuestionaron la orden de la segunda al mando. Nina no había dejado de mirar a su compañera; reconocía en ella la preocupación—. Dime qué ocurre —pidió cuando estuvieron las dos solas—. Te conozco y sé cuándo estás mal.

Aurora despertó en ese instante y recordó la inquisidora mirada del espejo.

—No me has vuelto a comentar nada respecto a Dmitrii Smirnov, ¿te has encargado de él? —Nina asintió con la cabeza—. ¿Por qué no me has dicho nada?

—Porque te dije que lo dieras por hecho —respondió recordando el encuentro que habían tenido días atrás—.

No te preocupes por él, de verdad; no hará ninguna tontería. Me he encargado de que mantenga la boca cerrada y las manos quietas. Se ha retirado de la competición.

—¿Tan fácil? ¿Sin pedir nada a cambio? Sabes cómo funciona este mundo. ¿Qué le has prometido?

—Aurora, de verdad, lo sé, no hace falta que me lo repitas —sonrió con la intención de tranquilizarla—. Pero las amenazas son igual de efectivas que las promesas, incluso diría que más. Lo he investigado de arriba abajo, me sé todos sus trapos sucios, sus contactos y los favores que debe. He descubierto sus negocios, los legales y los que no lo son tanto, y lo he amenazado con eso de mil maneras distintas.

La ladrona contempló su rostro pasivo, adentrándose en sus ojos, y se relajó cuando Nina le puso una mano en el hombro.

—No quiero sorpresas.

—Y no las tendrás —aseguró la Rubia—. Lo he amenazado con quitarle su bien más preciado si se le ocurre aparecer por el museo.

—¿Se puede saber cuál es?

Nina volvió a sonreír.

—Lo que tiene entre las piernas. Ha estado a punto de arrodillarse para decirme que me marchara, que lo había entendido —murmuró divertida con la situación—. ¿Era esto lo que te preocupaba? ¿Smirnov? Voy a fingir que tu falta de confianza no me ha dolido.

—No es eso. —En realidad, aún no había averiguado qué la angustiaba—. Es un mal presentimiento, tal vez no sea nada.

—Hemos repasado el plan mil veces. Hemos considerado todas las variables. Cada paso, cada detalle… El plan es perfecto, Aurora, y saldrás triunfante con el Zafiro de Plata. Todo saldrá bien, confía en mí. Sabes que estaré contigo a través del auricular —aseguró—. Además, seguro que no es nada. Nunca te has sentido intranquila con ningún robo, a lo mejor solo necesitas descansar.

—Lo más probable.

—Cuando te des cuenta, estaremos llegando a Milán y podrás dormir todas las horas que quieras.

—Supongo... —dijo mientras dejaba escapar un suspiro—. Ha sido un mes estresante.

La Rubia asintió y se acercó a ella para rodearla en un abrazo. Quería asegurarse de que la había tranquilizado.

—Todo irá bien —repitió, e hizo que el rostro de Aurora se escondiera en su cuello mientras le acariciaba la espalda con delicadeza.

La ladrona cerró los ojos y recordó todos los momentos en los que Nina había permanecido a su lado, apoyándola por encima de todo. Se permitió relajarse después de pedirle a su cuerpo que apaciguara la rigidez. Una vez que entrara en la boca del lobo, con el plan estudiado al milímetro, no habría cabida para su preocupación.

Decidió confiar en las palabras de Nina mientras trataba de ignorar la mirada de advertencia de aquel espejo que no había dejado de observarla, en cuya superficie acababa de producirse una pequeña fractura debida al primer error: haber confiado.

Nueva York lucía ansiosa, desesperada por la lentitud con la que transcurrían los segundos. Los medios de comunicación se habían adueñado de los mejores ángulos que daban a la entrada del museo y a la alfombra negra por la que los invitados se adentrarían en el edificio.

Decenas de periodistas y fotógrafos retransmitirían en directo deseando capturar el momento en el que la ladrona de guante negro haría acto de presencia. Los más ambiciosos se habían propuesto revelar su identidad para que el mundo entero conociera su rostro. «Una misión arriesgada y estúpida», pensó Aurora con el móvil en la mano, deslizando una noticia tras otra. Aunque el contenido estuviera escrito por diferentes personas, todos los titulares eran iguales, faltos de originalidad, ansiosos por presumir de una información que no era real.

—Suelta el móvil —murmuró Stefan, que no había dejado de observar, por el rabillo del ojo, a su compañera ensimismada en la pantalla—. ¿Quieres que tengamos un accidente antes de llegar al museo?

—Eres tú quien conduce.

—Ya, pero me distraes. Apágalo —ordenó, aunque no tardó en corregir su petición—: Por favor.

—Lo voy a apagar porque no me apetece leer más tonterías.

—Claro que no, una princesa no acataría las amables sugerencias de un plebeyo cualquiera —se burló, y le regaló una corta mirada y una sonrisa. Stefan sabía cómo distraerla, mitigar ese ceño que se había empezado a fruncir—. Faltan cinco minutos para que lleguemos, cuéntame cosas.

—¿Qué quieres que te cuente?

—Cosas, Aurora, el término «cosas» puede hacer referencia al universo entero. Cuéntame qué se han inventado ya.

Le divertía conocer su reacción, ver su mirada expresiva. Aurora volvió a encender el móvil para dirigirse a ese artículo que le había hecho pasarse la lengua por el colmillo.

—«La ladrona de joyas más buscada de todos los tiempos: ¿una farsa o un espectáculo?» —murmuró tras aclararse la garganta, y se detuvo en un párrafo que le llamó la atención—: «Durante cinco años nadie ha sido capaz de atraparla, de identificar siquiera el rostro que se esconde en la oscuridad. ¿Tan difícil es encender las luces? Sinceramente, cuesta creerlo. Cinco años y nadie sabe nada. Viene, roba y se va. Un proceso que se repite en cada ciudad y hace crecer su popularidad. Después de robar la joya, desaparece...».

—Espera —la interrumpió—. ¿Te está afectando esa opinión sin argumento? Pensaba que te limpiabas el culo con ellas.

—Y lo hago.

—¿Entonces? ¿Qué te molesta? Es una opinión entre miles, ¿o quieres que todas te laman los pies? Eres una ladrona —dijo remarcando su acento italiano. Quedaba poco para que llegaran a su destino—. La gente te considera un espectáculo y no la puedes culpar, tampoco a quienes exponen tus robos con la mano en su librito de leyes, teniendo en cuenta que no te ven como a una heroína.

—No lo soy —aseguró.

—Claro que no, eres la antítesis, la villana de esta historia. El ser ambicioso que hará hasta lo impensable para cumplir con su objetivo.

—Espero que esto no sea una burla por tu parte —pronunció, aunque su tono de voz no reflejaba molestia. Stefan se limitó a esbozar una sonrisa y a encogerse de hombros—. Nunca me ha importado la opinión de los demás, me es indiferente lo que piensen, crean o supongan de mí. Me ha sorprendido el titular, eso es todo.

El italiano, con una mano en el volante y la otra en la palanca de cambios, no dijo más. No deseaba provocarla, no después de haber acariciado esa pared de diamantes que la protegía y que no permitía que nadie entrara. Sin embargo, Stefan, que se fijaba en los detalles siempre que tenía oportunidad, percibió que esa opinión absurda se le había quedado grabada.

Permanecieron en silencio los pocos minutos que restaban de trayecto.

—Dos minutos para que empiece el *show* —murmuró la ladrona sabiendo que su equipo la escuchaba a través del auricular—. Confirmad posiciones.

No tardaron en responder y los dos, de manera ordenada, anunciaron su ubicación precisa. Nina ya estaba escondida en el interior del museo, a la espera de su compañera, quien, a su señal, le haría entrega de las armas. Romeo, con una puntería que había acabado con más personas de las que podría contar, mantenía el fusil de francotirador pegado al cuerpo y los ojos en la mirilla, preparado para atacar si era necesario.

Vio a Stefan bajarse del vehículo para abrirle la puerta cual caballero sirviendo a su princesa. La mujer, que había escondido su melena de color azabache bajo una peluca castaña y rizada, aceptó la mano y sonrió a las decenas de cámaras cuyos *flashes* hacían brillar el vestido que ocultaba el conjunto negro con el que se entremezclaría en la multitud tras el apagón.

Quería pensar que no habría complicación alguna.

«Ilusa —susurró la vocecita en su mente—. No te confíes», continuó diciendo mientras trataba de advertirla. Sin embargo, Aurora siguió ignorándola, pues no conseguía averiguar dónde se hallaba el peligro, qué quería mostrarle aquella inquietud.

Sin disimular la soltura delante de los periodistas, sus labios rojos conquistaron las miradas que la observaban dirigirse hacia las puertas del museo. Los guardias de seguridad ni siquiera titubearon cuando la dejaron entrar. Los agentes de la policía mantuvieron la atención ante cualquier movimiento sospechoso.

Nadie notó nada extraño. Los destellos de luz no cesaron mientras los periodistas pedían unas palabras a la famosa diseñadora de moda que cruzaba las puertas. Aurora se había disfrazado de un rostro mundialmente conocido, un movimiento astuto que le permitió adentrarse en el corazón del edificio donde se hallaba el Zafiro de Plata.

La ladrona de guante negro acababa de burlarse una vez más del mundo entero y lo demostró con una sonrisa afilada, sutil, que identificaba a la reina del tablero de ajedrez.

—Estoy dentro —murmuró con cierto disimulo mientras contemplaba a los invitados: poderosos, ricos, influyentes; la *crème de la crème*, la más pura elegancia moderna.

El rostro de Aurora se mostraba indiferente, serio; revelaba una superioridad propia del personaje al que interpretaba. Una diseñadora de alta costura en cuyas piezas las joyas habían cobrado un importante protagonismo.

Se había pasado la semana entera estudiando la vida de la diseñadora en cuestión: sus relaciones personales, laborales, si tenía familia, aficiones, a qué hora desayunaba, comía, si practicaba algún deporte, si le gustaba leer o montar a caballo… La conocía a la perfección, como si siempre hubiera convivido con ella y estuviera paseándose por su mente.

La ladrona acababa de convertirse en Francesca Fiore, una mujer de la alta sociedad italiana, brillante, con cierta arrogancia tiñendo su carácter y un escandaloso, pero elegante, gusto por la moda. Su sola presencia destacaba entre la multitud y la convertía en la presa perfecta para iniciar una conversación que Aaron Williams, el director del museo, no dudó en aprovechar.

—Mi querida Francesca —pronunció mientras se acercaba con los brazos sutilmente levantados. Aurora aguantó la respiración cuando la rodeó para estrecharla—. Estás preciosa, querida, mírate. —Dio un paso hacia atrás para contemplarla—. Le haces justicia a tu nombre. ¿Es de una colección nueva? ¿Un diseño que nadie ha visto y estoy teniendo la primicia de admirar?

En aquel instante no encontró ninguna palabra que definiera la mezcla desproporcionada entre vergüenza e incomodidad que aquel ser le estaba provocando. Sin embargo, no podía salirse del papel y, según había memorizado, Francesca mantenía una relación cordial con aquel sujeto, el mismo con el que Nina había jugado.

—¿Te gusta? —sonrió dejando que su acento italiano fluyera, y contempló su mirada despreocupada, fascinada todavía por el conjunto que llevaba. No encontró atisbo de sospecha, tampoco de desconfianza, y aquello le bastó para confirmar que Aaron Williams acababa de caer en su engaño—. Sí, es un nuevo diseño, único en el mundo. Tal vez entre en la próxima colección, pero aún no estoy segura.

—Es un verdadero espectáculo —murmuró aún con el brillo impregnado en los ojos.

—Cuéntame, *amore*. —Un apodo que Francesca solía utilizar hasta la saciedad acompañado de una sonrisa que mostraba los dientes—. Tienes al mundo entero pendiente de esta presentación, ¿cuándo empezará?

—En una media hora, aproximadamente. No voy a empezar hasta que todos los de la lista hayan entrado. Luego se cerrará; ya sabes, por seguridad. —Le sorprendió la facilidad con la que había desvelado esa información, a simple vista inocente, pero de sumo interés para Aurora—. No hay nada de lo que preocuparse: la policía rodea el edificio y no tardarán en entrar algunos más aquí, cerca de mí y del Zafiro.

—¿Cómo? ¿Estás en peligro? —preguntó atreviéndose, incluso, a tocarle el brazo en señal de preocupación.

Aaron asintió con la cabeza.

—Esa mujer me tiene amenazado desde que dejó caer esa nota del cielo. —Aurora contuvo la sonrisa, pues, según recordaba, en ningún momento se había referido a él de manera directa—. He reforzado la seguridad y he pedido que la policía no se despegue del Zafiro o ni de mí en ningún momento.

—Cualquier preocupación es poca tratándose de esa delincuente.

El equipo, que escuchaba la conversación a escondidas, intentó no emitir ningún sonido, nada que revelara la diversión que aquello les causaba.

—Debo decir que ha sido un mes complicado —confesó—, pero no conseguirá amedrentarme. De todas maneras, dudo mucho que consiga entrar, acercarse siquiera. Uno de los detectives que llevan el caso me ha asegurado de mil maneras distintas que no podrá llevárselo. Mira, acaba de entrar. —Su mirada se desvió por encima de su hombro—. Te lo voy a presentar —dijo sin saber que ya se conocían, fruto de aquel destino travieso que no descansaría hasta que no explotara la tensión entre ellos.

—No creo que sea... —trató de decir al percatarse de a quién se refería. A pesar de que sabía que el detective no iba a identificarla, la voz de su cabeza empezó a advertirle que no se arriesgara.

—No te preocupes —respondió dándose la vuelta—. Solo será un momento.

Lo sentía aproximándose; incluso estando de espaldas a él podía percibir el leve sonido de sus pasos. Enderezó los hombros sin darse cuenta.

—Detective, qué alegría verlo de nuevo —dijo el director en medio de un apretón de manos—. Deje que le presente a Francesca Fiore, la reconocida diseñadora de moda. Este es el detective Russell, al mando de la operación.

El segundo error de la noche, que Aurora tampoco había previsto, fue no contar con la astucia del detective. Ningún detalle, por pequeño que fuera, solía escapársele, y la mirada de la diseñadora había despertado algo en él.

Trató de ignorarlo cuando observó la mano de Francesca acercarse y le unió la suya en un suave apretón.

—Encantada de conocerle, detective —pronunció junto

con una pequeña sonrisa, remarcando su acento. Francesca Fiore era una mujer reservada, cauta y seria, aun cuando mostraba su característica soberbia. No podía permitir que Vincent sospechara mínimamente de su disfraz, de su personaje—. Espero que puedan capturar a esa ladrona y que no se lleve el Zafiro de Plata. Sería una lástima si sucediera.

—No se preocupe, señorita Fiore; haremos todo lo posible. —No podía dejar de mirarla, pero no por su belleza, sino por la extraña sensación que le había avivado. No tardó en romper el contacto escondiendo ambas manos en los bolsillos del pantalón.

—¿Todo lo posible? —Aaron se mostró ofendido. Él no quería que hicieran cuanto pudieran, sino que atraparan a la delincuente que se había atrevido a amenazarlo—. Discúlpeme, detective, pero, teniendo en cuenta la gravedad del asunto, deberían hacer eso y mucho más.

Vincent ignoró esas palabras. No iba a entrar en una discusión innecesaria.

—Señor Williams, lo tengo presente, créame. Yo soy el primero que quiere verla entre rejas —aseguró—. Ahora, si me disculpa, tengo que ir a hablar con mi superior. ¿Tiene alguna pregunta…?

—Yo también voy —lo interrumpió—. Son mi museo y mi Zafiro, así que quiero estar presente en la conversación.

Vincent dejó escapar un suspiro disimulado sin resistirse a echarle un último vistazo a la mujer castaña, cuya mirada perdida observaba a los demás invitados como si con ese gesto pretendiera levantar una pared que la separara de la conversación. El detective se aclaró la garganta mientras volvía a la realidad, a enfrentarse a los ojos inquisidores de Aaron.

—Les dejo que hablen tranquilamente —intervino la ladrona. No iba a desaprovechar la oportunidad de escaparse—. Ha sido un placer, detective.

Sus miradas volvieron a encontrarse, aunque Aurora enseguida se encargó de romper esa unión. Ni siquiera le permitió responder y, antes de marcharse, le dedicó al director un movimiento de cabeza en señal de despedida. Empezó a caminar, a alejarse de esos ojos de color miel que todavía la miraban, y se escondió entre la multitud. No quería pensar que acababa de delatarse o que el detective se hubiera dado cuenta de algún detalle. Pero habían pasado semanas desde su último encuentro y Aurora se había ocultado tras el rostro de otra persona.

Ninguno de sus compañeros dijo nada, aunque Nina hubiera deseado hacerlo, y dejaron que su compañera siguiera paseándose por el ojo del huracán antes de que se desatara la tormenta de oscuridad.

14

Aaron Williams pretendía mostrarse tranquilo aunque por dentro se ahogara en un mar de nerviosismo. Su lenguaje corporal lo delataba y, por más que tratara de esconderlo, Aurora no perdía detalle sentada entre el púbico: el aspecto rígido, los ojos saltones que no podían quedarse quietos, la constante fricción de las manos, la tensa sonrisa que se le dibujaba en el rostro...

Estaba asustado y no podía culparlo porque, hasta el momento, la ladrona se había mantenido en un silencio expectante. Muchos periodistas se preguntaban cuándo y cómo haría su espectacular entrada. Las teorías no dejaban de llover y el mundo entero se hacía la misma pregunta: «¿Dónde está la ladrona de guante negro?».

Escondida, aunque a la vista de cualquiera.

Desde que había entrado por la puerta, Aurora les había lanzado un jaque, pues ¿quién iba a sospechar de una reconocida diseñadora que acababa de tener una conversación amigable con el director del museo y el detective a cargo de la investigación? Los presentes, atentos a las inmediatas palabras de Aaron, habían conseguido que Aurora pasara inadvertida, invisible a los ojos curiosos; a los del propio Vincent, quien no había vuelto a buscar su mirada. Su intuición se había esfumado y la imagen de la diseñadora no había vuelto a manifestarse. Su única preocupación portaba unos simples guantes negros capaces de robar las joyas más valiosas del planeta.

Se percibía la tensión en el rostro del detective, igual que en el suave latido de su corazón, cada vez más acelerado, frenético ante ese mismo silencio con el que Aurora jugaba.

—No falta nadie por llegar —murmuró Nina—. El cervatillo está sentado en primera fila, a la derecha. Luz verde a la primera parte del plan.

Consistía en la propia presentación del Zafiro y en la posterior explicación que daría el director; su hija, alias «cervatillo», tendría un papel estelar. Aurora no podía fallar, no debía. Ella era la pieza fundamental del tablero, de todo el plan, la reina que haría que toda la sociedad presenciara el mayor jaque mate de la historia.

—Cuando me digas. Estoy lista —siguió diciendo la italiana, oculta en las catacumbas del museo. Controlaba la electricidad de todo el edificio sin que la policía pudiera evitarlo, aunque les hubiera hecho creer que sí.

—¡Francesca! —gritó de repente una voz femenina a unos metros de donde se sentaba Aurora—. Perdóname, no te he visto, ¿cómo estás? Hace mucho que no coincidimos. —Incluso se tomó la libertad de ocupar la silla vacía a su lado cruzando las piernas—. ¿Cuándo fue la última vez? Hace un par de años, ¿en verano, tal vez?

—En Menorca —respondió la ladrona esbozando una sonrisa irónica tras haberla reconocido de uno de sus muchos informes. La modelo había decidido dejar la pasarela para fundar un imperio de alta cosmética. No tenían buena relación y ambas lo sabían, apenas se dirigían la palabra a no ser que el escenario lo ocuparan cientos de periodistas. Aurora dejó que la falsedad brillara en su máximo esplendor—. Coincidimos en un hotel de la isla, ¿te acuerdas?

La exmodelo meditó durante unos segundos entrecerrando levemente los ojos.

—Claro que sí, ¿cómo podría olvidarlo? Te follaste a mi hermano —le recordó con una sonrisa encantadora, la misma con la que había aparecido un minuto antes—. Y eso que te dije que, si lo hacías, arruinarías nuestra amistad. Y ahora estamos aquí, qué cosas, ¿no?

Aurora se quedó callada, intentando que el asombro en la mirada no la pusiera en evidencia, pues no sabía de qué estaba hablando y tampoco si era verídico o no.

—Me sorprende este silencio, ¿no tienes nada que decir?

La había puesto entre la espada y la pared. Si esa mujer empezaba a tener la mínima sospecha de que la Francesca que estaba delante de ella no era la que conocía, iba a ser un problema. Uno grande.

Tenía que improvisar.

—Estoy en ello —murmuró Nina por el auricular. En menos de un segundo se dio cuenta de que estaba en un apuro—. Di algo mientras busco qué coño ha pasado.

—Te lo dije en su momento —respondió la ladrona en tono más serio que el de la exmodelo—. No es el lugar indicado para hablar de ello, ¿no te parece?

—Siempre has sido tan arrogante… —murmuró, e inclinó un poco la cabeza en señal de superioridad, de burla—. Pensaba que con el tiempo te habrías corregido.

—¿Por qué debería hacerlo?

Esa pregunta descolocó a la mujer de pelo corto, aunque intentó que no se lo notara.

—Tú sabrás, eres tú quien va por la vida haciendo lo que le da la gana, incluso cuando te dicen que algo está estrictamente prohibido. ¿De verdad sigue habiendo gente a quien le caes bien?

—Tú sabrás —contraatacó Francesca, aunque con la voz de la ladrona. Quería librarse de esa conversación cuanto antes—. Eres tú quien se ha acercado. ¿Tanto me odias o solo has venido buscando mi atención para empezar una pelea que sabes que a ninguna de las dos nos conviene? —Hizo una pausa—. No creo que esta polémica te beneficie. Según tengo entendido, lideras el sector. Sería una auténtica pena que tu posición se viera afectada.

—¿Es una amenaza? —se apresuró a decir.

—No, no, para nada —respondió con cierto encanto—. Al contrario, estoy exponiendo los hechos. Vuelvo a decir: a ninguna de las dos nos conviene revivir algo que ocurrió hace dos años. Dejemos el pasado en paz, ¿no te parece? Además, el director del museo está subiendo al escenario y no quiero perderme este evento, ¿te quedas a mi lado o prefieres regresar a tu sitio?

Golpe sobre la mesa. Aurora acababa de ganar aquella conversación.

—Eres insufrible. —No podía recurrir a ningún argumento y ese simple comentario provocó que los labios de la ladrona se curvaran con sutileza—. ¿Esta es la manera en la que ahora tratas a las personas?

—Una insufrible que sabes que tiene razón, y en segundo lugar... —se tomó la ligereza de crear cierta expectación—, no, no lo hago con todas.

La empresaria no supo qué decir. Francesca se había encargado de ponerle un punto final a la discusión. Se sintió patética, por lo que su única salida fue regresar a su asiento con la barbilla en alto y sin pronunciar una palabra más. No quería que siguiera hundiéndola.

Aurora dejó escapar un suspiro disimulado al verla regresar por donde había venido.

—Estoy decepcionado. —Oyó a Stefan—. Yo quería drama y guerra de uñas. Uno se aburre aquí solo.

—Tranquilo, ahora empezará lo divertido —aseguró la segunda al mando, y en aquel instante la sala empezó a apagarse de manera gradual, a excepción del escenario—. Beckett acaba de dar la orden de custodiar todas las entradas y ha creado una primera línea de ataque. Se piensa que estamos en el ejército.

La ladrona captó un sutil movimiento alrededor de la sala, un sonido que la mayoría pareció ignorar, ya que se habían concentrado en Williams, que se acercaba a la plataforma. Seguía nervioso y su deseo de encerrarse en una burbuja de cristal era evidente; aun así, necesitaba seguir aparentando normalidad. Otra presentación como las que había liderado incontables veces.

Intentó convencerse, mientras se preparaba para comenzar su discurso, de que la ladrona no aparecería, pero que, aunque lo hiciera, no saldría victoriosa. Necesitaba confiar.

—Damas y caballeros, me complace inaugurar la presentación más esperada y comentada de los últimos meses —empezó a decir captando la atención del público—. Y no es para menos, porque esta experiencia se relatará en los libros de historia. Contarán la historia del Zafiro de Plata y cómo llegó a mis manos, al Museo de Arte Moderno de Nueva York. Una pieza única en el mundo por su rareza y de un valor jamás conocido.

La mujer no perdía detalle; sentada en la última fila y arropada en una cálida oscuridad, mantenía los ojos sobre Aaron Williams, aunque estos se desviaron sin querer hacia los del detective, que se había colocado en un rincón de la sala. Pero lo que más curiosidad le causó fue la persona a su lado: la misma que ella le había pedido a Nina que investigara. Casualmente, pertenecía al círculo íntimo de Vincent. Cuando la italiana se lo comentó días atrás, la ladrona creyó que era una broma de mal gusto, pues quien había encontrado la joya era la persona a la que el detective llamaba «papá».

Decidió no actuar, al menos no de inmediato. Esperaría a conseguir la joya para ir a por Thomas Russell. Nina no había logrado dar con la información que necesitaban sobre la segunda piedra, y aquello significaba que los datos no estaban disponibles en la red. «Pero tal vez se encuentren en su poder», pensó. De lo que estaba segura era de que ese hombre era la clave.

Además, quería saber lo que ese señor estaba diciéndole. No obstante, la pregunta quedó suspendida en el aire cuando el director ordenó que la vitrina de cristal que contenía al Zafiro de Plata hiciera su aparición.

—Atentos —murmuró la ladrona.

Un nuevo silencio, más expectante que el anterior, inundó la sala. No se oyó ni una sola respiración. Los periodistas, desde la distancia, peleaban por capturar la mejor imagen que pudiera ofrecer.

La estructura de metal reforzado apareció en el centro del escenario; la cúpula de cristal, tan transparente que parecía no estar, dejaba ver el colgante descansando en un busto de terciopelo negro. La elegancia y el poder que emanaba provocaron el asombro de todas las miradas, presentes y lejanas. La propia Aurora se permitió apreciarlo durante un mísero segundo en el que se regodeó al imaginar su tacto.

El brillo que emitía la dejó maravillada y la composición de la pieza la conquistó.

—Como pueden observar, posee un brillo pocas veces visto. —La pantalla negra, situada detrás de la joya, mostraba imágenes de los detalles de la piedra—. Se trata de una pieza antigua, de un valor...

—Ahora —susurró la mujer de ojos verdes. Una orden directa que Nina no dudó en acatar; ella era la ficha del dominó que haría caer a las demás.

Una profunda oscuridad se apoderó de toda la sala y

provocó exclamaciones de asombro. La pantalla se apagó de repente y cualquier rastro de electricidad dejó de existir. La única luz que sobrevivió fue la del interior de la cúpula que protegía la joya. Pero lo que ocasionó que el caos se desatara fue la ansiedad del director:

—¿Qué coño está pasando? —Ni siquiera se dio cuenta de que la gran mayoría de los invitados lo había oído con claridad, pues su intención de susurrar había fracasado—. ¿Qué pasa con la luz? Arregladlo, joder, me da igual que el sistema esté bloqueado. ¡¿Cómo que no podéis hacer nada?!

Y, en medio de aquel caos, Aurora desapareció sin que la vieran, moviéndose por la oscuridad con la agilidad de una sombra. Nadie la oyó y la histeria de los invitados, asustados ante la cercanía de la ladrona de guante negro, camufló sus pasos. Por mucho que Howard Beckett insistiera en que mantuvieran la calma, era difícil aplacar aquel sentimiento.

Los comentarios de incertidumbre no tardaron en hacerse notar, el nerviosismo de Williams aumentó un registro y las órdenes del inspector fueron claras: «Bloquead todas las puertas. Iniciamos el protocolo Jaula». Justo lo que Nina había dicho que harían: una jaula para que la criminal más buscada del mundo no tuviera opción de escapar. Pero no contaban con que el control de esa jaula estaba en manos de su compañera, quien no dudaría en abrirla cuando Aurora se lo ordenara.

La ladrona esbozó una pequeña sonrisa cuando sintió el cuero negro abrazarle las manos. El vestido había desaparecido, llevaba su característico traje oscuro y no tardó en colocar un par de armas en los espacios del cinturón mientras vigilaba, gracias a las lentillas de visión nocturna, a la hija de Williams. Tenía que llegar hasta a ella y convertirla en su rehén, ya que Nina había descubierto un par de semanas atrás el cariño y el amor que Aaron sentía por Charlotte. «La princesita de papá», leyó en la descripción de una imagen que confirmó la sospecha. Esa niña era su punto débil, y por eso se habían esforzado para que acudiera a la presentación. La ladrona había hecho todo lo necesario para que la propia muchacha convenciera a su padre de que la dejara asistir.

—¡Ponme con el capitán! ¿Dónde está la maldita radio? —Los gritos del inspector seguían causando escalofríos entre sus agentes, pues el plan de defensa se caía a pedazos—. ¿Por qué cojones tampoco funcionan las luces de emergencia?

Estaba perdiendo el control y era consciente de ello, pero lo que acabó por hundirlo fue el siguiente movimiento de la ladrona: dos bombas de humo que consiguieron que la multitud, asustada, se alzara de los asientos para localizar la salida. Y Beckett había ordenado sellarla para que nadie pudiera abandonar la sala.

—Nina —susurró Aurora—. Voy a hablar.

La primera vez que lo haría.

—Copiado.

La italiana ya había intervenido el sistema de audio de la sala y se había adueñado de los cuatro altavoces. La voz distorsionada de la ladrona se desató por la estancia. El inspector ordenó silencio.

—Howard Beckett —pronunció la voz femenina—. ¿Cómo tengo que demostrarte que siempre iré un paso por delante de ti? La operación Jaula no te va a servir de nada y tampoco podrás evitar que salga por la puerta grande con el Zafiro de Plata en el cuello.

Era una nueva distracción para desplazarse con sutileza entre una multitud engullida por la inmensa oscuridad. El humo no ayudó en absoluto, al contrario: dificultó que los ojos se acostumbraran a esa espesa negrura y consiguió que la desesperación y el miedo los dominaran. La ladrona les hizo saber que estaba ahí cerca, merodeando entre los cuerpos vulnerables, como si se tratara de una cacería para que fueran conscientes de su insignificancia. Apuntó la pistola con los dardos tranquilizantes al cuello a un hombre cualquiera.

El inspector no podía callar ante semejante provocación, su naturaleza se lo impedía, pero el impacto del cuerpo contra la superficie marmolada provocó que una ola de histeria invadiera a los invitados. Los gritos de confusión empezaron a oírse de nuevo y la sutil risa de Aurora inundó los altavoces. La risa de una villana. Un gesto que denotó seguridad, confianza, control absoluto.

—Si tanta confianza tienes —vociferó Beckett—, ¿por qué no te plantas delante de mí y mantenemos una conversación en privado? Es muy fácil esconderse y no dar la cara. Eso es lo que hacen los cobardes.

Respondió a la provocación con otro comentario igual de atrevido, pero que no tuvo el efecto deseado, ya que la ladrona ni siquiera se alteró; se quedó callada mientras se acercaba al cervatillo.

—¿No dices nada? Fíjate que me gustaría esposarte mientras te recito todas las leyes que has violado durante estos últimos años. La lista es larga, ¿sabes?

Aurora sonrió al localizar el pequeño cuerpo asustado que buscaba con desesperación a su padre. Se lo impidió antes de que llegara a él y le tapó la boca con su guante negro. Charlotte se resistió y, todavía presa de la oscuridad, intentó emitir un grito para pedir auxilio. Le hizo al inspector una advertencia para que pensara muy bien su próximo movimiento. No iba a arriesgar la vida de una rehén y menos sabiendo el valor que poseía.

—¿Qué te parece incluir la toma de una rehén a esa larga lista tuya? —Aurora siguió caminando y se subió al escenario mientras la mantenía a punta de pistola y sujeta por el cuello. Necesitaba que Nina oyera la palabra clave que daría el pistoletazo de salida a la segunda fase del plan—. Eso me generará mayor «popularidad» entre los presos. ¿Cómo lo ves?

Ahí estaba; era la bandera verde que la segunda al mando necesitaba para acceder al sistema eléctrico de la pantalla, que cobró vida apoderándose del blanco más puro. Se había producido el efecto deseado: un interesante contraluz que ocultaba las facciones del rostro de Aurora, pero que le permitía tener a la policía delante, justo como había planeado.

—Damas y caballeros, os presento a la encantadora Charlotte, mi acompañante por esta noche —murmuró Aurora. Su voz distorsionada aún se oía por los altavoces. Aaron Williams no tardó en reaccionar—. Que nadie se mueva o empezarán a llover disparos.

—Charlotte… ¡Charlotte! —Howard detuvo al director por el brazo. La angustia se apreciaba en su voz, en su intención por acercarse, por salvarla—. ¡Es una niña, joder!

—Papá…

Aurora aseguró el agarre y la acalló.

—Pero es tu niña —corrigió la mujer con una arrogancia palpable. Charlotte no iba a sufrir daño, pero más valía que los presentes creyeran que sí. Necesitaba que la vieran capaz de atentar contra la vida de cualquiera—. Te sugiero, inspector, que lo mantengas controlado; no querrás que apriete el gatillo sin querer… Lo mismo te digo si cualquiera de tus hombres intenta hacerse el héroe.

—¿Piensas que puedes ganar? Tengo el edificio rodeado, helicópteros sobrevolando la zona, esta sala llena con mis mejores hombres apuntándote, y tú, querida —hizo énfasis—, estás sola. Así que acabemos con esto, suelta a la niña y entrégate por las buenas.

—¿Y si no? Mi objetivo de esta noche es irme con el Zafiro de Plata, ¿cómo piensas impedírmelo? —Se permitió desviar ligeramente la mirada hacia el colgante, a menos de dos metros de ella, cerca pero lejos—. Este es el trato: me voy con la joya y libero a la pequeña Charlotte sin un rasguño.

Era una mentira. La ladrona no negociaba intercambios; se beneficiaba del bello arte de la manipulación, del engaño. Dirigía la conversación a su favor.

Antes de que el inspector pudiera contestar, se produjo un silencio que a Aurora le hizo sospechar. No lo entendió al principio, pero pronto se dio cuenta del motivo, así que esbozó una sonrisa torcida y decidió llevar el espectáculo a un nivel superior. Apuntó el arma al techo y no dudó en apretar el gatillo. Varias voces volvieron a gritar con el ruido de la bala y de los cristales rotos de la lámpara.

—Me estás subestimando, inspector —murmuró—. Y te puedo asegurar que no me ando con rodeos. Como alguien haga un solo movimiento, la próxima bala irá directamente a su cabeza.

Sin embargo, empezaron a oírse unos aplausos procedentes de la misma persona que se había acercado a su superior y que descolocaron a la ladrona por un instante.

Vincent Russell había decidido entrar en escena, aunque con sus propias reglas. Y la reina del tablero, sin mostrar una pizca de flaqueza, alzó un poco la barbilla ante la voz conocida.

15

El detective no iba a romper su promesa; la capturaría.

La abatiría y le colocaría las esposas para poder apartar a esa pobre niña de sus garras; una misión que parecía simple, aunque el proceso fuera impredecible. Había llegado el momento de enfrentarse a ella, a la mujer de rostro desconocido que, tras cinco largos años de reinado, iba a ser capturada. No encontró una forma más ingeniosa que entrar aplaudiendo, con las manos desnudas y sin armas visibles.

Al fin y al cabo, ella había convertido aquel robo en un gran espectáculo y él no quería ofrecerle menos. El sonido de sus palmas produjo un eco difícil de obviar y el silencio a su alrededor aumentó la tensión. Quería provocarla, derrocarla de ese trono donde se sentía segura y encontrar una debilidad con la que vencerla.

—La ladrona de guante negro —pronunció e hizo una breve pausa permitiéndose saborear el título en sus labios—. ¿No te gustaba el blanco? Aunque… déjame pensar. Si tenemos en cuenta que en un crimen de guante blanco la violencia no interfiere, y tú estás reteniendo a esa niña a punta de pistola…, muy pacífica no eres. ¿Este es tu gran plan? ¿Un simple intercambio? Dime que estoy hablando con la mente brillante oculta tras todos los robos.

Aurora no respondió al instante, tampoco mostró vacilación ni apartó la mirada de los ojos que la contemplaban con desprecio, con la indudable ansia por capturarla. Sabía que trataba de apartar a la niña de su lado, ponerla a salvo, pero la ladrona no se iba a rendir con tanta facilidad. El detective no la preocupaba en absoluto y le daba lo mismo lo que le dijera.

—No lo sé, se supone que tú eres el detective —respondió siguiéndole el juego. Una provocación por otra—. ¿Piensas que soy una simple muñeca de cuyos hilos tiran para controlarla? Además, déjame decirte algo, querido —enfatizó—: el mundo entero ya me conocía por ese nombre antes de que yo me hubiera presentado siquiera.

El detective inclinó la cabeza y comprendió, en una milésima, que esa mujer no era como los demás atracadores con los que había tratado. A ella le cautivaban la planificación, la seguridad con la que se enfrentaba a todo un cuerpo policial, la conversación con el inspector al mando, las amenazas, las provocaciones… Una ladrona que no robaba por necesidad, sino por placer, para demostrar a los demás que ella era la reina entre reyes.

—¿No dices nada, detective? —sonrió consciente de que él no tenía manera de verla—. ¿Esto es todo lo que tienes? Podrías haberte esforzado un poco más; a fin de cuentas, será nuestra primera y última conversación.

El destino, disfrazado de cupido, negó sutilmente con la cabeza.

—Te veo bastante segura.

—Me ofende incluso que lo dudes —aseveró—. Ahora, si me disculpas, solo he venido a llevarme lo que es mío. Charlotte, cielo, camina —le pidió con la intención de llegar hasta la joya.

Sin embargo, Vincent no tardó en reaccionar y, en menos de un segundo, desenfundó el arma y le apuntó. El resto de los policías afianzaron el agarre, incluso el inspector se había colocado al lado de su hombre para brindarle apoyo.

—Quieta —amenazó—. La conversación todavía no ha acabado, así que te sugiero que tires el arma y sueltes a la chica. —Aurora no se movió—. Suéltala, no te lo volveré a decir.

—Vaya, entonces sí que tienes carácter, estaba empezando a dudarlo.

Él no respondió, aunque tampoco le molestó el tono de burla, pues había comprendido la razón oculta tras el espectáculo: intentaba distraerlo con una charla sin sentido, incitándolo a que explotara e hiciera algo de lo que pudiera arrepentirse.

—Vamos a hacer lo siguiente —dijo, y aprovechó para avanzar hacia ella—: Soltarás a la chica y te entregarás sin hacer ninguna tontería. Vendrás conmigo a comisaría después de que el inspector te haya leído tus derechos y luego me revelarás la identidad del resto de tu equipo. ¿Alguna pregunta?

—Sí, detective, algo no me ha quedado claro: ¿cuándo podré robar el Zafiro de Plata?, ¿antes o después del interrogatorio? —murmuró jactándose, aunque no tardó en emplear un tono más serio—: Te olvidas de que tengo la vida de la pequeña Charlotte en las manos y, ¿sabes lo más curioso?, que podría apretar una zona específica de su cuello para causarle un daño permanente. ¿Vale la pena arriesgar su bonita existencia porque nosotros no hayamos sabido llegar a un acuerdo? Williams —lo miró—, ¿qué le parece a usted?

A pesar de la poca iluminación, se podía apreciar su piel pálida, el temblor de sus manos… El director intentó tragar saliva, pero la garganta seca se lo impidió, incluso pudo sentir la gota fría de sudor resbalándole por la espalda.

Había perdido el control. Su hija, a quien nunca debería haber llevado, tenía una pistola apuntándole a la cabeza. Llegó a imaginarse la peor de las situaciones: ¿y si disparaba?, ¿y si cumplía su amenaza? No podía permitir que algo le sucediera a ese ser tan frágil e inocente. La ladrona la había capturado solo porque era su mayor debilidad.

—Déjala ir. —Se oyó decir casi en un susurro que nadie pudo apreciar—. Deja que yo ocupe su lugar. Por favor.

—¿Cómo dice? ¿Que la libere? —Aún era evidente la cruel diversión que bañaba su voz—. Acérquese, si eso es lo que quiere. Podemos hablar, aunque sabe cuál es mi precio. Su pequeña no sufrirá daños si me entrega el Zafiro de Plata y logro escapar. Tiene mi palabra.

Pero, antes de que el director pudiera responder, el detective intervino y se puso delante de él. No iba a permitir que se escapara para proclamarse vencedora una vez más.

—Tu palabra no vale una mierda.

—Es mi hija —dijo el director con un enfado evidente, sin creerse que estuvieran discutiendo sobre la vida de su pequeña.

—No la escuches. No le pasará nada.

—Es mi hija —volvió a murmurar el hombre, abatido, sin saber cómo arreglar la situación. Empezó a caminar sin darse cuenta, pequeños pasos que lo conducían hacia Charlotte—. Me da igual el Zafiro, es tuyo; quédatelo, no me importa. Pero no le hagas daño, por favor, te lo suplico. Es mi única hija.

Esas palabras quedaron suspendidas en el aire el tiempo suficiente para que Aurora pudiera saborearlas. Le satisfacía ver a su víctima suplicar por su vida, rogar sin poder detenerse, preso de la angustia que ella misma le creaba. Si esos policías no hubieran intervenido, el director habría estado a punto de arrodillarse ante ella.

Además, se dio cuenta de otro detalle: Aaron Williams

no era de los que renunciaban a una pieza de semejante valor. Sabía que, si llegaba a tocar el cristal, el sistema de seguridad escondería la joya en la cámara subterránea, de donde sería imposible salir con vida. Se vería atrapada en ese agujero y todo habría acabado.

Tal vez, en otra ocasión, habría preferido el camino fácil: colarse a hurtadillas y escapar sin ser vista. Un atraco limpio, sin el gran espectáculo que le encantaba dar; sin embargo, al tratarse de la primera pieza de un gran tesoro, no podía arriesgarse a que la capturaran, no cuando los ojos del mundo estaban puestos en ella.

—Eres el primero que me ha dicho algo coherente en lo que llevamos de noche —respondió la mujer—. Es un detalle por tu parte.

—Por favor...

—Detective Russell —murmuró ignorando su súplica—. Debería usted aprender, ¿no cree? El Zafiro de Plata a cambio de la vida de la bella Charlotte. Un trato justo, a mi parecer.

—No me jodas. —Vincent intentaba no perder la paciencia, aunque le resultaba difícil ante su arrogancia y su burla. Pero lo que acabó por enfurecerlo fue la intención de seguir acercándose a pesar de su orden—. ¡Mantente en tu puto sitio!

No acató ninguna exigencia, pues sabía que no iba a disparar cuando el cuerpo de la pobre inocente le hacía de escudo. Había limitado cualquier movimiento que la policía hubiera tenido en mente y los había puesto, de esta manera, entre la espada y la pared.

Le divertía observarlos con las armas arriba, pero sin poder dar un paso.

—¿O qué? —Vincent apretó la mandíbula al oír aquella contestación tan petulante—. ¿Vas a dispararme? Ni siquiera puedes distinguirnos y no creo que quieras que la chica reciba la bala. —Se colocó delante del pedestal blindado de acero. Estaba deseando sostener la joya.

—Llévatelo —insistió Aaron al punto de la desesperación—. Deja a mi hija y llévatelo.

Pero la mujer sonrió ante aquella petición. ¿De verdad pensaba que la ladrona no habría estudiado el sistema de seguridad que rodearía el Zafiro de Plata?

—Señor Williams, ¿me considera usted estúpida? —El director parpadeó confundido—. ¿De verdad cree que no he hecho los deberes? Soy una buena alumna, además de detallista, y me he percatado desde el principio de su intención de tenderme una trampa.

—Yo no...

—¿Quiere mantener la boca cerrada? —Lo reprendió el detective al instante, harto de que no le permitiera tener el control de la situación.

—La próxima vez, intente no ser tan evidente —acabó por decir ella, y, a continuación, se tomó una pausa sin dejar de mirar a su público—. Damas y caballeros, me temo que se aproxima la despedida. Me habría gustado seguir con esta agradable reunión, pero creo que todos nosotros tenemos cosas que hacer y no es mi intención quitarles más tiempo. Ha sido un placer retenerlos.

Nina liberó la joya al instante. Como había sido ella quien había configurado el sistema, tenía el control absoluto y no necesitaba al director para desbloquearlo, a pesar de que él se considerara imprescindible. Por eso su cara reflejó auténtico desconcierto cuando Charlotte, siguiendo las órdenes de la ladrona, retiró sin dificultad el vidrio que lo protegía. El Zafiro de Plata quedó expuesto ante la policía, el público, ante la mirada expectante de toda la población. Ante Aurora, la mujer que tantas veces había desafiado a la policía y se había reído de sus patéticos intentos por atraparla. Tenía al alcance de la mano la joya más valiosa de todos los tiempos, desnuda de cualquier protección.

—Como alguien haga un solo movimiento, me aseguraré de reducir esta sala a cenizas. Detective, en tu lugar me quedaría quieto; imagino que no querrás provocar una masacre. Charlotte, querida, voy a pedirte un último favor: necesito que cojas el collar, te vuelvas muy despacio hacia mí y me lo pongas en el cuello. ¿Podrás hacerlo?

La chica no respondió, ni siquiera era capaz de sentir las extremidades. Sin embargo, la fuerza en el agarre le arrancó un débil gemido y no tuvo más remedio que asentir.

—¡No le hagas daño, joder! —gritó Aaron.

—Si vuelvo a oír otro grito no me temblará el pulso para dispararle en la frente. Manténgase callado. —Su voz sonó fría, como si la muerte le hubiera susurrado al oído que se deshiciera de cualquier amenaza.

—Charlotte —murmuró en señal de advertencia—. ¿Lo has entendido?

Asintió y dirigió la mirada, bañada en lágrimas, hacia su padre. Tenía las mejillas ligeramente sonrosadas, húmedas, pues no pudo evitar que el líquido salado se le escapara de los ojos.

Charlotte acercó ambas manos con delicadeza hacia la joya. No quería imaginar de qué sería capaz esa mujer si no lograba su cometido. ¿La mataría? Sin dudarlo. Incluso pensó en un secuestro en una cabaña aislada para torturarla sin que nadie fuera capaz de oírla ni encontrarla. Se estremeció con la sola idea de que la hiriera. Ella solo quería irse a casa con su padre y refugiarse en su habitación.

—Es para hoy, cielo. —Le apretó el cañón de la pistola contra la sien para recordarle que apretaría el gatillo si cometía alguna estupidez.

La chica sostuvo la joya en alto y empezó a darse la vuelta muy despacio para descubrir que la ladrona mantenía el rostro tapado; tampoco vio el color de sus ojos. Aurora no era una persona descuidada; pensaba al milímetro los pasos de cada robo. No iba a arriesgarse a soltarla para que horas más tarde su retrato robot colgara en las comisarías de todos los países.

Con el Zafiro de Plata en las manos, la hija del director abrochó el cierre del colgante y dejó que la piedra descansara sobre el pecho de la mujer. Esta no dudó en regalarle a Vincent una última sonrisa que evidenciaba su altanería, el orgullo de haberse apoderado de la joya delante de los ojos del público.

Charlotte se dio la vuelta de nuevo ante el brusco movimiento de la ladrona. Empezaron a avanzar y la italiana susurró una simple palabra que Nina obedeció al instante: «Ahora». La pantalla se apagó y se hizo la oscuridad. Aurora empujó a su rehén al suelo, consiguiendo que gritara, y disparó contra el techo de vidrio templado. El sonido de los cristales provocó que la multitud se dispersara y la policía no tuvo más remedio que deshacer la formación.

—¡Quiero a la unidad cuatro atenta al tejado! —gritó el detective por la radio, fuera de sí—. ¡Necesito luz! ¡Que apunten al techo de cristal!

Una débil iluminación apareció por arriba y fue suficiente para apreciar que del agujero colgaba la cuerda por la que la ladrona acababa de escapar.

Howard Beckett enfureció y estuvo a punto de destrozar la radio que tenía en las manos.

—Inspector Beckett al habla. ¡Quiero a todas las unidades con los ojos abiertos! La ladrona ha escapado; repito, la ladrona ha escapado. Pasamos al plan B. ¡Quiero un equipo de búsqueda en cada puto rincón de la ciudad en un radio de tres kilómetros! —No podía contener el enfado, tampoco asimilar que con ese truco tan burdo había escapado delante de sus narices—. Lleva un conjunto negro y lo más posible es que tenga el rostro cubierto. Mujer, un metro setenta de altura, unos sesenta kilos. Inspeccionad bien todos los callejones, no puede andar muy lejos. Si se camufla entre la multitud, habremos perdido cualquier oportunidad. ¡Vamos!

Las unidades del exterior del edificio empezaron a trabajar, de hecho, incluso antes de que el inspector hubiera pronunciado la primera palabra; sin embargo, las puertas seguían bloqueadas y la única fuente de luz de la que disponían provenía de los helicópteros.

—Señor. —El agente intentaba informarlo de la situación, pero el inspector ni siquiera lo había oído—. Señor —insistió sin éxito. Decidió plantarse delante de él y alzar la voz un poco más—. ¡Señor! Las puertas siguen bloqueadas, no se puede salir. Estamos atrapados.

Howard endureció la mandíbula.

—¿Qué?

—Estamos...

—¡Ya te he oído, joder! ¡¿Cómo que aún seguimos atrapados?! ¿Qué clase de ineptos tiene el Departamento de Policía de Nueva York que todavía no han podido retomar el control? Que lo solucionen de una maldita vez. Necesito salir de aquí.

Vincent, pensativo y cruzado de brazos, intentaba concentrarse aun con los gritos de su superior. ¿Tan fácil había sido? ¿Por qué había decidido escapar por el tejado sabiendo que habría una unidad de helicópteros esperándola? El edificio se encontraba totalmente rodeado: francotiradores en las azoteas de los edificios contiguos, coches patrulla prevenidos para empezar una persecución, decenas de policías armados y con la orden de detenerla a toda costa. Todas las salidas estaban cubiertas, también las calles próximas.

¿Por qué por el tejado?

No tenía sentido. A la ladrona le gustaba el espectáculo,

le divertía esquivar a la policía durante las persecuciones, se jactaba de ello. ¿Por qué había cambiado de estrategia? Tal vez la joya le había hecho decantarse por una opción más conservadora. Pero ¿era viable escapar por la cubierta?

El detective negó con la cabeza. Tenía que haber algo más, una explicación lógica ante aquel comportamiento inusual.

Alzó la mirada hacia el techo de cristal templado. La ladrona se había refugiado en la oscuridad para instaurar el caos, se había movido con agilidad para buscar a su presa y convertirla en su rehén. Si ya tenía acceso al Zafiro, ¿por qué retener a la hija del director? Podría haber aprovechado la negrura para robar la joya sin necesidad de montar todo aquel espectáculo.

«Pero no habría podido escapar sin esta distracción», pensó. ¿Y si la función no había acabado? ¿Y si la ladrona, en realidad, seguía en el edificio con todo el cuerpo de Policía distraído con su hipotética huida?

Vincent volvió al mundo real y ni siquiera le importó interrumpir al inspector cuando dijo:

—Hay que peinar el edificio. Nos está distrayendo, nos desvía hacia el exterior cuando la realidad es que sigue aquí, escapándose por otro sitio.

—¿Ah, sí? ¿Y puedes explicarme por dónde cojones se va a escapar? Acaba de hacer un agujero en el techo.

—Es la maestra del engaño, por supuesto que acaba de hacer un agujero en el techo. Quiere que pensemos que acaba de huir para que todos los coches empiecen a seguirla y los agentes pierdan su posición. Ordena que nadie se mueva. Sigue dentro del edificio, ¿quieres perder la oportunidad de atraparla?

Howard se quedó en silencio. Si fallaban, no sabía cuándo tendrían una ocasión igual; incluso podía que para entonces el inspector al mando fuera otro.

Pero el sonido de la radio los interrumpió y puso en entredicho la teoría de Vincent. Un agente acababa de ver a la ladrona a dos manzanas del museo.

—¿Estás seguro? —preguntó el inspector.

—Sí, señor. La sospechosa coincide con la descripción. Acabamos de verla subiéndose en una Honda CBR500R negra. Lo más probable es que la matrícula sea falsa. Estamos yendo tras ella, señor; cambio.

—Bien, joder, bien; que no se os escape. Acorraladla. Atención, a todas las unidades: quiero todos los coches rodeándola, que no se escabulla.

Vincent no acababa de creérselo.

—Inspector Beckett —intentó llamarlo.

—Tu teoría se ha ido a la mierda, Russell, lo siento. Acaban de desbloquear las puertas; vamos, hay que atrapar a la mayor hija de puta que ha conocido este país.

Howard siguió su camino y ni siquiera se percató de que el detective no tenía intención de ir tras él. El instinto rara vez le fallaba y no podía dejar de pensar que esa sospechosa no era la ladrona de guante negro, sino alguien que trabajaba para ella y cuyo único objetivo era alimentar la distracción.

Decidió desacatar la orden, aun conociendo las consecuencias de aquel acto, y se adentró por los solitarios pasillos del museo aprovechando el caos de la multitud para evitar que lo vieran.

Había resultado ser el plan perfecto y, una vez más, la ladrona había conseguido eludir a la policía con un simple truco de ilusionismo. Ni siquiera dudaba de que habría oído la conversación entre el inspector y sus hombres para asegurarse de que abandonaban el edificio y escapar sin mayor complicación.

El tejado estaba cubierto por los helicópteros, que seguían haciendo círculos. Escapar a pie tampoco era una opción si quería desaparecer antes de que cerraran las fronteras. Necesitaba un vehículo con el que huir hacia el punto de encuentro y desaparecer de la ciudad.

Visualizó el mapa del edificio en su mente y la intuición le susurró que empezara a caminar hacia el aparcamiento subterráneo, donde podría haber ocultado su vehículo antes de que la policía llegara al museo. Sin darse cuenta, empezó a avanzar con el arma en alto y ni siquiera había esperado encontrarse con una sombra unos metros más adelante, en el pasillo contiguo. Una sombra rápida que se movía ágil hacia las escaleras.

Sentía el corazón acelerado, aunque intentara esconderlo, pues era evidente que esa sombra aún no se había percatado de su presencia. Pero lo hizo segundos más tarde, cuando el detective disparó hacia la pared y consiguió que se detuviera.

16

Ninguno de los dos habló ni hizo un solo movimiento, aunque estuvieran presos del nerviosismo.

A pesar de que se encontraba de espaldas, la ladrona estaba segura de que se trataba de Vincent. Lo sentía. También notaba que le apuntaba con el arma, firme, sin ningún tipo de titubeo en las manos, con el dedo en el gatillo y el cañón orientado a su cabeza.

El detective no iba a bajar la pistola y Aurora, con la joya en el cuello y a pocos metros de su moto, tampoco tenía intención de dejarse atrapar por él, mucho menos de que la reconociera como la mujer con la que había bailado semanas atrás.

—Las manos en la cabeza y date la vuelta despacio, sin tonterías. Tampoco quiero movimientos bruscos. Tengo el arma apuntándote a menos de tres metros de distancia; a la mínima sospecha, dispararé sin pensármelo. Tal vez en la pierna, porque no voy a quedarme sin disfrutar de tu entrada en la cárcel. Vamos, no tengo toda la noche. Al inspector le hará mucha ilusión verte.

Aurora dejó escapar una sonrisa. ¿De verdad creía que iba a dejarse capturar? ¿Sin oponer resistencia? ¿Sin derramar una gota de sangre?

No se movió, tampoco dijo nada, pues era consciente de

que su voz la delataría, aunque ese silencio no pareció gustarle demasiado al detective. Avanzó un paso hacia ella con cautela, pues estaba tratando con un ser imprevisible, astuto, que no se rendiría con facilidad.

—Estás atrapada, sin escapatoria, has perdido. ¿De cuántas maneras quieres que te lo repita? Se acabó. Jaque mate. Ahora date la vuelta de una puta vez para que pueda verte la cara. No te conviene enfadarme más.

La mujer permaneció inmóvil esperando que su paciencia tocara el límite. Había visualizado una salida que, si jugaba bien sus cartas, podría resultar exitosa. Y esa jugada no tardó en llegar cuando oyó al detective mascullar. Tal vez había sido alguna maldición o un insulto cualquiera. Ni siquiera trató de descifrarlo, pues Vincent Russell acababa de caer en su trampa en el momento en el que se había acercado a ella.

De un rápido y sorpresivo movimiento la ladrona se volvió con la intención de golpearlo en el rostro y desequilibrarlo. Aprovecharía esos segundos para alcanzar su moto y huir del museo. Pero el detective fue mucho más ágil y rápido que ella y su pequeño puño ni siquiera logró rozarle la mejilla. Además, aprovechó esa rapidez para quitarle el arma que llevaba en la cintura y dejarla desprotegida.

Después de haber intentado desarmarlo, le lanzó un segundo golpe segura de que lo noquearía: hizo chocar la rodilla contra sus partes más íntimas.

El quejido no tardó en brotar de la garganta del detective, que no pudo evitar el tambaleo de su cuerpo.

—Hija de la gran... —trató de decir, pero cuando observó su intención de atacar de nuevo, la bloqueó como pudo para defenderse.

La golpeó en las costillas mientras trataba de quitarle el pasamontañas que aún le cubría el rostro. Esa mujer se las estaba arreglando para mantener su identidad oculta y el detective no iba a permitirlo.

Sin darse cuenta, dejaron que la luna bañara su baile sangriento en medio del pasillo.

Aurora se comportaba de una manera más agresiva, pues su único propósito era salir triunfante de la batalla, mientras que Vincent, concentrado en derribarla, se preguntaba qué tipo de entrenamiento había seguido para pelear de aquella manera.

Sus movimientos eran delicados aunque bruscos; ágiles y, a la vez, impredecibles, con una fuerza que lo había dejado asombrado. La ladrona sabía pelear, cada uno de sus ataques era premeditado, directo, sin ningún atisbo de duda. Pero esos atributos no serían suficientes contra él, ya que el detective dominaba diversas técnicas de combate cuerpo a cuerpo y era cinturón negro en kárate.

Esquivaba cada uno de sus ataques a un ritmo inhumano, casi no le daba tiempo a reaccionar; sin embargo, procuró que su rival no lo notara. Tenía que encontrar la manera de finalizar el combate o ninguno de los dos saldría con vida de él.

—Puedo seguir así toda la noche —jadeó sin esperanza de que la mujer contestara—. No soy un contrincante fácil —dijo, a pesar de la dificultad que le suponía hablar. En ese instante evitó otro puñetazo que le habría impactado en la mejilla—. Y agredir a un policía tiene sus consecuencias, ¿sabes?

Vincent se resistía a caer. No podía permitirse flaquear por más golpes que recibiera, aunque sabía que ese momento llegaría. Debía acabar antes de que ocurriera, por lo que cuando la ladrona alzó una pierna aprovechó para agarrarla del tobillo, desestabilizarla y aprisionarla contra el suelo.

Para su sorpresa, lo consiguió.

El detective se encontró a horcajadas sobre su cuerpo. Le agarró ambas muñecas a la altura de la cabeza para impedirle el ataque y se permitió contemplar su mirada, aún presa de la oscuridad por la poca iluminación, y no dudó en fruncir la frente.

El corazón de Aurora empezó a bombear con más fuerza que nunca. Intentó resistir, mover las caderas, las extremidades inferiores, pero su peso la mantenía inmovilizada.

Estaba atrapada, sin poder mover las manos, expuesta a que se revelara su identidad.

Debería haberlo matado cuando tuvo la oportunidad. Una muerte limpia, a distancia; pero había dejado escapar el crimen perfecto y ahora el detective iba a descubrir quién se escondía tras los guantes negros.

«Estúpida —pensó—. Mil veces estúpida». Notaba la calidez de su propia sangre, los ojos irritados, la tensión paseándose por su cuerpo. Iba a descubrirla, iba a revelar el rostro que había conseguido ocultar durante cinco largos años. Y ese pensamiento provocó que la princesa de la muerte, título que, seguramente, Giovanni se encargaría de retirarle, hirviera en un enfado letal. Estaba furiosa, no con él, sino consigo misma por haberse dejado capturar de una manera tan patética.

Pese a que con él también lo estaba. Su enfado había roto el cristal que la contenía. No podía pensar con claridad, mucho menos cuando la mano de Vincent se dirigía hacia su joya, hacia el Zafiro de Plata. Acarició la piedra con el dedo índice y Aurora, presa de esa rabia cegadora, decidió escupirle en la cara.

Se produjo un nuevo silencio, corto, que el detective aprovechó para limpiarse el rostro.

—¿Alguna vez te han enseñado modales? —La ladrona seguía callada—. Ha sido asqueroso, para que lo sepas; pero es igual, ni siquiera hace falta que contestes. De todas maneras, tampoco ibas a hacerlo. Ya tendrás tiempo en la comisaría. ¿Prefieres que te interrogue el inspector? Aunque, dadas las circunstancias, podríamos aprovechar y conocernos mejor, ¿qué te parece?

Ni siquiera se molestó en esconder la ironía de sus palabras, pero contuvo todos los insultos que se le pasaron por la cabeza. No acostumbraba a perder la paciencia, aunque no era la primera vez que un delincuente lo enfurecía tanto como aquella mujer.

La curiosidad brincó en su mirada, impaciente por descubrir quién se ocultaba bajo el color negro. En cinco años nadie había logrado revelar su identidad. Cinco años dando vueltas por el mundo, con la oscuridad siendo su compañera, y nadie había podido detenerla... Hasta aquella noche en que la luna menguante sería testigo del acontecimiento.

Acercó de nuevo la mano, pero esa vez hacia su cuello, con la intención de quitarle el pasamontañas. La ladrona intentó oponer resistencia; no iba a permitirlo, no podía. Era la primera regla de su juego y, si la quebrantaba, la máscara que la protegía perdería cualquier utilidad. No podía dejar que el detective la encerrara, que la privara de su libertad, por lo que empezó a patalear tratando de darle en la espalda. Necesitaba quitárselo de encima y acabar con él, así que no dudó en levantar la rodilla y utilizar las fuerzas que le quedaban.

Vincent soltó un quejido y Aurora aprovechó para romper el agarre de las muñecas y levantar la cabeza para que impactara contra su nariz. Sonrió cuando oyó que empezaba a maldecir, pero esa sonrisa se borró en el instante en que se dio cuenta de que el verdugo negro ya no le cubría la cabeza.

Se lo había quitado.

Su rostro había quedado al descubierto.

Y el detective, con la mano en la nariz para contener la sangre, captó unas facciones que ya había contemplado antes, con las que había soñado en alguna ocasión. El rostro que observaba, el de la delincuente más buscada del mundo, pertenecía a la mujer con la que había bailado semanas atrás, la que se había ido sin explicación aparente, la que había vuelto a aparecer en el baile de máscaras. Ese rostro que lo había atraído desde el principio, pero que se había esmerado por olvidar.

Arrugó la frente y se olvidó del dolor físico; ni siquiera dudó cuando alargó el brazo para recuperar el arma tirada en el suelo.

No tardó en alzarla y dejar que el cañón le tocara la piel desnuda de la frente.

—Tú... —Ni siquiera sabía qué decir—. Te investigué, vi tu foto, tu nombre real... Tu expediente estaba limpio. ¿Qué...? —Y, en aquel instante, una ola de realidad lo sumergió mar adentro y le provocó una risa seca, apagada—. Por supuesto que no era tuyo. Era evidente que ibas a manipularlo, estabas deseando darme ese nombre para que pudiera buscarlo, y me... —No pudo evitar reírse de nuevo; el sonido quedó suspendido entre ellos—. Eres una zorra astuta, ¿lo sabías? Y yo he sido un gilipollas por no haber indagado más. Por eso estuviste en la mansión de Smirnov, por eso te fuiste con él... —continuó—. Has jugado conmigo como te ha dado la gana desde ese encuentro «casual» en el club. Has dejado que bailara contigo, dos veces, y en ambas ocasiones soñé... —Movió la cabeza—. Sabes que no puedo dejarte escapar, ¿verdad? Esto no cambia absolutamente nada.

Aurora no rompió el contacto de sus ojos furiosos, decepcionados también. No quería arriesgarse a hacer ningún movimiento, pero con el rostro descubierto no había nada que le impidiera hablar.

—¿Has soñado conmigo? —preguntó, y Vincent entendió por qué, hasta ese momento, había tenido los labios sellados. Aún era capaz de recordar su voz.

Volvió a sonreír con la incredulidad deambulando a su alrededor.

—¿Eso es lo que único que te ha interesado? —La mujer le devolvió el gesto—. Sí, Victoria o como coño te llames; soñé contigo la noche del baile, cuando volviste a irte sin explicación alguna. Aunque ahora entiendo por qué los hombres de Smirnov descubrieron que estaba allí.

—¿Qué soñaste?

Parpadeó un par de veces. Sabía lo que intentaba, pero no se permitiría caer de nuevo en sus garras.

—¿De verdad quieres saberlo?

—Sí.

El detective tragó saliva con disimulo.

—Soñé que me pedías que me adentrara sin delicadeza, que te alzara sobre mi cintura para que el encuentro fuera más intenso —confesó en un hilo de voz—. Soñé que follábamos hasta agotarnos. Y fue decepcionante despertarme y descubrir que no había sido real.

Aurora aprovechó el nuevo silencio para jugar con él, llevarlo a su terreno. Quería que se adentrara en el susurro de su voz, quería distraerlo y acercarse a su rostro. Quería que bajara la guardia para escapar. Era su última oportunidad.

—Yo también he soñado contigo. —Hizo una pausa sin que sus labios se juntaran del todo. Vincent se percató de aquel gesto—. ¿Y sabes lo que hice cuando me desperté y sentí mi humedad? —No esperaba una respuesta. Aprovechó para acercarse un poco más y sintió que el agarre perdía fuerza—. Me encerré en la ducha para acabar lo que habíamos empezado en el sueño y me corrí pensando en ti.

—Mientes… —aseguró tensando la mandíbula—. ¿Crees que no sé lo que haces, lo que pretendes?

—¿Y qué estoy haciendo? Dime…, ¿qué estoy haciendo? —insistió destruyendo lentamente la distancia entre ellos.

—Esto no cambia nada. —Vincent sentía el peligro acercándose. Incluso respirar se había convertido en un desafío—. Vendrás conmigo a comisaría, así que no me provoques.

La ladrona sonrió al recordar esas mismas palabras salir de su boca.

—¿O si no, qué? ¿Me dispararás? ¿Estarías dispuesto a matarme? —preguntó. Entreabrió los labios, acercándolos cada vez más a los suyos, y notó palpitar el cuerpo del detective—. ¿Quieres matarme, Vincent? —El hombre ni siquiera impidió que la mano de ella se situara sobre la suya, sobre el arma, y la dirigiera hacia su corazón.

—Sí —confesó, y no pudo ignorar la cercanía de los rostros; acariciaba el gatillo con el índice y solo tenía que apretar una vez para acabar con ella.

—¿Y por qué no lo haces?

—Porque la muerte siempre es el camino fácil. Prefiero ver cómo te pudres entre rejas.

—Y supongo que tú me acompañarás hasta la celda para regodearte en mi desgracia. —Su voz denotaba burla, pues se había prometido a sí misma que acabaría con quien intentara encerrarla de nuevo entre esas cuatro paredes—. ¿Crees que vas a vencerme? ¿De verdad lo piensas?

—No podrás escaparte siempre.

—¿Quién lo dice? Llevo cinco años y puedo divertirme otros cinco más.

—Durante este tiempo te has mantenido oculta, nadie sabía cómo era tu rostro, pero ¿ahora qué? Te he quitado la máscara, tu gran aliada. ¿Cómo te esconderás ahora?

Aurora se limitó a sonreír mientras le demostraba que esas palabras no le generaban temor. Pero también lo hacía porque, gracias a la conversación que lo estaba distrayendo, el detective no se había percatado de la posición de sus manos, que le permitió desarmarlo en el momento más inesperado.

La ladrona dio unos pasos hacia atrás sosteniendo el arma en alto, apuntándole. Las tornas acababan de cambiar gracias a una simple distracción.

—Tú mismo lo has dicho, solo tú lo has descubierto. Nadie más.

—No tienes silenciador, ¿vas a arriesgarte a que el disparo retumbe en todo el edificio?

No podía dejar de mirarla y quiso abofetearse mentalmente por haber caído en su trampa como un idiota. Desde el principio había sabido que esa conversación tenía otro propósito, pero no había sido capaz de ignorar la cercanía de sus labios.

Se dio otro bofetón. Quería matarla, acabar con esa engreída manipuladora que no hacía más que jugar con él. Pero el tercer golpe mental llegó cuando de su boca salió la respuesta que no había imaginado.

—Sí.

Y bastó para que Aurora apretara el gatillo y cumpliera con su amenaza.

Su identidad volvía a estar protegida.

17

Le temblaba todo el cuerpo, tenía cosquilleo en las manos, una impresión desagradable se apoderaba de su espalda y la tensaba. Sentía también el frío que desprendía la joya escondida en el interior de su camiseta, el contraste que provocaba con la piel tibia por la reciente pelea con el detective.

El encuentro había acabado con un charco de sangre a su alrededor; había eliminado definitivamente al rey de la partida.

«Jaque mate», pensó, y se obligó a sí misma a olvidar lo sucedido mientras esquivaba los coches por la carretera. No podía detenerse; ahora que el Zafiro de Plata obraba en su poder el plan debía continuar: salir del país sin levantar sospechas y cruzar el océano hasta llegar a Italia, un viaje en el que esperaba que no hubiera complicaciones, aunque en el fondo un susurro le pedía que no se confiara. Ignoró ese pensamiento también. La máscara que la protegía seguía presente para el resto del mundo, pues, con la amenaza eliminada, aún contaba con la ventaja de la invisibilidad.

«No te has asegurado de que de verdad estuviera muerto», gruñó su vocecilla interior. Aurora frunció el ceño mientras se preguntaba quién sobreviviría a un disparo en el pecho, justo donde se encontraba el corazón. Acababa de matar a Vincent Russell, estaba completamente segura de ello. Lo había dejado desangrándose en el suelo mientras le regalaba una última mirada y el silencio lo acunaba. El detective acababa de decirle adiós a la vida. No había discusión.

Dejó de pensar en Vincent o, por lo menos, lo intentó, pero la imagen de sus dos manos tratando de detener el sangrado no desaparecieron de su mente durante el resto del trayecto.

El punto de encuentro, una vez que Aurora saliera del museo con la joya, estaba a menos de quince kilómetros: una vieja pista de aterrizaje para aviones militares.

Se habían asegurado de que nadie lo custodiara y de que no hubiera cámaras de vigilancia. No se arriesgarían a ser vistos, aunque, teniendo en cuenta que Howard Beckett perseguía en aquel momento una pista falsa, tampoco tenían de qué preocuparse.

La ladrona fue la última en llegar y observó, a lo lejos, el vehículo con el logo de una empresa de limpieza que utilizarían para llegar al puerto y subir al barco sin levantar sospechas.

Apagó la moto, el mismo modelo que la policía estaba persiguiendo, y la escondió en uno de los almacenes para que el equipo neoyorquino de la Stella Nera se ocupara de ella. Caminó hacia la furgoneta extrañada por el silencio del lugar, el mismo que desprendía el auricular en su oído; con el ajetreo de la pelea con el detective no se había percatado de que había dejado de funcionar. No obstante, era insólito que nadie hubiera salido a recibirla para apreciar la joya o que Sira no se encontrara curioseando el entorno.

Apoyó la mano sobre el arma sin llegar a desenfundarla mientras observaba la puerta cerrada del vehículo. Se suponía que Stefan tenía que estar ahí o la furgoneta no estaría estacionada.

¿Y si era una trampa? No, no era posible. La policía ya habría salido a detenerla y Beckett no era de esos que recurren a la pausa dramática; él actuaba sin esperas innecesarias. Pensó en la posibilidad de que Stefan se hubiera quedado dormido, pero la descartó al instante. Conociéndolo, no se habría permitido cerrar los ojos, mucho menos con Sira deambulando a su alrededor.

¿Dónde estaba su gata? Ese animalejo astuto que sabía cuándo se aproximaba su dueña.

Decidió empuñar la pistola mientras se acercaba con lentitud hacia el vehículo. No entendía qué pasaba, el porqué de aquel silencio inusual, pero toda aquella preocupación desapareció cuando vio a Nina salir del furgón.

Dejó escapar un profundo suspiro y se tranquilizó.

—Me has asustado —murmuró guardándose el arma en la cinturilla del pantalón—. Pensaba que había pasado algo, ¿dónde está Sira? ¿Por qué no sale? ¿Y Stefan y Romeo?

—¿Tienes el Zafiro? —preguntó la Rubia, aunque ese abrupto cambio de tema volvió a inquietar a la ladrona.

—Claro que lo tengo, de lo contrario no estaríamos aquí —respondió con rapidez—. Te he hecho una pregunta. ¿Dónde está mi gata?

—Sira está bien —sonrió, pero aquella sonrisa no le inspiraba ninguna tranquilidad—. No tienes por qué preocuparte.

Aurora no contestó enseguida; se limitó a contemplar el rostro de su compañera con el ceño fruncido.

—¿Todo bien?

—Claro, ¿por qué no iba a estarlo?

—Te noto extraña —confesó—. Distante, como si no

fueras... tú. ¿Y los chicos? ¿De verdad que no ha pasado nada?

Nina esbozó otra sonrisa, pero una que evidenciaba lo que se cocía en su interior.

—¿Hemos tenido que llegar hasta este punto para que me muestres cómo te preocupas por mí? Aunque... espera, no por mí, por tu gatita. Me notas extraña y temes que le haya sucedido algo. Claro, yo siempre seré prescindible para ti, para la organización... Para mi tío. Al fin y al cabo, mi talento es fácilmente reemplazable y una insignificante mascota ha pasado a tener más relevancia que yo.

Déjà vu.

Había escuchado aquellas mismas palabras días atrás, con la diferencia de que ahora percibía en ellas cierto grado de dolor.

—Nina, ¿qué estás...?

Pero a la ladrona ni siquiera le dio tiempo a terminar la pregunta cuando observó a su amiga apuntándole con el arma. Quiso empuñar la suya, la que había guardado escasos segundos antes, pero la segunda al mando se lo impidió dando un paso hacia ella.

—No te muevas. Las manos quietas —advirtió—. Vamos a intercambiar los papales, ¿te parece? Yo te amenazo mientras tú te quedas callada y me escuchas. Ni se te ocurra abrir la boca, Aurora, o Sira sufrirá las consecuencias.

La mujer apretó la mandíbula dejando que se le oscureciera la mirada. No iba a arriesgarse a que la gata sufriera daño alguno, por lo que se mantuvo en silencio mientras la instaba a continuar hablando. No entendía lo que pasaba, por qué ese cambio en su actitud, cuál era la razón de que estuviera amenazándola con la pistola en alto. ¿Qué había hecho para provocar semejante enfado? ¿Tan grave era como para que no pudieran sentarse y hablarlo?

—Te consideraba una hermana, ¿sabes? —siguió diciendo Nina. Su voz sonaba apagada, sin vida, triste… Y Aurora oyó el primer cristal roto—. Hasta que empezamos a crecer y te llevaste todo el puto protagonismo. Siempre eras tú, la *principessa* de Giovanni, su favorita, y no te molestaste en disimularlo. Sabías que siempre acababa prefiriéndote a ti y ni siquiera… Nunca me has dado el lugar que me correspondía.

Aquella confesión la dejó perpleja y no tardó en viajar hacia el pasado con tal de encontrar algo que pudiera explicar la razón de aquel enfado. Empezó a notar que el corazón le bombeaba con algo más de fuerza, incluso su respiración se volvió irregular, más tensa, como si el cuerpo le estuviera pidiendo que se sentara, que intentara calmarse antes de que la tormenta cobrara vida.

Aun así, sus labios permanecieron sellados y tampoco trató de hacer ningún movimiento que Nina encontrara sospechoso, aunque por dentro sintiera una furia que le suplicaba que pusiera fin a esa amenaza.

—Es posible que te preguntes por qué nunca he hablado contigo de la rabia que siempre me ha generado ver a mi tío escogerte a ti, que ambos me desplazarais… —enfatizó—. Pero esto es lo que más me molesta, lo que más me… duele, porque lo intenté varias veces y tú… Tú nunca le diste la importancia suficiente como para escucharme o tratar de entenderme. —Se quedó callada mientras le temblaba el labio inferior. En realidad, sentía la tensión por todo el cuerpo—. Intenté olvidarlo, de verdad; lo intenté muchísimas veces, pero ¿cómo quieres que siga ignorando las miradas de Giovanni? La mirada de un padre a una hija… Aunque vosotros dos no tengáis ninguna relación de sangre, ¿o me equivoco?

Un golpe bajo, y Nina fue consciente de ello, pues su intención fue hundirla en su mismo desconsuelo. Había vivido con ese sentimiento todos estos años, pero ahora se había hartado de seguir ignorándolo. Nina no quería destruirla, solo trataba de que lo entendiera, intentaba que se pusiera en su lugar. Aunque lo que más anhelaba era que la ladrona de guante negro dejara de existir, ya que, con esa oscuridad en su vida y deambulando a su antojo, jamás podría recuperar el lugar que siempre le había correspondido.

—¿No dices nada? —la provocó—. Siempre te has creído con derecho de tener la última palabra, ¿será diferente ahora? Al fin y al cabo, espero que tengas la decencia de…

—¿Qué quieres exactamente? —interrumpió Aurora aún con las manos en alto—. Tú lo has dicho, somos hermanas, hemos crecido juntas, ¿por qué recurrir a las amenazas? Podríamos hablarlo con calma; aunque digas que no te escucho, lo hago, y no recuerdo que nunca me hayas dicho lo que sentías. Tuvimos una conversación similar hace días, ¿qué ha cambiado ahora? ¿Por qué parecía que estabas bien cuando no era así? —Nina no respondió, sus emociones no le dejaron—. ¿Lo has hablado con Giovanni? ¿Alguna vez se lo has dicho?

La segunda al mando continuó en silencio sin dejar de mirarla y, por un instante, se preguntó qué pasaría si aplicaba un poco más de fuerza sobre el gatillo. La bala saldría disparada, pero ¿hacia dónde? No apuntaba a ninguna zona específica, solo la sostenía en medio de esa altivez que la rodeaba, la que le había provocado ese pensamiento fugaz. ¿Iba a matarla? Si apretaba un poco más de la cuenta, ¿la ladrona dejaría de existir?

Para su sorpresa, esa idea le resultó tentadora, pero se sorprendió a sí misma cuando la ignoró para responder a la pregunta. ¿Por qué no se lo había contado a su tío?

—¿Crees que le habría dado importancia? ¿De verdad lo piensas?

—Eres su sobrina. Su familia.

—¿Y cuál es el punto de ser de su propia sangre cuando

te prefiere a ti? ¿Crees que estaríamos en esta situación si Giovanni hubiera estado al corriente? ¿Si me hubiera elegido a mí?

Aurora frunció el ceño.

—¿Piensas que es una competición para ver cuál de las dos es mejor? —Sonaba incrédula; jamás se habría imaginado que esas palabras fueran a salir de la boca de Nina—. ¿Te das cuenta de lo que estás diciendo? Me acusas de algo que nunca habría querido que pasara y, en vez de tratar de solucionarlo hablándolo conmigo, decides aparecer apuntándome con un arma para... —En aquel momento, y sin darse cuenta, se chocó con la realidad—. ¿Por qué ahora? ¿Por qué...? Me has preguntado si tenía la joya, te has asegurado... ¿Se puede saber qué habéis hecho?

No podía dejar de mirarla; pronto volvió a reinar el silencio, uno más denso que el anterior. No podía respirar y los pinchazos en el corazón se hicieron más frecuentes, más rápidos, más hirientes... Como si la propia Nina estuviera divirtiéndose con una aguja sobre él. Su cuerpo le pedía sentarse debido a la fuerte conmoción, no dejaba de alertarla mientras se repetía la misma palabra una y otra vez: «Traición, traición, traición».

Aurora confiaba en ella. Desde que se conocieron le había permitido atravesar la pared de diamantes que siempre mantenía alrededor. Había confiado ciegamente en ella, la respetaba, incluso había llegado a quererla, un sentimiento que ni ella misma sabía exteriorizar, pero que ahí estaba. La habría protegido de cualquier mal; sin embargo, Nina, en lugar de arreglarlo, había decidido tenderle una trampa. Había decidido traicionarla.

Y aquello era algo que Aurora no perdonaba y que, además, castigaba.

—Me he cansado de estar siempre a tu sombra —respondió con una indiferencia desconocida—. De seguir ignorando ese sentimiento contra el que siempre he tratado de luchar. He llegado a mi límite, ¿no lo ves? Y da igual lo que me digas, tus disculpas nunca valdrán porque seguirás haciendo lo mejor para ti. Nunca cambiará, aunque me asegures que sí. Así que yo pienso hacer lo mismo.

La joven de pelo negro, cuya melena trenzada danzaba al compás del viento, no era capaz de digerir aquellas palabras.

Aurora dejó escapar una débil sonrisa, gesto que, al parecer, a Nina no le agradó en absoluto.

—¿Tanta gracia te hace? Te recuerdo que soy yo la que te apunta con un arma. —Pero la sonrisa se convirtió en una risa amarga, lo que provocó que la segunda al mando empezara a enfurecerse—. Ni siquiera sé por qué me sorprende. ¿Así me demuestras lo preocupada que estás? ¿Riéndote?

—¿Cuánto llevas planeándolo? —preguntó Aurora con rapidez—. Si no me equivoco, buscas arrancarme el Zafiro de Plata del cuello, por eso te has asegurado de que lo tuviera. Quieres acabar con todo lo que represento, ¿no? Dime, ¿cuándo te pareció que sería buena idea traicionarme?

Pero no fue Nina quien respondió aquella pregunta, sino Dmitrii Smirnov, que apareció de detrás de la furgoneta para colocarse junto a la Rubia. Sus hombres tampoco tardaron en llegar en sus respectivos vehículos y rodearla.

Estaba atrapada.

—Sorpresa, *моя дорогая* —pronunció el ruso con su remarcado acento, haciendo énfasis en ese «querida». La misma entonación que la ladrona había utilizado con él en el baile de máscaras—. Cuánto tiempo sin vernos, ¿no te parece? Venía a interrumpir esta agradable conversación, muy emotiva, por cierto; el tiempo apremia y la segunda joya nos espera.

—Tu nuevo aliado, me imagino —murmuró Aurora mientras observaba a los hombres a su alrededor—, y sus perros guardianes.

—Y unos bastantes fieles, además. Sujetadla.

Pero Aurora no iba a dejarse tocar; antes de que alguno pudiera reaccionar ya apuntaba a Nina y su nuevo socio con una pistola, y hacia atrás, donde se encontraban sus nobles soldados, con la otra.

—El que se atreva a tocarme se llevará una bala en la frente. —Iba a deshacerse de ellos, daba igual lo que hicieran; no obstante, a la ladrona seguía gustándole jugar.

Los hombres de Smirnov se quedaron quietos y la tensión volvió a la pista de aterrizaje abandonada.

—Sujetadla —repitió el jefe con una amenaza evidente en el tono de voz. No iba a dejarse humillar por una mujer en clara desventaja—. Ahora.

Pero el ruso acababa de cometer un error al subestimar su advertencia y la primera bala salió disparada hacia el hombre que había dado el primer paso. El sonido del impacto de sus rodillas contra el suelo inmovilizó a los dos aliados.

—¿No eres capaz de quitarme el Zafiro? ¿Los matones de Smirnov tienen que sujetarme para que puedas acercarte? —preguntó mirándola, en una clara provocación; Nina se mantuvo en silencio—. Eres una cobarde —declaró—. Ni siquiera has sido capaz de enfrentarte a mí, de hablarlo. ¿Tanto odio me tienes? Tampoco me has dado la oportunidad de explicarme. ¿Cómo crees que reaccionará Giovanni cuando se entere?

—Baja las armas, Aurora —advirtió dando un paso hacia ella—. Solo quiero el Zafiro de Plata.

—Nos estás traicionando. A mí, a él, a toda la organización de la cual decías ser la segunda al mando. ¿Esto es lo que quieres? ¿Este será nuestro fin después de tantos años?

—Sé lo que estás haciendo —dijo—. Estoy harta de que sigas manipulándome a tu antojo. ¿No lo ves? ¿Cómo quieres que arreglemos nada si voy a tener que seguir arrodillándome ante ti? Lo haces sin darte cuenta, piensas que todos a tu alrededor tienen que servirte, pero solo eres una simple ladrona, ¿o necesitas oírme decir «su majestad» para sentirte realizada? No seas patética.

Y en aquel instante Aurora contempló el verdadero rostro de quien había empezado a hablar de manera clara, sin adornos, como deseaba hacer desde hacía mucho. Por fin se había deshecho de la máscara de hipocresía.

Ya no era la Nina que conoció al llegar a la Stella Nera; ahora era otra persona, una desconocida que iba a pagar su traición con sangre.

—Me parece curioso que seas tú precisamente quien me lo diga, la que no ha tenido los ovarios de explicar cómo se sentía. ¿Yo soy la patética? ¿De verdad lo crees? Porque me parece que acabas de decir en alto lo que piensas de ti misma. Alguien que acaba de traicionar a toda su familia solo por un poco de atención. Das lástima, Nina.

—Cállate.

—Me duele que no me lo hayas dicho antes, que hayas usado siempre una verdad a medias esperando que yo me diera cuenta de lo podrida que estás por dentro. Podríamos haberlo solucionado, pero sigues creyendo que yo soy el monstruo egoísta yególatra. Y lo soy, no lo niego, pero nunca lo fui contigo; eras una de las pocas personas que de verdad me importaban.

—¡Cállate, joder! ¡No digas ni una palabra más o disparo! —La italiana sujetó el arma con ambas manos, aunque el pulso le estuviera jugando una mala pasada.

—Atrévete a hacerlo —soltó Aurora con seguridad—. Vamos, dispárame. Demuestra lo mucho que me odias, dispárame.

El silencio reinó en el espacio durante unos breves instantes. Incluso Smirnov contemplaba la incómoda situación. Dos hermanas que no habían sabido hablar en su momento, aunque en realidad ese enfrentamiento se hubiera originado por su causa.

Sin embargo, la ladrona no iba a darse por vencida e hizo que la escena cambiara en un simple parpadeo. Sin dudar, golpeó a Nina para desestabilizarla y se volvió para disparar a uno de los secuaces antes de que estos pudieran apretar el gatillo.

Smirnov, apartado, comenzó a proferir órdenes en ruso, algunas de las cuales Aurora captó con claridad: no debían dañar el Zafiro y que alguien la eliminara de una vez. La ladrona buscaba un lugar en el que ponerse a cubierto. Pero antes de encontrarlo sintió como si la muerte acabara de abrirle las puertas.

Nina había apretado el gatillo y la bala, indecisa en su recorrido por la breve vacilación, se había incrustado en el muslo izquierdo de la ladrona.

Entonces, el mundo se detuvo.

Nina empezó a caminar hacia la ladrona, que estaba fuera de juego y manaba sangre con profusión.

—Te mataré —susurró Aurora mientras trataba de esconder el dolor de la herida—. Me da igual que te escondas, te encontraré y...

—Ahora eres tú quien me da lástima. —La italiana observó la joya ensangrentada y se la arrancó sin titubeos—. Se acabó. Has perdido.

—Te equivocas —jadeó. Mantenía la palma de la mano presionada sobre la herida, pero no dejaba de sangrar y la debilidad empezaba a apoderarse de ella—. Tendrás que matarme para... La partida no termina hasta que no vences, hasta que...

Ni siquiera le permitió acabar, pues tal fue el golpe que

le propinó en la cabeza que la ladrona de guante negro, derrotada y convertida en nada, se sumió en una profunda inconsciencia.

No iba a matarla, ya que la retorcida mente de Nina deseaba que su compañera observara cada una de sus victorias igual que ella había hecho todos esos años. Así que la dejó tirada en el suelo, rodeada de sangre y suciedad, en manos de aquella suerte de la que una vez, años atrás, se había burlado.

18

Aurora sentía que la vida se le escapaba de las manos, que la sangre la abandonaba. Incluso empezó a notar que respirar se volvía cada vez más complicado.

Iba a morir, lo presentía.

Una nueva ráfaga de dolor la sacudió e hizo que todo su cuerpo empezara a temblar. ¿Había llegado su final? ¿De verdad iba a permitirlo sin haber luchado siquiera? Ella no era de las que se rendían, tampoco de las que se atrevían a darle la espalda a la muerte por miedo, sino de las que se enfrentaban a ella.

Y justo hizo eso; le dio igual que el mundo se opusiera a su retorno. No necesitaba que le tendieran la mano, había sobrevivido a situaciones peores y esa herida de bala, que aún la tenía sumida en la inconsciencia, no iba a detenerla. Así que, después de ordenar que la oscuridad se dispersara, trató de hallar esa cuerda que le permitiría exigir una segunda oportunidad.

A pesar de los múltiples obstáculos, la encontró y no dudó en tirar de ella y abrir los ojos de golpe. Su corazón había empezado a latir de nuevo y, con él, el mundo había vuelto a esconderse ante su presencia. Había conseguido regresar de la negrura que la había mantenido atrapada y con ella había despertado una inédita sed de venganza.

Se irguió rápido y un quejido de dolor brotó casi al instante.

Tenía el cuerpo dolorido, con algunas heridas más graves que otras. Necesitaba curarlas si no quería morir desangrada. Mordiéndose la lengua, inspeccionó a oscuras el lugar para comprobar que no hubiera ninguna amenaza. Soltó un suspiro de alivio; no quería imaginarse qué habría pasado si hubiera llegado a haberla.

Observó los cuerpos sin vida que la acompañaban, los de los dos hombres de Smirnov, y recordó la traición de sus amigos. La de Nina, que había sido como una hermana para ella; la de Stefan y Romeo, que la habían acompañado fielmente desde el principio y que habían decidido mirar a otro lado. Negó con la cabeza. Todo había sido un cruel engaño que había roto en mil pedazos los recuerdos que había compartido a su lado. Nina D'Amico había dejado de existir, se había ocupado de destrozar en persona cualquier lazo que las hubiera unido. Se había encargado de arrancar toda la bondad que le quedaba a Aurora y ni siquiera le había importado abandonarla a su suerte con una herida de bala. Lo más doloroso había sido que, al final, se había atrevido a apretar el gatillo.

Podría haberla rematado, podría haberle disparado en la cabeza para acabar definitivamente con su vida, pero no lo había hecho, y todavía se preguntaba la razón. Haría que la propia Nina se lo explicara cuando la encontrara. Se lo había prometido; advertido, incluso. Daba igual dónde se escondiera, no habría lugar en el mundo para aplacar la venganza que tenía en mente: una muy dolorosa, sin piedad. Haría que su corazón se partiera en pedazos con los mil cristales que ella le iba a lanzar.

Aunque, para ello, primero debía curarse, salir de aquel lugar, buscar un sitio seguro en el que resguardarse, llamar a Giovanni, trazar un plan, ver dónde se encontraba Sira...

Se le contrajo el corazón al pensar en su gatita y no pudo evitar que una lágrima se deslizara por la suciedad de su rostro. Nina se había atrevido a amenazarla, a Sira, a lo más preciado que tenía. Sonrió ante el pensamiento: solo por eso dejaría que su gata le arañara la cara.

Volvió a observar a su alrededor, donde no quedaba rastro de Nina, Smirnov o la furgoneta de Stefan, mientras pensaba en la motocicleta que había escondido. Todavía contaba con un medio de transporte para salir de allí. Con cierta dificultad, empezó a arrastrarse por el frío asfalto hasta llegar al cuerpo que tenía más cerca. Necesitaba un cinturón con el que hacerse un torniquete en el muslo para evitar perder más sangre. Con la respiración agitada y el cuerpo en tensión, apretó el cuero alrededor de la pierna, deseando que no tardara en hacer efecto, y confirmó su sospecha: no había orificio de salida. La bala aún se encontraba dentro y ella conocía las consecuencias.

No quería pensar que una de sus principales funciones pudiera verse reducida, en la infección que podría aparecer si no le brindaba los cuidados necesarios. No iba a permitir que la muerte le hiciera una nueva visita cuando ya había escapado de ella. Así que, con las pocas fuerzas que le quedaban, trató de incorporarse, pero el solo movimiento le arrancó un grito agónico.

Le dolía. Se trataba de un dolor parecido a caminar sobre agujas y por un instante deseó que la inmensidad de la noche volviera a engullirla. Se obligó a sí misma a olvidarse del dolor mientras se repetía que solo obtendría su venganza si conseguía salir de aquella. Minutos más tarde, arrancó el motor del vehículo después de haberse puesto el casco.

Las ruedas empezaron a girar y no tardó en adentrarse entre las calles de la ciudad, luchando contra la sensación de estar a punto de desmayarse otra vez.

Antes de hacer nada, debía comprobar si Sira se encontraba en el apartamento. Nina había dicho que la gata estaba bien y, conociéndola, no se habría atrevido a ponerle las manos encima, pero tenía que comprobarlo con sus propios ojos.

Y luego... No le quedaba más remedio que improvisar.

«Es una trampa», se dijo cuando vio la puerta entreabierta. ¿Cómo no iba a serlo? Si hubiera ocurrido al revés, aquel habría sido el primer lugar al que habría acudido una Nina malherida para lamerse las heridas. Al fin y al cabo, era la misma idea que había tenido ella, aunque su prioridad tenía cuatro patas y llevaba un collar de diamantes.

Mientras se acercaba, se preguntó cuánta munición le quedaba: dos balas y un cargador lleno. Podía permitirse una última partida si se diera el caso, aunque esperaba que no fuera así.

Solo había una manera de comprobarlo. Con el arma preparada a la altura de los ojos, empujó la puerta con suavidad. Ignorando el dolor, caminó apoyando ambos pies sin mostrar dificultad, pues sabía que, si contenía lo que su interior deseaba gritar, el enemigo no sería capaz de descifrar sus emociones y estaría en clara desventaja.

En el piso reinaban el silencio y la penumbra, pero pudo apreciar que todo se encontraba como lo habían dejado antes del robo. Inspeccionó el salón principal, el baño, que se ubicaba al fondo del pasillo, y también la cocina; sin embargo, un sonido inesperado hizo que se volviera rápidamente hacia su origen. Alguien había encendido el televisor y lo único que aquello podía significar era que no estaba sola.

Pero cuando observó el brillo de los diamantes sintió que una ola de alivio le recorría el cuerpo. Era su gata, que había apretado sin querer el botón de encendido; el canal de noticias se oía débilmente.

—Sira... —murmuró aliviada. Dejó que sus rodillas volvieran a tocar el suelo y ni siquiera le importó la tortura que aquello le supuso. Necesitaba abrazarla y la pequeña felina se estiró para rodearle el cuello—. Cómo me alegra que estés bien —susurró, y no tardó en recibir un maullido de su parte.

Permanecieron en aquella posición unos instantes, pero fue la propia gata la que se apartó por el olor de la sangre.

—Tengo que curármelo, lo sé. —Le gustaba hablar con ella, contarle lo que le pasaba por la mente. Quería pensar que la entendía.

La princesa malherida trató de volver a ponerse de pie apoyando las manos y la espalda contra la pared. Necesitaba llegar al baño y encontrar el botiquín de primeros auxilios. Tiró la ropa en el suelo y, completamente desnuda, observó la imagen demacrada que le devolvió el espejo: la trenza, que había dejado de serlo, sumergida en la sequedad de la sangre de los hombres a los que había matado; su rostro cubierto de mugre y de lágrimas; varios cortes y moretones en la piel, que manchaban los tatuajes que se había hecho tiempo atrás.

Su aspecto era deplorable, incluso podía sentir el repugnante olor que desprendía, un hedor a la sangre de la batalla que había protagonizado, pero que había perdido sin poder evitarlo.

La ducha de agua templada no tardó en recibirla con los brazos abiertos. Aurora siguió ignorando el dolor que cualquier movimiento le producía, los espasmos que la recorrían, y se permitió cerrar los ojos durante varios segundos.

¿Qué había pasado?

¿Qué mierda había pasado?

Su mente incrédula no era capaz de procesar lo que Nina

se había atrevido a hacer. Y tanto fue su recelo que no pudo evitar esbozar una pequeña sonrisa, aunque lo cierto era que lo prefería antes que soltar alguna lágrima que mostrara su debilidad. Sin embargo, aquel pensamiento le hizo recordar que alguien, una vez, le había hecho entender que llorar desahogaba cualquier sentimiento que mostrara cierto descontrol.

Pero Aurora siguió negándose a hacerlo y dejó que el agua tibia la abrazase. No tenía tiempo que perder, por lo que intentó lavarse lo mejor que pudo. Había llegado el momento que había estado evitando: curarse el destrozo de la pierna.

No tenía conocimientos médicos avanzados, tampoco conocía al detalle los pasos a seguir; lo único que sabía era que debía extraer la bala. Por lo tanto, con el botiquín al lado y sentada en el suelo con la pierna extendida, inspeccionó la herida. Sentía cómo palpitaba, cómo la piel de alrededor se teñía de nuevo de un tono rojizo. Tenía que actuar y debía hacerlo ya.

Mordiendo una toalla limpia que había encontrado en uno de los armarios, arrojó una pequeña cantidad de alcohol sobre la herida y las pinzas que iba a utilizar, y sintió el fuego atravesarla por dentro. Ni siquiera se dio cuenta de que había empezado a temblar; no de frío, tampoco de miedo, sino de algo que ni ella misma entendía. Tal vez su corazón le estuviera pidiendo a gritos que no siguiera dañándolo.

Con la respiración acelerada, tiró la toalla al suelo mientras observaba las pinzas que acababa de desinfectar.

—No tiene que ser muy complicado, ¿verdad? —susurró bajo la atenta mirada de Sira. La felina no se había movido de su lado—. Tengo buen pulso, simplemente… —Pero su voz se apagó en cuanto introdujo el instrumento en la herida. Volvió a morderse la lengua; incluso respirar le pareció un sacrificio—. No puedo. Dios, no puedo.

Su voz sonó rota.

Débil y rota.

Pero no podía dejar la bala dentro... Así que intentó no perder la calma. A pesar de que su corazón le estuviera implorando piedad y de que iba a vomitar de un momento a otro, no se detuvo y logró, entre gemidos y gruñidos de dolor, extraer el pequeño proyectil. Aliviada, dejó escapar un suspiro mientras presionaba la herida con un par de gasas para detener el sangrado. El siguiente paso sería coserla, pero no encontró ninguna aguja en el botiquín y tampoco sabía si en el apartamento habría algún kit de costura. No tenía más remedio que improvisar y empezó a vendarse la herida sin dejar de hacer presión.

De pronto, recordó la cinta aislante sobre el mueble del pasillo y miró, a la vez, a Sira, que no había dejado de mover la cola.

—Eres una gatita muy lista —murmuró—, pero no tanto como para entender lo que necesito ahora mismo.

Intentando no apoyar el pie en el suelo, se dirigió al pasillo con Sira detrás. Ahí mismo se vendó el muslo deseando que no empezara a sangrar. Aunque su mayor preocupación era que no se le infectara.

Con una muda limpia sobre el cuerpo y otro conjunto negro de pantalón y camiseta, empezó a preparar la mochila con el débil sonido de fondo de las noticias. Hablaban del robo y de cómo la policía había hecho lo posible para evitar que la ladrona se escapara, pero, a pesar de todos los esfuerzos, habían perdido su pista. «Un golpe duro para la Policía de Nueva York —había dicho el inspector mirando a cámara—, sin embargo, no nos vamos a rendir».

—Deberías —pronunció Aurora dándole la espalda al televisor—, porque yo tampoco lo haré. —De hecho, empezó a reír—. ¿Qué le parece, inspector? ¿Deberíamos unir fuerzas para vencer al enemigo? Seguro que le tienes ganas al ruso, pero te informo de que me encargaré personalmente de la italiana con la que acaba de aliarse.

Se calló de golpe y la sonrisa de su rostro desapareció al instante.

Howard Beckett siguió hablando de lo sucedido, palabras que a la ladrona ni siquiera le importó seguir escuchando; no obstante, la repentina mención del detective Russell hizo que volviera el cuerpo hacia la pantalla. Su corazón bombeó de nuevo, pero esa vez con más fuerza. Incluso se sentó en el sofá mientras escuchaba a la reportera.

—Vincent Russell, uno de los detectives al frente de la operación, fue hallado herido de gravedad en el interior del museo debido al impacto de bala por arma de fuego. En este instante se encuentra en la sala de operaciones —pronunció la mujer—. Se sospecha de un enfrentamiento entre el detective y la ladrona de guante negro, pero será imposible confirmarlo hasta que salga del quirófano y pueda…

Aurora apagó el televisor. No quería escuchar una palabra más.

«Vivo». Estaba vivo. Pero ella le había disparado en el corazón… ¿Cómo podía seguir vivo? La única persona que, en cuanto despertara, la delataría sin dudarlo y echaría a perder todo lo que había construido. No podía estar vivo. No podía.

Sin embargo…

¿Y si…?

¿Y si se trataba de una estratagema de la policía? ¿Y si querían obligarla a aparecer en un lugar que ellos tendrían sumamente vigilado? Tenía que asegurarse, pues no podía tentar a la suerte. Si ignoraba aquella noticia, si ignoraba el hecho de que el detective iba a despertar, ya podía despedirse de su máscara.

Vincent Russell tenía que volver a morir, pero antes debía asegurarse de que no se trataba de ninguna trampa.

Para ello necesitaba ayuda, y la única persona a la que podía recurrir, en quien podía confiar, se encontraba en la otra punta del mundo, a donde se suponía que ella estaba de camino. En una milésima, Nina se había encargado de echar a perder todo lo que habían planeado. Todo.

Tensó la mandíbula una vez más dejando que ese sentimiento de rabia se diluyera.

—Nos vamos, Sira —pronunció en un susurro, y recibió un maullido de su parte.

Antes de salir por la puerta, se aseguró de llevar consigo todo lo que pensó que podría necesitar, pero frenó en seco en el último momento.

—Su juguete de repuesto —murmuró mientras observaba el maletín que contenía el hermano gemelo del fusil de Romeo. Ignoró la punzada que su imagen le acababa de provocar—. Bien, en marcha.

Se dirigieron hacia el callejón donde sabía que encontraría el coche destartalado que nadie utilizaba. En realidad, su función era esa: pasar inadvertido.

Colocó el equipaje en el maletero y se introdujo en el coche sin encender todavía el motor. Sira ya se había adueñado del asiento del copiloto y ella aprovechó para acariciarla mientras se llevaba el pequeño móvil a la oreja.

Giovanni no tardó en contestar.

—*Merda*, Aurora, pensaba que no llamarías nunca. ¿Qué cojones ha pasado?

La gata había empezado a relamerse las patas.

—Necesito un favor —murmuró ignorando su pregunta.

—Dime qué ha pasado.

—Nina se ha aliado con Smirnov, también Stefan y Romeo. Llevaban días, tal vez semanas hablándolo. Ella misma me lo ha dicho mientras me apuntaba con un arma; luego me ha disparado y me ha dejado desangrándome en el suelo mientras me quitaba el Zafiro de Plata. —Se quedó en silencio—. Ahora mismo solo puedo confiar en ti. —Otro silencio—. ¿Puedo hacerlo, Giovanni?

—Si no fuera así, ni siquiera me habrías llamado, *principessa*. —Aquellas palabras despertaron cierta calidez en ella—. ¿Estás bien? Aunque tal vez sea una pregunta estúpida. Dime qué necesitas.

—Necesito toda la información —espetó—. Todo lo que puedas conseguir sobre Vincent Russell. En qué hospital se encuentra, en qué número de habitación lo internarán, cuántos policías tendrá alrededor. Aunque lo más importante es saber si está realmente vivo.

—¿Realmente?

—Le disparé cuando forcejeamos en el museo. Sabe quién soy. Me vio la cara.

Se produjo un silencio más breve.

—Te llamaré cuando lo tenga todo. Después nos ocuparemos de mi sobrina.

—No voy a tener piedad con ella cuando la encuentre —advirtió.

—Lo hablaremos después.

Aurora ignoró aquella respuesta. No tenía nada de qué hablar. Cuando se hubiera ocupado del detective, empezaría la caza de Nina D'Amico y no descansaría hasta encontrarla.

—Necesito lo del detective ahora. No tengo mucho tiempo.

—Entendido —respondió—. ¿Qué piensas hacer cuando des con él?

—Lo que debería haber hecho en el museo: asegurarme.

—Si necesitas algo más…

—Que el equipo neoyorquino de la Stella Nera limpie el apartamento. Que eliminen todas las huellas, los restos de ADN y todos los documentos que encuentren. Necesito que lo dejen impoluto.

—Hecho. —Pero, antes de que la ladrona cortara la llamada, el *capo* carraspeó—: Ten cuidado, ¿vale?

Tardó unos segundos en responder.

—Casi muero esta noche —susurró—. Si la muerte no ha podido conmigo, no creo que nadie más lo haga. Pero tendré cuidado, no te preocupes. Sabes que me las apaño bien.

—Seguimos en contacto —respondió, y mantuvo el aparato en la oreja, a pesar de que Aurora ya había colgado.

Nina lo había traicionado, su propia sobrina, la hija de su única hermana, a la que había querido con locura. La traición se pagaba con sangre, no bastaba solo con encerrarla; sin embargo… ¿Dejaría que Aurora le arrancara la vida delante de sus ojos? ¿Podría estar ahí cuando eso sucediera?

Era una pregunta a la que, de momento, no quería responder.

19

Hospital General de Nueva York

El corazón de Thomas Russell estuvo intranquilo durante el tiempo que duró la operación. Se mantuvo sentado, mirando directamente la puerta por la que los médicos habían entrado con su hijo.

No quería moverse de allí. Llevaba horas esperando y, aunque había dejado de vigilar las manecillas del reloj, no se movería de aquella sala. Ni siquiera había querido cambiarse la camisa manchada de sangre. Lo único que deseaba era que la cirujana le dijera que todo había ido bien. Sería lo único que conseguiría que se moviera de la sala de espera y que fuera a su casa para darse una ducha y cambiarse de ropa. Tal vez también tomaría un café cargado de azúcar, aunque igual acababa agregándole un toque de brandi.

Hasta ese momento permanecería allí sentado, con la espalda apoyada en el asiento y moviendo involuntariamente la pierna. Ni siquiera se había dejado convencer por su hija, que ya había intentado hablar con él sin éxito alguno. Vincent podía ser testarudo, pero su padre lo era más, y cuando salió del quirófano y se sentó de nuevo a su lado sabía que tampoco obtendría nada.

—Papá… —murmuró mientras le entregaba una taza con té humeante—. Este tipo de operación suele durar horas, ya lo sabes. Yo me quedo aquí y te llamo en cuanto haya noticias. De momento, no vas a poder hacer nada, así que ve a casa, dúchate y cámbiate de camisa. Te prometo que te aviso.

Thomas volvió la cabeza hacia Layla y no dudó en regalarle una ligera sonrisa por su incansable preocupación. Observó su frente arrugada, la tristeza que había inundado su mirada al ver aparecer a su hermano en Urgencias mientras los médicos trataban de que la hemorragia no se llevara su vida. También contempló la identificación que portaba en la bata blanca, pues Layla era residente de segundo año justo en el hospital al que habían llevado a Vincent. Ni siquiera había podido intervenir, ya que cuando su médico especialista se enteró del lazo que los unía, le ordenó que se mantuviera al margen.

—¿Y si hubiera una complicación? —respondió Thomas con un hilo de voz—. Me quedaré aquí hasta que sepa si ha ido bien o no. Además, las sillas son muy cómodas.

Layla sonrió sabiendo que no era verdad, aunque aquella sonrisa no mostrara ni una pizca de alegría.

—Vince está en muy buenas manos y la doctora Bailey hará todo lo posible para salvarlo. No tienes de qué preocuparte…

—No hagas eso, por favor.

La residente escondió los labios al darse cuenta de la promesa esperanzadora que le había hecho a su padre. Un médico no podía prometer algo que no sabía si iba a poder cumplir.

—Lo siento. De verdad, no quería…

—Está bien, cielo —la tranquilizó—. No quiero que te sientas mal, tan solo… Es difícil de explicar. Quiero que todo vaya bien en la operación, quiero estar seguro de ello, lo que no quiero es que alguien me lo diga. No sé si me explico.

—Claro que sí, papá. —Layla percibió el pequeño rayo de esperanza que atravesó su mirada, y deseó como nunca que esa confianza no se rompiera. No quería ni pensar cómo reaccionaría si llegara a perder a su hermano—. Voy a volver para ver cómo sigue la operación, pero llámame si necesitas cualquier cosa, ¿vale? Estaré pendiente del móvil —murmuró, y no dudó en darle un beso en la frente.

Layla le dedicó una última mirada para desaparecer por el pasillo segundos más tarde.

Y las manecillas del reloj continuaron girando en círculos.

Horas después, la doctora Bailey cruzaba las puertas y al encontrase con el rostro dormido de Thomas se imaginó que tal vez habría cerrado los ojos unos minutos, pero cuando se acercó para despertarlo descubrió que había caído en un sueño profundo.

Sonrió sin poder evitarlo.

—Señor Russell —murmuró moviéndole ligeramente el hombro—. Señor Russell, ¿me oye?

En aquel instante, su alumna llegó con la respiración algo agitada y observó la escena con una pizca de diversión.

—Zarandéelo más fuerte, doctora; de lo contrario, no despertará. Mi padre tiene el sueño pesado. —Layla se aproximó a ellos—. ¡Papá, despierta! —Y el hombre abrió los ojos de golpe, algo desorientado—. ¿Lo ve?

La cirujana enderezó la espalda, juntó las manos hacia delante y se aclaró la garganta.

—¿Qué pasa? ¿Vincent está bien?

La mujer sonrió de nuevo mientras les comunicaba las buenas noticias:

—La bala se había alojado en una zona delicada entre el pulmón y el hígado, pero hemos podido extraerla sin provocar mayores complicaciones. Hemos llegado a tiempo gracias a la rapidez con la que se le ha intervenido en el museo. Ha perdido mucha sangre, eso sí, pero no debe preocuparse, se recuperará.

—Gracias, de verdad, muchas gracias —pronunció el hombre agarrándola de las manos—. No sabe lo feliz que me hace oír esto, ¿sabe cuándo despertará?

—¿Doctora Russell? —La cirujana se dirigió hacia su alumna, pues nunca perdía la oportunidad de ponerla a prueba incluso con las cuestiones más sencillas.

—Siempre es difícil saberlo con exactitud —empezó a decir la joven—. Pero, normalmente, el paciente suele producir respuesta a los estímulos transcurridos entre sesenta y noventa minutos, y, considerando que no ha habido complicaciones durante la operación, mi hermano no debería tardar mucho más en despertar.

—Ya ha oído a su hija, señor Russell. Todo irá bien.

—¿Puedo pasar a verlo? Me da igual que esté inconsciente todavía, solo será un momento. Luego me iré a casa a darme una ducha, lo prometo.

La doctora Bailey le informó de que, por protocolo, ningún familiar podía acceder a la sala de reanimación, pero que, dadas las circunstancias en que se había producido la lesión, el hospital seguía las medidas pautadas por el Departamento de Policía y le informaría en cuanto pudiese ver a su hijo. En cuanto se marchó, el móvil de Thomas irrumpió en el silencio que imperaba en la sala de espera. No tardó en chasquear la lengua al ver de quién se trataba.

—¿Quién es?

—Howard —murmuró, más para sí mismo que para su hija—. Sé que tienes trabajo, no te preocupes; nos vemos en un rato. —Layla se encogió de hombros y abandonó la sala de espera dejando que su padre volviera a sentarse—. ¿Qué sucede? —preguntó sin saludos innecesarios.

—¿Cómo está Vincent? ¿Ha despertado?

—Acaba de salir del quirófano, todavía está inconsciente, así que, antes de que me pidas que te avise cuando abra los ojos, te advierto que no voy a hacerlo. Casi muere, Howard; no quiero tener a la policía tocando los cojones con preguntas que podrás hacerle mañana o pasado. —Cuando se trataba de defender a su hijo, Thomas Russell se convertía en una verdadera bestia—. ¿Necesitas algo más o…?

—Casi se me olvida que tú eres de los que se ponen de mal humor cuando no duermen bien —respondió, y Thomas se lo imaginó poniendo los ojos en blanco. Siguió escuchándolo mientras observaba a otro equipo de médicos transportar a un herido hacia el quirófano—. Sin embargo, es importante, no te habría llamado si no lo fuera. Según las sospechas, Vincent ha sido el único que ha podido verle el rostro. Por eso esa hija de puta ha querido eliminarlo y no dudo que vaya a intentarlo de nuevo en cuanto se entere de que sigue vivito y coleando en el hospital. Entonces, querido amigo, voy a mandarte varias patrullas para que lo vigilen. ¿Queda claro? Él también es como un hijo para mí y no me gustaría que le pasara nada.

Pero la mirada de Thomas se quedó anclada en una chica de pelo negro que hablaba con una enfermera ante una puerta infranqueable. Parecía desesperada por saber si alguien cercano iba a sobrevivir. La enfermera se limitó a pedirle con amabilidad que esperara.

—¿Thomas? ¿Me estás escuchando? Es importante, estamos hablando de la vida de Vincent, por si no ha quedado claro.

—Howard, soy su padre, no hace falta que me lo recuerdes —respondió en el mismo tono—. ¿Cuál es la pregunta exactamente?

—Oh, no, ninguna pregunta. Es una orden, en realidad. No te muevas del hospital y no te separes de él hasta que lleguemos. Estamos de camino.

El inspector colgó sin añadir nada más. Aún con el móvil en la mano, Thomas entró en la aplicación para verificar de nuevo que la señal de la joya había desaparecido. Lo había hecho una hora después de que se hubiera producido el robo y desde aquel momento supo que esa mujer no era una ladrona cualquiera, pues el diminuto dispositivo que había implantado en el colgante no tendría por qué haberse descubierto tan pronto.

Pensó en las palabras de Howard, en la amenaza que se cernía sobre su hijo. ¿Sería capaz esa mujer de acercarse al hospital sabiendo que el detective estaría resguardado por una docena de policías? Si había apretado el gatillo una vez, no dudaría en hacerlo de nuevo, aunque eso significara adentrarse en la boca del lobo.

Observó por el rabillo del ojo a la muchacha de antes, que acababa de sentarse a un par de metros de él. Mantenía la cabeza agachada y las manos le tapaban el rostro. Recordó cómo se había sentido él horas antes. La misma angustia sacudiéndole el pecho, las lágrimas deslizándosele por las mejillas húmedas, la tristeza oprimiendo todos sus sentidos, el desconcierto, la incertidumbre…

Por un momento vio a su hija Layla reflejada en esa chica y no pudo evitar empatizar con ella al ver que se encontraba sola.

Decidió acercarse para darle ánimo.

—¿Puedo? —preguntó con la intención de sentarse a su lado. Y cuando la chica levantó la cabeza para asentir levemente, observó el brillo de las lágrimas en sus ojos verdes. Notó que el corazón se le contraía cada vez más—. A quien acaban de ingresar… ¿es un familiar tuyo?

—Mi hermano pequeño. Yo… yo iba conduciendo y de

repente... —La voz se le rompió—. Todo ha sido tan rápido... No he podido frenar a tiempo, el otro conductor tampoco ha reaccionado y mi hermano se ha llevado la mayor parte del impacto. Dios, es que... Como le pase algo...

Al principio Thomas dudó si apoyar la mano sobre su hombro, pero acabó haciéndolo como una muestra de apoyo. Le entristecía verla devastada ante aquella situación... Y esa mirada tan expresiva hizo que su corazón volviera a encogerse.

—No ha sido culpa tuya, ¿de acuerdo? Ha sido un accidente. Estas cosas pasan, por desgracia. Pero lo único que no puedes perder ahora es la esperanza. No voy a prometerte que todo vaya a salir bien, eso nadie lo sabe, pero es importante que sigas manteniéndola —murmuró—. ¿Estás sola? ¿Dónde están vuestros padres?

—No... Ellos no... Murieron hace tiempo. He llamado a mi tía y tiene que estar ya de camino.

—Ya veo —susurró, y se percató de la mirada de la chica, que recorría la sangre de su camisa.

—¿Qué ha pasado? Si puedo preguntar, yo...

El hombre dudó en responder; sin embargo, observó la timidez adueñándose de sus mejillas y sonrió negando ligeramente con la cabeza.

—Mi hijo ha tenido un accidente, más o menos, pero ya está mejor. Estamos esperando a que despierte —explicó sin dejar de contemplar sus ojos. Era un color peculiar, brillante; parecían dos esmeraldas, era inevitable no hacer esa comparación—. De hecho, tendría que ir a preguntar por él, así que espero que tu hermano se recupere y que todo vaya bien.

—Se lo agradezco, señor...

—Oh, llámame Thomas. Nada de formalidades —respondió aprovechando para ponerse de pie.

—Gracias por animarme, lo necesitaba —contestó la muchacha. Incluso se levantó sin mostrar dificultad para evitar que él se percatara de que mantenía el pie izquierdo al ras del suelo, sin contacto.

—No ha sido nada. Cuídate... —soltó esperando que ella también le dijera su nombre.

—Aurora.

—Cuídate, Aurora.

Thomas desapareció tras una esquina después de haberle dedicado una pequeña sonrisa. Entonces la mujer no dudó en levantar la barbilla de manera sutil, satisfecha con la información que acababa de obtener.

Entró por la puerta de Urgencias manteniendo un perfil bajo después de haber localizado al padre de su enemigo. Sus dotes de actuación habían bastado para hacer que Thomas Russell le confesara lo que necesitaba saber.

Ahora solo tenía que llegar hasta su hijo para acabar de rematarlo.

A petición de los altos cargos del Departamento de Policía de Nueva York, a Vincent lo habían trasladado a planta por cuestión de seguridad, en lugar de dejarlo en la unidad de cuidados intensivos, como habría sido habitual. En ese momento discutían la delicada situación que los sobrevolaba como un nubarrón negro y que había llegado a oídos del presidente del país.

—Esto es insostenible —protestó el comisario—. No es posible que se haya escapado sin que ninguna cámara de seguridad del museo la haya detectado.

—La detectan, señor —lo corrigió el inspector—. Pero siempre acaban manipuladas sin que podamos acceder a ninguna imagen. De hecho, durante el robo...

Pero el comisario, frunciendo el ceño, decidió interrumpirlo; ya conocía aquella información.

—¿Con quién cojones estamos tratando? Es una simple

mortal. No puede ser que nadie haya hecho ningún avance en todo el mundo. Cinco años y aún seguimos en la línea de salida. —Esa vez lo miró—. Beckett, ¿cuál es ahora el maldito plan? Aunque nos sea de gran ayuda, no podemos esperar hasta que Russell despierte.

El padre de Vincent, con la camiseta limpia que le había ofrecido una enfermera, se mantenía en silencio junto a la cama de su hijo, que apenas conseguía luchar contra los últimos efectos de la anestesia.

—Hay policías infiltrados custodiando cada entrada del hospital. Todas —remarcó—. He ordenado que se controle el edificio durante las próximas horas. Nadie podrá entrar o salir, exceptuando la puerta de Urgencias, donde también he colocado varios agentes de paisano. Seguimos sin conocer su rostro, señor, pero sabemos que su habilidad para el disfraz podría despistar a cualquiera.

—¿Qué hay de los medios y la prensa? ¿Quién les ha ordenado que revelen el paradero del Russell? ¿Son idiotas o se lo hacen?

—No hemos podido impedirlo. Pero acabo de hablar con una reportera que informará de en qué hospital se encuentra Vincent y dirá que ya ha salido de la operación. La ladrona tiene que ver que es real; de lo contrario, no morderá el anzuelo —dijo—. Una vez que dé luz verde para que se publique la noticia, el hospital volverá a abrir para esperarla. La habitación es la clave.

Thomas quiso decir algo, pero el comisario se adelantó con una nueva pregunta.

—¿Cuántos policías custodian el edificio?

—Sesenta y siete. Hay tres por cada entrada y diez que solo rondan los pasillos de esta planta, cerca de esta habitación. Todos encubiertos, con el pinganillo y armados. Ni siquiera se los podrá diferenciar de los pacientes y el personal médico.

—Una pregunta —murmuró Thomas captando la atención de ambos mandatarios—. Supongo que podré opinar, ¿no?, dado que se trata de la vida de mi hijo. —El comisario alzó una ceja—. ¿A qué te refieres con que la habitación es la clave? ¿La clave para qué? ¿Para atraparla cuando esté a punto de matarlo? No pienso poner la vida de mi hijo en riesgo de nuevo. Me niego. Casi lo consigue la primera vez.

—No vamos a hacer eso —respondió Howard—. Daremos el número de otra habitación en la que habrá un policía infiltrado acostado en la cama, de lado y con un arma bajo las sábanas. Esperaremos a que Vincent despierte del todo para que nos dé una descripción aproximada del físico de la ladrona para no ir a ciegas; no podemos permitirnos ningún error.

—No llevará el Zafiro de Plata con ella —aseguró Thomas.

—Cuando la atrapemos —respondió el comisario—, comenzará el interrogatorio. Vamos a recuperar la pieza, señor Russell. No se preocupe.

Thomas volvió a observar a su hijo, aún dormido, ajeno a la realidad, sin saber que la amenaza ya se hallaba en el interior del edificio esperando el momento adecuado.

Aurora, visible a los ojos de cualquiera, abandonó la sala de espera donde había velado la operación de un paciente que ni siquiera le interesaba. Su papel de hermana mayor había funcionado y su conversación con Thomas Russell le había proporcionado la información que ninguna enfermera le habría entregado. Tenía la llave de la caja fuerte donde el detective descansaba tranquilo, un dato que el *capo* de la organización acababa de facilitarle. «Habitación cuatrocientos cincuenta y siete», había dicho; la ladrona se había levantado y había emprendido el camino hacia la planta solitaria. Solo era cuestión de ser paciente y esperar, pues nadie iba a sospechar de una chica destrozada por el accidente que había dejado moribundo a su hermano.

Necesitaba adentrarse en aquella habitación antes de que Vincent recobrara la consciencia o no podría hacer nada.

Y a Aurora no le gustaba perder, aunque aquella noche ya lo hubiera hecho una vez.

Así que esperó sin dejar de observar el pasillo por el que Howard Beckett y el comisario habían caminado hasta desaparecer en la 457. Lo más probable era que estuvieran planificando la estrategia que seguirían para capturarla, sin pensar que gracias a la rapidez de los *hackers* de la Stella Nera ella ya se encontraba dos pasos por delante y en posición de ataque.

Siguió esperando mientras buscaba una posición lo bastante cómoda para no sentir el dolor de la pierna. Quería ignorarlo, dejar de pensar en la chapuza que había hecho con las pinzas, pero sentía una especie de rigidez que empezaba a envolverla. Acusaba la pérdida de sangre y sabía que lo que había hecho era solo un apaño temporal, pero tendría que ser suficiente con eso. Necesitaba aguantarlo, tenía que hacerlo, aunque la herida continuara palpitando y un escalofrío la recorriera de arriba abajo.

Conocía todos aquellos síntomas, sabía lo que significaban y las consecuencias que tendrían si no se trataba pronto... Ni siquiera quería pensarlo. Debía acabar con la misión cuanto antes para desaparecer y que alguien con unos conocimientos mínimos de medicina la atendiera.

La ironía de aquella situación le provocó una sonrisa: precisamente se encontraba en un hospital. Pero no podía dejar que ningún médico o enfermero la viera, pues empezarían a hacer preguntas.

Siguió esperando, tratando de ignorar ese pálpito que amenazaba con dejarla sin extremidad, pero el dolor era tan insoportable… «Aguanta», se dijo. No había dejado de repetírselo desde que había resurgido en aquel baño de sangre. «Aguanta», volvió a murmurar la vocecilla de su cabeza. Siguió esperando mientras se aferraba a lo único que le impedía cerrar los ojos y dejar que la inconsciencia volviera a tragarla: la venganza.

Continuó allí, sin moverse apenas, hasta que, minutos más tarde, la puerta de la 457 se abrió y dejó entrever al inspector junto al comisario. En una milésima su rostro había adoptado una mirada de absoluta tristeza, desesperación por no tener aún noticias de su hermano. Incluso escondió ligeramente la cabeza entre las manos mientras simulaba el movimiento de una persona que reprimiera las lágrimas.

Los dos hombres cruzaron el pasillo delante de la sala de espera sin verla siquiera.

Y Aurora se sintió satisfecha con la interpretación que había hecho que se volviera invisible incluso a ojos de la policía.

La única mirada que se fijó en ella fue la de Thomas, que también abandonó la habitación tras los dos altos cargos del departamento. Quería asegurarse de que la policía infiltrada estuviera pendiente de su hijo, de que prohibiera la entrada a cualquier persona desconocida, así que se acercó hacia la muchacha con quien había hablado casi dos horas antes.

—¿Ha acabado ya la operación? ¿Cómo está tu hermano? —preguntó sentándose a su lado. Ni siquiera se extrañó por encontrarla en la misma planta que él—. ¿Y vuestra tía?

—Acaba de llamarme para decirme que se va a retrasar, no sé cuánto… Mi hermano está en la cuatrocientos cincuenta, la máquina empezó a pitar y… —Se limpió la mejilla con la manga de la sudadera—. Me han pedido que me retire hasta que se estabilice.

—¿Has comido algo? —La joven de pelo negro negó con la cabeza—. Vamos a la cafetería, seguro que tienes hambre.

—Es que no tengo... cómo pagarlo y no quisiera incomodarte.

—Tonterías —aseguró él—. Quiero invitarte, de verdad. La cafetería del hospital tampoco es nada del otro mundo, pero acabarás satisfecha, estoy seguro.

Aurora apretó la mandíbula y esbozó una pequeña sonrisa ante la amable invitación. Lo cierto era que ni siquiera recordaba cuándo había sido la última vez que había comido; no podía alejarse de la habitación, pero si no lo hacía... ¿Qué pasaría si le decía que no?

—Aceptaría encantada, pero quiero quedarme cerca de mi hermano —murmuró ella, y el hombre entendió aquel sentimiento a la perfección. Al fin y al cabo, él había pasado por lo mismo hacía unas horas—. De todas maneras, te lo agradezco. Nadie se había portado tan bien conmigo.

—Podemos hacer una cosa —sugirió él—. Espera aquí mientras voy a buscarte algo para comer y luego te vienes a la habitación de mi hijo; estarás más cómoda en el sofá, créeme. Estos asientos están bien para esperar una hora, pero no más. Incluso podrías descansar un rato; yo estaré pendiente de tu hermano, te lo prometo.

La muchacha hizo como si se lo estuviera pensando, cuando la respuesta era clara. Acabó asintiendo con la cabeza ante la nueva jugada, pues habría resultado sospechoso entrar en una habitación custodiada por policías con camisón de hospital y bata de médico. Si llegaba a la habitación con el padre del propio paciente, ¿quién se atrevería a impedirle el paso?

Así que volvió a agradecérselo, sin salirse de su papel, y siguió esperando en aquella posición incómoda mientras se mentalizaba de que, cuando llegara el momento de caminar, lo haría sobre un lecho de plumas blancas que amortiguaría cada paso. Nadie podía notar que la herida del muslo amenazaba con comérsela viva.

Thomas no tardó en volver con una pequeña bandeja cuyos platos calientes provocaron que la boca de Aurora se hiciera agua; cuando la instó a que se pusiera de pie, la joven lo hizo sin mostrar ningún tipo de dificultad. «Aguanta». Empezó a seguirlo mientras Thomas le contaba la propuesta de matrimonio que acababa de presenciar en la cafetería. Aurora le respondió con una leve sonrisa, indiferente a ese tipo de emoción.

—¿Tienes pareja? —preguntó él con curiosidad. Se acercaban a la puerta y ningún policía se había atrevido a cuestionar su decisión de entrar con aquella chica desconocida.

—No, ya no. Acabo de salir de una relación y…, bueno, estoy mejor así.

En realidad, Aurora nunca había tenido pareja, pues se convertía en una debilidad e invitaba a otra persona a entrar en su fortaleza, y la verdad era que la idea no la entusiasmaba. La ladrona se limitaba a tener sexo con desconocidos y olvidarlos al día siguiente. Sexo sin compromiso, sin amor.

—Ya veo —dijo, y cuando vio que la chica asentía con sutileza, decidió cerrar el tema. En su lugar, abrió la puerta de la habitación—. Pasa. Siéntate en el sofá. También puedes quitarte los zapatos, si lo prefieres.

—Estoy bien, gracias —respondió con un tono más agudo del habitual.

Sin poder evitarlo, observó al detective tendido sobre la cama y totalmente ajeno a la cercanía de la persona que lo quería matar, que además acompañaba a su padre.

Si él no la hubiera interceptado a lo mejor habría llegado antes al punto de encuentro y no habría acabado con un disparo en la pierna. Trató de no seguir pensando en eso.

Lo único que necesitaba era quitarse de en medio a Thomas, pues no podía hacer nada con él pendiente de su hijo.

En ese momento, como si la suerte la hubiera escuchado, vio que el hombre alzaba el teléfono móvil, que había empezado a sonar. Se trataba de una llamada importante, además, que no tardó en responder. Aurora negó con la cabeza mientras esbozaba una sonrisa ante su gesto de disculpa.

Thomas Russell abandonó entonces la habitación y dio luz verde para que la mujer de mirada esmeralda acabara lo que había empezado.

20

En la estancia solo se oían las máquinas que indicaban que Vincent Russell aún seguía con vida.

La princesa de la muerte se había colocado junto a él mientras contemplaba su rostro dormido, su cuerpo vulnerable ante la amenaza. No tenía tiempo que perder si quería huir antes de que Thomas volviera, así que apagó ese sonido que había empezado a molestarla y con él el riesgo de que en el hospital se percataran de sus intenciones.

Sujetando una almohada con las dos manos, se preguntó cuántos minutos harían falta para que sus pulmones se quedaran sin aire. ¿Dos, tal vez? ¿Cinco? Era difícil saberlo, pero podría jurar que no serían necesarios más. Cinco minutos y su máscara volvería a encontrarse a salvo de la justicia a la que Howard Beckett estaba deseando someterla.

No más de trescientos segundos presionando la almohada contra su rostro y podría marcharse de aquella ciudad para siempre. La almohada no tardó en acariciar su rostro dormido, indiferente a la muerte que pronto lo recibiría, y las manos de Aurora hicieron fuerza contra la suavidad del material iniciando la cuenta atrás. «Tan solo cinco minutos…».

Sin embargo, el cuerpo de la ladrona se paralizó cuando percibió el chirrido de la puerta.

Entonces, el tiempo se detuvo.

—Mantén las manos alejadas de mi hijo, loca asesina —la increpó Thomas interponiéndose. Ni siquiera midió la fuerza con la que la empujó haciéndola caer; se oyó brotar un quejido de su garganta por el impacto—. Atrévete a acercarte y tendrás a veinte policías alrededor —amenazó sin dejar de observarla aún en el suelo. Incluso se fijó en la mancha de sangre de su pantalón.

Aurora sonrió ante la débil provocación y, cuando decidió ponerse en pie tratando de ignorar la punzada de dolor, lo hizo con el arma en la mano para apuntar a quien le impedía llevar a cabo su propósito. En el plan nunca había entrado hacerle daño, pero eso había sido antes de que la descubriera.

—Lo sospechabas, por eso me has invitado… Para comprobarlo —murmuró ella, y el hombre pudo notar el drástico cambio en su voz. Un tono más grave, intimidante, distinto del de la chica a la que había intentado ayudar al principio. Todo había formado parte de la función. Incluso su mirada había cambiado; dudó de que se tratara de la misma persona—. Me caías bien, pero acabas de arruinarlo.

—¿Quieres dispararme? Adelante. A ver cuánto tarda la policía en entrar para ponerte las esposas. Y, por lo que veo, estás herida, ¿no? Tal vez sea un disparo, a juzgar por la mancha de sangre, así que tampoco conseguirás llegar muy lejos; si grito, tus días como ladrona habrán llegado a su fin.

Aurora sabía que tenía razón. No tendría que haberse confiado, pero su mente no pasaba por su mejor momento debido a la herida de la pierna y la pérdida de sangre.

—Sin embargo…

La ladrona parpadeó una vez al percatarse de lo que intentaba decirle. Por eso no había entrado con el inspector de la mano, quien habría brincado de la alegría. Howard Beckett estaba deseando detenerla y Thomas lo sabía.

—¿Quieres proponerme un trato? ¿De verdad?

—Tan solo quiero el Zafiro de Plata y que no vuelvas a acercarte a mi hijo. Dámelo y te ayudaré a escapar. —Thomas intentó que su voz no delatara la desesperación. Deseaba la joya, pero más aún que la vida de Vincent no se viera amenazada—. Es un trato justo, teniendo en cuenta que has venido para rematarlo. Te estoy ofreciendo la posibilidad de volver a esconderte porque ya no tienes escapatoria. Apenas te sostienes en pie y, aunque lograras dispararme, la policía acabaría entrando. ¿Por dónde te fugarías? ¿Por la ventana? Estamos en la cuarta planta —remarcó—. Ni siquiera tomarme como rehén te serviría, porque no estás utilizando ninguna máscara. Yo diría que no tienes más alternativas.

La ladrona se mantuvo callada ante aquellas palabras.

Thomas creía que la mujer seguía teniendo la joya en su poder cuando la realidad era muy diferente. Era un trato justo, no se lo negaba. Si aceptaba, no le sería difícil robarla de nuevo; pero había dejado que Nina se la quitara y había perdido con ello su salvoconducto.

Ante el silencio, Thomas siguió hablando con tal de convencerla.

—Si lo que te preocupa es que Vincent te descubra, no temas; hablaré con él y no le dirá nada al inspector. Tienes mi palabra. Solo te pido que no vuelvas a acercarte a él.

—¿Le vas a pedir que traicione a la justicia, que le mienta a su superior? No lo hará. Él es detective y yo soy la ladrona a la que quiere atrapar. Me delatará sin dudarlo.

—He dicho que tienes mi palabra —aseguró—. Y no tiene por qué mentir, simplemente… le pediré que oculte información, que no se acuerde de cómo es tu rostro. Tómalo como una tregua. Vincent no dirá nada, te lo prometo.

El hombre, que se acercaba a los sesenta años, mantenía las manos en alto sin dejar de mirar a la ladrona; de hecho, volvió a fijarse en cómo intentaba aguantar el equilibrio sin apoyar el pie en el suelo. Sentía un dolor agudo que su mirada no podía negar.

—Vamos, siéntate, te vas a caer... Puedes seguir apuntándome si te sientes más segura, aunque sabes que puedes confiar en mí...

—Yo no confío en nadie —aseguró ella rápidamente, y en esa respuesta se reflejó la tristeza que sentía desde hacía horas.

—No pretendo engañarte.

—He disparado a tu hijo —murmuró mientras palpaba el sofá y se sentaba segundos más tarde—. ¿Cómo esperas que hagamos un trato? No soy de fiar, y menos cuando hay joyas de por medio.

—Y no es mi intención perdonarte por haberlo hecho, créeme. Pero sé cuándo alguien está al borde del precipicio y tú, Aurora, lo estás. Ese es tu nombre, ¿no? ¿O me has dicho el primero que se te ha pasado por la cabeza?

—Así me llaman —respondió ignorando la advertencia—. ¿Cómo piensas sacarme del hospital? Se supone que el inspector ha dado la orden de que nadie salga ni entre.

—¿Y cómo piensas que has entrado, justo, en esta habitación? Yo mismo te sacaré por la puerta y Howard no podrá decirme nada. No te preocupes por él.

—Es demasiado fácil —expresó, y paseó la mirada por el cuerpo del detective—. Y si alguien me ve herida... Hará preguntas, y lo más seguro es que llame a algún médico para que me vea. No puedo arriesgarme a que eso suceda.

—Nadie te verá. Puedes confiar en mí —aseguró una vez más—. Solo tienes que decirme dónde se encuentra el colgante, darme alguna garantía y te ayudaré a salir de aquí sin que nadie sospeche. ¿Trato hecho?

La ladrona se mantuvo callada. Aprovechó esos minutos para observar al padre de su oponente. Acababa de vivir una traición por parte de alguien a quien creía conocer, ¿por qué iba a confiar en las palabras de un desconocido?

Sin embargo, la mirada de Thomas era sincera, la expresión de su rostro indicaba que no había nada que temer. Lo único que deseaba era recuperar la joya y que su hijo no se viera amenazado de nuevo, pero ella acababa de perderla. ¿Cómo se procedía ante aquella nueva situación? ¿Se mantendría el trato? ¿La ayudaría a escapar?

Pero antes de que Aurora hubiera dicho nada, el sonido del móvil de Thomas inundó la habitación. La muchacha se tensó al instante y volvió a levantar la pistola; el hombre, alzando la mano, le pidió que no hiciera ningún ruido.

—Es el inspector, voy a contestar, ¿de acuerdo? Si no lo hago, sospechará, y es capaz de venir.

El corazón de la joven empezó a bombear con fuerza.

—Pon el altavoz —avisó ella tensando la mandíbula.

Thomas hizo lo que le había ordenado para no alterarla. Al fin y al cabo, seguía siendo una mujer impredecible que le apuntaba con una pistola. No iba a arriesgarse.

—Howard, ¿qué ocurre? —preguntó.

—¿Quién es la chica que ha entrado en la habitación de Vincent?

Aurora no podía dejar de mirarlo. O la echaba a los lobos o la salvaba del trágico destino. Una de dos.

—Ha entrado conmigo, ¿por qué? ¿Hay algún problema? Vincent está bien.

—No, ninguno… ¿Sigue contigo?

—Acaba de irse. Tiene a un familiar bastante grave —respondió con la misma mentira de Aurora—. ¿Crees que es la ladrona o qué? —Su voz incluso sonó divertida—. La conozco, no es ella. No pondría en riesgo la vida de Vincent sabiendo la amenaza que tenemos encima. ¿Por quién me tomas?

—¿De qué la conoces? —El inspector no era estúpido, se percataba de los pequeños detalles—. Lo siento, amigo, pero con la ladrona suelta y tu hijo inconsciente, cualquier precaución es poca.

—Pero acabo de decirte que la conozco.

—Podría haberse hecho pasar por ella —rebatió, y Thomas notó cierta dificultad en su respiración, como si estuviera caminando a paso rápido o subiendo escaleras—. Ya te he dicho que es la reina del disfraz. ¿Cómo cojones piensas que se coló en la presentación del museo? Creemos que ha suplantado a Francesca Fiore, una reconocida diseñadora italiana. ¿Crees que no se haría pasar por cualquiera para llegar hasta Vincent?

El padre del detective no había quitado la mirada de sus ojos verdes y le bastó con adentrarse en ella para darse cuenta de que Beckett decía la verdad.

—Por más que intente engañar al mundo —empezó a decir en tono serio— no puede saberse la vida de todas las personas por las que se hace pasar. Así que no te preocupes; la conozco y he hablado con ella. No es la ladrona. Confía en mí —pronunció con una seguridad que Howard no pudo ignorar—. La conozco desde hace unos años y ha dado la casualidad de que se encontraba en el hospital, se ha enterado de lo que le ha pasado a Vincent y ha venido a verlo.

—De acuerdo —finalizó—. Pero no dejes entrar a nadie más. Ya te he dicho que toda precaución es poca —insistió, y Thomas pudo apreciar de nuevo la fatiga en su voz.

—¿Estás subiendo las escaleras?

—El ascensor estaba lleno y sabes que no me gusta esperar. Voy hacia la habitación. ¿Sigues ahí?

A Aurora se le congeló la respiración. Si Howard Beckett entraba, tendrían problemas. Ambos.

Thomas trató de que la sorpresa no lo atenazara.

—¿Y por qué seguimos hablando por el móvil? Te espero aquí. ¿El comisario también viene?

—No. Está ocupado lanzando órdenes.

Howard colgó la llamada, y Aurora tenía que esconderse. Ya.

—Dame tu cinturón —ordenó guardándose el arma.

El hombre se lo quitó con rapidez, pero, antes de entregárselo, necesitaba asegurarse.

—¿Tenemos un trato?

—Dámelo. —Extendió la palma hacia él con cierta insistencia. Notaba que esa corriente bañada en rubíes amenazaba con delatarla y, si una gota de sangre tocaba el suelo, no habría servido de nada esconderse.

—No hasta que me contestes.

—Deshazte del inspector y te responderé. —Volvió a agitar la mano y Thomas no tuvo más remedio que aceptar sus condiciones.

—Escóndete en el baño —dijo mientras la veía atarse el cinturón alrededor del muslo izquierdo, un poco más arriba de la mancha de sangre—. ¿Cómo te has hecho eso?

—Después —se limitó a decir, y se escondió segundos más tarde. Thomas cerró la puerta por ella.

En aquel instante se oyeron un par de golpecitos que anunciaban la llegada del inspector. Antes de abrir, Thomas echó un vistazo alrededor para asegurarse de que no hubiera nada que pudiera delatarla. Howard Beckett no tardó en entrar y cerró la puerta tras él sin pensar que la ladrona de guante negro se encontraba a apenas unos metros.

De no haber sido por la herida, los habría matado a ambos. A los tres. Una muerte limpia y silenciosa, pero algo en la mirada de Thomas hizo desaparecer cualquier pensamiento mortífero. No quería confiar en él, apenas lo conocía, pero la vocecilla de su cabeza, esa que a veces la aconsejaba, le había susurrado que le diera una oportunidad.

Y se la estaba ofreciendo. Si se le ocurría delatarla, el inspector la metería en una prisión de máxima seguridad y su máscara se habría roto para siempre.

—¿Todavía no sabes cuándo despertará? —preguntó Howard observando el cuerpo del detective.

—Acaba de salir del quirófano, dale tiempo. El efecto de la anestesia tarda en pasarse. Además, ¿qué esperas exactamente? ¿No te has planteado que, a lo mejor, no le ha visto el rostro?

El inspector esbozó una pequeña sonrisa.

—¿Me estás diciendo cómo hacer mi trabajo?

—No sería la primera vez. —Se encogió de hombros y ambos recordaron lo que había sucedido años atrás, cuando el inspector tenía un cargo inferior.

—De tal palo, tal astilla —murmuró, y Thomas se limitó a entrecerrar los ojos—. A Vincent también le gusta mucho ponerme a prueba, pasarse de listillo. Lo hace bastante bien, como tú. —Se quedó callado un instante—. Algún día acabaré echándolo del departamento por impertinente, o tal vez le quite un poco del poder que cree tener. Le gusta mandar y esas cosas.

—Deja que siga creciendo contigo —respondió su padre—. Sabes que puede llegar a ser muy buen inspector. Al fin y al cabo, después de cinco años ha sido el único que se ha enfrentado cara a cara con la ladrona. No le quites mérito.

—Lo que debería hacer es quitarle la placa —sentenció—. Por desobediencia y por haberse puesto en peligro como un idiota. ¿A quién en su sano juicio se le ocurre enfrentarse en solitario a la criminal más buscada? Ha querido hacerse el héroe y está vivo de milagro. —Thomas se quedó en silencio mientras veía a Howard contemplar a su hijo—. Valoro su valentía, pero ha sido un irresponsable y tendrá que enfrentarse a las consecuencias.

—¿Se la vas a quitar? —preguntó refiriéndose a la placa.

—Tal vez unos días, no puedo hacer la vista gorda por más que haya conseguido enfrentarse a esa ladrona de pacotilla. Como tendrá que hacer reposo unas cuantas semanas, tampoco le afectará. Eso sí, la bronca se le va a llevar igual.

—Haz lo que consideres. Ahora lo importante es que despierte y que esté vigilado. ¿Has difundido esa información como has dicho que harías?

—Todavía no —se limitó a decir—. Solo venía a resolver el asunto con esa muchacha, ¿cómo has dicho que se llama?

—¿Vas a investigarla? —sonrió quitándole hierro al asunto—. Porque te aviso de que solo me sé su nombre de pila. Creo que una vez, hace ya, me dijo su nombre completo, pero no lo recuerdo. De todas maneras, se llama Alexandra. Sandra para los amigos.

—Confío en ti, joder. Si dices que la conoces, ya está. Me callo. Solo era curiosidad —resopló y le echó un vistazo a la puerta del baño—. Utilizo un momento el lavabo y luego me voy; me espera el comisario. Vamos a proceder con la operación.

—¿Vas a cerrar el hospital?

—Aún no, ¿por qué?

—¿Podrías hacerlo cuando me haya marchado? Layla acaba de salir de guardia y me gustaría estar con ella, espero que no sea un problema.

—No, no, para nada. Puedes salir por la puerta principal.

—Gracias. Volveré después. La doctora Bailey ha prometido avisarnos en cuanto Vincent despierte. Que no le pase nada, por favor.

—Descuida —aseguró—. Voy al baño, no tardo. —Pero aquellas palabras tensaron el cuerpo de Thomas.

—¿De verdad tienes que hacer tus necesidades en la habitación de mi hijo?

Aquello causó que Howard se riera. Una risa auténtica que dispersó por un instante la tensión.

—¿Así que en tu casa puedo ir al baño tranquilamente y en una habitación cualquiera de hospital no? Tampoco es para tanto, hombre —contestó, todavía riendo, mientras abría la puerta.

Thomas se esperó a que se produjera una explosión acompañada por los gritos del inspector. Incluso, mientras apretaba los puños, notó que el corazón quería abandonarle el pecho. Pero no ocurrió nada y lo único que se oyó, minutos más tarde, fue el sonido de la cisterna. Howard abrió la puerta después de haberse lavado las manos, como si no hubiera pasado nada.

Estaba seguro de que su amigo iba a gritar, e incluso a sacar el arma. Pero no había sucedido nada de eso. Thomas estaba confundido.

—¿Qué? —preguntó secándose las manos en el pantalón—. No exageres, solo ha sido pis. —A Thomas le divertía la naturalidad con la que se expresaba—. Me voy, el comisario está desesperado por verme. Seguimos hablando.

Y, dicho aquello, abandonó la habitación.

El padre de Vincent no tardó en reaccionar y lo primero que se encontró al abrir la puerta del baño fue la rejilla del conducto de ventilación por el que Aurora intentaba escapar, aunque con el rostro mucho más pálido que hacía unos minutos.

—Mi hija es médica, puede ayudarte... —pronunció. Aunque el color del pantalón camuflara la sangre, estaba empapado—. Todavía está aquí, si le pido que venga...

Pero la contestación de la ladrona fue seca, decisiva.

—No. —Su voz sonó débil, como si su misma angustia pidiera auxilio—. No puedo seguir en este hospital con la policía paseándose por los pasillos. Los médicos siempre hacen preguntas y ahora mismo no estoy en posición de contestarlas.

—Has salido testaruda... —murmuró el hombre casi en un susurro mientras aguantaba el peso de la ladrona—. Ni siquiera puedes andar. ¿Cómo pretendes que salgamos de aquí?

—Sí puedo.

—A duras penas —respondió—. Te llevaré a mi casa y te quedarás allí, ¿de acuerdo? Llamaré a mi hija para que te vea la herida, y no te preocupes por ella, te curará sin hacer preguntas.

—Aún no he aceptado el trato —susurró mientras permitía que Thomas la cargara en brazos. Unas manchas negras empezaban a nublarle la vista.

—Pues no seas cabezota y acepta ya. Es lo mejor que tienes.

—No tengo... —dijo con un hilo de voz. Mantener los ojos abiertos le estaba costando la vida misma. El esfuerzo físico que acababa de hacer estaba empezando a engullirla; sin embargo, no podía quedarse callada—. No tengo el Zafiro, me lo han... quitado. No puedo ofrecerte nada.

A Thomas le dieron ganas de soltarla, de dejar que su cuerpo moribundo impactara contra el suelo. Incluso pensó, por una milésima de segundo, en llamar a Howard y contarle toda la verdad.

Pero no lo hizo. Su conciencia, sentada sobre su hombro derecho, le pidió que recapacitara. Aunque no lo quisieran, las buenas personas no podían evitar ayudar a quienes se encontraban en apuros, y Aurora, en aquel instante, se encontraba al borde de la muerte. A punto de caer por un acantilado.

—Me ayudarás a recuperarlo, ¿de acuerdo? —dijo sentándola en el sofá. Necesitaba que abriera los ojos o no podrían salir del hospital—. Necesito que despiertes. Te llevaré a casa, pero tendrás que caminar por unos pocos pasillos; si no, no podré sacarte de aquí. Aurora, mírame, abre los ojos, hey —pronunció dándole palmadas suaves en la mejilla—. Voy a quitarte los pantalones; no te asustes, pero hay que detener la sangre. —Aurora, mínimamente consciente, asintió despacio—. Por aquí tiene que haber algo para presionar...

El hombre, algo asustado ante la situación, empezó a buscar por toda la habitación hasta que por fin encontró unas cuantas gasas y vendas. Sin perder más tiempo, le quitó los pantalones con manos ágiles mientras ignoraba los quejidos de la joven. Fue capaz de sentir su dolor como si lo estuviera viviendo en su propia piel.

No se lo pensó dos veces y empezó a presionar el desastre que se encontró. Observó la cinta adhesiva alrededor del muslo y la sangre deslizándose por debajo de esta. El estado de la herida reflejaba la desesperación y el malestar que Aurora debió de sentir en aquel momento.

—¿Cómo te has hecho esto? —susurró sabiendo que no iba a recibir ninguna respuesta. Siguió presionando mientras trataba de levantarle la pierna y vendar la herida—. Despierta, Aurora, por favor, vamos. Tienes que abrir los ojos. Tengo un pantalón de chándal que te puede servir.

Después de haber contenido el sangrado, siguió intentando despertarla mientras la vestía.

—Te prometo que te dejaré dormir, pero ahora tienes que abrir los ojos, por favor —siguió diciendo a la vez que le pasaba los brazos alrededor de los hombros para ponerla en pie—. Sé que te duele, me duele a mí con solo verte, créeme, pero tienes que aguantar un poco más. Te pondrás bien.

—Gracias… —susurró, pero su voz estaba tan debilitada que, incluso en silencio, a Thomas le costó entenderla.

—Vamos, ya hablaremos luego. ¿Puedes ponerte en pie? Así. Agárrate de mi brazo.

Y, con un último vistazo a Vincent, todavía plácido en la cama, abrió la puerta de la habitación.

21

Aunque su cuerpo caminara, su alma agonizante rugía cada vez que daba un paso.

Tenía la sensación de encontrarse de nuevo ante la muerte, con esa oscuridad mortífera que no la dejaba en paz y le tiraba del brazo como una niña pequeña: «Mírame, mírame. Ven a jugar conmigo». Pero Aurora no tenía fuerzas para jugar y utilizaba la poca energía que le quedaba para huir de ella.

Batallaba por mantener los ojos abiertos, caminar sin sobresalir mientras hacía caso omiso de la quemazón que sentía a cada pisada. Thomas, si bien sostenía gran parte de su peso, no podía obviar la debilidad de sus extremidades. Afianzó el agarre en la delgada cintura y no dejaron de recorrer los vacíos pasillos mientras buscaban el ascensor. Sin embargo, se dio cuenta de que no podían utilizarlo. ¿Y si entraba alguien? ¿Y si entraba Howard? No podía arriesgarse a que la vieran.

—Tendremos que bajar por las escaleras. Vamos, súbete —susurró agachándose ante ella para ofrecerle la espalda—. Iremos más rápido si te llevo.

Thomas no tenía una buena condición física. De hecho, no le gustaba nada el deporte, pero la vida de aquella muchacha dependía de él y notó una fuerza inusual. La cargó dejando que le apoyara la mejilla contra el hombro, que los brazos decaídos le rodearan el cuello. Y, teniendo cuidado de no tocarle la herida, empezó a bajar. Bajar, bajar y bajar. No se detuvo, tampoco se preocupó por su respiración irregular. Siguió descendiendo con un único objetivo: que no los descubrieran.

Por un instante se olvidó de que era la criminal más buscada por la policía; también de que había disparado a su hijo y de que ya no tenía el Zafiro de Plata. Se había olvidado de Howard, del comisario y de las consecuencias por encubrir a una delincuente. Se había olvidado de todo. Lo único que deseaba en aquel momento era resguardar de la tormenta a aquel pajarillo herido.

—No cierres los ojos —pidió casi en un susurro—. No puedes dormirte, ¿de acuerdo? Ya casi estamos.

A pesar de lo mareada que se encontraba, Aurora quiso decir algo:

—Tenemos que ir a mi coche —trató de decir—. Por favor... Mi...

—Después me ocuparé de tu coche, te lo prometo, pero ahora tenemos que salir de aquí.

Unos metros más y habrían llegado al aparcamiento subterráneo donde se encontraba su vehículo, lejos del resto.

—No me iré sin mi gata —expresó mucho más seria, haciendo que el hombre se detuviera delante de la puerta para tomarse un breve respiro. Aurora no iba a abandonarla y le daba igual tener que arrastrarse para llegar a ella—. Por favor. No puedo dejarla ahí. Llévame con ella...

—¿Dónde está? —Sin dejar entrever lo cansado que estaba, abrió la puerta de acero con el pie, pero, antes de que pudiera avanzar, la advertencia de la ladrona le hizo detenerse.

—Las cámaras.

—Mierda —susurró. Se había olvidado de ellas.

—Déjame aquí —sugirió ella—. Ve hasta tu coche a ritmo normal. Yo intentaré desplazarme aprovechando los puntos ciegos; nos vemos en el exterior.

Pero Thomas no la bajó de su espalda.

—No puedes caminar y sigues sangrando... Ni siquiera llegarás hasta la salida. Mi coche no está lejos; míralo, es el verde oscuro —señaló con la cabeza. Notó que la de ella se alzaba—. Dime dónde están esos puntos ciegos y los esquivaré. Además, tu rostro sigue siendo irrelevante para la policía, y si Howard, por casualidad, nos viera en las grabaciones, le diría que eres Sandra y que me has pedido que te lleve a casa.

—Bájame —pidió ella mientras pensaba. Thomas flexionó las rodillas para que tocara la superficie—. Vamos a caminar uno al lado del otro respetando las distancias. Me dejas en tu coche mientras tú subes a la cuarta planta otra vez; Beckett te dijo que salieras por la entrada principal. Ahora me ocuparé de las cámaras.

—¿Qué harás?

—Tengo contactos —se limitó a decir—. ¿Quién crees que me dijo en qué hospital y habitación se encontraba Vincent?

Thomas le sostuvo la mirada unos segundos mientras recordaba la verdadera intención con la que Aurora había aparecido allí. Todos los recuerdos que había tratado de olvidar mientras bajaba las escaleras aparecieron de golpe.

—Vamos —respondió él. Ni siquiera se percató de que su tono de voz se había enfriado.

Hizo lo que Aurora había sugerido, mientras pensaba en la conversación que había mantenido con Howard momentos antes. La mujer tenía razón. No podía salir del hospital a hurtadillas; sería sospechoso y el inspector no dudaría en entrometer su curiosa nariz. No quería imaginarse lo que podría llegar a ocurrir si se daba cuenta de lo que su amigo había hecho a escondidas.

Podría habérselo contado en la misma habitación de Vincent. Podría haberle dicho que la ladrona se había escondido en el baño, pero ¿de qué le habría servido? El inspector y él compartían intereses muy distintos. Mientras que el primero la perseguía para meterla entre rejas, el segundo necesitaba sus manos para recuperar el Zafiro de Plata.

Esa vez quería hacerlo a su manera, pues sabía que a su amigo no le interesaba recuperar la joya y mucho menos completar la Corona.

—Voy a… —empezó a decir después de haberla ayudado a sentarse en la parte trasera del vehículo. Había notado una calidez inusual en sus mejillas. Acercó la mano para comprobar lo que se temía—. Tienes fiebre —concluyó segundos más tarde. Incluso notó pequeñas gotas de sudor—. No tardaré, ¿de acuerdo? Te dejo la ventana abierta, pero cierro el coche.

Aurora esbozó una sonrisa. Mantenía la pierna en alto mientras presionaba la herida con la mano.

—Si hubiera querido escapar, lo habría hecho sin que te dieras cuenta —murmuró tratando de mantener los ojos abiertos—. Haz lo que consideres —dijo al fin.

Thomas no respondió, se limitó a asentir con la cabeza mientras cerraba la puerta para dirigirse de nuevo hacia las escaleras. Sin embargo, en aquel instante recibió un mensaje de su hija. Frunció la frente al leer de qué se trataba: «Vincent ha despertado. ¿Dónde estás?».

Decidió llamarla.

—Papá, hola —dijo ella—. Estoy llegando a su habitación, ¿dónde estás?

—¿Quién más sabe que está despierto? —preguntó con la respiración agitada mientras subía las escaleras casi de dos en dos—. No dejes que Howard se acerque a él, ¿me oyes? Que ningún policía le pregunte nada hasta que yo no esté presente. Llegaré dentro de unos minutos.

—¿Ha pasado algo? Te noto extraño.

—Haz lo que te digo, cariño, por favor.

Thomas cortó la llamada sin decir nada más. Si Beckett irrumpía primero en la habitación, ya podría despedirse de su plan, de su amistad y de su libertad, pues, si se enteraba de lo que acababa de hacer, lo inculparía como cómplice.

Solo esperaba que la pequeña ladrona pudiese aguantar hasta que se reuniera con ella, porque no tenía más opción.

Empezó a subir más rápido las escaleras, al igual que Layla, que aceleró el paso hasta llegar a la habitación de su hermano, cuya puerta ya se encontraba abierta.

Un olor extraño revoloteaba por la estancia. No era desagradable, le resultaba difícil describirlo. Era... inusual, aquella era la palabra.

Lo percibió en cuanto abrió los ojos; la doctora que lo había operado y que le hablaba no parecía haberse dado cuenta. Trató de ignorarlo mientras volvía a prestar atención al movimiento de sus labios. ¿Qué le decía?

—Vincent. —Aunque su mirada de color miel la enfocaba, la doctora Bailey se percató de que no le prestaba atención—. Es importante. Necesito saber cómo te encuentras después de la operación, así que vamos a hacerte unas pruebas, ¿de acuerdo? —Con una pequeña linterna comprobó la dilatación de las pupilas—. ¿Recuerdas algo? ¿Sabes por qué estás en el hospital?

El detective asintió levemente con la cabeza y se dirigió la mano hacia el abdomen. Una ráfaga de recuerdos lo invadió: el enfrentamiento, el descubrimiento de su verdadero rostro, las amenazas, las palabras que intercambiaron, cuando jugó otra vez con él para apuntarle con el arma y apretar el gatillo. Lo recordaba absolutamente todo.

La cirujana se mantuvo en silencio esperando su respuesta.

—Disparo en el abdomen. —Su respuesta fue concisa, seca, todavía algo inconexa debido a la anestesia—. Mi padre vino segundos más tarde.

—¿Recuerdas quién te disparó? —preguntó la mujer, pero Vincent no dejó de mirarla; ¿por qué le interesaría eso a una doctora?—. No es necesario que contestes ahora. Después de las pruebas, el inspector hablará contigo, ¿de acuerdo?

Pero antes de que hubiera podido responder, Layla Russell se adentró en la habitación y se acercó a su hermano.

—Doctora Bailey —saludó ella—. ¿Está todo bien? —Aunque la pregunta era para su mentora, no podía apartar la mirada de Vincent—. ¿Cómo estás? No vuelvas a asustarme así, ¿me oyes?

—Todo en orden, doctora Russell —murmuró la cirujana mientras observaba la escena—. Informaré al inspector.

Pero la alarma de Layla se activó al instante al recordar las palabras de Thomas.

—Descuide, doctora, mi padre estará aquí dentro de unos minutos y se ocupará de hablar con el inspector. Son amigos, además, ¿recuerda? —Layla no se las apañaba con las mentiras, pero le parecía que no había sospechado nada. Intentó sonreír y, cuando su mentora le devolvió el gesto, relajó los hombros—. Muchas gracias por todo, de verdad.

—No ha sido nada —respondió la mujer—. Os dejaré a solas.

La cirujana se fue y cuando un nuevo silencio se apoderó de la habitación, Vincent no dudó en preguntar qué había sido aquello.

—No lo sé —confesó su hermana después de cerrar la

puerta—. Me ha llamado papá hace unos minutos. Estaba extraño, como si... No sé. Me pidió que no dejara que hablaras con nadie hasta que él no estuviera aquí.

—Con Howard —dijo él—. Que no dejaras que hablara con el inspector. ¿Qué más ha dicho?

—¿Cómo lo...? —Entonces recordó que estaba hablando con un detective que se fijaba hasta en el mínimo detalle—. Nada más. Que lo esperásemos.

Y, como si lo hubiera invocado, Thomas abrió la puerta un instante después. Tenía la respiración algo acelerada y sudaba ligeramente. La menor de los Russell frunció el ceño mientras se aproximaba a su padre.

—¿De dónde vienes?

—¿Has hablado con Howard? —preguntó a su hijo. Este negó con la cabeza sin entender la urgencia, aunque... Volvió a arrugar la nariz. El mismo olor que había percibido al despertar.

El mismo olor a sangre.

—¿Qué has hecho? —Ignoró su pregunta mientras intentaba encajar todas las piezas y observaba su actitud. ¿Por qué parecía que había ido corriendo? La insistencia en que no hablara con Howard, el olor impregnado en su ropa...

—¿Has hablado con él? ¿Sí o no?

—¿Acabo de despertar y eso es lo único que te interesa?

—A ver, calmémonos, ¿de acuerdo? —intervino Layla; las miradas de los dos hombres seguían enfrentadas—. Papá, dinos qué ha ocurrido.

—Es que no hay tiempo —confesó—. De verdad, os lo voy a contar, pero tengo prisa.

—¿Prisa para qué? —demandó el herido apretando la mandíbula.

—Se muere.

—¿Quién? ¿Qué coño está pasando? ¿Por qué hueles a sangre?

Layla parpadeó varias veces al darse cuenta de que su padre desprendía cierto olor metálico. Negó con la cabeza al recordar que Thomas había llegado con la camisa manchada.

—Es tu sangre, Vince —intervino su hermana—. No...

Pero Thomas sentía que el pajarillo de plumas negras que aguardaba en su coche iba a morir si perdía un solo segundo más.

—Hijo, me alegro de que te encuentres bien, de verdad —dijo atropelladamente—. Pero se está muriendo y es la única que puede ayudarme. No me preguntéis, solo confiad. Después os lo explico todo, os lo prometo. —Miró a su hija—. ¿Cuándo acaba tu turno?

—Pues... —Miró el reloj en su muñeca—. Hace diez minutos, ¿por qué?

—Necesito que vengas conmigo. Tiene una herida bastante grave en el muslo. Es un disparo; no me lo ha dicho, pero tiene toda la pinta. No sé si tiene la bala dentro, ¿qué necesitas para extraérsela y coser la herida? Creo que también tiene fiebre y sudor frío; no sé cuánta sangre ha perdido, pero creo que bastante. ¿Qué se puede hacer?

Vincent no dejó de mirar a su padre, tampoco a Layla, que había empezado a explicarle cómo podía ayudar a la persona herida. De pronto, las piezas del puzle empezaron a encajar.

La persona a la que se refería su padre tenía una herida de bala en la pierna, había dicho, pero él ni siquiera había tenido la oportunidad de alcanzar la pistola. La había visto partir después de que ella hubiera apretado el gatillo. ¿Qué había pasado, exactamente, en su ausencia? ¿Por qué no quería que Howard estuviera presente? ¿Por qué conspiraba contra él?

—No creo que muera por esperar unos segundos más —declaró el detective, y su padre no tardó en volverse hacia él—. ¿Por qué cojones la estás ayudando? ¿Te has vuelto loco? Eso es delito, ¡y me acaba de disparar, joder! No sé qué ha pasado y me da bastante igual, pero no entiendo por qué la proteges de Howard. ¿Sabes lo que hará cuando se entere de que encubres a esa delincuente? ¿Qué te ha prometido?

—Hijo… Te aseguro que te lo voy a contar todo más tarde, de verdad. Pero ahora debo irme.

—Si te vas, pienso llamar a Beckett para explicarle lo que le estás ocultando.

En un momento, la habitación pareció querer refugiarse de la tensión que envolvía a padre e hijo . Ni siquiera Layla se atrevió a intervenir y, como siempre que discutían, se mantuvo callada sin dejar de observarlos. Sus miradas irradiaban sentimientos contradictorios: mientras que la de su padre mostraba preocupación y angustia, la de Vincent reflejaba dolor; se sentía traicionado.

—Aurora no tiene el Zafiro de Plata, se lo han quitado y creo que esa misma persona le ha disparado. Se está muriendo, hijo, y la necesito para recuperarlo.

Pero aquella explicación dejó de tener sentido en cuanto Vincent escuchó, por primera vez, su nombre. *Aurora*, como la princesa del cuento de hadas; pero ella era la versión real, la maligna, y deambulaba por el mundo provocando caos y destrucción.

—Por favor —insistió su padre—. Firmad una tregua o lo que sea, pero déjame buscar la joya, déjame completar la Corona. Prometo que os explicaré la historia completa para que lo entendáis, pero ahora necesito que confíes en mí.

—¿Confías en ella? —preguntó el detective. Permaneció impasible. Si accedía a aquella tregua, si llegaba a ganarse la confianza de la ladrona, tal vez podría tomarla desprevenida y esposarla cuando su padre hubiera conseguido su objetivo.

—No —expresó—. Pero es la única opción que me queda; además, todavía tengo una conversación pendiente con ella, pero antes debo curarla. Le prometí que la ayudaría.

—Y tú nunca incumples tus promesas.

—Si viene Howard... —empezó a decir Thomas, para asegurarse, pero Vincent asintió con la cabeza.

—Le diré que no conseguí verle el rostro.

Cuando la princesa de la muerte notó el suave ronroneo del motor, dudó de dónde se hallaba, incluso pensó que era su alma, que había decidido al fin abandonar su cuerpo.

—Aurora. —Oyó que alguien la nombraba—. Despierta, vamos. —Pero ella no quería hacer tal cosa, pues el fuego volvería a quemarla y el dolor sería más insoportable que nunca—. Tienes que decirme dónde está tu coche para ir a por tu gata.

Aquello provocó que abriera los ojos; dejó escapar un sonoro quejido cuando irguió la espalda. Acababa de mover bruscamente la pierna sin darse cuenta.

—Tranquila —pronunció una voz femenina desconocida, pero ni siquiera se molestó en averiguar de quién se trataba. No tenía fuerzas para ello—. ¿Te acuerdas de la matrícula? ¿Puedes indicarnos el camino?

Le gustaba ese tono de voz: agradable, tranquilo, tierno... Como si estuviera diciéndole que no había nada que temer, que todo estaría bien. Asintió levemente e intentó incorporarse con su ayuda. Observó a Thomas en el asiento del conductor y sintió que el coche empezaba a moverse.

—¿Cómo se llama tu gatita? —preguntó la mujer con la única intención de mantenerla despierta.

Layla se encontraba a su lado, con un brazo por detrás de sus hombros, mientras trataba de mantenerle la cabeza recta. Su padre ya le había explicado lo mal que se encontraba, pero no se había hecho una idea de la gravedad. El cuerpo de la mujer irradiaba calor, los mechones negros se le pegaban a la frente.

—Sira. —Oyó un susurro bastante débil. La joven cirujana se limitó a sonreír, aun sabiendo que no podía verla.

—¿Tiene algún significado?

—Sí... —respondió, e intentó aclararse la garganta—. Se lo puse por la diosa celta de las aguas y la noche.

—Aurora —la llamó Thomas—. ¿Puedes indicarme?

La frágil mujer asintió mientras trataba de incorporarse un poco más. No estaba lejos, pero sentía como si cada minuto fuera una eternidad agonizante. Thomas avanzó entre las hileras de coches después de que la ladrona hubiera descrito su vehículo. Lo encontraron minutos más tarde tal como lo había dejado horas antes: con la ventana medio abierta y un cuenco con agua. Aunque odiara haber tenido que dejarla de esa manera, había sido su única opción.

—Tengo que salir —murmuró intentando abrir la puerta—. No le gustan los desconocidos; si no me ve, te arañará.

—No... Espera, no puedes hacer esfuerzos. —Layla trató de convencerla, pero ella abrió la puerta a pesar de sus protestas—. No puedes caminar; hey, si haces un esfuerzo más, sangrará de nuevo, y ya has perdido mucha sangre. Quédate quieta. Papá —pronunció mientras la sujetaba por los hombros—, abre ambos coches, deja que Sira la vea y se suba por su cuenta.

—En el maletero... —masculló Aurora.

—Y pon las cosas de su maletero en el nuestro. Vamos, no tenemos mucho tiempo.

Thomas hizo lo que su hija había ordenado y, cuando abrió la puerta de los asientos traseros, se asustó al percibir que la pequeña mancha negra emitía un pequeño gruñido mientras mostraba los dientes. Sin embargo, no pudo esconder la sorpresa cuando se calmó con la llamada de Aurora. Con su agilidad característica, se subió al vehículo para ubicarse junto a ella y Thomas apreció su collar de pequeños diamantes. Parecían auténticos. Él ni siquiera lo puso en duda, teniendo en cuenta que su dueña era una ladrona de joyas.

Aurora cerró los ojos de nuevo cuando sintió que el motor volvía a rugir. Con Sira a su lado, su mayor preocupación se había disipado y dejó que el sueño la venciera. Dejó de contar los segundos, de notar el dolor que le subía por la pierna. Dejó de escuchar la suave voz de la mujer que la sujetaba.

Tampoco oyó que su salvador apagaba el motor y mucho menos notó que la había cargado en brazos para colocarla, con toda la delicadeza de la que fue capaz, sobre el sofá. Siguió con los ojos cerrados cuando Layla se ocupó de ella bajo la atenta mirada de Thomas. Desinfectó y limpió la herida para después descubrir que había sido la propia ladrona quien había extraído la bala.

—Tal vez haya utilizado unas pinzas o algo similar —murmuró mientras manipulaba con destreza el hilo y la aguja—. No quiero imaginarme el dolor que ha tenido que sentir.

Su padre, no obstante, no respondió; se limitó a observarla y, cuando acabó de vendarle la pierna, se lo agradeció para después acompañarla hasta la puerta. Layla acababa de indicarle qué pastillas debía comprar para combatir la infección y le aseguró que dentro de un par de semanas estaría curada, aunque tendría que acudir con regularidad para revisarle los puntos.

Thomas asintió, observando la pequeña nota garabateada, y dejó que su hija se marchara. El silencio volvió a hacerse presente en la casa.

Entonces, esperó.

Esperó sentado mientras amparaba el sueño que había consumido al pajarillo de plumas negras. Esperó y le dio igual el tiempo, como había hecho mientras aguardaba la operación de su hijo. Esperó, esperó y esperó. Sin dejar de mirarla, sin dejar de observar a su gata merodear junto a ella, maullando débilmente para despertarla, aunque sin éxito.

Esperó mientras se preguntaba si había hecho bien en llevarla a su hogar, en curarla, en resguardarla de la oscura tormenta que Howard había situado sobre ella. Miles de dudas lo invadieron, aunque la que más se repetía era si podría confiar en ella, creer en que lo ayudaría a recuperar el Zafiro de Plata y completar la Corona. Thomas disponía de la información, había estado veinte años recopilándola. Lo que no tenía, sin embargo, eran las manos de la ladrona que había sido capaz de enfrentarse a cualquier robo. Necesitaba su inteligencia, el eficiente equipo que le cubría las espaldas.

Al fin y al cabo, Thomas no era un ladrón; sabía de joyas, pero seguía siendo un simple mortal.

Tenía que hablar con ella, con la mente brillante detrás de los famosos atracos, y convencerla de que su mejor opción era que trabajaran juntos.

Así que siguió esperando. Se mantuvo en silencio hasta que, por fin, Aurora abrió los ojos, aunque lo hiciera con las manos atadas.

22

No quería abrir los ojos, pero la vocecilla interna que a veces la alertaba le estaba suplicando que no dejara que su cuerpo siguiera siendo vulnerable en territorio desconocido.

«Te están quitando tu libertad, te están atando las manos... Despierta». Si hubiera podido zarandearla por los hombros, lo habría hecho. La joven princesa, con las manos atadas descansándole sobre el abdomen, siguió con los ojos cerrados unas horas más hasta que decidió despertar.

Sin embargo, cuando lo hizo se percató de la brida que le rodeaba las muñecas... Se asustó, era el mismo sentimiento que había vivido cuando el *capo* ordenó que la echaran al pozo. La misma sensación de encierro, de peligro acechando su preciada libertad, aunque quien la sometía esa vez era Thomas Russell, a quien observaba seria mientras trataba de romper el plástico de color negro.

—Por favor, no te muevas —pidió él—. No quiero hacerte daño, pero entenderás que quiera preservar mi seguridad. Hablemos, ¿de acuerdo? Te he traído a mi casa cuando podría haber escogido un sitio menos cómodo; demuéstrame que puedo confiar en ti y te desataré las manos.

Aurora esbozó una pequeña sonrisa procurando que Thomas la viera, pues el gesto escondía la amenaza que iba a cumplir aunque la herida empezara a sangrarle de nuevo.

—¿Pretendes que tengamos una conversación mientras yo sigo atada? Si hubiera querido hacerte daño, te lo habría hecho antes. Oportunidades me han sobrado, incluso ahora, ¿crees que esto me va a impedir atacarte?

El hombre tragó saliva con disimulo.

—Solo intento ser precavido. Quería asegurarme de que al despertar no me dejarías inconsciente para robar mis documentos y escapar. —La joven de pelo negro no apartó la mirada de su salvador. Podría haberlo hecho, pero ¿de qué le habría servido?—. Sigues siendo una ladrona y vete a saber cuántas cosas más. No me parece tan descabellado desconfiar de ti, aunque sea un poco.

—¿Y crees que yo no desconfío de ti? —soltó después de unos segundos de rígido silencio—. ¿Crees que ahora mismo podría confiar en alguien relacionado con la policía?

—Era tu única opción, Aurora. Te he salvado de morir desangrada —manifestó tensando la mandíbula. Quería que viera la otra cara de la moneda—. Te he salvado de la policía, de Howard. De no ser por mí, ahora mismo estarías esposada y con él respirándote en la nuca. Tu vida habría acabado.

La ladrona se mostró impasible y negó levemente.

—Yo también soy tu única opción, tú mismo me lo has demostrado. Quieres mi ayuda, sabes que no podrás completar la Corona a no ser que me tengas de tu lado. ¿Cuándo llegaste a esa conclusión? ¿Mientras me cargabas a la espalda para escapar de tu mejor amigo? Aunque primero tendríamos que recuperar la joya... —empezó a decir a la vez que intentaba incorporarse. Thomas trató de ayudarla, pero ella no se dejó—. Puedo sola —protestó sin abandonar su mirada—. Sería una lástima que no te ayudara a recuperarla, pues soy la única que conoce a la persona que la tiene. Estás perdido sin mí, ni siquiera sabrías por dónde empezar; por eso temes que me escape, ¿o me equivoco?

Thomas se aclaró la garganta sin saber exactamente qué responder. ¿Tenía razón? Sí. Era lo único que quería de ella, pues, si no hubiera habido ese interés de su parte, la habría echado a los leones sin dudarlo, teniendo en cuenta que era la responsable de que su hijo hubiera acabado en el hospital.

—Desátame —pidió rompiendo el silencio—. No lo repetiré dos veces. Recuperaremos el Zafiro de Plata y te ayudaré a completar la Corona. Tienes mi palabra —aseguró—, pero como siga con las manos atadas... —Hizo una pausa y recordó su encierro—. La última persona que se atrevió a encerrarme murió...

Thomas alzó las cejas. Apretó los dientes ante esa declaración, ante el poco respeto que acababa de mostrar hacia la vida humana.

—Yo no te he encerrado —susurró levantándose del sillón—. Podría haberlo hecho.

—Entonces habría acabado contigo antes de reducir esta casa a cenizas —sentenció provocándole un escalofrío que le recorrió la espalda. Una sensación bañada en hielo que le arañaba la piel—. Para mí es lo mismo: atarme, encerrarme, vendarme los ojos... No se juega con mi libertad. —Aurora alzó las manos atadas sin decir una sola palabra. No pensaba repetírselo.

Thomas, sin mostrarse del todo confiado, hizo lo que le había pedido. No quería retar a la furia de color verde que habitaba en su mirada. Cortó la brida con unas tijeras y observó cómo la chica se masajeaba las muñecas mientras llamaba la atención de la gata. Sira no tardó en colocarse en su regazo olfateando, a la vez, la venda que le rodeaba el muslo.

—Gracias por curarme —murmuró segundos después. Se había entretenido acariciándole el pelaje negro—. Sigue doliendo, pero ya no es como antes.

—Ha sido mi hija —confesó—. Es residente de cirugía, yo... Yo no habría sabido qué hacer.

La ladrona sonrió de manera débil al recordar la voz delicada que había oído antes de perder el conocimiento.

—Con que era ella... —susurró—. ¿Cómo se llama?

—Layla. No te preocupes, no dirá nada, se lo he hecho prometer —dijo con rapidez—. Pero necesitabas su ayuda, créeme. Yo no habría podido, la herida estaba... Bastante mal. Me ha anotado lo que tengo que comprar en la farmacia para que te recuperes más rápido. Has perdido mucha sangre y no te iría mal una transfusión, pero, como no es una opción, tendrás que hacer reposo. Ya sabes: no hacer mucho esfuerzo físico, comer bien, descansar... Podrías quedarte aquí mientras te recuperas.

—¿Aquí? ¿Estás seguro? Pensaba que temías por tu seguridad.

Thomas sonrió apreciando el tono de burla.

—Es el sitio más seguro, si lo piensas —explicó—. A Howard ni se le ocurriría mirar aquí, en la casa de su amigo, y mucho menos pensaría que te estoy ayudando.

—La policía no sabe que el Zafiro ya no está en mi poder.

—Vincent lo sabe —declaró, y pudo contemplar la sorpresa en su mirada—. Despertó antes de que nos fuéramos y tuve que decírselo, aunque aún tengo que hablar con él. Tranquila, le dirá a Howard que no te vio la cara. Vais a firmar una tregua, ¿de acuerdo? Nada de jugar al gato y al ratón durante las próximas semanas. De todas maneras, tampoco podría hacerlo, ya que estáis en la misma situación: antibióticos y mucho reposo.

—¿También lo hará en esta casa?

A Thomas le sorprendió levemente la pregunta. Aun así, no dudó en contestarla.

—No creo. Primero tienen que darle el alta. Y dudo

mucho que quiera verte. Vincent se irá a su apartamento y yo pasaré a verlo de vez en cuando mientras planeamos cómo recuperar el Zafiro. Tengo que hablar con él para que nos ayude. —En realidad, no sabía si su hijo estaría dispuesto, pues aquello significaría jugar a dos bandos, engañar a la justicia, traicionar a Beckett—. ¿Qué ocurrió después de que te fueras del museo? Tenías la joya en el cuello, te vi. ¿Cómo te la quitaron?

—Me traicionó —explicó con la mirada hacia Sira sin especificar de quién se trataba. Thomas escuchó atento—. Supongo que nunca llegué a conocerla del todo, a pesar de haber pasado más de diez años a su lado. Llegué a considerarla una hermana, pero... —Se quedó callada oyendo el ronroneo de su gata. ¿Había llegado Nina a tenerla en esa estima? Tal vez no compartieran sangre, pero sí infinitos recuerdos, conversaciones de madrugada, misiones, atracos... ¿Tan fácil le había resultado olvidarlo todo?—. Da igual cuántos años transcurran, nunca se llega a conocer a nadie.

Aurora hablaba con un dolor lleno de espinas que le atravesaban la garganta. Intentaba esconderlo, pero el hombre sentado ante ella escuchaba atento y con un nudo en el estómago. Aquel dolor se debía a la traición; en aquel instante pensó en Beckett. Si llegara a descubrirlo... ¿también se sentiría de aquella manera?

A pesar de que el pajarillo de plumas negras le hubiera dado su palabra, Thomas Russell no pudo pegar ojo durante toda la noche. Observó las horas pasar en el reloj de la pared mientras daba incontables vueltas en la cama sin poder sacarse su presencia de la cabeza.

Aunque lo que más le angustiaba saber era que en cualquier momento podría encontrarse con la gatita de ojos amarillos. No era muy amigo de los animales, menos aún de los que tenían cuatro patas, así que intentaría no cruzarse en su camino.

Dio otra vuelta en la cama y emitió un suspiro profundo mientras concluía que lo más inteligente sería ignorarla, no acercarse más de la cuenta. Sin embargo, esbozó una leve sonrisa mientras se percataba de lo irónica que resultaba aquella situación: le inquietaba tener a una criminal bajo su techo, pero más lo hacía la gata, inofensiva a simple vista.

Pensó en la conversación que habían mantenido en el salón, en lo que él le había planteado: hacer una falsificación perfecta de la pieza para poder recuperar la original de las manos enemigas sin que se dieran cuenta. Un plan sencillo, pero que requería un tiempo considerable de ejecución.

—No me parece un plan descabellado, pero para hacer semejante falsificación —había empezado a decir Aurora— sería necesario tener la joya original, y ese es nuestro principal problema.

Thomas, no obstante, intentó convencerla. Él era la única persona que la había tenido en su poder durante tanto tiempo. Había tomado decenas de imágenes desde todos los ángulos para capturar la esencia de la joya, y había anotado todas las medidas. Poseía archivos con modelos en tres dimensiones que había escaneado durante sus revisiones. Recordaba la pieza a la perfección y, con la avanzada tecnología de la que disponía, el plan se convertía en una ventaja importante frente a la guerra que iba a sobrevenir.

Aurora sabría cuál sería la falsificación; Nina, en cambio, iría a ciegas.

—Es un buen plan. Admítelo —respondió el hombre mientras observaba a Sira haciéndose cada vez más pequeña, cerrando los ojos—. Incluso si llegara a haber un enfrentamiento, podrías negociar tranquilamente sabiendo que vas a entregarles la piedra falsa. La cuestión es mantenerlo en secreto; cuantas menos personas sepan de este plan, mejor.

Recordó la mirada de la muchacha; distante, fría, sin expresión alguna, para que no fuera capaz de adivinar lo que estaba pensando. Lo único que dijo, minutos más tarde, fue que necesitaba dormir. Así que, mordiéndose el interior de la mejilla, le preparó la habitación de huéspedes, justo la puerta que se encontraba delante de la que había pertenecido a Vincent. Thomas ni siquiera se dio cuenta de ese detalle.

Cerró los ojos infinitas veces durante la noche esperando conciliar el sueño, pero acabó rindiéndose al oír que el reloj había dado las seis de la mañana. Para marcharse al hospital no le quedaba más remedio que esperar hasta que la muchacha decidiera abrir los ojos.

Un aroma dulce viajó hasta la habitación de la princesa y la despertó. Lo reconoció casi al instante: tortitas. No podía tratarse de nada más. Su estómago exigió que se levantara de la cama.

Incluso Sira se mostró emocionada, algo inusual en ella, cuando Aurora abrió la puerta de la habitación. Se había puesto un conjunto deportivo de color negro y se había trenzado la larga melena. No pudo evitar preguntarse si Thomas había cocinado para ella.

Lo descubrió cuando, despacio, bajó las escaleras hasta adentrarse en la cocina.

—Buenos días, ya era hora. He hecho tortitas, ¿te gustan? —saludó mostrando el pequeño plato con las cuatro piezas apiladas, pero lo que provocó su sonrisa fue ver la cara sonriente que había dibujado con arándanos—. Me he tomado la libertad de ponerte sirope; a todo el mundo le gustan las tortitas con sirope. Vamos, siéntate.

—Gracias —murmuró al acomodarse en la barra de desayuno cuando Thomas le puso el plato.

—¿Café, zumo de naranja o leche?

—Café —respondió dándole una primera mordida—. Está rico.

Thomas le dedicó una pequeña sonrisa de alivio.

—No quería irme sin despedirme, pero Vincent está despierto y quiero hablar con él. No puedes venir conmigo, como es evidente, ¿no te importa quedarte sola? —Una pregunta que escondía otra de manera implícita. Quería asegurarse de que podía confiar en ella y de que no intentaría huir o, lo que era peor, colarse en su despacho. Por precaución, había guardado todos los documentos en una caja para llevársela a un sitio más seguro. Sin embargo, no acababa de fiarse—. Tal vez esté fuera durante varias horas, no sabría decirte cuántas, pero tienes la nevera llena y el salón a tu disposición. ¿Quieres mi número también? Por si acaso.

Antes de permitir que contestara siquiera, ya estaba apuntándolo en un trozo de papel.

—Lo más seguro es que vuelva entrada la noche —siguió diciendo—. Traeré a Layla para que te vea la herida; será mejor que nos aseguremos. Y no te muevas mucho, a ver si se te van a saltar los puntos. Llámame a la mínima emergencia, ¿de acuerdo? Cerraré la casa con... —Pero se quedó en silencio cuando notó que se tensaba—. Hay una copia de la llave en la cómoda de la entrada, es solo por precaución. No te estoy encerrando.

—Haz lo que consideres —se limitó a decir la muchacha—. Es tu casa y yo solo soy una invitada.

Thomas asintió.

—Bien, te dejo desayunando —murmuró, aunque le surgió una última pregunta cuando vio acercarse a la pequeña mancha negra—. Por cierto, ¿qué come Sira? Mándame un mensaje con lo que necesites y luego me paso por el supermercado.

Aurora volvió a fruncir el ceño. No estaba acostumbrada a recibir tanta atención, y mucho menos a que esta también se dirigiera a su gata. Emitió un sonido mientras tomaba un sorbo del café, o ese sucedáneo aguado y asqueroso que los americanos se empeñaban en llamar así, y Thomas se dio por satisfecho. Segundos más tarde salía por la puerta. También había notado una extraña sensación, una que le resultaba familiar, como si acabara de vivir un *déjà vu* al dejar a Layla desayunando mientras él se iba a trabajar.

Negó con la cabeza, tratando de hacerla desaparecer, pero aquel sentimiento estuvo presente incluso en el hospital, mientras se dirigía a la habitación de Vincent. Esperaba encontrarlo solo; sin embargo, Howard Beckett se le había adelantado.

—¿Dónde te habías metido? Te he estado llamando, ¿es que tienes problemas de oído? —El inspector mantenía una postura intimidante, con los brazos cruzados sobre el pecho y la frente arrugada—. Todo se ha ido a la mierda, ¿sabes? Seguimos como al principio.

Le echó un vistazo a su hijo sin poder evitarlo, pero este no hizo ningún gesto.

—Buenos días a ti también —respondió acercándose a Vincent—. ¿Cómo estás?

—Mejor —se limitó a decir—. ¿Podrías preguntar cuándo van a darme el alta? Nadie quiere decírmelo.

—Creo que deberías quedarte unos días más —intervino Howard—. Acabas de decir que no recuerdas el enfrentamiento con la ladrona, ¿y si te has golpeado la cabeza? Lo mejor sería descartar problemas.

—He dicho que no pude verle la cara, no que no lo recuerde —repitió por tercera vez consecutiva desde que el inspector había iniciado aquella conversación—. Estaba oscuro y ella llevaba el pasamontañas, no pude quitárselo. Me disparó y escapó. Y no abrió la boca, por si te interesa, así que tampoco podría describir su voz.

En realidad, no había dejado de pensar en la conversación que mantuvieron.

—Es una mujer, entonces —murmuró su padre haciéndole volver a la realidad.

—De lo que estoy seguro es de que tenía el cuerpo de una —respondió—. Siento haberte defraudado, pero, por más que me preguntes, la respuesta seguirá siendo la misma. Tú lo has dicho: seguimos como al principio.

El inspector chasqueó la lengua porque había contado con tener a esas alturas un retrato robot recorriendo todas las comisarías de la ciudad; del estado, incluso. Había pecado por confiado y su decepción no conocía límites. Esa situación explicaba por qué la ladrona no se había dignado a aparecer por el hospital, a pesar de que él había estado esperándola toda la noche. Había lanzado la noticia a la prensa para que cayera en la trampa, pero no había servido de nada porque ella sabía que su identidad seguía protegida.

Seguro que estaría riéndose de él por haber perdido otra batalla. Con ese pensamiento, alejado de la conversación de padre e hijo, pensó en lanzarse de un quinto piso y que otro se encargara de su búsqueda y de Aaron Williams, el molesto director que le respiraba en la nuca. Le había llamado un total de cincuenta veces para preguntar por el Zafiro de Plata, la joya que, de nuevo, le alborotaba la vida. Misma joya, diferentes ladrones.

Pero Howard Beckett no era de los que se rendían, y además los altos cargos lo mantenían en el punto de mira, atentos a cada uno de sus movimientos. Tal vez hubiera perdido una segunda batalla, pero se había asegurado de cerrar la ciudad para convertirla en una bonita jaula de la que nadie podría escapar. Necesitaba darse prisa, pues el tiempo le pisaba los talones.

—Os dejaré solos —murmuró sin importarle haber interrumpido o no—. Vincent, si llegas a recordar algo, cualquier cosa, avísame, ¿de acuerdo? Y hasta que tu doctora diga lo contrario, te quedarás fuera de circulación. Si te veo por comisaría, te quedas sin placa, ¿queda claro? —Lo señaló con el índice—. Seguimos en contacto —dijo refiriéndose a ambos.

No tardó en marcharse de la habitación y Thomas cerró la puerta tras él. Un nuevo silencio, algo incómodo, los inundó.

—Gracias —masculló su padre. Vincent se limitó a observarlo esperando que continuara. Todavía tenían una conversación pendiente—. Sé que por mi culpa estás en una situación complicada y que tu puesto podría peligrar, pero...

—Cuando acabe la tregua, cuando hayas recuperado el Zafiro... No descansaré hasta meterla entre rejas —dictaminó, y la habitación volvió a quedarse muda. Sin embargo, tras esa fachada de policía se escondía el recuerdo de Aurora jugando con él, cuando lo provocó para, segundos más tarde, apretar el gatillo—. Me mantendré al margen y no entorpeceré tu búsqueda, pero una vez que tengas las tres joyas, dejarás que me ocupe de ella.

—No pensaba impedírtelo. Al fin y al cabo, ella es la ladrona más buscada y tú eres un detective. —El destino, sin dejar de maquinar su nuevo encuentro, sonrió ante aquella afirmación—. Le he propuesto un plan para recuperarlo, por cierto. No se ha negado, pero tendremos que estudiarlo antes de dar cualquier paso.

Vincent no pudo evitar agrandar la mirada al darse cuenta de un detalle en el que no había caído hasta ese momento.

—¿Dónde está? —preguntó—. ¡No la habrás traído aquí, ¿no?!

—Me ofendes, hijo; pensaba que me considerabas más inteligente. Aurora está en casa, ¿por qué?

—¿Sola?

—Sí, ¿por qué?

—¿Y tú me lo preguntas? ¡La habrás dejado encerrada, por lo menos! ¿Atada? ¿Piensas que va a quedarse de brazos cruzados sabiendo que está en casa del hombre que ha conseguido localizar el Zafiro de Plata? ¡Una información que ni siquiera has compartido conmigo! ¿Qué te hace pensar que va a estarse quieta? Te recuerdo que es peligrosa y que no se anda con rodeos.

—¿Puedes calmarte? ¿Has estado ahí para ver cómo se comporta? ¿De lo que hemos conversado? Ya sé que tiene un gran historial detrás, no hace falta que me lo jures, pero estamos en el mismo barco, Vincent; compartimos el mismo objetivo.

Él negó incrédulo.

—Ella no es alguien que trabaje en equipo. Te va a utilizar, papá, y te manipulará como se le antoje. No es una persona de fiar por muchos intereses comunes que tengáis. Sigue siendo una delincuente a quien va a importarle una mierda lo que te suceda. A la mínima que bajes la guardia, atacará, y lo peor de todo es que ni siquiera sabrás por dónde te viene el golpe. —Los dos guardaron silencio. Vincent sabía de lo que hablaba, era policía, ya había tratado con criminales de la misma índole; pero también conocía a su padre y le constaba que no daría su brazo a torcer—. No voy a permitir que te ocurra nada, me quedaré contigo en casa. No voy a quitarle el ojo de encima, y como se le ocurra intentar algo, la encerraré en el sótano.

—No creo…

—No quiero discutir, papá. Deja que me ocupe de ella.

—Aurora —murmuró Thomas segundos más tarde—. Tiene nombre, hijo.

—Como si tiene diez. Me da igual. Si por mí fuera, ya estaría en la cárcel y no tendría que estar tratando con ella —hizo énfasis.

¿Por qué iba a ablandarse con una persona que había tratado de quitarle la vida después de haber jugado con él?

—Sobre encerrarla… Ten cuidado, ¿vale? Se vuelve algo violenta con este tema. Creo que tuvo algún problema en el pasado. ¿Tal vez exista alguna fobia relacionada con las ataduras? El caso es que tiene miedo a que le arrebaten la libertad, ya sea atándola, encerrándola o bien cubriéndole los ojos. Tal vez tema ser vulnerable frente a las personas.

El detective pareció pensarlo, pero, cuando se percató de ello, frunció el ceño.

—Ni soy su psicólogo ni tengo ganas de saberlo. Me da igual lo que haya sufrido, eso no significa que pueda hacer lo que le dé la gana. Sabes que, además de robar, probablemente también mate, ¿no? Tendrías que haberla visto pelear; si hubiera sido cualquier otro, le habría destrozado. Esa técnica incluso podría considerarse ilegal.

—Cualquier otro policía no habría sido tan estúpido como para ir a su encuentro sin refuerzos.

Touché.

La sonrisa de Vincent evidenciaba la digna victoria de su padre. No desaprovechaba ninguna oportunidad de dejarlo por los suelos; de hecho, ninguno de los dos lo hacía.

—¿Estás defendiéndola? —atacó—. Solo voy a pedirte que no te ablandes, ¿de acuerdo? No sabes sus intenciones y te advierto una vez más que miente más que habla. No te fíes de nada de lo que te diga.

—Parece como si la conocieras —expuso Thomas.

Vincent tardó en responder.

—Hemos coincidido en un par de ocasiones antes del

robo. Se hizo pasar por otras personas y creí cada una de sus palabras. —Su padre se mostró sorprendido—. No dejes que juegue contigo —acabó por decir, y optó por finalizar aquella conversación—. ¿Podrías preguntar cuándo me darán el alta? Quiero largarme de aquí.

Thomas suspiró y se encaminó hacia el pasillo. Su hijo era igual de mal enfermo que él.

—Hablaré con la doctora.

La doctora Bailey fue clara en su diagnóstico; a Vincent Russell le darían el alta después de tres noches en el hospital, y siempre y cuando no tuviera fiebre. El muchacho, a punto de rozar los treinta, aseguraba que se encontraba todo lo bien que podía estar alguien después de recibir un tiro, y si por él fuera habría pedido el alta voluntaria en ese mismo momento. Pero la cirujana no quería arriesgarse a que la herida se infectara y había sido tajante, por lo que el detective esperó hasta que su padre volvió a ir para recogerlo.

Antes de marcharse, Thomas le había comentado a la ladrona que su hijo había decidido quedarse una temporada. Su respuesta fue fría, rozando la indiferencia. Pensó que se molestaría o respondería con algún comentario burlesco, pero su rostro no mostró ningún tipo de expresión y se limitó a encogerse de hombros.

Intentó averiguar la razón de aquella impasibilidad.

—Si piensas que no vas a estar cómoda o lo que sea... Podría convencerlo de que se quede en su apartamento. Lo que no quiero es que haya discusiones y miradas asesinas de por medio.

—No tendría por qué haberlas, estamos en tregua, ¿no? Además, es tu hijo —respondió con obviedad—. No te preocupes por mí, mantendremos las distancias.

Thomas quería pensar que sí; al fin y al cabo, eran dos personas adultas y, en teoría, maduras, que no deberían tener problemas en mantener una conversación banal. Sin embargo, Thomas había pasado por alto que esas dos personas tenían el mismo carácter dominante. ¿Cuánto tardaría en explotar la primera bomba? El destino, con lápiz y papel en la mano, abrió las apuestas.

Después de que Vincent hubiera recogido una pequeña maleta en su casa, el trayecto hasta la de su padre transcurrió en silencio. La herida del abdomen todavía le molestaba y estaba algo irritable, pero lo que acabó por sorprenderle cuando abrió la puerta principal fue encontrarse con un pequeño gato negro como la noche misma. Ahí, dejando ver su collar de diamantes, estirado sobre la alfombra del recibidor, como si hubiese presentido su llegada.

Transmitía poder, elegancia, desinterés… Lo mismo que su dueña, que siquiera tuvo la decencia de acercarse a saludarlos.

23

Cualquier individuo sobre la faz de la tierra habría reconocido que se estaba viviendo un silencio incómodo. Se podían apreciar, colgando del techo, los hilos invisibles que tensaban cualquier movimiento del cuerpo. Los mismos que desde hacía diez minutos Thomas Russell contemplaba en su propio comedor.

Intentó empezar una conversación banal sobre el tiempo; sin embargo, a ninguna de las dos personas sentadas a su lado le pareció interesante. Incluso pensó en mencionar el postre que tenía en la nevera, pero desechó la idea al observar cómo el detective y la ladrona evitaban cruzar la mirada. Se preguntó si todas las comidas irían a ser así y, cuando quiso aprovechar un último intento, Sira saltó sobre la mesa y captó la atención de los tres.

—Parece que a alguien se le ha olvidado enseñarle modales —murmuró Vincent sin dejar de mirar el plato. Seguía moviendo el puré de patatas de un lado a otro.

Lo peor que se podía hacer ante un silencio incómodo era añadir más leña al fuego con comentarios grotescos.

Como era de esperar, Aurora contestó.

—Y lo dice quien no ha dejado de jugar con la comida. ¿Papi tiene que hacerte el avioncito para que comas? —Su tono de voz fue ofensivo, buscaba molestarlo, pero solo consiguió que se riera. Aurora frunció el ceño ante aquella reacción—. Alguien se ha quedado sin argumentos, por lo que veo. Sira, abajo, vamos —ordenó mirándola. La felina trató de resistirse, pero al observar el enojo que emanaba de sus ojos, dio un salto para alejarse del campo de minas.

Se vaticinaba un nuevo silencio, pero Vincent lo cortó y su padre, con las manos juntas sobre la mesa, se limitó a inspirar hondo.

—¿Te molesta que me ría? —preguntó mientras se inclinaba contra el respaldo de la silla. Quería provocarla. Ni siquiera sabía por qué, pero quería hacerlo.

—Vincent, hijo… —Thomas trató de frenar la discusión que estaba a punto de comenzar.

—No sabía que tenía prohibido reírme en mi propia casa. Es irónico, teniendo en cuenta que se trata de una simple invitada que no es bienvenida, por cierto.

Sonrió y dejó el tenedor en el plato. Sus miradas volvieron a encontrarse y Aurora no pudo resistir la tentación de adentrarse en aquel color miel. Apretó la mandíbula.

—Según tengo entendido, tú ya no vives aquí —respondió—. Y si no hubiera sido bienvenida, como dices, tu padre no me habría permitido quedarme en su casa. Quieres provocarme, ¿crees que no lo veo? Adelante. Vas a perder el tiempo y se te olvida que yo también sé contestar.

El detective esbozó una mueca: una débil inclinación de las comisuras que significó su pronta derrota. No supo qué contestar, ¿qué podía decirle? No obstante, su padre le lanzó un salvavidas.

—¿Podemos tener la fiesta en paz, por favor? —intervino Thomas—. Parecéis niños de diez años peleando por la última piruleta. Tú cumples treinta en unos meses, y tú… —Desvió la cabeza hacia Aurora y se dio cuenta de que no sabía su edad.

Ni siquiera supo si preguntarle o no, pero la muchacha se le adelantó.

—Veinticuatro —murmuró centrando de nuevo la atención en el plato—. No me gusta discutir por tonterías —confesó, y le regaló una última mirada a su oponente—. Pero no vuelvas a provocarme con Sira. Me da igual que no te gusten los gatos, no quiero que te dirijas a ella.

—Nunca he dicho que no me gusten —respondió él, y no pudo evitar observarla mientras la veía remover el puré, justo como él había hecho. Contempló sus manos bajo las mangas de la sudadera, casi escondidas. También se fijó en la trenza que le caía por el lado derecho, en los mechones cortos que se habían escapado y que le conferían ese aire despreocupado—. No era mi intención utilizarla para enfadarte, lo siento —murmuró sin retirar los ojos.

Si quería ganarse su confianza, si quería que bajara la guardia, debía portarse bien, aunque no formara parte de su naturaleza.

—¿Cuánto hace que la tienes contigo? —preguntó Thomas satisfecho con aquella disculpa—. Me he fijado en su collar de diamantes. Son reales, ¿verdad?

—¿Por qué iba a ponérselos falsos? —respondió la joven—. La tengo desde que era muy pequeña. La encontré en la calle hace casi dos años, al lado de un contenedor, maullando apenas y con varias heridas. Desnutrida, sedienta y con una infección en el oído. Estuvo varias semanas recuperándose, pero lo consiguió y, cuando estuvo bien, le di ese collar. He ido agrandándolo y poniéndole más diamantes a medida que crecía.

Thomas desvió la mirada hacia la felina, que ya se había adueñado del sofá, y la miró con cierta ternura.

—Me alegra que le hayas dado un hogar.

El detective, sin embargo, permaneció en silencio, aunque atento a la historia que acababa de contar, y se preguntó si no la habría espolvoreado con una dosis de tristeza para ablandar el corazón de su padre. Ya no podía creerla, tampoco quería. ¿Quién podía juzgarlo? Su primer encuentro se había basado en una mentira; el segundo, cuando protagonizaron aquel baile que se robó decenas de miradas, también. A pesar de que hubiera firmado una tregua, ya no era capaz de fiarse de ella.

De repente, como si alguien hubiera chasqueado los dedos delante de él, despertó de la ensoñación y se percató de que se había quedado mirándola con fijeza. Apartó los ojos al instante mientras se acomodaba en la silla disimulando. Esperaba que ninguna de las dos personas sentadas a la mesa, sobre todo ella, se hubiera percatado de ese detalle.

Por un momento, el detective se preguntó si su belleza lo había embaucado. Se mordió el interior de la mejilla y lo descartó. No solo se trataba de eso, que sin duda desempeñaba un papel importante, sino de toda ella: del susurro de su voz armoniosa, de la agilidad en sus gestos, de la expresión de su mirada almendrada, además de aquel color verde hipnotizante.

A esa mujer le gustaba tener el control y que su contrincante supiera que estaba en desventaja. La ladrona sabía utilizar sus atributos a su conveniencia, pero la protagonista acababa siendo la inteligencia. Bastaba con observarla mantener una conversación con otra persona, su padre, en este caso, para percatarse de ello. Cómo conseguía llevarlo a su terreno, a la telaraña que acababa de construir para él.

Lo que más le asombró fue contemplar la sutileza con la que había envuelto sus oscuras intenciones. A su lado debía ser aún más cauto; no caería en sus redes de nuevo.

—¿Cuál es el plan? —preguntó el detective mientras apoyaba los brazos sobre la mesa—. Se supone que tenemos un objetivo común, ¿no? Recuperar el Zafiro de Plata.

¿Se puede saber quién lo tiene y cómo has dejado que te lo quiten?

Thomas frunció levemente el ceño ante el reclamo en su tono de voz.

—Acabas de interrumpirme —puntualizó—. ¿Cuántas veces tengo que decirte que no me gusta que me interrumpan?

Aurora contempló la escena en silencio y por un momento se sintió satisfecha de que su padre lo estuviera regañando como a un niño pequeño. Incluso elevó una de las comisuras, gesto que al detective no se le escapó.

—Pensaba que la conversación sobre los animales ya había acabado. Además, me parece que tenemos algo mucho más importante entre manos, aunque, vosotros mismos; podemos seguir perdiendo el tiempo.

—¿Se puede saber qué mosca te ha picado? —preguntó sin esperar a que respondiera—. Vigila el tono, porque, si quieres seguir siendo un imbécil, la puerta está abierta. —Vincent se giró hacia él algo molesto—. Es cierto que tenemos que recuperar el Zafiro, pero no creo que sea necesario emplear ese tono, ¿queda claro?

Vincent endureció la mandíbula. Lo peor era que sabía que acababa de ser muy desagradable.

—No he querido interrumpirte —murmuró a modo de disculpa. Y su padre, aunque no estaba del todo satisfecho, asintió. El detective volvió a dirigir la mirada hacia la mujer sentada frente a él y confirmó que lo había disfrutado—. ¿Qué pasó después de que me dejaras desangrándome en el suelo?

Thomas le regaló otra mirada, pero se mantuvo en silencio al ver que Aurora tenía intención de responder.

—¿Te acuerdas de Dmitrii Smirnov? —preguntó, aunque sabía que el detective lo recordaba a la perfección—. Un miembro de mi equipo se ha aliado con él y me tendieron una emboscada en el punto de encuentro. Los hombres de Smirnov me acorralaron, seis contra uno, ¿qué te parece? Al final, ella me disparó en la pierna y se fue después de arrancarme la joya del cuello.

—Podría haberte matado... —murmuró Thomas cruzándose de brazos—. Lo que no entiendo es por qué te han dejado viva; es decir..., saben que ahora irás tras ellos. ¿Por qué dejar viva esa amenaza cuando podrían tener vía libre para ir a por la siguiente piedra?

—Porque esto es lo que quiere en su mente retorcida —contestó—. Como si se tratara de una competición para ver cuál de las dos es mejor. Está esperando a que yo vaya, a que haga el primer movimiento.

—¿Quién? —La voz de Vincent se dejó oír por toda la habitación; sin embargo, la ladrona no tardó en descubrir sus intenciones.

—¿Crees que voy a delatar a las personas que trabajan conmigo? ¿Que permitiré que utilices esta información para perjudicarme en el futuro? No voy a contarte mi vida, tampoco mis relaciones personales. Hemos firmado una tregua, pero eso no quiere decir que dejemos de ser enemigos. Lo único que voy a decir es que esta persona se llama Nina y que llegué a considerarla mi hermana; por eso me pilló por sorpresa, porque nunca hubiera esperado una traición de su parte.

En aquel instante el detective intuyó que sería muy difícil extraer cualquier información, aunque no imposible. La ladrona era astuta, meticulosa y no parecía que se dejara engañar.

—Si me limitas de esta manera, ¿cómo quieres que te ayude?

—¿Y cómo piensas hacerlo exactamente? Porque no te he pedido nada.

—Te olvidas de que soy policía, ¿verdad? Podría entrar

en la base de datos o reclamar los veinte favores que me deben y así conseguir lo que necesitemos. ¿Pretendes hacerlo a tu manera? Porque déjame decirte...

—No es que lo pretenda, es que vamos a hacerlo a mi manera —lo interrumpió de mala gana—. Esto no es ninguna operación de rescate. Me acaban de declarar la guerra y voy a responder como crea conveniente.

—Niños... —regañó Thomas alternando la mirada del uno al otro—. No creo...

Pero ambos lo ignoraron, ni siquiera fueron capaces de escuchar sus ruegos para que redujeran el tono de voz. Aurora no iba a ceder y en los planes del detective, que tenía los brazos cruzados, no entraba bajar la cabeza y asentir cual súbdito hacia su alteza real, la princesa de la muerte.

—¿Siempre eres así? —preguntó Vincent—. ¿Tan... prepotente? Tal vez por eso te han traicionado, ¿no lo has pensado? Si tienes un equipo, compañeros en los que debes confiar, esperarán recibir un trato correcto, cordial, no el de una tirana. No puedes pretender que las cosas se hagan siempre a tu manera.

—¿Has acabado? —respondió con la cabeza sutilmente inclinada al sentir una leve molestia. Aunque intentó esconderlo, no pudo evitar que su rostro reflejara lo que su corazón siempre callaba—. Es la tercera conversación que mantenemos, aunque ni siquiera contaría las dos primeras... ¿Piensas que ya puedes juzgarme y sacar conclusiones? ¿Acaso me has visto interactuar con mi equipo? No me conoces, *amore* —pronunció en un melódico italiano, sorprendiendo al detective, aunque cargado de una ironía con la que pretendía burlarse de él—. Y tampoco creo que te tomes la molestia de hacerlo, porque ya tienes una opinión preconcebida de mí, que dudo mucho que cambie.

—¿Te molesta que la tenga?

Aurora elevó las cejas sorprendida.

—¿Piensas que tu opinión llegará a molestarme alguna vez? Lo que me desconcierta, viniendo de un detective, es que seas tan rápido haciendo juicios de valor. ¿Lo haces siempre? —preguntó acompañándolo de un gesto que buscaba enfadarlo—. ¡Quién lo hubiera pensado!

—Habló la ciudadana ejemplar, la que nunca ha roto un plato —contestó en el mismo tono—. ¿Que voy prejuzgando a todo el que se me cruza? Es que ni siquiera lo he hecho contigo. Es evidente; no dejas que nadie opine porque solo confías en ti, porque te gusta mandar y abusar del poder que crees que tienes. ¿No se comporta así una tirana? Esa es la impresión que das. Sin olvidarnos de tu versión malvada, la que lleva años enfrentándose a la policía. Se me hace difícil tratar con gente así, como comprenderás.

—Entonces ¿qué haces aquí?

—No pienso dejarte a solas con mi padre. Nunca voy a confiar en ti, y si he firmado esta tregua ha sido solo por él. Tendrías que agradecerme que no te haya entregado a Howard, porque ahora estarías pudriéndote en la cárcel.

Los ojos se le oscurecieron, aunque la expresión de su rostro se mantenía indiferente. No era ninguna novedad; su sinceridad no la alteró. Tampoco tenía por qué, pues había llegado a un acuerdo con Thomas Russell, no con él.

—Suficiente —dictaminó Thomas, y se levantó de la mesa para recoger los platos—. Vamos a tomarnos un respiro, ¿de acuerdo? En espacios separados, a poder ser; creo que os vendrá bien no veros durante unas horas.

—Por mí no tienes de qué preocuparte —empezó a decir su hijo—. Yo estoy bien.

—Lo mismo digo —añadió Aurora.

El hombre de la casa ni siquiera supo qué decir. Perfectamente podría haber sido la discusión de un matrimonio consolidado. Sin embargo, negó casi sonriendo al pensar que aquello nunca iba a suceder.

—Buscad algo con lo que entreteneros, por favor os lo pido. No quiero más discusiones.

—No creo que haya sido una discusión, sino un intercambio de opiniones —replicó la joven.

—Aurora, basta —contestó con tono suplicante—. Tengo que irme al museo, solo allí podré trabajar en la falsificación de la joya. ¿Puedo irme tranquilo? No quisiera ver la casa en llamas a mi regreso.

—Descuida, papá —sonrió Vincent.

Sin embargo; aquella sonrisa, lejos de tranquilizarlo, lo inquietó todavía más.

Cada uno se encerró en su habitación, sin intención de salir, mientras un silencio mitigante los envolvía. Ninguno quería encontrarse con el otro, tampoco deseaban iniciar otra acalorada discusión, y mucho menos tentar al impulso que ambos habían decidido adormecer.

Tras varias horas, la ladrona, poco acostumbrada a estar quieta, no pudo resistirse a abandonar la habitación y buscar algo con lo que entretenerse. Sira la siguió por detrás hasta que llegaron al salón, donde vio decenas de libros acomodados en el mueble del televisor. Decidió buscar alguno de su interés y, cuando lo encontró, se permitió adentrarse en aquel mundo ficticio que tanto disfrutaba leer.

Se sumergió en sus páginas de tal manera que ni siquiera se percató de la llegada del atardecer, tampoco de la cálida gama de colores que inundaron el espacio abrazándola. Y mucho menos de que el detective, harto también del encierro, se había aventurado de igual manera hacia la bonita cocina abierta a la cual solo se accedía desde el salón.

Su presencia advirtió a la princesa, que se encontraba acurrucada en el sofá, pero ella ni siquiera se molestó en levantar la mirada. En cambio, Vincent la contempló desde la distancia mientras se llevaba el vaso de agua a los labios. Su interés por la lectura le llamó la atención, tanto que se atrevió a preguntar arriesgándose a recibir una respuesta malsonante por haber interrumpido su concentración.

—¿Qué lees? —murmuró mientras se apoyaba contra el borde de la encimera, cruzado de brazos.

—Un libro —respondió la ladrona sin despegar la mirada del texto. Incluso dejó escapar un sonoro respiro para que se diera cuenta de su molestia.

—Qué interesante.

Aurora se mantuvo en silencio, esperando que se fuera, pero notó que su figura se acercaba hasta sentarse en el sillón. El detective ignoró la leve queja que se le escapó cuando él trató de acomodarse. A la que no se le escapó fue a Sira.

Vincent volvió a llevarse el vaso a los labios sin dejar de contemplarla. Siguió haciéndolo durante los siguientes minutos sabiendo que, tarde o temprano, ella levantaría la cabeza.

—¿No tienes nada mejor que hacer? —inquirió Aurora sin regalarle una sola mirada.

—Curiosamente, no.

—Deja de mirarme.

—¿Cómo sabes que te miro si sigues con la nariz metida entre las páginas de ese libro que aún no me has dicho cuál es?

La joven esbozó una mueca, el espejismo de una sonrisa, y alzó la cabeza dejando que sus miradas, que no se dejaban amedrentar, se encontraran.

—¿Te gustan los libros sobre las pulsiones humanas? —preguntó ella, y observó una diminuta sorpresa en su rostro.

—No.

—Entonces ¿para qué quieres saber lo que estoy leyendo?

—No te hacía alguien interesado en las dificultades del ser.

—Por lo tanto, según tú, ¿cada uno tenemos que cumplir unas características específicas? Además, lo dices como si fuera algo malo. —Alzó ambas cejas y cerró el libro sin perder la página—. ¿Prejuzgando de nuevo, detective Russell? Hágaselo mirar, le vendrá bien.

—Y a ti te vendría bien asimilar un poco de la moralidad sobre la que lees —respondió sin resistirse. No podía quedarse callado a cada nueva provocación que salía de su boca.

Sin embargo, la que no tenía intención de responder era Aurora. Se había cansado de aquella conversación sin sentido que solo iba a molestarla. Desconcertando a Vincent y rompiendo el contacto visual, se levantó del sofá. Evitó hacer movimientos bruscos y empezó a caminar hacia las escaleras mientras ignoraba la mirada que había empezado a perseguirla.

—Creo que en la comida dijiste que no sueles quedarte callada. ¿Mi comentario te ha incomodado? —preguntó levantándose también para subir tras ella. Ni siquiera sabía por qué mantenía aquella actitud tan pedante. Podría haberse llevado el vaso con agua a su habitación y haber seguido con su cautiverio hasta que su padre hubiera llegado—. ¿Sabías que ignorar a la gente es de mala educación? Te he hecho una pregunta, Aurora.

La joven se detuvo al oír cómo había acariciado cada letra de su nombre; despacio, con un tono de voz algo grave, que la descolocó. Se detuvo en lo alto de las escaleras, sin girarse, hasta que sus miradas volvieron a encontrarse. Vincent se mantenía un par de escalones más abajo, con la mano descansando cerca de la de ella, en la barandilla, y notó una pequeña corriente eléctrica que lo impulsó a acercarse un poco más.

Pero no lo hizo.

Y sus ojos no dejaron de contemplarla mientras recordaba su primer encuentro y se imaginaba por un instante cómo sería saborear sus labios, dejar que su lengua se envolviera con la suya para reclamar su dominio.

Sin embargo, aquella fantasía se vio opacada cuando la respuesta de la mujer se asomó con firmeza y destruyó cualquier pensamiento.

—Me dan igual tus comentarios —empezó a decir casi en un susurro—. Lo que me molesta es tu presencia, que te creas con derecho a interrumpirme para hacerme preguntas absurdas e innecesarias.

El detective frunció el ceño ante sus palabras.

—¿Y sabes lo que me molesta a mí, con independencia de lo mentirosa, manipuladora y cruel que eres? —Hizo una breve pausa y aspiró por la nariz—. Que nos hayamos conocido antes de que robaras la joya. Me molesta porque ahora podría haberte ignorado, pero mírame —murmuró, y elevó sutilmente la barbilla para evidenciar la diferencia de altura—. Te odio por eso, porque tú sabías quién era y, aun así, disfrutaste bailando conmigo, diciéndome que habías soñado... ¿Qué pretendías conseguir con eso? ¿Eh?

La joven no contestó de inmediato, se limitó a observar sus facciones endurecidas, el fastidio que se había instalado en su mirada...

—¿Por qué has dejado que te afecte? —dijo en un hilo de voz—. Si tanto me odias, hazlo. Ódiame, ignórame; no es mi problema, pero deberías controlar tus sentimientos y no culparme por algo que no depende de mí. ¿Quieres follar? ¿Eso es lo que quieres? ¿Calmar tus ganas? Muy bien, pero no esperes que me arrodille ante ti y te suplique clemencia.

Aquel había sido el punto final de un discurso que había pronunciado la máscara de Aurora, la que la protegía y no dejaba espacio para los sentimientos.

La joven se dirigió a su habitación, cerró la puerta después de que Sira hubiera entrado y dejó a Vincent en las escaleras, todavía sorprendido ante la frialdad con la que había contestado.

A partir de aquel instante, el detective empezó a conocerla.

24

El detective y la ladrona no habían vuelto a cruzar palabra desde su encuentro en las escaleras.

Las miradas, además, se limitaban a las imprescindibles para mantener el trato cordial que le habían prometido a Thomas: saludarse por las mañanas y pedir la sal durante las comidas.

Ninguno de los dos quería adentrarse en otra conversación catastrófica, tampoco compartir el mismo espacio más de cinco minutos, y mucho menos acercarse al otro. Vincent hacía justo lo que ella le había pedido: ignorarla. Aurora, por otro lado, tampoco se quedaba atrás y lo evitaba sin mucha dificultad, pues se había concentrado en el único objetivo que la mantenía despierta: encontrar a Nina.

—¿Todavía nada? Llevamos días buscándola —preguntó con el móvil pegado a la oreja. Había decidido llamar a Giovanni después de haber pasado horas delante de la pantalla—. Nadie desaparece así como así.

—Estamos hablando de mi sobrina —respondió el *capo*, y Aurora se lo pudo imaginar con un puro en la mano mientras se apoyaba en el asiento de cuero—. Ha pertenecido a la organización durante mucho tiempo; sabe cómo esconderse. Y, si tiene a Smirnov como aliado, dispondrá de todos los recursos necesarios para pasar inadvertida. Tarde o temprano, la encontraremos. Seguro que hace algún movimiento, solo es cuestión de tener paciencia.

—¿Paciencia? ¿Ese es el gran plan?

—Aurora. —La nombró con un tono que podría haber dejado petrificado a cualquiera—. No quiero iniciar una discusión. ¿O prefieres que conversemos sobre tu paradero, teniendo en cuenta que has desobedecido una orden directa?

La ladrona se había visto obligada a contarle dónde se refugiaba, aunque hubiera omitido un detalle importante: bajo el mismo techo también se encontraba el detective al que Giovanni le había ordenado que no volviera a acercarse.

—Es el sitio más seguro y hemos llegado a un trato.

—Es el padre de un policía, mejor amigo de otro que es inspector, cabe destacar. No es un sitio precisamente seguro.

—Sé lo que hago, ¿de acuerdo? Además, estábamos hablando de Nina. ¿Qué piensas hacer cuando la encontremos?

El italiano dejó escapar un suspiro cansado. Intentaba evitar esa pregunta, pues seguía sin conocer la respuesta. Por más que la traición se pagara con sangre, Nina seguía siendo su sobrina, la hija de su hermana fallecida. No podía ignorar ese lazo familiar. Lo que a esa niña le hacía falta era un buen escarmiento y un castigo ejemplar.

Encontrémoola primero, ¿de acuerdo?

—¿Por qué sigues dándome largas?

—Porque puedo —se limitó a decir—. Tienes derecho a estar enfadada con ella, pero debes entender que Nina sigue perteneciendo a la familia. No puedo obviarlo. Por el momento, no tengo una respuesta clara para darte; por eso, ya veré qué hacer con mi sobrina cuando la encontremos.

Aurora se mordió el labio inferior para aplacar la contestación que iba a darle. «Es mi sobrina», como si no lo supiera. «Pertenece a la familia», siguió repitiendo en su mente. La ladrona era consciente de aquello, las dos habían crecido como hermanas, pero lo que Giovanni parecía ignorar era que, en realidad, ellas dos no compartían ningún lazo de sangre y su deseo de venganza no había hecho más que aumentar.

—Es a mí a quien tu sobrina ha traicionado —declaró tratando de que no se apreciara su enfado.

—Nos ha traicionado a todos, *principessa*... A la organización entera, no solo a ti.

—Pues he sido yo quien ha recibido el disparo —le recordó harta de seguir repitiéndolo—. ¿Dónde estabas tú en ese momento? ¿Dónde estaba la organización? Es conmigo con quien se ha enfrentado, y lo peor de todo es que Romeo y Stefan han tenido la poca decencia de irse con ella. Estoy sola, Giovanni, sola y atrapada, con la policía intentando darme caza, cuando ahora podría estar en Italia. Me da igual que sea tu sobrina.

Giovanni no contestó, ni siquiera sabía qué decir para calmar la tormenta de fuego en la que Aurora se había adentrado.

—Lo solucionaremos, ¿de acuerdo? No pienso dejarla impune, pero tampoco voy a hacer que lo pague con sangre.

—¿Y si no hubiera sido Nina, sino otra persona? ¿También te lo habrías replanteado? Porque, conociéndote, le habrías cortado las manos solo por haberme tocado. ¿Ese es el ejemplo que quieres dar? ¿Con unos sí, pero que los demás se atengan a las consecuencias? Conmigo no dudaste, ordenaste que me lanzaran al pozo y te dio igual que aquello me afectara o no. Lo más importante era darme una lección delante de todos para que vieran que conmigo también tenías mano dura.

—¿La planto delante de toda la organización para cortarle las manos? ¿Eso es lo que me sugieres que haga? —pronunció con cierto fastidio, harto de que la conversación no cesara.

—Sí. Eso es lo que haría un buen líder: castigar a todos por igual, sin excepciones. Si no, ¿cómo quieres que el miedo y el respeto prevalezcan?

—¿Me vas a decir cómo hacer mi trabajo?

—Giovanni —pronunció la ladrona frenando el deseo de colocar una pierna encima de la otra—. Llevo poco más de cinco años dirigiendo a tus hombres. ¿Te crees que me he ganado su respeto porque tú se lo hayas ordenado? He tenido que imponerme y demostrarles mi fuerza, hacerles ver que quien desacatara alguna de mis órdenes tendría problemas. Todos por igual, sin diferencia —declaró—. Tú no me has regalado nada, he tenido que ganármelo. Y eso es lo que deberías haber hecho con Nina: enseñarle un poco de disciplina para que entendiera que toda acción tiene su consecuencia.

De nuevo, otro silencio inundó la llamada telefónica y el *capo* supo que aquel había sido el punto final que no podía rebatir, pues Aurora tenía razón. Se mantuvo en silencio unos segundos, más de los que le habría gustado, y dejó que una respiración lenta lo calmara.

—Levanté esta organización antes de que tú hubieras nacido, *principessa*, y nadie se ha atrevido a cuestionarme. Jamás. Lo que ha hecho Nina es imperdonable y tienes razón, la traición se paga con sangre —respondió con el objetivo de finalizar ya aquella discusión—, pero, al tratarse de mi sobrina, seré yo quien decida su castigo. Nadie más. Porque no solo te ha puesto en peligro a ti, sino a todos nosotros, y no pienso permitir que esto quede así. A veces, la muerte se convierte en un regalo. Tú deberías saberlo mejor que nadie. —Hizo una breve pausa creyendo que iba a contestar, pero la ladrona se mantuvo en silencio—. Tengo que colgar, estamos en contacto, ¿de acuerdo? Tarde o temprano la encontraremos y, con ella, a Smirnov.

—Cuídate, Giovanni —susurró ella asintiendo.

El *capo* cortó la llamada y dejó a la joven ladrona aún con el teléfono en la mano. Tras un suspiro sonoro, lo bloqueó y desvió los ojos hacia Sira, que se había acurrucado en la cama. Por un instante, un silencio inusual se asentó en su habitación. «Demasiada tranquilidad», pensó. La misma que le proporcionaba la soledad.

Sabía que Thomas se había marchado por la mañana, después del desayuno, pero ¿y Vincent? ¿También se había ido? Decidió comprobarlo, por lo que salió hacia el pasillo para encaminarse escaleras abajo, tanteando aquel silencio que había decidido acompañarla. No era capaz de distinguir ningún sonido, ni siquiera cuando pegó la cabeza a la puerta de su habitación. Nada.

Lo que encontró, minutos más tarde, fue una nota que él mismo había dejado en la cocina, en la barra del desayuno. Un pequeño trozo de papel arrugado y escrito a mano.

Volveré más tarde. Pórtate bien y no me esperes para comer.

Vincent

Leyó ese mensaje tres veces más y no pudo evitar detenerse ante aquellas dos palabras: «Pórtate bien». Como si fuera una niña a la que tuvieran que mantener vigilada. Arrugó el papel para después tirarlo a la basura y apoyó la cadera contra el borde de la mesa mientras contemplaba su entorno. La habían dejado sola, libre para deambular por esa casa e investigarla a fondo; no iba a desaprovechar la oportunidad de encontrar cualquier cosa que la pusiera un paso por delante, y no le importaban las consecuencias.

Los Russell no se fiaban de ella, y era recíproco, sobre

todo con ese detective que estaba ansiando atraparla y meterla entre rejas.

Empezó por la sala de estar. Ni siquiera sabía lo que buscaba, pero no quería perder la esperanza de encontrar algo, lo que fuera. Se dirigió hacia la segunda planta, la de las habitaciones. Tal vez en la de Thomas… No obstante, no encontró nada. Inspeccionó todos los rincones que se le ocurrieron, incluso tanteó el suelo de madera, pero la estancia se encontraba extremadamente limpia.

Se detuvo delante de la puerta de Vincent y acarició el pomo, aunque no entró al instante porque le asaltó una duda. Él era policía, una persona que se fijaba en el más pequeño detalle, que olfateaba las pistas. Si descubría que había estado en su habitación, tendría problemas. Pero Aurora tenía manos de seda, ágiles y delicadas, que eran capaces de burlarse hasta del ojo más experimentado.

Entró sin muchas expectativas, contemplando la habitación que una vez había sido de él, del adolescente. Una estancia casi a oscuras debido a las cortinas, que no dejaban pasar la luz. Sin tocarlas, por miedo a no colocarlas como estaban, siguió curioseando por el espacio.

Contempló la cama en un rincón, perfectamente hecha, y los dos pósteres en la pared. La mesa con el portátil encima; como era de esperar, al levantar la pantalla comprobó que estaba bloqueado. Volvió a bajarla mientras paseaba la mirada por la estantería: varias novelas negras, algún que otro ensayo y más libros que no reconoció.

Ignorando la leve molestia en la pierna, siguió el mismo procedimiento que en la habitación de su padre. Tampoco encontró nada de su interés o que hubiera estado relacionado con el Zafiro de Plata. Entonces se planteó la posibilidad de que, si la habían dejado sola en esa casa, tal vez fuera porque no había nada que ocultar. Una casa vacía y aburrida en la que los Russell no tenían nada que temer.

Cerró la habitación de Vincent y dejó escapar un suspiro algo decepcionada. Sin embargo, observó la última puerta del pasillo: «La habitación de la pequeña cirujana», pensó pasándose la lengua por el colmillo. Existía una escasa probabilidad de que esa habitación tuviera algo interesante. Si no había encontrado nada en la de Thomas, dudaba que la de Layla fuera a sacarle una sonrisa, aunque tampoco perdía nada si le dedicaba unos minutos.

Se aproximó hasta la puerta y, cuando quiso girar el pomo para entrar, no pudo.

Estaba cerrada.

Sin embargo, aquello no impidió que Aurora le brillaran los ojos en señal de triunfo. Acababa de encontrar un juguete con el que entretenerse, una cerradura que la separaba de lo que pudiera encontrar en el interior de aquella habitación prohibida. Lo único que necesitaba era un par de horquillas, tal vez unos clips, algo fino y alargado que le sirviera para abrir la puerta. Pero antes de que pudiera hacer algún movimiento, un sonido que provenía de abajo la alertó y no tuvo más remedio que abortar la misión.

Era Vincent.

Aurora no quería que la pillara cerca de esa puerta, y menos deseaba tener que contestar a sus preguntas, así que, volviendo a ignorar el leve dolor de un nuevo pinchazo en el muslo, se apresuró a recorrer todo el pasillo sin esperar que aquello hiciera que se tropezara en el primer escalón y rodara escaleras abajo.

Ni siquiera le dio tiempo de reaccionar, tampoco de frenar la caída. Lo único que pudo hacer fue protegerse la cabeza mientras no dejaba de oír los gritos del detective, que había presenciado toda la escena.

No tardó en agacharse junto a ella y alzarle la cabeza mientras la preocupación lo invadía.

—Joder, ¿estás bien? ¿Quieres matarte? —murmuró, y la ladrona pudo notar el enfado que había teñido su voz—. Estás sangrando… ¿Qué pretendías? ¿Correr antes de caminar?

—Si vas a empezar con tus burlas, ya puedes irte. No necesito tu ayuda.

—Cállate —se limitó a decir pasándole un brazo por debajo de las rodillas con la intención de levantarla—. En vez de quejarte tanto, deberías dejar de ser tan testaruda. Te han dicho que nada de esfuerzos o movimientos bruscos.

—No… No lo hagas —le pidió, tratando de ignorar la cercanía de su rostro—. Puedo caminar, no necesito que me ayudes.

Vincent frunció el ceño y la soltó a regañadientes. No soportaba esa actitud. ¿Por qué no dejaba que la ayudara cuando estaba claro que lo necesitaba?

—No voy a hacerte daño. ¿Por qué…?

—Si lo hubieras intentado, ahora tendrías el hombro dislocado —aseguró interrumpiéndolo—. No es eso, es… —Su mirada viajó hacia su abdomen—. ¿A ti no te han dado las mismas indicaciones? —preguntó con cierta dificultad e intentando no emitir ningún quejido. Observó que parpadeaba algo confuso—. Te han operado y te han dado puntos, ¿cómo pretendías levantarme? ¿Quieres acabar de nuevo en el hospital?

Por un instante el detective se había olvidado de su herida y, sin decir una palabra, volvió a acercarse a ella para ayudarla. Rodeó con el brazo la cintura de Aurora para asegurarse de que no volviera a caerse y la guio hasta el sofá mientras oía que trataba de esconder el dolor.

—Me parece curioso que te preocupes, teniendo en cuenta que has sido tú quien me ha disparado. ¿Esta es tu manera de disculparte? —preguntó en un tono que procuró que sonara tranquilo. No quería que surgiera una nueva discusión—. Porque he de decirte que ha funcionado. Disculpas aceptadas.

—Llevamos dos días ignorándonos —respondió después de que Vincent la hubiera soltado. Sus miradas se unieron de nuevo cuando ella alzó la cabeza—. ¿Ahora quieres hacer las paces?

Él no quería hacer las paces. En realidad, antes de presenciar su caída ni siquiera había entrado en sus planes acercarse a ella, tampoco iniciar una conversación, pero al verla en el suelo suplicando una ayuda silenciosa no pudo ignorarla.

—Lo que quiero ahora es curarte. —No tardó en agacharse junto a ella; de hecho, se arrodilló ante la princesa de la muerte provocando que desapareciera la lejanía que los separaba. La joven se tensó al percibir que una de sus manos se acercaba de manera peligrosa—. Déjame ver la herida, por favor. Tengo que saber si llamar a mi hermana o no.

Pero Aurora no iba a ceder con tanta facilidad. No quería deberle otro favor.

—Tienes tres segundos para quitarme las manos de encima. No quiero que me ayudes, ¿me oyes? Llevo toda la vida arreglándomelas sola para tener que depender ahora de alguien. No te necesito —repitió, y bajó la mirada un segundo hacia la mano que le había colocado sobre el muslo.

Vincent la quitó, retrocedió un paso y dejó que esa respuesta se materializara entre ellos.

—Me necesitas más de lo que crees, Aurora. Está bien pedir ayuda de vez en cuando, mostrarse vulnerable. —Quería ayudarla, solo pretendía que confiara en él. Trataba de ganarse su confianza—. Iré a por el botiquín y me dejarás ver tu metedura de pata, nunca mejor dicho.

Para cuando Aurora quiso lanzarle un cojín por haberse

burlado otra vez de ella, el detective ya se encontraba escaleras arriba, en dirección al cuarto de baño.

—Imbécil.

—Botiquín y un poco de jabón; anotado.

La joven puso los ojos en blanco mientras murmuraba otra sutil maldición sabiendo que ya no podría oírla. Mientras tanto, observó la pequeña mancha de sangre de su pantalón y decidió liberar solo la pierna izquierda para poder curarse y cerrar la herida. La extendió despacio y deseó que no fuera nada grave. Se mordió la lengua cuando quiso quitarse la venda, ya bañada en el líquido rojo; sin embargo, la voz de Vincent la interrumpió mientras volvía a arrodillarse ante ella.

—¿No puedes estarte quieta ni dos minutos? —se quejó observando el vendaje—. No podremos hacer nada si continúa sangrando. —Colocó gasas nuevas encima y presionó levemente para controlarlo—. Eres una persona muy impaciente, ¿lo sabías?

—Me conozco mejor que tú.

—Entonces, si te preguntara cualquier cosa, ¿sabrías respondérmela?

¿Qué intentaba hacer? No lo sabía con exactitud. Tal vez aquella pregunta fuera parte de su plan para ganarse su confianza o hasta esperaba que revelase alguna información que pudiera utilizar en el futuro. Sin embargo, cuando contempló su leve sonrisa, la misma que había visto en otras ocasiones, supo que la partida sería mucho más difícil. Aun así, siguió intentándolo, pues no quería caer en la tentación de bajar la mirada y verla en ropa interior.

La estaba curando, ayudando; no podía dejar que su imaginación empezara a volar otra vez.

—¿Crees que vas a conseguir interrogarme o algo por el estilo? Somos aliados, si se le puede llamar así, pero no voy a contarte nada.

—Tengo un poder de persuasión muy bueno, deberías dejar que lo intentara.

—¿Para qué? ¿Para pillarme con la guardia baja y que lo utilices en mi contra? Eres el detective que quiere verme entre rejas, me lo has dejado bastante claro. Desconfías de mí, al igual que yo de ti; nunca vamos a ser amigos.

—Si te soy sincero, nunca me planteé la posibilidad de una amistad —confesó sin mirarla. Se había concentrado en su herida—. Ni siquiera cuando nos conocimos en aquel club, porque lo primero que pensé…

Se quedó callado e hizo que la curiosidad de la ladrona se despertara. Por algún extraño motivo quiso saberlo.

—¿Qué pensaste?

Observó sus manos, grandes y fuertes, envueltas en delicados movimientos. Ya le había retirado las vendas manchadas y se había propuesto limpiar la herida.

—Podríamos hacer lo siguiente: un pensamiento por otro —susurró—. Yo te digo lo que pensé la primera vez que te vi y tú… Podría conformarme con cualquier cosa, en realidad.

—¿Lo que sea?

Vincent asintió.

—Olvídate, por un segundo, de que soy detective —propuso—. Ni siquiera tiene que ser algo relacionado con tu mundo; podría ser tu color favorito, si hay alguna comida a la que no puedas resistirte, si sabes montar en bici, nadar… Me has dejado claro que te gusta leer, ¿algún otro género que disfrutes? Solo quiero conocer a la persona detrás del mito. A la verdadera Aurora… —Un pensamiento fugaz hizo que frunciera la frente—. ¿No tienes apellido?

—Tengo.

Años atrás, cuando la pequeña italiana había pisado por primera vez el orfanato, las monjas no habían tenido más remedio que ponerle un apellido cualquiera para registrarla. Ni siquiera se tomaron la molestia de averiguar el suyo, así que Aurora creció con un nombre que jamás le había correspondido. La ladrona siempre lo había sospechado y, cuando cumplió los nueve años, curioseando, como siempre solía hacer, descubrió que ese mismo apellido se lo daban a todos los niños que llegaban sin nada: frágiles y desnudos ante el mundo. Sin siquiera una nota que los identificara. Desde que supo que aquel apellido no le pertenecía, había dejado de usarlo y se presentaba solo con su nombre.

No podía permitir que el detective empezara a hurgar en su origen y que llegara hasta Milán, la ciudad donde en teoría había nacido. Pondría en peligro a toda su organización y a ella misma. Y ya bastante había hecho con firmar aquella tregua que le impedía librarse de él.

Los recuerdos de su infancia no tardaron en esfumarse cuando observó el movimiento de sus labios.

—¿Y cuál es?

—¿Para que lo investigues? —Alzó las cejas—. No te lo voy a decir.

—¿Y si llegara a averiguarlo?

—No voy a decirte mi apellido. Ese no era el trato —respondió, y no pudo evitar que su cuerpo se tensara ante el extraño ungüento que Vincent estaba aplicándole—. Lo que pensaste al verme a cambio de lo que yo quiera decirte.

Lo observó asentir con un movimiento sutil, apenas visible, como la diminuta sonrisa que acababa de esbozar. La misma que le había regalado aquella noche cuando se vieron por primera vez, cuando lo confundió con otra persona y, al final, resultó que se trataba del detective a cargo de su detención. En aquel momento le pareció que el mundo acababa de volverse un poco más pequeño, fruto de un destino que deseaba entretenerse.

—Te gusta leer y adoras que todo se haga a tu manera —pronunció dejando, sin querer, que sus dedos fríos rozaran la calidez de su piel. Se dio cuenta al momento y se aclaró la garganta mientras cubría la herida con un nuevo vendaje—. Me cautivaste desde el instante en que pusiste un pie en el local. Esos labios rojos... —Hizo una breve pausa y no pudo evitar tensar la mandíbula. No se atrevió a levantar la cabeza, por lo que siguió hablando con la atención puesta en sus manos—. No pude dejar de pensar en ellos durante toda la noche, incluso... Incluso me imaginé saboreándolos, en mi cama, entre tus piernas.

Había vuelto a quedarse en silencio, aunque con la cabeza alzada, mirándola.

—Me imaginé echando a perder ese color tan perfecto mientras pensaba en... —Tragó saliva al percatarse de la cercanía de los rostros, un detalle que le provocó en la ingle una quemazón que trató de disimular—. Supongo que todo se quedará en una fantasía.

La diferencia entre la noche que había imaginado y aquel momento era que no podía obviar que la mujer de labios rojos no era cualquier persona. Se suponía que llegaría el día en que la detendría, y no podía consentir que su corazón se interpusiera en su obligación. Tal vez sería más sencillo ignorarla que intentar ganarse su confianza.

Se levantó segundos más tarde sin dejar de contemplarla. Su trabajo estaba hecho y Aurora pudo distinguir su intención de marcharse.

—¿Te vas?

—Ya estás curada, no se ha abierto ningún punto —susurró manteniendo la distancia debida.

—Un pensamiento por otro —le recordó—. Tú mismo has dicho que quieres conocerme.

—Tal vez... No lo sé, no creo que sea buena idea —confesó—. Da igual que te conozca o no, tú siempre serás la ladrona a la que tendré que detener algún día. Nuestro final es inevitable, Aurora. ¿Por qué negarlo? Tú no vas a cambiar y, aunque lo hicieras... vivirías en la cárcel. Y yo nunca podría irme al bando contrario, a la oscuridad de tu mundo... —Se encogió de hombros—. Ha sido un error proponértelo —dijo, y se quedó callado durante un momento—. ¿Quieres que te ayude a subir?

—No —respondió tajante, una contestación que no sorprendió al detective en absoluto.

—Descansa —acabó por decir con las manos escondidas en los bolsillos— y no hagas movimientos bruscos.

Sin embargo, la ladrona apartó la mirada mientras, por el rabillo del ojo, lo veía subir las escaleras.

¿Qué había sido aquello?

25

Había pasado una semana desde su última conversación y Vincent Russell se había prometido no volver a soñar con ella ni con sus labios rojos, tampoco con sus manos o con sus ojos de color verde.

Pero lo había hecho.

Y se había odiado profundamente por ello, pues había fantaseado con otro encuentro en el que la mujer de pelo azabache se hallaba encima de... Cerró los ojos por un instante intentando que aquella imagen desapareciera. Aquel pensamiento lo irritaba. Por ello, esa mañana, una vez que su padre se había ido, le dejó a la dueña de los labios carmesí otra nota en la cocina. Una similar a la que ya le había escrito.

No se atrevió a esperarla para desayunar, no si aquello implicaba recordar todo lo que le había hecho en su sueño. Prefirió evitar aquella confrontación y, tras haberse asegurado de cerrar la puerta principal, se marchó. Thomas ya había avisado de que se quedaría hasta tarde, incluso dudaba si aparecería para la cena. Y su hijo, por otro lado, no volvería hasta el anochecer. Esperaba que, para entonces, la calidez de su entrepierna se hubiera enfriado por completo. No quería tener que dar explicaciones.

Se introdujo en su vehículo y encendió el motor mientras observaba la fachada de la casa en la que había crecido. Era la segunda vez que la dejaba sola, y esperaba que todo siguiera en orden para cuando volviera.

La ladrona, sin embargo, escondida tras las cortinas de su habitación, oyó el ronroneo del motor y observó al detective alejarse por la calle principal. Acababa de presentarse su segunda oportunidad para enfrentarse a la habitación prohibida.

Con Sira detrás, avanzó por el pasillo hasta colocarse delante de la puerta. No quiso perder mucho más tiempo, por lo que empezó a maniobrar con el par de horquillas que había encontrado en el fondo de su mochila. Hacía mucho que no había tenido que forzar ninguna cerradura; dejaba que otros se encargaran por ella. No obstante, en aquel momento era su única opción.

Notó que una gota de sudor se le deslizaba por la espalda, signo de una incipiente sensación de angustia. No tendría por qué ser difícil, solo necesitaba... Esbozó una sonrisa cuando oyó el pequeño «clic». Empujó la puerta de madera muy poco a poco y se encontró con un escenario que ya se había imaginado. Una de las cinco probabilidades que habían aparecido en su cabeza durante esos últimos días, en los cuales no había podido dejar de preguntarse por qué habrían cerrado aquella habitación.

Sorprendida, acababa de descubrir el despacho de Thomas Russell.

Perfectamente amueblado, sin una mota de polvo en ninguna superficie. El escritorio, con el ordenador, se ubicaba de cara a la ventana para dejar espacio a otra mesa más pequeña, en la que supuso, por la lámpara con la lupa incorporada, que era donde trabajaba con sus joyas. Se dirigió a ella, se sentó en el asiento y dio una vuelta para inspeccionar con la mirada cualquier detalle.

Se trataba de un despacho normal y corriente, con un

par de estanterías y cajoneras. Nada fuera de lugar o que llamara demasiado la atención… Aunque esos detalles, los que cualquier otro ignoraría, eran los que despertaban el interés de Aurora. Su intuición le susurraba que encontraría algún secreto que podría utilizar en un futuro. Tal vez información que Thomas no quería que ella supiera, información importante, de esa que se esconde en una caja fuerte.

El padre del detective aún no confiaba en ella; de hecho, ninguno de los dos lo hacía, y ella tampoco se quedaba atrás. Si bien no eran contrincantes, tampoco eran amigos; por lo tanto, la alianza que ahora los unía podría romperse tarde o temprano.

Esas palabras la llevaron a recordar la noche en el hospital cuando Thomas la salvó de Howard Beckett. Sin él no habría podido escapar, tenía que admitirlo. Pero ¿quién podía asegurarle a la princesa de la muerte que eso equivalía a una lealtad absoluta? No había hincado la rodilla ante ella, mucho menos su hijo, y dudaba de que fuera a hacerlo algún día. Aurora era consciente de ese hecho inamovible y tampoco se encontraba en su naturaleza esperar de brazos cruzados hasta que se diera. Debía prepararse, tener un plan que la resguardara de cualquier imprevisto, y el primer paso de cualquier estratagema era hacerse con la ventaja para abatir a los demás jugadores más tarde.

Empezó a abrir los cajones uno por uno con la esperanza de encontrar algo. No fue así, aunque tampoco le sorprendió, pues no quería creer que su salvador fuera una persona patosa que no supiera a quién le había abierto las puertas.

Tenía la leve sospecha de que en esa habitación no encontraría nada de auténtico valor. No obstante, no frenó su búsqueda. Aurora adoraba esas misiones, las que consistían en escarbar en el corazón de sus adversarios para ver si podía encajar las piezas del puzle. Disfrutaba destapando los escondites que sus dueños creían imposibles de hallar. Por eso, después de haber vaciado casi toda la estantería y haber encontrado una tabla mal colocada, su niña interior empezó a saltar cuando contempló una pequeña caja fuerte tras la madera.

Tal fue su concentración que ni siquiera se percató de que Sira había salido de la habitación. Cuando fue consciente de ello, minutos más tarde, no se preocupó; sabía que su gata solía desaparecer, aunque siempre acudía a su llamada.

Pero cuando no lo hizo su dueña frunció el ceño.

—Sira —la llamó, alzando un poco más la voz.

Había salido al pasillo esperando que apareciera de un momento a otro moviendo la cola con sigilo. No la vio, ni cuando la llamó por segunda vez. Aquello la desconcertó; sin embargo, antes de salir en su busca volvió a colocar los libros en su sitio y dejó el despacho tal como lo había encontrado. No quería arriesgarse a que Thomas o Vincent la sorprendieran.

Cerró la puerta detrás de ella, asegurándose de volver a sellarla, y salió en busca de su gata.

No dejó de nombrarla mientras avanzaba por la casa habitación por habitación. Era inusual en ella que no acudiera, teniendo en cuenta que no solía separarse de Aurora cuando las dos compartían un mismo espacio. Intentó no inquietarse más mientras rogaba en silencio que saliera de su escondite. ¿Y si le había pasado algo? ¿Y si Nina la había encontrado y estaba utilizando a Sira para que saliera?

Salir...

De vez en cuando a Sira le gustaba ir a curiosear el mundo, pues lo que tenía de tranquila también lo tenía de inquieta. Tal vez hubiera encontrado algún hueco que diera al jardín y estuviera entretenida con cualquier cosa.

La ladrona avanzó por la sala de estar hasta llegar a la puerta que daba al exterior, pero su sonrisa se apagó cuando la halló cerrada. ¿Por qué estaba cerrada? Probó a abrir la ventana, aunque el resultado fue el mismo. No quería pensar que lo hubieran hecho a propósito. Thomas sabía... él sabía... Empezó a caminar hacia la puerta de entrada de manera inconsciente. Thomas lo sabía, se lo había confesado la primera noche; no quería creer que se hubiera olvidado. No obstante, cuando agarró el manillar con fuerza... La puerta no se abrió.

Sintió un sudor frío que le atravesaba la espina dorsal. Las manos, tibias cuando había abierto los ojos una hora antes, se habían enfriado de repente al notar la familiar agitación. En aquel instante no era capaz de pensar, no cuando el recuerdo estaba a punto de engullirla. Ese recuerdo sombrío, oscuro, helado... Empezó a negar con la cabeza. No, no y no. No estaba encerrada. Thomas no podía ser tan cruel. Él sabía lo que le provocaba, la sensación que la ladrona vivía cada vez que su libertad peligraba, como si unas pesadas cadenas se amontonaran sobre ella. Cerró los ojos mientras notaba que el pecho se le empezaba a descontrolar, e intentó abrir la puerta de nuevo.

Cerrada.

Thomas la había encerrado.

No. Él no había sido, él no había sido el último en abandonar la casa. Había sido su hijo, Vincent, el que no había dudado en expresar su profundo odio hacia ella, el que había empezado a confundirla con su insólita cercanía. Era él el que había echado la llave... De repente, sus ojos, algo vidriosos, se abrieron de golpe. Thomas le había hablado de la existencia de una llave en el mueble del recibidor.

Giró la cabeza hacia la cómoda situada a su derecha y empezó a buscarla con desesperación. No la encontró, la llave no aparecía. Tocó el suelo con las rodillas y se arrastró un par de metros más allá, hasta llegar al centro de la alfombra, donde se dejó caer en posición fetal.

La había encerrado sabiendo que esta sensación mortífera pronto la acunaría y que ya no la dejaría escapar. Porque cuando el terror del encierro se cernía sobre ella era incapaz de salir de su propia cabeza, de buscar una alternativa, como hacía siempre. Desde lo sucedido en el pozo, nunca había vuelto a experimentar ese malestar. Tampoco nadie se había atrevido a ponerla en esa tesitura, ni siquiera Giovanni.

Nadie se había atrevido… Nunca… Hasta ese día, hasta que Vincent lo hizo.

Ella tenía la culpa, no podía dejar de repetírselo, pues les había permitido entrar. Sin darse cuenta, había dejado que su fortaleza se derrumbara.

Hecha un ovillo, sin poder mover ni un solo músculo, intentó luchar contra aquella oscuridad. Negro contra negro. Su mente se había congelado, al igual que cualquier pensamiento racional. Incluso su respiración entrecortada le hacía difícil tranquilizarse. Necesitaba aferrarse a lo que fuera, a alguna cuerda que la salvara de aquella profundidad que la había devorado. Sin embargo, no pudo encontrarla, pues sentía como si esas cuatro paredes pronto fueran a unirse unas con otras.

Las mismas cuatro paredes del orfanato. Las mismas de la organización. Las mismas de ahora.

Necesitaba vencer y, para ello, tendría que… esperar. Combatir esa parte de su oscuridad que se empeñaba en destruirla, esa sensación que ansiaba aplastarla.

Esperaría.

Y lo haría enfrentándose a eso de lo que siempre huía.

26

Cuando el detective abrió la puerta, casi al anochecer, no se imaginó ni por un segundo que esa imagen fuera a afectarle tanto. La ladrona de guante negro hecha un ovillo sobre la alfombra, totalmente indefensa, derrotada, débil... Una faceta que nunca pensó que vería.

Con el corazón acelerado, se apresuró a agacharse junto a ella para incorporarla y acurrucarla en los brazos dejando que su cabeza se apoyara sobre su hombro mientras le pedía que abriera los ojos. No sabía qué había pasado, pero estaba asustado, vulnerable por no saber qué hacer, cómo ayudarla...

—Aurora —pronunció dándole golpecitos en la mejilla. No era, ni por asomo, la misma sensación que había vivido una semana atrás al verla caer por las escaleras—. Aurora, vamos, despierta... Abre los ojos, por favor.

Notaba su respiración acelerada, cómo el pecho de la mujer subía y bajaba dc manera irregular, la baja temperatura que desprendía, las gotas de sudor en su frente, sus puños apretados, la intención de su cuerpo de volver a la posición fetal. Estaba asustada y no sabía por qué; atemorizada, como si... ¿Un ataque de pánico?

—Aurora —volvió a susurrar; una suave caricia sobre su piel—. ¿Me oyes? Dime qué necesitas, dime qué puedo hacer para ayudarte.

La joven abrió los ojos progresivamente y sus labios empezaron a moverse despacio. Quería hablar, por lo que el detective acercó el oído a su boca.

—La próxima vez que me encierres… —dijo con cierta dificultad—. ¿Por qué lo has hecho? —Sus miradas chocaron, ambas envueltas en una oscuridad diferente. La de ella reflejaba el más absoluto terror; la de él… una extraña preocupación, miedo al verla de esa manera, tan frágil entre sus brazos.

Entonces, Vincent recordó las palabras que le había dicho su padre sobre el temor de la muchacha al encierro: «Tiene miedo a que le arrebaten la libertad». Sin embargo, él creyó… Pensó que se refería a dejarla encerrada en un espacio mucho más pequeño que una casa de dos plantas. Nunca se imaginó que fuera a encontrársela así al volver, en el suelo, temblando.

Él no quería que se fuera, no quería darle la oportunidad de escapar. Por eso había echado la llave esa mañana, tal como había hecho la vez anterior.

—No lo sabía. —Se disculpó, y no pudo evitar que su mano, la que todavía se encontraba en su mejilla, trazara un sutil movimiento. La caricia del pulgar sobre su rostro—. No lo sabía —repitió como si tratara de convencerse—. Joder… No pensaba… Creía que temías que te encerraran en una habitación, algo más pequeño, nunca pensé… Perdóname.

Sin embargo, Aurora no contestó; se mantuvo en silencio dejando que el detective la meciera. Un suave balanceo de los dos cuerpos generado por el hombre que ni siquiera se había percatado de que lo estaba haciendo. No podía quitarse de la cabeza la imagen que había visto al entrar: ella en el suelo, frágil e insignificante para el mundo, totalmente desamparada.

Temió que su error le ocasionara un daño irreparable.

—Dime cómo puedo ayudarte —murmuró una vez más. La caricia de su rostro había pasado a su brazo; procuraba que ella no abandonara el refugio que había creado a su alrededor. Aunque... tal vez... Aurora deseara poner distancia entre ambos—. ¿Quieres que me aparte? —preguntó con suavidad. Por alguna extraña razón, esperaba que le dijera que no.

Sintió que el alivio le recorría el cuerpo cuando ella negó con la cabeza y la notó acurrucarse un poco más para esconderse en su cuello.

—Quiero salir —respondió en su lugar, y Vincent lo recibió como una súplica.

No dijo nada, se limitó a cumplir su deseo y, después de pasarle el brazo por debajo de las rodillas, se levantó del suelo. Por lo menos se le había apaciguado la respiración, aunque todavía seguía notándole la piel fría.

—Sujétate —pidió él cuando volvió a agacharse, aún con ella en brazos, para coger una manta de la pequeña cesta. La dejó sobre su regazo y no tardó en dirigirse hacia el porche de la casa.

Se dejó caer con cierto cuidado en el sofá de color blanco que había allí y, sin desear que la mujer abandonara su regazo, dejó que se acomodara sobre su cuerpo colocando la cabeza directamente en su corazón. Se cubrieron con la manta que había llevado mientras un silencio más tranquilo los abrazaba. No se atrevió a decir una palabra mientras le dibujaba suaves caricias por la espalda.

Ni siquiera supo cuántos minutos habían transcurrido cuando Aurora empezó a hablar.

—No es que les tema al encierro o a los espacios pequeños —murmuró, y captó la atención total del detective—. Es más complicado que eso; es saber que no podré salir, que no soy... libre. Puedo cerrar la puerta de cualquier habitación, puedo quedarme horas y horas en el mismo espacio, pero siempre sabiendo que habrá una salida, que podré irme cuando quiera. Y ahora… No he querido escaparme —explicó, aunque notó que él negaba con la cabeza—. No encontraba a Sira y traté de comprobar si estaba en el jardín. —Con la mención de la felina, Aurora levantó la cabeza—. ¿Dónde está?

Vincent respondió alzando levemente la barbilla en la dirección en la que se hallaba Sira, a unos metros de ellos. La ladrona observó el punto que había indicado y se encontró con la amarillenta mirada de su gatita, que parecía vigilarlos. No, a ellos no; a él.

—La llamé varias veces. Siempre viene cuando la llamo, por eso pensé que había salido —siguió diciendo. Era consciente de que estaba subida a su regazo y tenía el brazo alrededor de sus hombros; sin embargo, por alguna extraña razón no quería que esa cercanía desapareciera.

—¿Quieres contármelo? —preguntó el detective segundos más tarde. Intentaba que sus ojos no se desviaran hacia sus labios—. ¿Qué es lo que… te han hecho? —Pero la ladrona no respondió. Se mantuvo en silencio, sin dejar de mirarlo—. No lo utilizaré en tu contra, tienes mi palabra, pero creo que te vendría bien contarlo. ¿Alguna vez lo has hablado con alguien?

Aurora negó con la cabeza.

—Tú y yo no somos amigos y… —se aclaró la garganta—, aunque lo fuéramos… No me gusta contarle mi vida a todo el que se me acerca.

—No te estoy pidiendo que me cuentes tu vida, solo… que expreses en voz alta lo que te duele, si quieres —añadió—. No es mi intención obligarte, teniendo en cuenta que… Tú y yo… Es igual, déjalo. —Trató de no emitir ninguna queja, pues, si bien la herida estaba prácticamente curada, sintió una leve molestia por el roce de su brazo en el abdomen—. ¿Podrías…? La herida. —Sin embargo, Aurora hizo lo que no quería que hiciera: ponerse de pie—. No, no te vayas.

Pudo oír, gracias al silencio que aquella respuesta ocasionó, el ruido que provenía de la tranquila noche. Ni siquiera sabía lo que había pretendido con esas últimas palabras. ¿Por qué no iba a querer marcharse? Se lo había dejado claro; no eran amigos, nunca llegarían a serlo, aunque tampoco lo deseaba. El detective debía tener otro objetivo en mente, uno que mantuviera la distancia entre ellos, pero ¿de qué manera lograría dejar de soñar con ella? Un sueño donde, precisamente, sus cuerpos no sabían de distancias ni de enemistades.

—¿Estás bien? —preguntó la ladrona segundos más tarde.

Vincent chasqueó la lengua y negó con la cabeza.

—Creo que soy yo quien tiene que hacerte esa pregunta.

—Quiero verte la herida.

—No es necesario.

—Tú hiciste lo mismo por mí la semana pasada —le recordó dando un paso hacia él.

—Tú estabas sangrando, ¿ves que esté en las mismas condiciones?

Aurora entrecerró la mirada.

—A lo mejor, si no llevaras una camiseta negra, podría… —Pero se calló en el momento en el que el detective se la levantó dejando que su trabajado abdomen se apreciara bajo la luz de la luna—. ¿Crecs que voy a ver algo con esta luz?

—Acércate —se limitó a decir—. Eres tú quien se ha alejado.

La propuesta ocultaba una intención totalmente diferente. Ambos se dieron cuenta casi al instante, aunque ninguno de los dos quiso expresarlo en voz alta. La muchacha, sin cohibirse, se acercó de nuevo al sofá, se sentó a su lado y dejó que su mirada se desviara hacia la zona donde tenía el vendaje. El detective no dejó de mirarla en todo momento.

—La venda está manchada, aunque no es mucho —susurró, y alzó la cabeza de nuevo—. Tal vez se haya saltado un punto, debería...

—¿Qué propones?

Era posible que el detective estuviera dejándose llevar, que solo quisiera olvidarse por un minuto de la máscara que ambos debían usar. Quizá estuviera deseando que solo fueran dos personas ansiosas por apagar el fuego que los consumía poco a poco.

—Podrías llamar a tu hermana.

—¿Y molestarla por una gota de sangre? —Alzó las cejas—. El botiquín está arriba, en el baño. Tú misma lo has dicho: te curé la semana pasada. Creo que lo justo es que me devuelvas el favor.

La princesa esperó unos segundos antes de decir:

—Vamos, entonces. —Se levantó sin darle tiempo a responder y entró en la casa.

Dejó de pensar en el robo, en su intento de matarlo, en lo que había sucedido en el hospital, en ella siendo la ladrona más buscada, en él siendo uno de los detectives al mando... No quería recordar lo que ambos eran y su mente simplemente se remontó a la primera vez que se vieron, cuando bailaron juntos y se dejaron llevar antes de que ella notara su placa.

Empezó a subir las escaleras consciente de que la seguía.

—¿Dónde quieres que me ponga?

Algo en su voz había cambiado, Aurora notó el detalle. Una vez en el cuarto de baño lo encaró. Vincent se hallaba de brazos cruzados, con el hombro apoyado en el marco de la puerta, pendiente de cada uno de los movimientos de la joven.

—Acuéstate en la cama —ordenó, y vio que el detective asentía sutilmente con la cabeza. Empezó a caminar hacia su habitación con ella siguiéndolo después de haber encontrado el botiquín—. ¿Te duele? —El murmullo de su voz hizo que el hombre tensara la mandíbula, pues la melodía que escondía no hacía más que embaucarlo.

—No —respondió mientras encendía la lámpara de la mesita de noche. La habitación se llenó de una luz cálida que transmitía cierta tranquilidad—. Un poco —rectificó cuando contempló sus ojos esmeraldas.

Vincent se dejó caer sobre el colchón y se estiró mientras se ponía un brazo debajo de la cabeza. Aurora no tardó en sentarse a su lado con la mirada hacia su abdomen, aún cubierto por la camiseta.

—Levántatela.

—Podrías hacerlo tú —susurró sin querer moverse. Sus miradas volvieron a encontrarse, expectantes, pues ninguno de los sabía en qué mar de pensamientos se hallaba el otro.

Sin decir una sola palabra, arrastró el tejido hacia arriba y no tardó en quitarle el vendaje. Dejó escapar un suspiro cuando se dio cuenta de que no era tan grave, ya que la cicatriz casi estaba cerrada. De todas maneras, no se detuvo y empezó a limpiársela.

Ambos se sumieron en un silencio que no supieron definir. Un silencio con una pizca de tensión revoloteando en el aire, compañero de ese destino que se encontraba con otra copa de vino en la mano y con una sonrisa en los labios.

—Tienes las manos frías —ronroneó él sin dejar de mirarla. La ladrona se limitó a echarle un pequeño vistazo mientras continuaba con su tarea. Entonces, sabiéndola más tranquila, quiso disculparse de nuevo—. Siento lo de hoy, no lo sabía. Si hay algo…

—Ya te has disculpado.

—Lo sé —dijo—. Pero necesito saber si me has perdonado.

—Si no te hubiera perdonado, no estaríamos así —respondió—. De hecho, he tenido la tentación de dispararte otra vez; sin embargo, mírame…

—Lo hago —la interrumpió, aunque hizo una pausa para tragar saliva. Incluso las manos de ella se detuvieron—. Si pudiera dejar de mirarte, lo haría.

La mujer no respondió y dejó que los segundos fueran pasando. Era una sensación extraña la de dos voces peleando a gritos en su cabeza, una que le decía que se dejara llevar y la otra, ciertamente molesta, que le exigía que se apartara de él.

—No cambiará nada —murmuró acabando de ponerle una gasa nueva—. Tú y yo… —Pero no continuó, se quedó callada mientras apreciaba su rostro. Vincent tampoco dijo una palabra; no obstante, su mano inquieta habló por él dejándose caer sobre su muslo—. ¿Qué haces? —Su pulgar empezó a trazar suaves caricias.

—Quisiera olvidarme de que soy policía —respondió casi en un hilo de voz—. Porque, ahora mismo, solo soy capaz de recordar tus labios rojos cuando bailamos las dos veces… Joder, Aurora, no lo sé, no sé qué estoy haciendo. A lo mejor tendría que parar y pedirte que te fueras de mi habitación, o tal vez preguntarte si es eso lo que tú quieres. —Esperó unos segundos—. ¿Quieres marcharte? —preguntó mientras se incorporaba, lo que provocó que los rostros destruyeran la distancia que intentaban poner contra su deseo—. Porque, si decides quedarte…

—¿Qué pasará? —se atrevió a preguntar.

Vincent puso una mano alrededor de su mejilla sin dejar de mirarla.

—Lo que quiero es que dejes de aparecer en mis sueños; no puedo seguir pensando en ti, no de la forma en que lo estoy haciendo —confesó—. Llevo semanas así, odiándote, pero, a la vez, deseándote como un imbécil. Y no sé si lo que necesito ahora es dejarme llevar con tal de detenerlo. —Ni siquiera sabía si aquello tenía sentido, si la solución podría llegar a funcionar—. Necesito que me digas qué quieres tú, si deseas marcharte...

—Una noche —contestó ella aceptando esa propuesta en un susurro apenas audible—. Tan solo...

Vincent ni siquiera la dejó continuar, ya que sus labios, hirviendo en deseo, se abalanzaron sobre los de ella. La espalda de la muchacha se curvó para profundizar en aquel beso que traspasaba cualquier límite, pues no era delicado, suave o lento... Las lenguas se encontraron batallando para ver cuál de los dos se haría con el control. El beso cargado de sensualidad, de fuego, provocó una explosión entre los cuerpos que prometía acabar con ese apetito que no habían dejado de sentir desde la primera vez que se vieron en el club.

Las manos de Aurora, ágiles y delicadas, no tardaron en ir a por su camiseta; la tiró al suelo y la caricia sobre su espalda rígida hizo que el detective dejara escapar un jadeo, y otro más cuando notó su ansia por quitarle el cinturón. Sentía su cuerpo palpitar, además de un picor en las palmas que le pedía acariciar cada centímetro de su piel desnuda.

Vincent estaba sentado en la cama, con la espalda erguida y las piernas estiradas, y con ella a horcajadas sobre el regazo. Las manos de él se escondieron bajo su camiseta para descubrir que ningún sujetador le estorbaba, y empezó a acariciarle los pechos mientras dejaba que su pareja de baile sintiera la dureza que deseaba liberar.

Abarcó toda su melena con una sola mano y no se lo pensó dos veces cuando tiró de ella hacia atrás para darle acceso a su cuello, a su mandíbula, a sus pechos, cuyos pezones ya se encontraban erguidos. Tenía hambre de ella, un hambre voraz que lo había perseguido durante muchas noches en su imaginación, pero que ahora estaba haciéndose realidad. «Una noche», había dicho minutos antes. Una sola noche para saciar un deseo que llevaba semanas sintiendo. En aquel momento ni siquiera supo si bastaría solo con una, y, sin querer pensar más en ello, hizo que las bocas se volvieran a unir cuando notó el movimiento de caderas de Aurora.

Esbozó una sonrisa traviesa sobre sus labios mientras dejaba que su pequeña mano se apoyara sobre su pecho. Sin necesidad de emplear palabras, la mujer le estaba pidiendo que se tumbara, pero Vincent no iba a ceder con tanta facilidad a su reclamo.

—Déjame probarte —susurró, aunque no se tratara de ninguna petición.

Quería pasar la lengua por su intimidad y hacer que su espalda se curvara todavía más. Quería que viera las estrellas, que disfrutara antes de que se hundiera por completo en ella.

Cuando la observó asentir con la cabeza, no tardó en tumbarla en su cama mientras le arrancaba la ropa para tirarla en alguna parte de la habitación. Tuvo cuidado con su pierna, aunque esta estuviera prácticamente curada, pero cuando acabó de desnudarla, cuando contempló su cuerpo ardiente en deseo, se descontroló.

Aurora no tardó en arquear la espalda a la primera lamida; volvió a hacerlo cuando le introdujo lentamente un par de dedos. Había pasado tanto tiempo desde la última vez…

Dejó escapar un leve suspiro al notar la poca misericordia que estaba teniendo con ella, cómo con la otra mano, colocada en su vientre, la mantenía atrapada mientras introducía un tercer dedo sin avisarla siquiera. Su cuerpo empezaba a tensarse, lo sentía, se conocía; no obstante,

Aurora no quería terminar de esa manera. Lo quería en su interior. Ya.

Colocando las manos en sus mejillas, lo arrastró hacia sus labios deteniendo el orgasmo que había estado a punto de sentir. Siguió besando a un Vincent levemente confundido mientras se peleaba con sus pantalones haciendo que él, al instante, se percatara de su desesperación. La ayudó, sin llegar a quitárselos del todo, y, después de haber estirado el brazo hacia el primer cajón de su mesita de noche, se protegió.

El detective volvió a colocarse entre sus piernas y con cada pálpito de su miembro saboreó la humedad que lo invitaba a entrar. Aurora, con la cabeza gacha y contemplando la unión que estaba a punto de producirse, frenó con un susurro cualquier intención.

—¿Qué ocurre? —murmuró mirándola. Sus pupilas estaban dilatadas y sus ojos, todavía hambrientos, reflejaban su impaciencia.

—Debería ponerme encima.

—Estoy bien.

—Tu herida...

—Estoy bien —repitió dándole un casto beso en los labios.

Aurora sintió una vez más la insistencia de su entrepierna. Entonces bajó las manos entre los cuerpos cálidos para guiar el miembro hacia su entrada. En aquel instante Vincent se hundió en ella y se adentró hacia aquella calidez que no había dejado de llamarlo. Lo hizo con una lentitud inusual, tomándose todo el tiempo que quiso para contemplarla, para observar sus ojos cerrados, su barbilla levemente alzada ante la explosión de sensaciones.

Echó hacia atrás la pelvis, aunque sin salirse del todo, y volvió a entrar con la misma lentitud que le había arrancado otro jadeo a su pareja de baile. Repitió el proceso un par de veces más hasta notar el choque de ambas caderas; entonces se detuvo, aunque lo hizo dentro, sin empezar a moverse todavía.

Aurora lo miró algo confusa.

—¿Por qué paras? —Trató de mover el cuerpo, pero el detective bloqueó cualquier pensamiento.

—Porque es nuestra primera y última noche —confesó en un susurro—. Y me gustaría aprovechar cada minuto, alargarlo todo lo posible.

—¿Y tu padre?

—Mi padre vendrá mañana por la mañana —respondió, y se escondió en su cuello para plantarle unos cuantos besos en la base de la mandíbula, aunque no tardó en subir hacia su oreja. Ese movimiento no hizo más que impulsar su cuerpo hacia delante y provocar un pequeño movimiento de su pelvis—. Una noche —susurró—. La única en la que me voy a olvidar de quién eres para follarte en todos y cada uno de los rincones posibles de esta habitación.

Las manos de la princesa trazaron una fuerte caricia por todo el ancho de su espalda. Entonces, Vincent empezó a moverse, no sin antes haberle colocado una almohada bajo la espalda con la única intención de que la unión fuera mucho más profunda. Empezó a moverse olvidándose de la delicadeza de unos minutos atrás, dejando que se oyera el sonido de sus caderas al chocarse, el que hacía la piel con la piel.

No permitió que ningún pensamiento le estorbara y se centró solo en Aurora, en cómo su miembro no dejaba de entrar y salir de ella con fuerza, en la sensación de su interior estrechándose lentamente, cada vez más. Protagonizaban un nuevo baile de una sola noche, mucho más íntimo, más sensual, cuyo objetivo era apagar el fuego que no habían dejado de sentir.

No se detuvo hasta que no empezó a notar ese cúmulo

de placer arremolinarse en un único punto; necesitaba saber que ella también estaba a punto de llegar, por lo que con una mano inició potentes caricias sobre su clítoris. Aquello le provocó una inmediata descarga eléctrica que solo hizo necesarias un par de embestidas más para liberar el demoledor orgasmo que ambos acababan de tener.

Con la respiración agitada y sintiendo las gotas de sudor deslizarse por su piel, se mantuvo todavía dentro de ella mientras el pálpito de su cavidad lo abrazaba con fuerza.

—Joder —dejó escapar el detective en medio de una rápida respiración.

Y aquello tan solo confirmó su necesidad de seguir saciándose el uno del otro.

27

Bailaron como dos seres hambrientos hasta que los primeros rayos del sol asomaron entre las cortinas. Bailaron hasta que ya no pudieron más y, aunque ninguno de los dos deseó admitirlo, no querían que la noche acabara.

Visitaron cada rincón de la habitación, tal como él le había prometido, en todas las posturas que jamás hubieran imaginado. Incluso quisieron irse a la cocina con la idea de que la princesa se acostara sobre la isla, pero solo pudieron llegar hasta el pasillo, ya que una nueva ansia los ganó. Aurora acabó con la espalda contra la pared y las piernas alrededor de la cintura de él. En aquel instante un pensamiento fugaz invadió de lleno al detective: ¿Sería suficiente una sola noche? ¿Podrían llegar a saciarse?

No les preocupaba ninguna otra responsabilidad más que cumplir con la voluntad que ambos tenían en mente: aprovechar cada segundo. Sabían que al día siguiente todo volvería a la normalidad y la danza culminaría con el primer rayo de sol, como si esa noche jamás hubiera existido, aunque lo cierto era que dudaban de poder arrancársela de la memoria.

Y ambos lo sabían. Desnudos en la cama de él, observaban cómo la luz pretendía colarse en la habitación como si se tratara de un despertador sonando a primera hora de la mañana. Aurora mantenía la cabeza apoyada en su pecho, aunque con los ojos abiertos para observar el nuevo día. Por alguna extraña razón le gustaba sentir cada latido de su corazón, ese ritmo lento y tranquilo que no le permitía prestar atención a nada más.

Desde hacía menos de una hora la habitación había quedado sumida en un silencio plácido, hasta que alguno de los dos quisiera romper esa burbuja.

Al final, Aurora habló:

—Tendría que volver a mi habitación o ducharme, tal vez. —No se atrevió a levantar la cabeza.

—Mi padre todavía no ha llegado —se limitó a decir sin saber cómo pedirle un último beso. A lo mejor, un último baile.

—Hemos dicho que solo sería una noche.

—Lo sé —respondió Vincent dejando escapar un largo suspiro. Se aclaró la garganta y, sin que se diera cuenta, empezó a peinarle la melena con los dedos—. Me gustaría saber si te ha gustado, si te has sentido cómoda. Y no me respondas con otra pregunta ni con medias respuestas.

—¿Piensas que me has obligado? —Esa vez se incorporó con la intención de mirarlo a los ojos—. ¿Que te has aprovechado de mí por cómo me has encontrado? No soy una persona que se deje influenciar por nadie, y, si hemos follado durante toda la noche, ha sido porque yo también lo he querido —dijo sin alzar la voz—. Ha sido la mejor noche que he tenido en mucho tiempo. La primera y la única —le recordó en un susurro tras unos segundos.

Vincent se quedó callado. ¿Qué podía decirle? Él ya lo sabía, era consciente de que lo había sido, y eso, por lo visto, también le molestaba. Aunque no pensaba confesarlo, pues su promesa acababa de llegar a su fin y tampoco quería verse en la piel de la desesperación.

—Nada te retiene en mi cama —respondió en su lugar,

aunque con cierto recelo manchando su tono de voz, algo que no había pretendido. Aurora no apartó la mirada; en cambio, el rostro se le tiñó de una seriedad palpable—. Pero antes de que te vayas... —añadió sin poder dejar de mirarla y, percatándose de ello, le puso la mano en la mejilla e hizo que su pulgar le acariciara sutilmente el labio inferior—. Si tuviera la oportunidad de volver a vivir esta noche... —Sintió que su corazón empezaba a bombear con fuerza al recordar todos sus encuentros, cada vez que había entrado lentamente en ella o cuando había visto las estrellas al dejar que la lengua de Aurora hiciera maravillas a su alrededor. Tragó con fuerza y volvió a la realidad—. La repetiría mil veces más.

La ladrona se mantuvo quieta dejando que su pulgar siguiera acariciándole el rostro; aunque sabía que al detective le habría gustado recibir una respuesta, esta no se dio. No obstante, sí un último beso.

Un beso de despedida. Un adiós que Vincent notó en el instante en que su lengua se adentró para acariciar la suya por última vez. Un beso no tan agresivo como los anteriores, pero igual de intenso. Aurora se resistió a volver a subir a su regazo, se resistió a todos los impulsos que aquella unión le había provocado, y fue ella, segundos más tarde, quien se apartó. Vincent, sin embargo, acabó juntando la frente con la de ella, con la respiración levemente agitada.

Adiós, detective —murmuró la mujer dándole a entender el propósito detrás de la mención de su cargo, que hizo que ambos volvieran a pisar tierra firme.

Aurora abandonó la habitación bajo su atenta mirada, dejando que contemplara la espalda medio cubierta por la sábana, la larga cabellera bañada en azabache que caía cual cascada... Se imaginó que se giraría al cruzar el umbral, pero no lo hizo, así que soltó un suspiro largo y se puso un brazo bajo la cabeza. Minutos más tarde oyó la llave de la ducha y volvió a recordar sin querer su cuerpo desnudo.

Se llevó el brazo encima del rostro y se cubrió con él los ojos cerrados mientras seguía recordando las dos veces en las que la había sostenido contra la pared sin pensar ni un segundo en el error que ambos acababan de cometer: el de creer que una sola noche bastaría para frenar su voraz deseo o controlarlo al menos.

Y la realidad se encontraba muy lejos de ese pensamiento.

Con una taza de café en la mano, Vincent observaba a la felina pasarse la lengua por el pelaje, como si se tratara de su hora del baño, y le pareció curioso pensar que su dueña hacía lo mismo, aunque en el piso de arriba.

No dejó de observarla en silencio, acostada en el sofá, mientras pensaba qué rostro sería más apropiado adoptar cuando la ladrona hiciera acto de presencia en la cocina. ¿Indiferencia? ¿Cordialidad? ¿Inquietud?

¿Cómo actuaría ella? Tal vez ni siquiera abriera la boca y se limitara a comer en silencio, con la mirada perdida hacia ningún punto en particular. A lo mejor él debería hacer lo mismo, como si aquello nunca hubiera pasado, y permitir que su noche se encontrara cara a cara con el olvido. No obstante, el problema radicaba en que él no quería borrarla de su memoria, aunque en el fondo supiera que era lo mejor.

Siguió contemplando a Sira hasta que su intención de dirigirse escaleras arriba lo devolvió a la realidad. Sin embargo, lo que acabó por sorprenderle, justo cuando el reloj tocó las diez en punto de aquella mañana, fue que su padre apareciera en el recibidor con Howard detrás de él en una charla animada.

Howard Beckett, el inspector que había jurado capturar

a la ladrona de guante negro a cualquier coste. ¿Qué estaba haciendo en esta casa? ¿Por qué su padre lo había llevado sabiendo que Aurora podría aparecer en cualquier momento?

—Papá, hola. Inspector. —Saludó con un apretón de manos cuando los vio acercarse—. No te esperaba, ¿cómo va todo? —Aunque se mostrara tranquilo, lo único que invadía su mente era ver cómo podía escaparse para avisarla—. Acabo de hacer café, ¿alguien quiere?

—Te he dejado un par de mensajes, hijo, ¿dónde tienes el móvil?

Aquel había sido el segundo error de la noche, pues ni siquiera recordaba dónde lo había puesto. Comprendió al instante que su padre había tratado de alertarlo, pues habría resultado sospechoso que se hubiera negado a dejar pasar a Howard, teniendo en cuenta que a veces aparecía por sorpresa.

—Apagado. Lo siento, qué desastre. —Se rascó la nuca mientras observaba con disimulo el maletín negro que había llevado. Decidió no preguntar, no con el inspector en la sala—. Creo que lo tengo arriba, en mi habitación; ahora vuelvo.

Su padre asintió al darse cuenta de la intención que escondían aquellas palabras, por lo que inició una conversación cualquiera mientras dejaba que Vincent fuera a avisarla.

Ni siquiera se tomó la molestia de tocar a la puerta, la abrió con sigilo, sin hacer mucho ruido, y lo primero que vio fue la bañera llena y a Aurora entretenida con la espuma, pasándola de una mano a la otra, aunque no tardó en fruncir el ceño cuando lo vio irrumpir en el cuarto de baño.

—¿Se puede saber qué haces? —preguntó ella algo molesta—. ¿No ves que estoy...?

Pero Vincent se agachó junto a ella y le puso la mano sobre los labios mientras ignoraba con todas sus fuerzas el reflejo de su desnudez debido a la leve transparencia del agua.

—Beckett está aquí, no hagas ruido —susurró mientras apreciaba el color verde de sus ojos, que no dejaba de hipnotizarlo—. Ha venido de sorpresa. Trataré de que se marche lo antes posible, pero procura que no te oiga, ¿vale? —Retiró la mano—. ¿Dónde está Sira?

Le había perdido la pista cuando los hombres entraron en la casa y debía encontrarla para evitar que Howard la viera.

—No lo sé —confesó, y de manera casi inconsciente trató de ocultar su zona íntima con las manos. Vincent se percató de aquel detalle y su respuesta fue apartarse de la bañera—. Tal vez esté en mi habitación, le gusta esconderse debajo de la cama.

—De acuerdo. —Quiso marcharse, aunque no pudo resistirse a decir—: No es necesario que hagas eso. —Contempló sus manos, aunque no tardó en levantar la cabeza para centrarse en sus ojos—. No voy a tocarte, si eso es lo que te preocupa. Jamás lo haría. Pero te he tenido desnuda en mi cama durante toda la noche, Aurora. —Esas palabras, envueltas en un ronroneo, pretendieron dar a entender que había podido memorizarlo. Sobre todo, los tatuajes de los costados, que volvió a admirar dejando que su mirada se deslizara por su pecho. El recuerdo de su nariz entre los senos hizo que sintiera cierta calidez en una zona concreta.

Dejó escapar un profundo suspiro mientras retrocedía otro paso, consciente de que debía irse.

Sin decir más, cerró la puerta tras él para ir en busca de Sira. No obstante, no la encontró donde Aurora dijo que podría estar. Tampoco en su habitación, hasta que salió al pasillo y vio una cola extendida y de color negro bajar las escaleras con gracia, cual princesa que se dirigiera a la pista de baile. Se apresuró a alcanzarla, pero fue demasiado tarde, ya que la voz sorprendida de Howard no tardó en hacerse notar.

—¿Y este gatito? —preguntó mientras la observaba ir hacia su cuenco de agua—. Y con un bonito collar de diamantes. ¿De dónde ha salido? A ti no te gustan los gatos —murmuró refiriéndose a Thomas, aunque no tardó en levantarse para ir al encuentro de la felina.

«Grave error», pensó Vincent. En los días que había estado conviviendo con Sira se había dado cuenta de su mal genio y de lo recelosa que era. No permitía que la acariciaran manos desconocidas; de hecho, ni él ni su padre se habían atrevido a intentarlo.

—Es de la hija de una vecina —intervino el detective acercándose, y su padre no dudó en dedicarle una mirada cautelosa—. Se han ido de vacaciones durante un par de semanas y le han pedido si por favor podía cuidarla.

Sira estaba concentrada bebiendo agua, aunque con las orejas hacia arriba, un gesto que Vincent reconoció al instante, el mismo que había hecho cuando se la encontró tendida en la alfombra por primera vez: un estado de alerta, de desconfianza máxima, preparada para atacar.

—¿A tu padre? —se rio, agachado, y sin dejar de mirarla—. Curioso.

Sin embargo, cuando Vincent se percató de su intención de acariciarla, intervino rápidamente.

—Será mejor que no lo hagas, no se deja acariciar por casi nadie. ¿Qué se sabe de la ladrona? ¿Hay algún avance?

El inspector se levantó sin haber llegado a tocarla y volvió a sentarse en la barra para llevarse la taza de café a los labios.

—Le decía a tu padre que el comisario pretende cerrar la investigación si no hay ninguna novedad durante los próximos días —explicó—. No puedo hacer nada para impedirlo; son órdenes de arriba y, teniendo en cuenta que la ladrona probablemente esté ya en otro continente, será competencia de la Interpol seguir con su búsqueda.

—¿Y el Zafiro de Plata? —preguntó el detective, mordiéndose el interior de la mejilla—. Una cosa es su captura y otra muy distinta recuperar la piedra. El comisario no puede, simplemente, dejarlo pasar como se ha hecho con el resto de las joyas. ¿De verdad no ha habido ninguna pista que se pueda seguir? Sería otro fracaso a nivel mundial. Son cinco años, inspector; cinco años dando vueltas por el mundo haciendo lo que le ha dado la gana.

—Han pasado casi tres semanas desde el robo —respondió el hombre—. Hemos hecho todo lo posible para intentar localizar algo, lo que fuera, pero es... —Se frotó la sien—. Es como si hubiera desaparecido. Lo siento, amigo —dijo mirándolo—. He tratado de hacer todo lo que ha estado en mi mano, pero no puedo disponer de más agentes y recursos para seguir por un camino sin salida. Tenemos que centrarnos en los demás casos.

—No deberíamos haberla expuesto —expuso Thomas—. ¿Cuál es el siguiente paso? ¿Olvidarlo? Yo no quiero olvidarlo, lo que necesito es recuperar la joya. Aaron está hecho polvo, la situación le ha pasado factura y supone una pérdida millonaria para el museo.

—Lo sé, de verdad que te comprendo. De todas maneras, quiero que sepas que no voy a desentenderme del caso. Tengo contactos. Te informaré de cualquier movimiento y te prometo que te lo voy a devolver.

El detective, atento a las palabras de su superior, se inquietó ante lo último que había dicho, pues habían hablado como si la situación estuviera repitiéndose. No entendió lo de «devolver». ¿Alguna vez el inspector había tenido la joya en su poder?

—Un momento —los interrumpió—. Creo que me he perdido, ¿hay algo que debería saber? Llevas toda la vida buscando el Zafiro de Plata; desde que era pequeño recuerdo que te pasabas noches enteras encerrado en tu despacho sin dormir. Una vez incluso dijiste que habías estado muy cerca de conseguirlo. ¿A qué os referís con «devolver»?

Las dos personas a quienes Vincent apreciaba y admiraba se miraron durante un segundo, antes de que su padre se volviera hacia él para decirle:

—He tenido el Zafiro de Plata en mis manos, hijo, hasta que la ladrona se lo ha llevado. —Thomas frunció el ceño—. ¿Qué es lo que te inquieta?

—Habláis como si esto ya lo hubierais vivido, como si... —murmuró pensando.

Sin embargo, se quedó callado mientras trataba de recordar todas las veces en las que su padre se apartaba de todo el mundo menos de Howard y se encerraba para seguir con su investigación, las noches en que lo veía subirse al coche y volvía a la mañana siguiente. Cuando él era un adolescente aquella joya lo había llevado casi al borde de la obsesión. Y ahora, al verlos conversar... Había tenido un presentimiento, uno que no le había gustado.

—Te puedo asegurar que no pasa nada —intervino su superior mientras le colocaba una mano en el hombro. Lo conocía a la perfección y sabía que su nariz de detective no iba a quedarse quieta hasta que no finalizara aquella conversación—. Por cierto, una última cosa antes de irme: necesito saber cuándo podrás incorporarte. ¿Cuándo tienes la última revisión?

—Dentro de unos días.

—Muy bien, mantenme informado. Y espero que pronto puedas unirte, se te echa de menos.

—¿Qué te ocurre, inspector? —Vincent esbozó una sonrisa burlona al percatarse del cambio de tema—. ¿Eso que estoy viendo es una lágrima?

—Cuida esa lengua, que todavía puedo suspenderte otra

semana más. —Alzó una ceja—. Bien, tengo que irme, seguimos hablando. Y, Thomas, me habría gustado hacer más, de verdad.

Su amigo negó con la cabeza, sin salirse de su papel, y lo acompañó hasta la puerta. En cuanto Howard se hubo subido a su coche, se volvió hacia su hijo con la clara intención de regañarlo.

—¿Se puede saber dónde tenías el móvil? ¿Qué crees que habría pasado si Howard se hubiera encontrado con ella nada más entrar? Joder, Vincent, llega a enterarse y se acabó. ¿No lo entiendes? Se acabó todo.

—Pero no ha pasado.

—Beckett es un sabueso, al mínimo detalle que no le cuadre se pondrá a investigar.

—Cálmate, no ha pasado nada —repitió negando con la cabeza—. No he estado pendiente del móvil, ¿y ahora qué? ¿Tengo que ofuscarme pensando en todo lo que podría haber hecho que tu plan se fuera a la mierda?

—Diez llamadas perdidas, otros tantos mensajes que se han quedado de adorno. La próxima vez, haz el favor de coger el dichoso aparato. Incluso he llamado a Aurora, pero tampoco ha contestado. ¿Qué demonios estabais haciendo?

Peligro.

No podía dejar que su padre sospechara lo que habían estado haciendo toda la noche, así que no tuvo más remedio que mostrarse confundido para incitarlo a descartar cualquier escenario en el que estuviera pensando.

—¿A qué te refieres? —Su tono de voz no cambió mientras fruncía levemente el ceño. Odiaba tener que mentirle, hacerle creer que no había pasado nada cuando en realidad no podía quitársela de la cabeza. Sin embargo, tampoco era imprescindible que se lo contara cuando sabía que no iba a repetirse.

El destino, pendiente de cada pensamiento, esbozó una mueca en desacuerdo.

—¿Ha pasado algo entre vosotros?

—Algo… ¿como qué?

—Pues no lo sé, Vincent, ¿por qué nadie tiene cuidado en esta casa? Es que no me quiero imaginar lo que podría haber pasado si Howard hubiera llegado a verla. —Thomas se llevó la mano a la frente y negó con la cabeza—. Ya sé que no saben cómo es su rostro, pero…

—Papá. —El detective se acercó a él para apoyar las manos sobre sus hombros—. Cálmate, ¿de acuerdo? No ha pasado nada, la próxima vez tendremos más cuidado.

Hubo unos segundos de silencio, unos en los que Aurora, escondida en las escaleras y acariciando a Sira en brazos, se preguntó si había llegado el momento de interrumpir o no. Sin embargo, cuando Thomas volvió a preguntar por qué su hijo no le había respondido, decidió intervenir con una excusa que fuera creíble.

—Yo lo tenía en silencio y tampoco estuve pendiente de él —murmuró, y, casi a la vez, se volvieron hacia la procedencia de aquella voz—. Y el de Vincent estaría apagado, seguramente. Perdón por haberte preocupado, no volverá a pasar. —Después de dejar a la gata en el suelo, se sentó en uno de los taburetes, aunque antes contempló el maletín negro que yacía a unos metros. Su curiosidad se despertó al instante—. ¿Es la falsificación? —preguntó intuyendo lo que podría contener.

Thomas asintió y no tardó en colocarlo encima de la mesa de madera.

«Como si no hubiera pasado nada», pensó el detective mientras observaba a su padre, aunque sin poder dejar de contemplarla por el rabillo del ojo. El gesto tampoco duró demasiado, pues no tardó en regañarse a sí mismo. Es lo que habían acordado: una noche con la idea de acabar con la tensión sexual, con aquel deseo que había aparecido cuando sus miradas se encontraron por primera vez. Así era como debía actuar: con la indiferencia tiñéndole el rostro, la misma que mostraba Aurora.

Dejó escapar un suspiro disimulado, casi como si se hubiera tratado de un bostezo, aunque este se apagó justo cuando su padre abrió el maletín para dejar que un brillo inusual acaparara todo el espacio. La misma joya que había contemplado el día del robo, la misma que había despertado el interés de todo un país, incluso del mundo entero. La misma por la que la ladrona había encabezado la mayoría de los canales televisivos, de la prensa y de la opinión pública.

—Si no supiera que se trata de una copia —murmuró Vincent sin dejar de apreciar el resplandor que emanaba—, habría jurado que es la auténtica.

Thomas esbozó una pequeña sonrisa cargada de orgullo, pues se trataba de su mejor creación, a la que más horas le había dedicado para perfeccionarla al milímetro.

—El ojo medio sería incapaz de percibir la diferencia —respondió percatándose de que la ladrona no había pronunciado palabra. Todavía seguía mirando la piedra, el colgante que descansaba plácidamente sobre el terciopelo negro—. ¿Cómo lo ves? —preguntó con un repentino interés por conocer su opinión.

—¿Tienes unos guantes? —contestó en su lugar—. Necesitaría una lupa también.

—Ahora vuelvo. —Fue lo único que dijo antes de desaparecer hacia las escaleras.

Y, como de costumbre, la cocina quedó invadida por un silencio que no tardó en envolverlos. El detective mantuvo la mirada fija en su taza de café ya vacía mientras acariciaba el borde con el índice. Ni siquiera sabía qué decir o si sería prudente abrir la boca. «Indiferente —se recordó—, como si no hubiera pasado nada».

No obstante, la indiferencia que intentaban mostrar se vio interrumpida por Sira, que, de un salto, acababa de subirse a la mesa para dirigirse, curiosa como su dueña, hacia el maletín abierto. Vincent observó la sutileza con la que se movía, el pequeño temblor de su nariz, que olfateaba la perfecta falsificación. Pero lo que más le sorprendió fue observar su intención por acercarse a sus manos. A las suyas, no a las de ella.

Vincent se mantuvo quieto mientras mantenía la mirada fija en el pequeño animal.

—¿Por qué se acerca? —preguntó segundos más tarde sintiendo los bigotes rozarle la piel.

—Creo que está confundida —murmuró Aurora apreciando esa curiosidad inusual, pues jamás se había acercado al detective de aquella manera. Tal vez...—. Por el olor.

—¿Qué?

Pero los pasos de Thomas acercándose a la sala se oyeron al instante, lo que frenó cualquier rumbo que hubiera podido tomar aquella conversación.

—¿Desde cuándo Sira se ha hecho tu amiga? —Con la simple mención de su nombre, la felina no dudó en sentarse entre sus brazos y en apoyar la cabeza sobre su mano derecha para cerrar los ojos—. Se duerme en todas partes menos en la cama que le he comprado —se quejó mientras colocaba una serie de objetos sobre la mesa—. Es una falsificación perfecta, salvo por un detalle que es imposible replicar. Aunque no se darán cuenta, créeme.

Aurora apreció los guantes de algodón de color negro y esbozó una sonrisa minúscula sin poder evitarlo. Se los colocó al instante y contempló sus manos cubiertas por esa oscuridad que tanto había echado de menos, su amiga, la que siempre había compartido su ambición.

Con la lámpara de luz blanca encendida, inspeccionó minuciosa el falso colgante, sobre todo la piedra que yacía en el centro de la composición: tan impecable y deslumbrante como la original que había sostenido, la que le habían robado por traición. Nina podía disponer de una grandiosa inteligencia, una mente brillante capaz de superar a la suya en ciertos aspectos, pero lo que las diferenciaba era precisamente su desconocimiento sobre el arte que se escondía en las joyas. Y la ladrona lo dominaba a la perfección.

Si el plan era un éxito, tardaría un tiempo en darse cuenta del detalle y Aurora lo aprovecharía para esconderse y preparar el siguiente golpe, pues en su mente no entraba dejarla impune.

Nina D'Amico pagaría tarde o temprano. Aurora solo tenía que ser paciente.

—Está muy conseguida —murmuró minutos más tarde—. Es casi idéntica.

—¿Cuál es ese detalle que dices que no es igual? —preguntó el detective mirando a su padre.

Thomas se aclaró la garganta. Llevaba un par de días pensando en la idea de revelar esa parte de la historia que nadie conocía, la gran ventaja que lo posicionaba cerca de la línea de meta frente al resto de los jugadores. Una información que estaba dispuesto a compartir con la ladrona de guante negro.

—El Zafiro de Plata no es una joya independiente, tiene una historia ligada a una corona y un cofre. —Captó su atención de inmediato—. No quiero aburriros con la historia completa, pero, para que os pongáis en contexto, en medio de una revolución que se produjo hace casi cuatro siglos en el norte de Europa, y con la idea de protegerla y que no cayera en manos equivocadas, se construyó un cofre con tres espacios, uno para cada piedra. Con la colocación de la primera en su hueco correspondiente se activará un mecanismo que dará a conocer la ubicación de la siguiente. Lo mismo con la segunda. Con las tres piedras en el cofre podremos saber dónde se halla la Corona de las Tres Gemas.

Aurora abrió ligeramente los ojos ante ese nuevo detalle. Conocía la existencia de esta y también sabía que el Zafiro de Plata solo era el primer paso para hacerse con un tesoro mayor, pero nadie había mencionado nada sobre la nueva pieza del puzle, la que trazaba el camino en el mapa.

Una pieza que, en ese momento, casi era más importante que la propia joya.

—Pero, si el Zafiro es la primera piedra y ahora la tiene Nina... —dijo Vincent mientras observaba el colgante, todavía en las manos de ella.

—Sin el cofre, poco podrá hacer —contestó con una tranquilidad que sorprendió a la ladrona—. Además, es necesario separar la gema del colgante, ya que el espacio está pensado para que solo quepa la piedra, y muy pocas personas conocen esta información. Creen que el Zafiro es un colgante más cuando, en realidad, es el primer paso para completar uno de los tesoros más antiguos de la historia —explicó—. De hecho, no existía un «Zafiro de Plata» como tal, la gente empezó a denominarlo así por las características de la piedra.

—Y porque formaba parte de la composición —intervino la italiana mientras volvía a colocar el colgante en el maletín—. ¿Cuál es el detalle imposible de replicar?

—Cada una de las gemas tiene, en la parte superior, un grabado que, cuando se introduce en su correspondiente hueco, activa el mecanismo. Es un grabado único, aunque pasa bastante inadvertido.

—¿Qué se sabe de las otras dos?

—No es de conocimiento público —respondió el hombre admirando su creación—. Tal vez los más fanáticos... Lo único que sé es que la Corona está compuesta por un zafiro y dos gemas más. Puede que ni tengan nombre, pues el caso que ha adquirido notoriedad ha sido el de la primera piedra. Ya os digo que este tesoro no es muy conocido y lo único que se puede encontrar en internet son artículos basados en rumores. No muchos conocen el secreto del cofre. Además, tengo contactos, gente que está pendiente de cualquier movimiento. Me habría enterado si alguien hubiera decidido unirse a la competición, pero, tal como os he dicho, es necesario el cofre para obtener la pista de la siguiente ubicación. Y este objeto se encuentra en mi poder, a salvo.

—¿La conoces? La siguiente ubicación —preguntó ella. Su rostro se mantenía impasible—. Si tienes el cofre y has disfrutado del Zafiro durante semanas... Seguro que no te ha resultado difícil averiguar el paradero de la segunda gema.

—Muy pocas personas conocen el funcionamiento real del cofre —repitió— y no era mi intención revelárselo al director del museo. No he tenido oportunidad de insertar la gema en el cofre, pues Aaron se ha mantenido encima de la joya las veinticuatro horas del día.

—No deberías haber dejado que la expusiera.

Thomas entrecerró los ojos, un gesto sutil que a la ladrona no le pasó por alto. Quiso responder, pero, como era de esperar, su hijo no dudó en intervenir.

—Claro, habría sido mejor que te la hubiera enviado a ti por correo, ¿no? —Sus dos miradas se enfrentaron, todavía presas de un deseo que aún echaba chispas—. Tratemos de solucionar lo que tenemos entre manos, ¿de acuerdo? —Vincent no dejó que la ladrona respondiera, por lo que se volvió hacia su padre para preguntar—: Lo que no entiendo es el objetivo del cofre. ¿Por qué construirlo si la idea era proteger la Corona? Quien lo tenga contará con ventaja frente a los demás, porque da igual que tengas la piedra; no servirá sin el cofre.

—Precisamente —empezó a decir obviando la mirada de la mujer—, ese fue el objetivo del joyero de esa familia. Montar un puzle, soltar las cuatro piezas por el mundo y dejar el cofre en manos del heredero al trono, quien iría entregándolo a cada nueva generación. No estaba en sus planes deshacerse por completo de semejante tesoro, sino esconderlo con la idea de que algún día pudiera volver a completarse.

Era la primera vez que la princesa de la muerte oía esa historia. Ni siquiera se le había ocurrido pensar que la Corona de las Tres Gemas hubiera pertenecido a la realeza, a una familia que se viera obligada a proteger su corazón.

—¿Cómo sabes tanto sobre ello? —preguntó Aurora mientras observaba a su salvador—. Si internet está plagado de rumores e historias basados en la suposición, ¿cómo sabes que la información que tú tienes es verídica?

—Años y años de investigación, de fuentes fidedignas... —Se encogió de hombros—. Soy historiador y me fascina el mundo de la joyería, de los tesoros perdidos. Cuando oí esta historia por primera vez, cuando encontré la primera pista sobre el paradero del Zafiro... Llevo muchísimo tiempo en esto.

—¿Cómo lo conseguiste?

Thomas esbozó una sonrisa débil, algo nerviosa, ante aquella pregunta. Incluso observó a su hijo, interesado por la respuesta; también a Sira, que dormía plácidamente en sus brazos.

—Es una larga historia, pero tampoco tiene mucho misterio. Con la ayuda de varias personas, fui siguiendo pista tras pista hasta que localicé el colgante —murmuró seleccionando las palabras que iba a pronunciar—. Estamos hablando de hace casi veinte años, pero no estaba solo, había más gente tras él, así que perdí el Zafiro. Lo encontré más tarde, este año, y no tuve más remedio que contárselo a

Aaron, que me había visto con varios documentos e imágenes sobre la mesa, aunque le relaté una versión simplificada.

La mujer asintió .

—¿El director no sabe nada? —intervino el detective.

—¿Por qué debería saberlo? —Thomas negó con la cabeza y sonrió—. Es mi búsqueda, no la suya. Si se lo contara, se apropiaría de todo lo que sé sobre la Corona y la familia a la cual perteneció. Es una persona ambiciosa que quiere llevarse todo el mérito a costa de los demás.

—¿Dónde está?

Thomas contempló los ojos inquisidores de la ladrona.

—¿El cofre? Bien escondido, no te preocupes. Una vez que tengamos el Zafiro auténtico, descubriremos dónde se encuentra la segunda gema. Ahora debemos centrarnos en el plan y recuperarlo. ¿Qué habéis pensado?

La ladrona no respondió al instante, pues comprendió que Thomas seguía mostrando cierta desconfianza hacia ella. No podía culparlo, pues ella le había advertido que no era una persona de fiar. Sin embargo, la existencia del cofre había hecho que la intriga de Aurora por el contenido de la caja fuerte del despacho cobrase relevancia.

¿Cómo de fácil sería traicionar a los Russell? Levantarse en mitad de la noche, con ellos profundamente dormidos quizá tras tomar una taza de té preparada por ella, e irse con todos los ingredientes para su propio triunfo.

Fue una idea fugaz que acarició la oscuridad que dormitaba tranquila en su interior.

28

A pesar de que tuviera los ojos cerrados, el sueño no la vencía. Hacía horas que lo intentaba, pero no había sido capaz de dormirse. Y, tal vez, el culpable fuera ese pensamiento que no había dejado de rondarla, el que le susurraba que la traición sabía dulce y que debía probarla.

Pensó en las dos caras de la moneda: el traidor y el traicionado.

Como si se tratara de una quemadura en la piel, Aurora ya había ocupado el lugar del segundo y el sabor se encontraba lejos de ser agradable. ¿Podría ella hacer lo mismo con la persona que la había salvado de la muerte? ¿La que le había ofrecido comida y un techo bajo el que resguardarse? El ángel que la mantenía oculta de aquellos que deseaban colocar su cabeza en una bonita bandeja de plata.

La ladrona de guante negro no era alguien en quien se pudiera confiar, ella se lo había advertido y, aun así, Thomas había decidido compartir algunos secretos de aquella investigación que había empezado casi dos décadas atrás. Pero ¿qué pasaría cuando la Corona ya estuviera completa? ¿Quién se la quedaría? Si lo traicionaba ahora, el golpe sería menor. Podría desaparecer, seguir su propio camino, y el tesoro se mantendría bajo su custodia. Los Russell no volverían a verla y de esta manera rompería cualquier vínculo que pudiera haber surgido.

Esa tentadora idea la mantenía despierta, esperando a que su corazón, por fin, se decidiera. «El traidor y el traicionado», pensó una vez más.

En la conversación en la cocina, en la que Thomas había preguntado por el plan, la ladrona se había limitado a decir que todavía seguía en ello, pues su contacto, el *capo* de la Stella Nera, la llamaría en los próximos días para darle noticias y, tal vez, el paradero de Nina. Había tenido mucho tiempo para pensar en la mejor estrategia para pillarla desprevenida. Si querían darle el cambiazo sin que ella se percatara, antes debían saber dónde se ocultaba y, lo más importante, dónde había escondido el Zafiro de Plata. Dudaba de que aún siguiera en Nueva York; de hecho, conociéndola, habría interpuesto un continente y parte del océano Atlántico entre ellas.

Sin embargo, el cofre se había convertido en el protagonista de la historia y, en el caso de que no lograran ubicarla, podrían utilizarlo como cebo: llamarían con él la atención de la traidora y conseguirían que dejara de ocultarse en la oscuridad.

El plan alternativo, como era de esperar, no agradó en absoluto a Thomas.

—Sin el cofre estamos perdidos —aseguró negando con la cabeza—. ¿Quieres que llamemos su atención? ¿Y si algo se tuerce? Una cosa es que tenga el Zafiro de Plata, pero otra muy distinta es que le demos luz verde para ir a por la Corona. No puedo permitirlo, de ninguna manera.

—Thomas, escúchame…

—He dicho que no.

Con el punto final de su salvador y sin ninguna intervención por parte del detective, la conversación había llegado a su fin. Aurora no tuvo más remedio que abortar temporalmente el plan B hasta que Thomas viera que era la única opción viable en el caso de que su contacto la llamara con malas noticias. A Nina la habían entrenado en la organización, junto a ella; sabía cómo ocultarse y nadie sería capaz de encontrarla a no ser que ella así lo deseara.

Durante el resto de la tarde, ninguno de los tres volvió a mencionar el tema y cada uno se centró en su tarea, hasta que la llamada de auxilio del detective despertó en la ladrona una pequeña sonrisa.

—¿Se puede saber qué hago con Sira? —preguntó en un susurro para no despertarla, mientras la observaba dormir despreocupada. Aún tenía la cabeza sobre el brazo y sus patas delanteras lo abrazaban—. ¿La despierto?

—Si no te importa llevarte un arañazo, puedes intentarlo —sugirió la princesa con cierta diversión manchando su tono de voz.

—¿Quieres ayudarme? Es tuya.

—Los gatos son unos animales bastante independientes, en realidad.

—Sigue siendo tuya.

—No te morirás por tenerla un ratito contigo —respondió mientras se dirigía hacia la estantería con la intención de seleccionar algún libro—. ¿O tienes algo que hacer?

El detective no respondió; aun así, sus miradas se encontraron una vez más, un gesto que les hizo recordar la noche anterior. Aurora la apartó primero y se sentó en el sillón.

Horas más tarde, entrada ya la noche, Sira decidió abrir los ojos y estirarse mientras dejaba escapar un largo bostezo. Buscó a su dueña con la mirada y, cuando no la encontró y apreció en su lugar al hombre que tenía delante, le dedicó un gesto cargado de indiferencia.

—Eres igual que ella, ¿lo sabías? —murmuró el detective—. Y desagradecida, además.

Pero lo único que hizo la felina fue bajarse de la mesa con otro salto y dirigirse escaleras arriba. El salón volvió a inundarse de un tranquilo silencio que dejó que Vincent siguiera trabajando en el ordenador hasta que, minutos más tarde, su padre lo interrumpió.

—Creo que me voy a dormir. Buenas noches —dijo conteniendo un bostezo.

Su dormitorio también se ubicaba en la segunda planta, aunque al final del pasillo, junto a su despacho. Vincent siguió trabajando durante un par de horas hasta que sintió la pesadez caerle sobre los párpados. Cerró la pantalla, se frotó los ojos y no tardó en subir las escaleras. Caminó por el oscuro pasillo hasta detenerse delante de su habitación, justo enfrente de la que ocupaba Aurora.

Se quedó inmóvil, sin saber de la falta de sueño que se había cernido sobre ella, y observó el pomo durante varios segundos. Esa barrera que alimentaba la debida lejanía que tenían que respetar. Vincent endureció la mandíbula al darse cuenta del error que no había querido ver desde el principio. ¿Cómo conseguiría resistirse al impulso cuando ya había probado la exquisitez de su cuerpo? No había sido buena idea; de hecho, se regañó a sí mismo por no haberlo pensado mejor, pues, con su presencia alrededor, era incapaz de ser racional.

Necesitaba que la atracción, el deseo y las ganas desaparecieran.

Se mordió el labio inferior, negando con la cabeza, para que el recuerdo de su cuerpo no siguiera afectándole; no obstante, sabía que la única opción era meterse en una ducha con agua fría. Helada, a ser posible.

Aurora dejó escapar un largo suspiro que reflejó la incomodidad que le generaba el insomnio. No solía dormir mucho, sobre todo entre misiones, estrategias y planes, pero además del pensamiento que seguía molestándola, lo que hizo que su noche se convirtiera en una pesadilla fue el recuerdo de su infancia que había decidido aparecer.

No le gustaba pensar en el orfanato, en aquellas paredes de colores pastel que la habían mantenido encerrada; menos deseaba rememorar a esas señoras que se hacían llamar «hermanas» y que la habían maltratado durante años. En los castigos a los que había sobrevivido...

Cerró los ojos mientras se concentraba en el movimiento de su pecho, en su respiración acompasada; no obstante, y sin quererlo, la imagen de una versión suya mucho más pequeña ocupó toda su mente.

«*Ragazza!*», gritaban las monjas persiguiéndola. No dejaron de gritar, de insultarla, de mencionar que ella era la hija del mal. «*Vieni qui, figlia del Diavolo!*». Aurora corría con todas sus fuerzas, con la respiración agitada, mientras imploraba no caer al suelo. Miraba hacia atrás de vez en cuando sin poder diferenciarlas. No podía dejar que la alcanzaran, que la castigaran de nuevo por algo que ella no había hecho, pues el culpable, aquel niño que disfrutaba molestándola, no se había atrevido a dar un paso adelante cuando las hermanas descubrieron la trastada.

Hartas de no obtener respuesta, su mirada acusatoria se dirigió hacia la niña de pelo negro, que no tendría más de siete años, y sus gritos no tardaron en hacerse oír. Aurora trató de explicarles que ella no era la culpable, pero de nada le sirvió debido al historial que la perseguía.

Entonces, la pequeña de ojos verdes empezó a correr por los pasillos del Orfanato della Misericordia con las dos monjas más jóvenes yendo detrás de ella. Sabía que pronto se cansaría, pero no podía dejar de correr mientras ansiaba que se abriera una puerta al final del pasillo, hacia el exterior, que le sirviera de escapatoria.

Pero la puerta no apareció y la pequeña niña tropezó al mirar hacia atrás. Cayó al suelo y, aunque trató de levantarse, las dos hermanas no tardaron en alcanzarla con una sonrisa de suficiencia. «*Goffo*», pronunció una de ellas riéndose por su torpeza.

En aquel instante Aurora supo que ese castigo dolería más que los anteriores.

No se equivocó.

Ese recuerdo la llevó a acariciarse las costillas, esa marca ya invisible por el tatuaje que había decidido hacerse años más tarde. La tinta había conseguido cubrir la cicatriz; sin embargo, ¿por qué no había podido borrar también la imagen de su mente? Ese pensamiento la llevó a la conclusión de que siempre seguiría rota por más que tratara de olvidarlo. Aquellos cristales siempre harían que su interior sangrara cada vez que se transportara hacia aquella época.

Con la mirada fija en la oscuridad que la observaba, se preguntó cuánto tiempo haría falta para que su corazón dejara de sangrar en silencio.

Tal vez nunca dejara de hacerlo y su vida ya estuviera condenada por el resto de la eternidad. Tal vez llegaría el día en el que su corazón, ya derrotado, decidiera cerrar los ojos para no seguir soportando esos cristales que lo lastimaban. No obstante, hasta que ese día llegara, se esforzaría por contenerlos, se encargaría de vendarse las heridas y unir los pedazos rotos obviando la pregunta que siempre aparecía: ¿Hasta cuándo podría soportarlo?

Una pregunta para la que, todavía, no tenía respuesta.

Con la garganta seca, decidió ir a por un vaso de agua. Su gata se despertó casi al instante, se desperezó y no dudó en seguirla cuando vio la puerta abierta. En medio de la pesada oscuridad, siendo incluso capaz de oír el silencio de su alrededor, cruzó todo el pasillo hasta llegar a la planta de abajo y notó que una fría sensación se adueñaba de sus pies descalzos; sin embargo, no le importó.

Lo que necesitaba era olvidarse de los cinco años que había estado en el orfanato, así que permitió que la oscuridad —la que sí era su amiga— la abrazara mientras sentía el agua fría viajar por su interior como si intentara calmar los recuerdos que le impedían dormir.

Observó a Sira reclamar su atención cuando se subió a la mesa ronroneando mientras buscaba la caricia de su dueña. Mantenía la cola estirada hacia arriba y, cuando deslizó los dedos por la suavidad de su pelaje, cerró momentáneamente un momento los ojos. ¿Qué habría sido de ella en estos esos dos años de no haber tenido la compañía de la gatita? Recordaba los momentos en los que no la había tenido a su lado y reconoció que habría deseado gozar de su cálida compañía, pues sin darse cuenta Sira había conseguido salvar una pequeña parte de su alma.

Siguió acariciándola y, segundos más tarde, apreció su intención de subirse a sus brazos; aquella idea desapareció cuando un ruido a lo lejos la alertó e hizo que empuñara un cuchillo. Se quedó en silencio esperando a que aquel sonido se identificara y, cuando lo hizo, esbozó una mueca divertida.

—¿Estás loca? —susurró el detective con la mano en el corazón—. ¿Quieres rematarme?

—¿De verdad quieres que responda a eso? —Guardó el cuchillo sin dejar de susurrar. Ninguno de los dos quería despertar a Thomas, aunque se encontrara en la planta de arriba—. No vuelvas a asustarme.

—He sido yo el que se ha asustado.

La princesa se encogió de hombros restándole importancia. No iba a disculparse con él.

—Me iré a mi habitación.

Sin embargo, Vincent preguntó lo primero que se le pasó por la cabeza para frenar aquella intención.

—¿No puedes dormir? —murmuró, mientras intentaba que sus ojos se acostumbraran a la oscuridad, y observó el mechón suelto que le caía de la melena—. Tal vez, en lugar de agua, deberías tomarte un vaso de leche. Suele ayudar.

La muchacha no respondió, pero como se había dado cuenta de su intención por alargar la conversación, preguntó:

—¿Por qué has bajado?

—Estoy siendo amable, Aurora. —Incluso sus ojos se habían puesto serios.

—Entonces déjame ir —dijo después de ver que su cuerpo le dificultaba el paso. La ladrona alzó la cabeza y se encontró con sus ojos mientras esperaba que se moviera. Pero no lo hizo—. ¿Por qué no te apartas? —Una pregunta que no denotaba molestia, pero sí confusión.

—No lo sé —susurró—. Debería hacerlo.

—¿Te arrepientes? —interrumpió ella sin acercarse todavía.

—Sí —confesó endureciendo la mandíbula, y pudo apreciar la sorpresa en el rostro de la muchacha—. Me arrepiento de haberte pedido solo una noche y me doy cuenta de mi error, porque no debería haberme dejado llevar. Tendría que haberme controlado, pero... Joder —suspiró—. Le prometí a mi padre que me quedaría con él hasta que te fueras. Y mírame, solo ha pasado un día y no he podido dejar de pensar en todas... —se aclaró la garganta—. Ojalá no fueras una ladrona, una criminal... Sería mucho más fácil.

El detective tragó saliva y se quedó en silencio. Por un instante se imaginó las bocas encontrándose, las lenguas iniciando un nuevo baile, la espalda de ella sobre la isla y a sí mismo entre sus piernas.

—Consigues que mi imaginación vuele —siguió diciendo y esbozó una minúscula sonrisa—. Ni siquiera era mi intención contártelo, esperaba poder cerrar los ojos y que llegara un nuevo día, pero oí tu puerta y... —Hizo una breve pausa y dejó escapar otro suspiro—. No debería haber bajado —susurró sin poder resistirse a colocarle tras la oreja aquel mechón rebelde—. Buenas noches, Aurora.

La mano de ella alrededor de su muñeca lo frenó e hizo que se acercara. Vincent observó sus labios entreabiertos y no pudo evitar bajar la cabeza al notar el contacto frío sobre su piel.

—Siempre estás tan fría... —Ni siquiera supo por qué se lo había dicho, pero era algo que siempre notaba—. Ahora eres tú quien no me deja ir —dijo ante el silencio de la ladrona. Ella aún le agarraba la muñeca y empezó a subir la mano por su brazo con una lentitud que hizo que se le cortara la respiración.

—Dime que quieres marcharte y me detendré —pronunció al final. Se acercó hacia él mientras esperaba su respuesta, aunque esta no se produjo—. Dices que no puedes dejar de pensar en mí ¿y esperas que no haga nada? No dejas de mirarme, te acercas a mí sin darte cuenta obligándome a cerrar los ojos, porque... —Aurora acercó la nariz hacia su cuello e inhaló su aroma, pero se alejó segundos más tarde—. Sobre todo, cuando sales de la ducha. Ahora me colocas el mechón detrás de la oreja y es la segunda vez que me dices que la repetirías mil veces más. ¿Cómo esperas que te ignore? Se supone que estamos en tregua, una que acabará tarde o temprano. Se supone que tú y yo somos enemigos; te he disparado, joder. ¿Por qué sigues buscándome? Tendrías que odiarme, tendrías que estar deseando ponerme las esposas para llevarme a comisaría; sin embargo... Mírate, mírame a mí. Si no ponemos un límite, ¿qué pasará cuando hayamos completado la Corona, cuando se acabe la tregua...?

El detective apartó la mirada durante un segundo para

cerrar los ojos con fuerza, pero cuando volvió a abrirlos la agarró de las nalgas, la alzó sobre la isla de la cocina y se colocó entre sus piernas.

—¿Qué quieres que te diga? —pronunció con un tono más arisco—. No puede haber sentimientos de por medio, Aurora. ¿Crees que me enamoraré de ti, que te entregaré mi corazón? No pasará, porque tú y yo seguiremos estando en dos bandos diferentes. No me hables de sentimientos cuando solo quiero follarte otra noche entera.

Empezó a deslizar hacia su cuello la mano que le había colocado en la mejilla y dejó que el pulgar le rozara el labio inferior en una caricia más fuerte. No obstante, suavizó el agarre cuando observó su intento por levantar la barbilla mientras notaba la mano de ella adentrarse en el pantalón de su pijama.

—¿Quién ha hablado de sentimientos? —susurró la ladrona con una sonrisa—. ¿Qué te hace pensar que quiero tu corazón? Eso nunca pasará, porque antes volvería a dispararte sin dudar. —La princesa contempló la tensión en su rostro, cómo se obligaba a no apartar la mirada mientras ella trazaba una suave caricia por el largo de su miembro para despertarlo—. Lo que te ofrezco es ampliar la tregua a una relación de sexo casual sin sentimientos, *amore*. Nada de palabras bonitas ni románticas, nada que me haga pensar que vas a enamorarte de mí.

La caricia se convirtió en una lenta masturbación con el único propósito de llevarlo al límite.

—O tú de mí —aseguró el detective en un hilo de voz, tratando de no soltar ningún gemido que los delatara.

Entonces, la mano de Aurora destruyó cualquier límite que se hubiera impuesto y esa caricia se intensificó cada vez más, al igual que el beso que firmó la nueva tregua que acababan de cerrar. Comenzó un nuevo baile y sus lenguas, dominantes como solían ser, se disputaron el control.

Además del beso, la princesa de la muerte acababa de regalarle un orgasmo que había conseguido quitarle todo lo demás de la cabeza. Se bajó de la mesa segundos más tarde mientras él respiraba con cierta dificultad.

—Buenas noches, Vincent.

Fue lo único que dijo antes de abandonar la cocina para encerrarse de nuevo en su habitación, pues no iba a entregarse a él después de la manera en la que le había hablado. Sin embargo, no pudo borrar la sonrisa de suficiencia que se había adueñado de su rostro; había conseguido que el detective se rindiera a sus pies. Así, podría tomarlo por sorpresa en el momento que menos se lo esperara.

29

Incluso antes de aceptar la llamada Aurora sabía que las noticias no serían buenas. Era imposible que lo fueran, teniendo en cuenta que hablaban de Nina.

Por más que intentaran encontrarla, la italiana no se dejaría ver. Por eso la ladrona había tratado de convencer a Thomas por última vez durante el desayuno. Si quería completar la Corona, si quería recuperar el auténtico Zafiro de Plata, su plan era la única opción viable. Sin embargo, el hombre seguía sin mostrarse convencido, ya que le asustaba la idea de perder lo que le había llevado años encontrar.

—Es un riesgo enorme —expuso él negando con la cabeza—. Sé que tu intención no es entregárselo, pero ¿te das cuenta de que la ventaja que tenemos es precisamente que tu amiga no sepa de su existencia?

Aurora no respondió. Entendía su razonamiento, también su angustia y su miedo porque el objeto pudiera peligrar, pero ¿qué otra opción le quedaba? Tenía que entenderlo: si no la provocaba, si no podía desenvolver el caramelo delante de ella, jamás vencerían.

—¿Crees que no soy consciente de su importancia? No caerá en sus manos, puedes confiar en mí, pero créeme cuando te digo que es nuestra única opción —aseguró mientras pensaba lo que iba a decir a continuación—: La gente con la que trabajo —hizo una pausa breve— sigue tratando de localizarla. Nina se ha entrenado en nuestra misma organización, conoce todos nuestros secretos, cómo actuamos… Eso le da una gran ventaja. Podríamos pasarnos meses, años intentando encontrarla, pero no se dejará si no lo desea. Es la única manera, de verdad. Tampoco me hace gracia utilizar la única carta que tenemos, pero, de lo contrario, no avanzaremos. Si conseguimos que salga de su escondite…

Pero antes de que la ladrona terminara lo que iba a decir, el sonido de una llamada entrante la interrumpió. Se quedó observando el número. No podía tratarse de otra persona.

—¿Quién es? —preguntó el detective, aunque no recibió ninguna respuesta. Sentado y con una taza de café en la mano, continuó mirándola: la vista fija en la pantalla, pero sin atreverse a responder—. Aurora —pronunció su nombre intentando sacarla de aquel trance en el que parecía sumida.

El sonido de aquella voz la devolvió a la realidad y no tardó en atender el aparato, aunque no sin antes girarse hacia Thomas por última vez sin decirle nada. Segundos más tarde se alejó de la cocina para esconderse en una habitación cualquiera.

—Dime que tienes algo, que la has encontrado —empezó a decir en italiano mientras empezaba a caminar en círculos sin darse cuenta.

Pero cuando oyó que el *capo* de la Stella Nera dejaba escapar un largo suspiro, supo que había acertado en su sospecha.

—Sigue sin haber noticias, *principessa* —murmuró decaído. Todavía le era difícil creer que su propia sobrina, a quien había criado desde muy pequeña, se hubiera rebelado contra los de su propia sangre—. La conoces; si no quiere que nadie la encuentre, hará todo lo posible por mantenerse invisible. Es como buscar una aguja en un pajar.

—¿Entonces? ¿Qué se supone que vamos a hacer? ¿Quedarnos de brazos cruzados?

—El mundo es grande, Aurora. Podría estar en cualquier parte. Y si a eso le sumamos que sabe cómo ocultarse… Multiplica el nivel de dificultad por dos —respondió el hombre—. Tendríamos que hacer que saliera de su escondite, que se moviera o que… No lo sé, cualquier cosa, pero tiene que salir. De lo contrario, estaremos así todo el tiempo que quiera.

Aurora se mordió el labio inferior mientras pensaba en la respuesta de Thomas. Él no quería exponer el cofre de aquella manera, pues era su único as bajo la manga, el valioso objeto que resguardaba los tres corazones de la Corona. No podía sacrificarlo. Sin embargo, ¿qué opción le quedaba? Hasta que Nina no cometiera un error, si es que eso ocurría, sus manos continuarían congeladas y la organización estaría paralizada. Y el tiempo era un factor clave, pues, cuanto más esperaran, mejor posicionada estaría Nina.

Tras unos segundos de silencio decidió contárselo.

—Tengo algo que podría servir —murmuró ignorando la sensación que había empezado a revolotear a su alrededor. No era una traición, aunque en el fondo lo sintiera de aquella manera—. Algo que podría hacer que Nina saliera de la madriguera.

Entonces, la ladrona empezó a contarle a Giovanni la historia de la Corona de las Tres Gemas, el tesoro que se mantenía escondido de la luz y de las manos que lo querían raptar. Le aseguró que, sin el cofre, Nina no podría mover ficha y estaría dando vueltas en círculos interminables sin información que le facilitara el camino hacia la segunda joya.

El cofre se convertiría en el cebo, en una pequeña isla en

el horizonte después de llevar semanas nadando. Nina no tendría más remedio que aceptar su propuesta; la pillarían desprevenida. Era lo único que necesitaba, que dejara de bailar en la oscuridad para que pudiera enfrentarla.

—¿Ese cofre está en tu poder?

—Sí —aseguró.

—Podría filtrar la información en nuestra red de contactos sin que todo el mundo lo supiera. Una filtración controlada —murmuró, y Aurora escuchó cómo su mente maquinaba a toda velocidad—. Podría funcionar. Si le ponemos la solución a su problema delante de las narices, no tendrá más remedio que dejarse ver.

—Que sea un rumor —añadió la ladrona—, y asegúrate de decir que yo también estoy interesada en encontrarlo, conviértelo en una competición.

—Lo único que debes saber...

—Que no seremos las únicas, lo sé. —La princesa de la muerte era consciente de que, una vez que Giovanni filtrara la noticia de la importancia del cofre, aparecerían nuevos enemigos dispuestos a ir a por él—. No lo filtres hasta que yo lo diga. Te llamaré dentro de una hora.

A Giovanni no le dio tiempo a decir nada más cuando Aurora colgó la llamada. Negó con la cabeza y se guardó el aparato; la próxima vez que la viera le enseñaría modales.

Sin perder mucho más tiempo, ordenó a sus hombres que se olvidaran por el momento de su sobrina y que se centraran en la nueva pieza del tablero de ajedrez: el misterioso cofre que haría salir a Nina de su escondite. Quería toda la información: quién lo había construido, qué tamaño tenía, cómo era el interior, de qué color, cuándo se había fabricado... Aunque lo más importante era saber quién lo había encontrado.

—¿La respuesta sigue siendo que no? —preguntó la ladrona sentándose delante de ellos. Sabía que habían estado discutiéndolo, pero esperaba que el detective hubiese hecho entrar en razón a su padre.

—¿Por qué? ¿Con quién has hablado?

Aurora se giró hacia Vincent. ¿Qué esperaba que le respondiera? «Con Giovanni Caruso, ¿has oído hablar de él? El jefe de una organización italiana de narcotráfico que se esconde tras una empresa fabricante de papel y cartón, y que también se dedica al robo de joyas. Puedes pasar a hacerle una visita cuando quieras, abre de ocho de la mañana a cinco de la tarde».

—Con alguien —contestó en su lugar, y sus ojos reflejaron su agradable humor—. La próxima vez que quieras preguntarme algo absurdo, avísame.

Vincent alzó las cejas sorprendido. Y, como era de esperar, no se quedó callado.

—¿Se puede saber cuál es tu problema? ¿Tengo que recordarte que me estoy jugando el puesto por ti? Ni siquiera te he pedido que me des un nombre, dramática. Era una simple pregunta.

—Niños... —murmuró Thomas mientras apoyaba la barbilla sobre la palma de la mano—. Vamos a centrarnos.

Pero de nada sirvió que lo dijera, pues lo ignoraron.

—Nadie te ha pedido ayuda, y, si tantas ganas tienes de arrestarme, hazlo. —La mujer no dudó en juntar las muñecas y llevarlas hacia delante con el mero propósito de irritarlo—. ¿Quién te obliga a estar aquí? Si hubiera querido hacer daño a tu padre, ya lo habría hecho. Oportunidades me han sobrado.

—No me provoques, Aurora —pronunció, y se transportó sin evitarlo al baile de máscaras, cuando le dedicó las mismas palabras.

—Y tú a...

—¿Queréis callaros? Los dos —intervino Thomas alzando levemente la voz—. Me tenéis cansado con vuestras discusiones infantiles. Las cosas se pueden hablar; sois adultos, comportaos como tales. —Ambos se sentaron poco a poco, aunque sin dejar de mirarse—. Bien, ¿por dónde íbamos? ¿No hay otra opción que no incluya utilizar el cofre como cebo?

Aurora negó con la cabeza.

—Vamos a utilizarlo —informó. No era una pregunta, lo que provocó la sorpresa en el rostro del pobre hombre—. Si quieres recuperar la joya, este es el primer paso. Ya he dado instrucciones; se pondrán en marcha y extenderán el rumor para que llegue a oídos de Nina. Estaremos atentos a cualquier movimiento que haga.

—Seguís dejándolo al azar —intervino el detective tras chasquear la lengua. Mantenía una postura despreocupada, relajada, y miraba la goma de pelo con la que había empezado a entretenerse—. No puede ser que, simplemente, haya desaparecido. Algo estaréis haciendo mal.

—¿Y lo dices tú? —soltó ella esbozando una sonrisa burlona—. Te recuerdo que llevo cinco años dando vueltas por el mundo y nadie hasta ahora ha conseguido atraparme.

—Yo lo hice, ¿recuerdas?

—Escapé.

—Por poco —replicó Vincent mientras le devolvía el mismo gesto al ver que había conseguido decir la última palabra—. ¿Estás segura de que saldrá bien? Si vas a revelar una información que muy poca gente conoce, lo único que conseguirás es que más delincuentes y ladrones se sumen a la partida, y, si te soy sincero, ya tenemos suficiente contigo.

—Ese es tu trabajo, ¿no? Capturar a los malos.

—Lo que debería haber hecho contigo.

—Pero aquí sigo, sin esposas. —La sonrisa no había desaparecido del rostro de la joven ladrona.

—A lo mejor debería ponértelas. Si lo piensas, no es una mala idea.

—Ya basta —volvió a intervenir Thomas—. ¿Tengo que castigaros en habitaciones diferentes? Jesús, relajaos, y, Vincent, te agradecería que no la interrumpieras. —Aurora sonrió, pero, cuando el hombre se dio cuenta, se giró hacia ella. La sonrisa no tardó en desaparecer—. ¿Se puede saber qué has hecho? Ni siquiera sabes dónde está el cofre, y no creas que mi intención es dártelo.

Entonces, en aquel preciso instante, la ladrona apostó todo lo que tenía a una única casilla.

—Arriba, en tu despacho; esa habitación que mantienes bajo llave. El cofre está en la caja fuerte, detrás de la estantería. —Ni siquiera había podido comprobar que fuera cierto, ya que, desde la última vez, no había vuelto a tener oportunidad de verificarlo. Sin embargo, al ver el desconcierto que se había adueñado de la expresión de su salvador, supo que estaba en lo cierto—. Podría habérmelo llevado, incluso haberme ido una noche cualquiera y haberte dejado sin nada, pero no lo he hecho. Y aquí sigo, pidiéndote que por favor lo pienses bien.

—¿Cuándo...? —Pero ni siquiera pudo acabar la pregunta, pues la sorpresa todavía revoloteaba a su alrededor—. La puerta siempre estuvo cerrada, todos los libros están colocados... ¿Cómo es posible? ¿El cofre sigue ahí? —Se levantó sintiendo que la tensión le recorría los brazos y lo volvía débil.

—Si no estuviera ahí, me habría ido hace tiempo la noche en que trajiste la falsificación.

En aquel instante, la mente del detective recordó el encuentro que habían tenido en la cocina: cuando oyó la puerta de su habitación para, minutos más tarde, seguirla en medio de la oscuridad. La acalorada discusión que se había producido entre susurros y su mano deslizándose peligrosamente por su abdomen para regalarle un orgasmo que todavía recordaba.

Tal fue su ensimismamiento que su padre no tuvo más remedio que chasquear los dedos delante de él para que despertara.

—Te he llamado dos veces, baja de las nubes —le regañó, y Vincent se percató de que se encontraba solo en la mesa—. Vamos arriba.

—¿Para qué? —Se levantó rápido.

—Porque acabo de aceptar.

La puerta de la habitación de Aurora estaba entreabierta, apenas una rendija por la que Vincent, sin querer, pudo observar el reflejo de su imagen.

De no haberla visto a través del espejo, no se habría acordado de la existencia de su pequeño gimnasio, así que, con un par de golpecitos en la puerta, llamó su atención. Ni siquiera sabía si aún seguía molesta, ya que, después de que su padre le hubiera enseñado el cofre y de que ella hubiera llamado para decirle a alguien «luz verde», sus miradas no habían vuelto a encontrarse. De todas maneras, se arriesgó y empujó lentamente la puerta con el único propósito de ser amable.

—¿Qué quieres? —soltó ella volviéndose.

—Vengo en son de paz.

—Estoy ocupada —se limitó a decir mientras se estiraba de nuevo sobre la alfombra alargada—. ¿Sigues aquí? —preguntó segundos más tarde, después de haber empezado otra serie más.

—¿Esto es lo que normalmente haces cuando entrenas? ¿Unos tristes y simples ejercicios de abdominales en el suelo? —la interpeló con las manos a la espalda mientras avanzaba por la pequeña habitación. No tardó en colocarse delante de ella, aún de pie—. Vengo a proponerte algo mejor.

—No me interesa.

—Ni siquiera sabes lo que iba a decir.

—Sigue sin interesarme —susurró Aurora tratando de que su voz sonara lo bastante clara.

—Qué poco confías en mí.

La ladrona alzó las cejas y esbozó una sonrisa incrédula.

—No somos amigos —dijo—. Y tú nunca dejarás de ser detective, así que, ¿qué confianza piensas que debo tener? —La muchacha se quedó en silencio, aunque sin dejar de mirarlo—. No hace falta que respondas.

La risa del detective se dejó oír por la habitación.

—¿Qué pensabas que iba a decir?

—¿Cuál es esa propuesta? —cambió de tema rápidamente, pues no deseaba entrar en otra discusión.

—¿Ahora sí quieres saberla?

—Pues no me la digas. —Se encogió de hombros indiferente—. Largo de mi habitación.

—Es una lástima —empezó a decir encaminándose a la puerta—. Pensaba que podría interesarte entrenar en un gimnasio decente y no en el suelo, pero... Vuestros deseos siempre serán órdenes para mí, mi señora —ronroneó, ya en la puerta, mientras hacía una reverencia.

Sin embargo, una divertida sonrisa apareció en su rostro cuando la ladrona lo detuvo. Se volvió de nuevo hacia ella para ver que se ponía de pie y pudo apreciar, con cierto disimulo, el conjunto deportivo de color negro que llevaba.

—¿Y se puede saber dónde lo tienes? ¿Debajo de la cama?

—Eres muy graciosa, ¿te lo han dicho alguna vez? —dijo, y la respuesta inmediata de Aurora fue cruzarse de brazos—. En el cobertizo del jardín; dentro monté un gimnasio totalmente equipado. A mi yo de quince años le dio por reducir grasa y aumentar músculo.

—¿Cuál es el truco?

—¿Tiene que haberlo? —Se llevó las manos a los bolsillos—. Ya te he dicho que vengo en son de paz. Solo quiero verte entrenar en condiciones.

—¿Verme? —cuestionó con la incredulidad tiñéndole la voz—. Pensaba que me estabas haciendo un favor. —Avanzó un par de pasos hacia él, lentos, sin dejar de mirarlo.

—¿Quieres dejar de responderme con preguntas? —Una peculiaridad que a veces lo irritaba—. Y, sí, alguien tiene que enseñarte las instalaciones, tal vez ayudarte con algún ejercicio de barra —dijo, ya con un pie en el pasillo, invitándola a que lo acompañara.

—No necesito tu ayuda.

—Lo sé —se limitó a decir—. Pero es de mala educación no aceptar un gesto de buena fe, ¿lo sabías? Así que deja de quejarte. Vamos.

Antes de que hubiese podido responder, Vincent ya bajaba las escaleras. La ladrona incluso le oyó decirle a su padre, que se encontraba con un libro en la mano, que iban al cobertizo a desempolvar algunas máquinas.

—Por favor, portaos bien.

Aurora esbozó una pequeña sonrisa mientras se dirigía hacia la parte más alejada del terreno, donde se ubicaba ese cobertizo en el que nunca habría imaginado que hubiera un gimnasio. Entró después de él y se llevó una grata sorpresa cuando se encendieron las luces, aunque eso no impidió que arrugara la nariz por el olor a cerrado.

—No es muy grande, pero tiene lo esencial —empezó a decir mientras retiraba las sábanas blancas de las máquinas—. Por lo menos es mejor opción que entrenar en una triste alfombra. ¿Por dónde quieres empezar?

La joven se mantuvo callada durante unos largos segundos mientras contemplaba el saco de boxeo que colgaba en un rincón, las diferentes mancuernas y pesas, además de la barra de dominadas que ocupaba el centro del espacio y un par de bancos móviles en la esquina.

De un salto, se colgó de la barra dejando que su cuerpo quedara suspendido en el aire. Cerró los ojos por un instante pensando en la herida ya cerrada de la pierna. No le dolía; sin embargo, para su primer día de entrenamiento tras un largo periodo sin moverse, no quería forzarse. Trató de hacer una repetición, volver a encontrarse con esa sensación placentera, pero antes de que hubiera podido levantarse notó el cuerpo de Vincent acercarse al suyo.

Se había colgado delante de ella, a apenas unos centímetros de distancia.

—¿Alguien no sabe hacer una dominada? Quién lo diría —se burló mientras empezaba a hacer unas cuantas repeticiones. Todavía recordaba a la perfección la batalla que habían protagonizado en el museo, a la luz de la luna—. Vamos, princesa, ¿no puedes seguirme el ritmo? —murmuró sin dejar de contemplarla. Incluso se atrevió a esbozar una sonrisa cuando vio que superaba la altura de la barra con la barbilla. Una y otra vez.

—Vuelve a llamarme princesa y acabo contigo.

—Sí, señora —pronunció divertido, pues sabía que esa amenaza no era real. O tal vez sí.

En completo silencio, hicieron veinte repeticiones hasta que ambos se dejaron caer al suelo a la vez. El detective no abandonó la mirada sobre su cuerpo, pues su mente, curiosa por saber más, se preguntó qué más secretos escondía la ladrona de guante negro. No podía quitarse de la cabeza la técnica que había empleado; días más tarde había averiguado cómo se llamaba y que en algunos estados del país se considera ilegal por su brutalidad.

Esa técnica exigía años y años de preparación, una perfección exigente y una fuerza desmesurada.

—Cuando peleamos en el museo… Por poco me matas —pronunció con cierto cuidado—. ¿Dónde aprendiste a hacer muay thai? No es fácil encontrar quien te enseñe.

Pero Aurora ya estaba en el banco preparando la barra para colocarle en cada lado un disco de veinte kilos.

—¿Es necesario hablar sobre mi vida? —preguntó sin mirarlo, concentrada en lo que hacía—. No me apetece hablar, así que, si no vas a estar callado, te pediría que te fueras —objetó, y no tardó en acostarse sobre la superficie para empezar el ejercicio; sin embargo, se detuvo cuando el rostro de Vincent apareció en su campo de visión—. ¿Qué quieres?

—Prefiero estar cerca por si no puedes levantar todo el peso que le has metido.

—¿Tienes algún problema? —preguntó mientras volvía a colocar las manos en posición.

—Mi problema son tus preguntas a mis respuestas. No quiero irme, ¿no te das cuenta? —Sin tocar la barra, colocó las manos por debajo de esta, suspendidas en el aire—. Piensas que voy a utilizar en tu contra cada cosa que digas cuando lo único que quiero es saciar mi curiosidad. —Aurora acababa de levantar la barra haciendo que ambos se sumieran en un nuevo silencio—. Pero si realmente quieres que me vaya… —dijo después de que hubiera colocado la barra en el soporte.

Se mantuvo acostada en el banco con los ojos puestos en los de él. No quería que se marchara; no obstante, aquel pensamiento contradictorio le pedía que lo hiciera.

—Lo practico desde los diez años —empezó a decir—; órdenes de la persona que me acogió, con quien he estado hablando durante estos días sobre la joya. Me preparó para acabar con todo aquel que osara entrometerse en mi objetivo, me entrenó para que fuera una máquina de matar. Nunca he fallado un disparo, y en el museo, cuando apreté el gatillo... —susurró mientras se incorporaba— se supone que te estaba apuntando al corazón. Estaba segura de que te había matado, pero luego me encontré con la noticia de que no. Y más tarde la propuesta de tu padre... Y después tú y yo...

No pudo acabar la frase y dejó esas palabras suspendidas entre ambos; el detective no dudó en agacharse para permanecer entre sus piernas, delante de ella. Eran contadas las veces en las que podía adentrarse un poco más en su cabeza y no quería desaprovechar la oportunidad.

—¿Tú y yo? —instó a que continuara—. Una vez me preguntaste si me arrepentía. ¿Lo haces tú?

—No —respondió, aunque no dudó en añadir—: Porque solo fuiste una distracción. Y se supone que las distracciones no se adentran en la vida del otro, no desean saber más, pues lo único que les importa es satisfacer su deseo, pero tú... Me confundes, me haces preguntas que sabes que no voy a contestarte. Hace unas horas estábamos peleando delante de tu padre y ahora quieres ayudarme a entrenar... «Vengo en son de paz», has dicho. ¿Para qué? Porque lo único que yo quiero de ti es lo que acordamos, lo que te ofrecí. Nada más.

Casi de manera inconsciente, Vincent asintió con la cabeza al ver el rumbo que estaba tomando la conversación. Se puso de pie un instante más tarde haciendo que la cabeza de ella se alzara para no romper el contacto visual.

Lo peor de todo era que ni siquiera tenía una respuesta clara que darle, pues el detective tampoco quería más de ella, solo lo que se habían prometido. Sin embargo... Podría haberse ido, haberla dejado entrenar sola, pero ahí se encontraba, todavía mirándola mientras pensaba en las próximas palabras.

—Siento haberte confundido. No volverá a pasar —se limitó a decir, y se encaminó hacia la puerta—. Supongo que lo mejor es que te deje entrenar sola.

Aurora no dijo nada cuando lo vio abandonar el cobertizo y cerró la puerta detrás de él. No pareció molesto, pero aquella chispa divertida con la que había entrado se había esfumado para convertirse en polvo.

Ella siguió con el entrenamiento y él no hizo más que encerrarse en su habitación. Acostado sobre la cama y con el brazo doblado por detrás de la cabeza, ni siquiera se percató cuando cerró los ojos y se sumergió en un sueño profundo que lo meció como a un niño herido porque la chica que le gustaba acababa de rechazar su invitación.

Pero Vincent no era ningún niño y el interior de Aurora estaba envenenado por un pasado cruel, aunque por fuera su belleza lo cautivara. Sus mundos nunca serían compatibles y ambos lo sabían. Sobre todo, el detective, que en su sueño se había visto a sí mismo desear que la burbuja en la que ambos se encontraban jamás explotara.

Pero lo hizo horas más tarde, cuando se despertó al oír los gritos de aquella mujer, que, poco a poco, le generaba un sentimiento difícil de explicar y que Vincent jamás había pensado que fuera a sentir.

30

Pensaba que había sido su cruel imaginación que le había jugado una mala pasada, incluso creyó que aún soñaba, pero cuando volvió a oír aquella voz desesperada toda la confusión se esfumó en menos de un segundo.

El detective se levantó de la cama con el corazón algo agitado y no tardó en abrir la puerta de su habitación para encontrarse con una Aurora asustada cuya mirada no dejaba de buscar algo.

—¿Qué pasa? —preguntó acercándose a ella, pero no recibió ninguna respuesta—. Aurora —trató de llamarla mientras veía cómo se ponía de rodillas y se agachaba para mirar debajo de la cama—. ¿Buscas a Sira?

—No la encuentro —respondió levantándose un instante más tarde, y abrió la ventana para comprobar que no estuviera en el tejado—. ¡Sira! —gritó una vez más, y el detective pudo sentir el miedo apoderándose de su voz—. No es la primera vez que lo hace, suele marcharse, pero...

—Ni siquiera pudo acabar la frase mientras esperaba encontrarla en la siguiente habitación—. Siempre viene al cabo de un par de horas, antes de que anochezca.

—Te ayudaré a buscarla. ¿Has mirado en las habitaciones de abajo? —preguntó mientras intentaba hallarla en la suya propia. A pesar de que hubiera mantenido la puerta cerrada, no solía dormir sin tener por lo menos una ventana abierta.

—Sí —respondió nerviosa—. Puede que acuda más tarde, porque, de encontrarse en la casa vendría, pero... —No pudo evitar morderse el interior de la mejilla al notar que su mal presentimiento cada vez se hacía más fuerte—. ¿Y si le ha pasado algo? ¿Y si...?

No obstante, Vincent trató de frenar cualquier suposición cuando le puso las manos en las mejillas rodeándole el rostro. El detective pudo apreciar cómo una oscuridad sumergida en una profunda tristeza se adueñaba del color verde de sus ojos.

—Buscaremos por los alrededores —propuso, y la vio asentir levemente con la cabeza.

Tal vez no hubiera necesidad de inquietarse y Sira ya estuviera regresando a casa. Tal vez ni siquiera hiciera falta salir a buscarla, pero el detective tenía la creencia de que Aurora no se alteraría por un pensamiento inofensivo. Cuando habían acabado de mirar en todas las habitaciones de la segunda planta, vio la sombra de su padre aparecer por el pasillo.

—¿La has encontrado? ¿Nada por el jardín? —preguntó, pero el hombre negó mientras esbozaba una mueca de preocupación. Aurora no tardó en unirse a ellos—. Vamos a buscarla fuera, a lo mejor ya está regresando.

—Yo me quedaré aquí, os avisaré si aparece —murmuró Thomas, y ambos asintieron.

Pero cuando la ladrona abrió la puerta principal, no pudo evitar llevarse la mano al corazón al ver el collar de diamantes.

Tan solo el collar, sin rastro alguno de la gatita.

Se agachó despacio para sujetarlo con extrema delicadeza mientras trazaba una suave caricia por las piedras brillantes, y en ese momento se dio cuenta de que la persona que se la había llevado era la misma que había apretado el gatillo en el almacén. Nina sabía cuál era su punto débil, cómo dañarla sin enfrentarse a ella directamente. Y acababa de conseguirlo, pues el solo pensamiento de que Sira pudiera sufrir algún tipo de daño la aterraba. No era casualidad que, después de haberle dado luz verde a Giovanni para que desplegara la noticia, hubiera encontrado el collar de diamantes en la entrada de la casa donde se refugiaba.

La que había sido la segunda al mando de la Stella Nera la había encontrado. Aunque también había cometido el mayor error de toda su existencia al raptar al único ser al que Aurora le había entregado una parte de su corazón. Nina acababa de declararle la guerra y ella no dudaría en responder de la misma manera.

La ladrona de guante negro se levantó, aún con el collar en las manos, y cerró la puerta para toparse con el rostro desconcertado del detective, quien, al ver el brillo de sus manos, imaginó el peor de los escenarios.

—Se la han llevado —susurró sin dejar de observar el rostro de Aurora, que se limitó a hacer un movimiento afirmativo. Su mirada se encontraba bañada en una mezcla de tristeza y angustia, pero sobre todo de ira—. Joder. —Se puso las manos a ambos lados de la cadera mientras la veía dirigirse hacia la mesa.

Se había sentado sin dejar de contemplar el collar; el silencio que la rodeaba hizo que se le estremeciera el corazón. Le preocupaba que la mujer explotara en furia y dejara un rastro de cenizas a su paso. Se sentó en el asiento vacío a su lado, consciente de la presencia de su padre alrededor, y le cogió una mano para que lo mirara.

Sus ojos se mantuvieron distantes y no los apartó de las minúsculas piedras. Ni siquiera podía describir con exactitud lo que sentía: una combinación de recuerdos, de cuando la vio por primera vez, herida y pidiendo ayuda, o los momentos en los que la propia Sira le había servido de consuelo.

Iba a recuperarla. No sabía cómo, pero lo haría como fuese. No permitiría que la que había sido como una hermana para ella siguiera burlándose sin esperar ningún castigo.

Sin embargo, cuando Aurora quiso apartar la mano del cálido tacto de Vincent, el pequeño dispositivo empezó a vibrarle en el bolsillo. Tensó la mandíbula. La única persona que conocía el número era Giovanni, pero cuando apreció el «número oculto» en la pantalla sintió que la cuenta atrás se había iniciado.

Segundos más tarde aceptó la llamada y esa voz conocida no tardó en inundar el otro lado de la línea. Sin saberlo, Nina acababa de sentenciar su propia muerte.

—Hola, *principessa* —saludó con evidente burla—. ¿Creías que no descubriría a quién pertenece la mente brillante que se oculta tras el rumor del cofre? Sigues subestimándome, como siempre —siguió diciendo mientras la ladrona mantenía la mirada fija en ningún punto en particular—. Te llamaba para proponerte un intercambio: tu gatita por el cofre. Sin violencia y sin armas, porque, por más que te sorprenda, no es mi intención acabar contigo.

Sin embargo, Aurora siguió sin contestar mientras las miradas curiosas de los dos hombres seguían sobre ella. La ladrona se mostraba impasible; no pretendía que ninguna emoción revelara lo que estuviera pensando. Pero el detective pudo ver la fuerza con la que sujetaba el collar, advirtiendo su furia cargada de lágrimas, de recuerdos rotos y risas apagadas.

—¿No contestas? —continuó Nina, que no dudó en sonreírle al hombre que escuchaba la conversación a su lado—. Me sorprende que...

En aquel instante Aurora decidió intervenir y la interrumpió.

—¿Tan miserable eres que te has atrevido a raptar a un ser indefenso en lugar de enfrentarte a mí? —empezó a decir en italiano, lo que provocó que los Russell no pudieran entenderla—. Me declaras una guerra que sabes que vas a perder en vez de preguntarme directamente dónde tengo el cofre. Un movimiento estúpido, si me permites decirlo —murmuró con la única intención de provocarla.

En realidad, ni siquiera lo había pretendido, pues lo único que su corazón necesitaba era escupir el veneno que sentía.

—No te tengo miedo —aseguró Nina tratando de mostrarse serena. No podía permitir que ella le ganara la partida aun sabiendo que se encontraba en clara desventaja—. Lo único que quiero es el cofre a cambio de Sira. Nada más. Y me lo darás si no quieres que le pase nada.

Aurora se pasó la lengua por un colmillo.

—Si llegas a herirla de cualquier forma, me dará igual de quién seas sobrina y me tomaré todo el tiempo del mundo para hacerte sufrir hasta que supliques clemencia —aseguró sin levantar siquiera el tono de voz—. ¿Me he explicado con la suficiente claridad?

—Te olvidas de algo... —trató de responder la italiana, aunque la ladrona volvió a callarla.

—Hazle daño y no habrá lugar en el mundo en el que puedas esconderte. Y que te quede claro que es una amenaza, Nina. Me conoces y sabes que no juego.

—Tienes una hora para pensarlo —dijo con rapidez para, enseguida, colgar la llamada.

Era consciente de que la había inquietado, pues su respuesta llena de temor acababa de demostrar su falta de experiencia moviendo las piezas en el tablero. La diferencia entre las dos reinas radicaba en que Nina movía sus peones resguardada de cualquier ataque mientras que la reina negra no dudaría en luchar en el frente de batalla para buscar el jaque mate y derrocarla.

—¿Qué ha pasado? —quiso saber el detective cuando la vio lanzar el móvil sobre la mesa—. ¿Qué quería?

—El cofre a cambio de Sira —respondió, y una densa sensación los inundó. Thomas se aclaró la garganta y se acercó a la mesa, y Aurora no tardó en buscar sus ojos—. No pienso dárselo, si eso es lo que te preocupa.

—No quería… —trató de decir.

—Tendría que haberlo intuido. Se supone que todo debería haber salido bien, ¿por qué no la frené cuando tuve la oportunidad? —Los miraba a ambos mientras dejaba que se le escapara una incrédula sonrisa que pretendió esconder las lágrimas que empezaban a acudirle a los ojos—. ¿Por qué no lo vi? ¿Por qué hemos tenido que llegar hasta aquí? ¿Por qué…?

—Aurora… —Era la voz del detective queriendo acercarse; sin embargo, aquello provocó que la muchacha diera un paso hacia atrás y negara con la cabeza—. Vas a recuperarla, pero no…

—Ni se te ocurra pedirme que me calme.

—No iba a decirte eso.

—¿Puedes dejar de fingir que te preocupa? —soltó sin pensarlo—. Te da igual lo que le pase a Sira, al igual que a tu padre, al que tan solo le importa el estúpido cofre. No necesito tus palabras ni que te acerques a mí, ¿por qué no lo entiendes? ¡¿Por qué sigues confundiéndome?! Llevo toda la vida cuidándome, tratando de no romperme, de mantenerme cuerda… Siempre me las he tenido que arreglar sintiendo cómo ese vacío me consumía, y Sira era quien lo impedía. Y ahora… —Con un movimiento brusco borró de su mejilla la única lágrima que se había desbordado—. La he descuidado y ahora no está.

Vincent sintió que se le rompía la voz a cada intento por

impedir que más lágrimas furiosas brotaran de su mirada. Esa voz era muy diferente de la que recordaba de su primera conversación, en la que no dudaba en provocarlo. Esa voz rota, que trataba de no seguir destruyéndose, también lo rompió a él.

—Papá —avisó sin apartar los ojos de ella—. Vamos a salir un momento.

—No pienso ir contigo a ninguna parte.

—No te lo estaba pidiendo por favor —respondió moviendo la cortina hacia un lado para que saliera.

Al final, y después de dedicarle una mirada desafiante, Aurora se permitió cerrar los ojos al sentir el aire frío de la noche. Aunque no hubiera querido admitirlo, necesitaba despejarse, por lo que empezó a caminar por el amplio terreno mientras recordaba la conversación con Nina sin poder evitarlo.

«El cofre por Sira». Un cofre que Thomas le había asegurado que era imprescindible para seguir con la búsqueda de la Corona.

—No es culpa tuya —murmuró Vincent a sus espaldas, acercándose a ella—. Es lo que quería decirte antes, que no te culparas. No podías haberlo presentido, ¿me oyes? —Alargó la mano hacia su muñeca con la intención de detenerla—. Y no estoy fingiendo una mierda; me preocupo por ti, joder. Preferiría que estuviéramos teniendo una discusión absurda a verte así.

—¿Así cómo?

En medio de aquella oscuridad, aunque con la luz de la luna acompañándolos, la joven ladrona se giró hacia el detective para encararlo, sin obviar el tacto de su piel.

—Triste —confesó él casi en un susurro—. Una tristeza que escondes bajo esa rabia que sientes ahora mismo.

—¿Me vas a decir cómo debo sentirme?

—No, lo que trato de decirte es que te calmes y pienses

la mejor estrategia para recuperar a tu gata. Tú conoces a esa tal Nina mejor que nadie. ¿No te ves capaz de enfrentarte a ella?

Aurora esbozó una sonrisa irónica que reflejó la diversión que aquellas palabras le provocaron. El detective aprovechó para apartar la mano mientras apreciaba aquel gesto.

—Me refería a que temes hacerlo teniendo en cuenta de quién se trata —añadió cruzándose de brazos—. Dijiste que habías crecido junto a ella, que la considerabas una hermana.

—Consideraba —enfatizó—. En pasado.

—Eso dices ahora, pero cuando volváis a encontraros cara a cara...

—¿Tanto me conoces como para asegurar eso? —Alzó las cejas—. Pienso destruirla. Fin de la historia.

—Lo único que te pido es que pienses bien antes de actuar. Y deja de responderme siempre con esas preguntas. No, Aurora, no te conozco, ¿cómo quieres que lo haga si no te abres con nadie? —soltó, y se dio cuenta de que había alzado el tono de voz—. No te lo estoy echando en cara y tampoco pretendo que vuelques toda tu confianza en mí, pero, a lo mejor... —Hizo una pausa breve tratando de buscar las palabras adecuadas—. Quiero ayudarte, déjame hacerlo. Ya sabes lo que dicen: dos mentes piensan mejor que una.

—Dos mentes iguales lo harían —respondió refiriéndose a esa barrera que existía entre ambos—. Pero ayudarme implicará que te adentres en mi mundo y, por lo poco que sé, nunca traicionarías a tu inspector. ¿Cómo pretendes hacerlo exactamente?

En aquel momento, el detective comprendió que iba a ser difícil llegar hasta el interior de la desconfiada mujer, que aún permanecía con la mirada distante y precavida ante cualquier palabra que pronunciara.

—Se supone que seguimos en tregua.

—Una tregua no implica que tengas que jurarme lealtad —contestó mientras daba un paso hacia delante, hacia él—. Entiéndelo de una vez, tú mismo me lo dijiste: nuestro fin es inevitable y, si...

—¿Crees que solo lo hago por ti? —soltó harto de seguir escuchándola, a pesar de que hubiera repetido sus mismas palabras—. También lo hago por mi padre, porque se ha pasado toda la vida buscando ese puto tesoro. Lo único que quiero es verlo feliz, y, si tengo que poner un pie en tu territorio, lo haré, aunque eso signifique pedirte que confíes en mí —dijo sin dejar de mirarla mientras trataba de reprimir la necesidad de tocarla—. Lo hago por él, pero también por ti, porque no me ha gustado verte llorar. —Alzó la mano para acariciar la mejilla, ya fría, de la muchacha y secarle la humedad con el pulgar. Ese gesto provocó un nuevo silencio—. ¿Quieres que me arrodille ante ti y te jure lealtad?

Vincent pudo ver la sorpresa apoderándose de sus ojos, que se agrandaron de manera sutil. Incluso se la imaginó buscando cualquier indicio de burla en aquellas palabras. Aurora lo miraba desconcertada, preguntándose si el detective, que mantenía la mano alrededor de su rostro, sería capaz de hacerlo.

Ella negó con la cabeza, todavía incrédula.

—No juegues conmigo.

—Mírame —susurró al ver que la suave brisa nocturna le acariciaba la melena trenzada—. ¿Te parece que estoy jugando?

—Tal vez no ahora, pero...

—Aurora. —Ni siquiera sabía explicar por qué disfrutaba tanto al pronunciar su nombre completo, el real—. Quiero ayudarte. No estoy jugando contigo, tampoco es ninguna trampa. Quiero que recuperes a Sira para que vuelvas a ser la de antes y podamos continuar con la búsqueda de la Corona, quiero que sigas viviendo bajo este techo y mirarte cada vez que me dé la gana. Quiero... —suspiró cerrando los ojos un instante— volver a tener otra noche donde los sentimientos estorben, y, tal vez, intentar conocerte un poco más. Entender esa fijación tuya por las joyas o qué sucedió para que acabaras adentrándote en este mundo que es tan diferente al mío. Ya sé que nuestro fin es inevitable, pero ¿podemos centrarnos en el presente?

Entonces, la ladrona, que no quería que su mano abandonara esa caricia sobre su rostro, notó una pequeña grieta en la pared de diamantes que la rodeaba, la fortaleza que se había encargado de construir. Dejó entrar al detective, una mera invitación para otorgarle un voto de confianza que vigilaría, pues, si se le ocurría romperlo, no dudaría en hacérselo pagar.

—De acuerdo —se limitó a decir, y sintió un peso mucho más ligero sobre los hombros—. Pero no es aquí donde voy a querer que te arrodilles.

Y el detective esbozó una diminuta sonrisa ante lo que Aurora le había hecho imaginarse.

Nina D'Amico no había faltado a su promesa, pues, a la hora exacta, el teléfono de la ladrona sonaba de nuevo sobre la mesa.

La muchacha no tardó en responder y ni siquiera se esforzó por emitir palabra alguna. Dejó que su contrincante lo hiciera para demostrarle que, a pesar de todo, ella continuaría teniendo el control.

—Dije que te daría una hora para que lo pensaras —empezó a decir—. Espero que podamos llegar a un acuerdo que nos beneficie a ambas.

Aurora torció la comisura de la boca aun sabiendo que no podía verla.

—Eres muy valiente, Nina, ¿te lo he dicho alguna vez?
—La susodicha no contestó, así que la ladrona no dudó en continuar—: Tan valiente como para decirme a través de una llamada lo que no osarías decirme a la cara. Claro que me lo he pensado, y voy a decirte lo que vamos a hacer: tú y yo, solas, en el almacén donde me disparaste, en un combate cuerpo a cuerpo, sin armas. Quien caiga primero, gana. Si lo haces tú, me retiraré, te daré el cofre y conseguirás lo que siempre has deseado: reconocimiento y poder. Eso es lo que buscas, ¿no? El respeto de los que te rodean.

—No pienso enfrentarme a ti. Ya te he dado una opción, Aurora; el cofre por Sira.

—Si gano yo —continuó diciendo, ignorándola—. Me darás a Sira y prometo que no te mataré.

—¿Piensas que no sé lo que intentas?

—No lo sé, dímelo tú —contestó sin variar el tono de voz—. Parece como si no me conocieras, ¿crees que voy a dejarme vencer sin pelear? Te ofrezco un trato justo.

—El cofre por Sira o ya puedes despedirte de ella.

—Entonces, morirás —respondió, y esa vez se aseguró de que notara la mortífera frialdad en que su voz se había sumergido—. Te sugiero que no me provoques y que aceptes lo que te he ofrecido.

Nina, sin embargo, soltó una risa seca, sin gracia alguna, que hizo que la ladrona se pasara la lengua por el colmillo.

—¿No te parece graciosa la situación? ¿Cuánto tiempo llevas diciéndome que no tuviera ningún punto débil? Y aquí estamos, negociando con el tuyo —contestó—. ¿Quieres una pelea? Bien, la tendremos, pero, si quieres que sea justa, yo elijo la ubicación. Nada de tonterías. Recuerda lo que hay en juego.

—Nunca pensé que llegaríamos hasta este punto. Aliarte con el enemigo, dispararme, raptar a Sira… Trece años tirados a la basura porque no has sabido decirme lo que sentías en realidad.

—Ese es tu mayor error. —Nina suspiró cansada de que no intentara entenderla—. Sigues tratándome como si no fuera nada, piensas que el mundo gira a tu alrededor, y lo único que quiero es que veas que no es así. Trece años tirados a la basura por tu culpa —aclaró, y, sin esperar que contestara, no tardó en añadir—. Te mandaré la información para nuestro cara a cara, *principessa*.

—Prepárate para perder, porque pienso acabar contigo.

Entonces, colgó la llamada y se dio cuenta de que había reaccionado justo como había negado que haría.

31

Reunidos en un almacén cualquiera, ubicado en algún punto de Nueva York, Aurora se levantó con tal ímpetu que su silla casi cayó al suelo, pero la rápida reacción de Vincent frenó el impacto.

—Tengo su ubicación —comentó la persona que, sentada delante del ordenador, había rastreado la llamada entre la ladrona y la muchacha que la había traicionado—. Se encuentra a las afueras del distrito de Staten Island, en una propiedad privada a nombre de Dmitrii Smirnov. ¿Quieres que acceda a las cámaras de seguridad?

—Déjame pensar —se limitó a decir mientras dirigía la mirada hacia el hombre de piel oscura, cruzado de brazos, cuya espalda se hallaba apoyada en la pared más alejada.

En aquel instante el detective sospechó que era la persona al mando de aquella organización en la que era muy fácil entrar, pero no salir; en la que regalaban disparos a todo aquel que no obedeciera o que hablara más de la cuenta. Todo el que se encontrara entre esas cuatro paredes respetaba la figura de la ladrona.

Y ahí se encontraba Vincent Russell, cuyo cargo había omitido, observando en silencio a esa panda de delincuentes, escondido bajo una piel de cordero. Nadie le había quitado los ojos de encima y, si no hubiera sido por la imponente presencia de Aurora a su lado, lo habrían atado para darlo de comer a los perros.

Bastó una orden de la mujer de ojos verdes para que las miradas asesinas se suavizaran. «Tocadlo y estáis muertos», había pronunciado nada más llegar. Y nadie se atrevió a acercarse siquiera, pues sabían que Aurora se hallaba en lo alto de la pirámide de la organización, como si perteneciera a la realeza misma. *La principessa della morte*, título que el propio Giovanni se había encargado de que todas las ramificaciones que dirigía —Nueva York, sur de España, París y Grecia— conocieran.

Sabían de su relevancia, mas no a qué se dedicaba en realidad: el robo de joyas. Aunque algunos ya lo intuyeran, tampoco se habían atrevido a comentar nada al respecto, pues la misión de aquella noche consistiría en el rescate de Sira: la felina de pelaje negro con el collar de diamantes auténticos que siempre se sentaba en el regazo de la princesa.

Cuando la ladrona decidió confiar en la palabra del detective después de la conversación que habían mantenido, no tardó en llamar al *capo* para advertirle de su llegada a la base neoyorquina. Era consciente de que necesitaba disponer de recursos y hombres para la guerra que acechaba. Giovanni accedió a su petición y no tardó en informar a Charles, el hombre al mando de la subdivisión, de la misión que Aurora encabezaría.

Charles nunca la había visto en persona, pero conocía los rumores que acompañaban a su nombre. Una mujer implacable, despiadada, que no dudaba en bañarse en las lágrimas de los que osaran cuestionar su palabra. Diferentes historias, unas más tétricas que otras, cuya protagonista siempre era la misma y que ahora se encontraba delante de él.

Tras unos segundos en los que aún se mantuvo apoyado en la pared, el hombre de piel morena acató la silenciosa orden de Aurora que le pedía que se acercara. Algunos se apartaron a su paso mientras observaban al líder y a la princesa de la organización tratar de ponerse de acuerdo.

—Antes de hacer ningún movimiento, necesito que un equipo reconozca el lugar: cuántas entradas hay, cuántos hombres vigilan, las cámaras, de qué tipo de propiedad estamos hablando, el terreno… Quiero saberlo todo y quiero saberlo ya —ordenó—. No voy a arriesgarme a caer en una trampa; conociéndola, me sorprende que haya accedido tan rápido. —Empezó a retorcerse la piel de las manos casi sin darse cuenta—. Tiene que ser una trampa —aseguró en un susurro, como si estuviera hablando consigo misma mientras recordaba la conversación que acababan de tener.

Charles esbozó una leve sonrisa torcida cuando el desconocido se colocó al lado de la ladrona para frenar el movimiento compulsivo de sus manos, un gesto del que solamente ellos dos se habían dado cuenta; en aquel instante apareció un pensamiento fugaz. Nadie le había comentado nada sobre una posible pareja, pues dudaba de que se tratara de dos simples amigos. Las miradas no mentían y la de él reflejaba algo peculiar. No era amor; en sus ojos no existía tal sentimiento y en los de ella mucho menos, sino era algo del estilo: «atrévete a acercarte y desearás no haber nacido».

Una pareja de amantes, a lo mejor. Posesivos el uno con el otro, con la pasión a flor de piel, dominantes, con un carácter cargado de fuego que reduciría el mundo a cenizas de ser necesario.

Lo que Charles se preguntaba era de dónde había salido, pues, si había conseguido estrechar lazos con la mujer que se encontraba en lo alto de la jerarquía, debía de ser un tipo con poder. Sin embargo, jamás había oído hablar de él; de hecho, ni siquiera sabía cómo se llamaba.

—Como su alteza ordene —pronunció el líder segundos más tarde, inclinando levemente la cabeza en su direc-

ción—. Pero, si me permites una pequeña sugerencia...
—empezó a decir evaluando su reacción—, yo me presentaría a la hora indicada, pues dudo que no esté ya esperándote. Puedo mandar a un par de mis espías, pero no creo que resulte de nada si Nina ya te ha declarado la guerra.

—¿Sugieres que entre a ciegas?

El detective, detrás de Aurora, pensó en lo que ese hombre acababa de decir.

—Podrías aprovecharlo como una distracción —intervino, y todos los presentes volvieron la cabeza hacia aquella voz que aún les generaba desconfianza—. Una ilusión —siguió diciendo—. Si habéis acordado presentaros solas, aunque no creo que ella vaya a cumplirlo, hazle creer que sí y deja que sea otra persona quien recupere a Sira. Mientras los mantengas a ella y al ruso en el mismo espacio, no tendría por qué ser difícil desplazarse por el territorio.

—¿Y quién se supone que va a hacerlo? ¿Tú? —preguntó el líder con las manos detrás de la espalda y la barbilla levantada—. Además, ¿tú quién eres? Porque la educación ha brillado por su ausencia y ni siquiera has querido darnos tu nombre.

—No te hace falta saberlo; estoy perfectamente capacitado para realizar cualquier misión. Y, si de educación estamos hablando, vigila el tono, amigo, porque no somos iguales.

Pero antes de que Charles hubiera podido responder, la mirada de Aurora, que había apoyado ambas manos sobre la mesa, se interpuso en su objetivo y lo acalló.

—Envía a tus hombres y deja las discusiones para otro momento. No tenemos todo el día —pronunció, y echó un vistazo al hombre que había rastreado la llamada—. Tú, el de las gafas. ¿Hay noticias?

—Sí, señora —contestó algo nervioso—. Un mensaje

que informa de la reunión. Es la misma ubicación desde donde se ha hecho la llamada e indica la hora del encuentro. Ha insistido en que vaya sola y sin armas. Sira estará ahí y...

—Déjame ver el mensaje —lo interrumpió acercándose para leer la invitación de su contrincante.

> Mañana a las nueve de la noche.
> Te adjunto la ubicación para que no te pierdas, pero, a estas alturas, supongo que ya la sabes. Has conseguido tu propósito, amiga: que saliera a la superficie. Espero que podamos llegar a un acuerdo, no es mi intención acabar contigo. Eso lo harás tú sola con el tiempo.
> Tú y yo, cara a cara, sin hombres, sin armas y sin nadie que nos interrumpa. Sira estará ahí, igual que el Zafiro de Plata.

«Sira estará ahí, igual que el Zafiro de Plata». Una frase que escondía una realidad en la que Aurora no había pensado o, por lo menos, no hasta aquel momento. «Igual que el Zafiro de Plata». Frunció el ceño mientras esa realidad volvía a golpearla: Nina la recibiría en una sala donde estarían ellas dos junto a Sira y la joya. Nadie más. Solo ellas.

El plan del detective se había vuelto inservible.

—Marchaos de la habitación —murmuró la mujer sin dejar de leer el mensaje; no obstante, alzó la mirada cuando no oyó ningún movimiento—. ¿Tengo que repetirlo?

Entonces, todo el mundo desapareció después de que Charles hubiera asentido con la cabeza. Al fin y al cabo, a pesar de que Aurora perteneciera a la realeza, para muchos seguía siendo una desconocida; una «mujer», además, que no entendían qué tenía de especial. Pero tampoco se atrevían a ponerla a prueba, pues preferían conservar la cabeza.

—Tú también —murmuró con la mirada fija hacia el líder de la organización en Nueva York—. Necesito hablar a solas con él.

Y Charles, con la idea de tentar al peligro para ver qué ocurría, esbozó otra sonrisa torcida mientras decía:

—¿Tu amante? Porque no sé si «pareja» es el término adecuado. Pensaba que eras un alma solitaria.

El detective, de brazos cruzados, se mantuvo quieto mientras esperaba la respuesta de Aurora.

—Charles, querido, a una dama no se le pregunta por su vida sexual. Limítate a acatar mis órdenes, porque a la próxima no dudaré en retorcerte los huevos hasta que me supliques que pare. ¿Queda claro?

El hombre, sin embargo, no cambió la expresión de la mirada; tampoco se intimidó ante aquella advertencia, sino que, con las manos en los bolsillos, se encogió de hombros sin que aquella respuesta le hubiera afectado lo más mínimo.

—Supongo que no me necesitas —respondió en su lugar.

—Lo que necesito de ti es que mandes a tus hombres a hacer el reconocimiento de la propiedad de Smirnov —repitió—. Puedes irte.

—Sí, alteza —murmuró con cierta burla en la voz.

A Aurora no le gustó, por lo que, cuando el hombre quiso abrir la puerta de la habitación, ella no tardó en colocar la mano en la superficie para impedirle salir. Charles se volvió y, por primera vez, pudo contemplar esa oscuridad que empezaba a formarse en la mirada de la ladrona. Había oído rumores de la ferocidad con la que en ocasiones se enfrentaba a sus hombres, de su poca paciencia, pero jamás había presenciado la rapidez con la que saltaba la primera chispa.

Y tampoco había sido su propósito averiguarlo, pues a Aurora ni siquiera le hizo falta pronunciar una palabra para que el líder se sometiera a su voluntad.

—No pretendía reírme de ti —susurró, y no pudo evitar

tensar la mandíbula ante aquella mirada—. Te mantendré informada.

—Bien —se limitó a decir, y se apartó de la puerta.

Entonces Charles desapareció de su campo de visión y cerró la puerta, y en la habitación solo quedaron el detective, oculto bajo el anonimato, y la ladrona, como pez en el agua, pues hasta ese momento no había sabido lo mucho que había echado aquello de menos.

—¿De qué quieres hablar? —preguntó Vincent tras unos segundos. Aprovechó para acercarse a ella mientras trataba de ignorar la pregunta que Charles había hecho escasos minutos atrás. «Amantes», había dicho, lo que había provocado que frunciera la frente—. Del plan de distracción, supongo.

Aurora se había apoyado sobre el borde de la mesa mientras observaba la distancia que el detective había dejado entre ellos.

—Te quedarás aquí —dictaminó haciendo que la confusión se apropiara de su rostro—. No pienso arriesgarme a que Nina te vea, porque intuirá que me he aliado con la policía cuando no es el caso.

—Espera un momento.

—No quiero empezar una discusión. Dirigirás la operación desde aquí mientras yo me ocupo de rescatar a Sira.

—No.

—No era una pregunta.

—Conmigo no funciona, Aurora —murmuró—. Ahórrate eso de darme órdenes y esperar que te obedezca. No soy uno de tus hombres, tampoco trabajo para ti, soy...

—¿Mi amante? —Alzó las cejas mientras esbozaba una divertida mueca. No recibió respuesta—. Como te he dicho, no quiero discutir. Además, tu plan tampoco funcionaría, pues Nina tendrá el Zafiro y a Sira en la misma sala donde estaremos nosotras.

—Eso no lo sabes.

—Estaba bien claro en su mensaje. Es lo más inteligente, si lo piensas; de esta manera puede evitar que actúe como tú has sugerido —respondió—. Se asegura de saber que tendrá el control en todo momento, pues ella juega con dos cartas y yo con una.

—Dos —rectificó él—. Tienes la falsificación. Úsala. Eres la ladrona a la que la policía ha intentado atrapar sin éxito durante más de cinco años. Robas y te escapas haciendo que parezca fácil, y nos mantienes a todos en tensión. Ahora estamos en la misma situación: la misión es recuperar la joya y a Sira, y escapar.

—Te equivocas en algo. —Negó con la cabeza—. No es que parezca fácil, no se trata solo de robar y escapar. Es un arte, al fin y al cabo, y cualquier obra requiere su tiempo de preparación. Los robos que he efectuado han tenido éxito porque les he dedicado el tiempo que necesitaban: el estudio del área, el sistema de seguridad, todas las salidas, el plan de escape... Lo mido absolutamente todo al milímetro. —Hizo una pausa y se acercó un poco más a él, aunque no lo suficiente—. Aquí no tengo nada, es como si fuera a ciegas... Sin olvidarnos de Sira. No pienso ponerla en peligro.

—Nadie ha dicho que lo hagas.

—Nina es inteligente, ha participado en cada uno de esos robos, sabe cómo pienso, cómo actúo. No podremos tomarla por sorpresa, y, si se encuentra bajo la protección de Smirnov..., lo único que puedo hacer es seguir sus indicaciones y tener un grupo de hombres preparados para atacar cuando dé la orden.

—¿Y si ganas? —preguntó el detective alzando una ceja—. ¿Qué pasará si ganas la partida? ¿Crees que mantendrá su palabra?

—Ese es el problema: no lo sé. Nina acaba de volverse

impredecible, está cegada por los celos… ¡Mierda! —soltó, y se llevó ambas manos a la cabeza sin que le importara la trenza—. Debería haberlo previsto; cuando ordené que lanzara la noticia del cofre tendría que haber intuido que actuaría de esta manera.

—¿Cuál era el propósito de exponer esa información?

Aurora volvió a cruzarse de brazos y lo miró mientras se preguntaba qué clase de pregunta había sido aquella. «Como si no lo supiera», pensó. Estaba ahí cuando le dio luz verde a Giovanni, incluso cuando protagonizaron una de sus entretenidas discusiones.

Vincent, ante la confusión, explicó:

—Querías que Nina revelara su ubicación y ya la tienes. Tenías un plan, ¿no? Ha salido de su escondite y acaba de ofrecerte una invitación para que te reúnas con ella. Ha respondido como tú querías, ¿cuál es el siguiente paso? —preguntó mientras observaba el repentino cambio en su mirada, como si acabara de descubrir la luz—. ¿Qué tenías en mente?

—Cambiar el Zafiro sin que se diera cuenta y ganar unos días para regresar a… —Se quedó callada.

—Italia, ¿no? Vienes de ahí. A pesar de que tu inglés sea perfecto… Después de haberte oído hablar en italiano sumé dos más dos —explicó, aunque Aurora no se mostró sorprendida—. Eso también explica que decidieras hacerte pasar por una diseñadora italiana el día del robo o en el baile de máscaras —sonrió; sin embargo, no tardó en acercarse un poco más hacia ella cuando contempló la seriedad de su rostro. Sus manos se unieron en un pequeño roce de los dedos—. Te dije que podías confiar en mí.

—Una confianza que no durará eternamente —susurró la mujer haciendo que aquel contacto desapareciera—. Nunca contemplé que Sira fuera a acabar en la boca del lobo y no pienso regresar hasta que no la recupere. El plan se mantiene y eso te incluye a ti, ¿sigues dispuesto a ayudarme? Porque, si me la juegas, si llegas a hacer algo que me perjudique…, la tregua se romperá y tú acabarás con otro disparo, pero esta vez en la frente, ¿lo has entendido?

—Sí —aseguró, y la ladrona pudo apreciar sinceridad en su mirada. Quería estar segura, lo necesitaba, pues, si Vincent llegaba a faltar a su palabra, no quería imaginarse de lo que sería capaz—. ¿Cuál es el plan?

La ladrona de guante negro había decidido no presentarse a la hora acordada y había faltado a su cita.

Habían transcurrido algo más de veinticuatro horas desde su última conversación y Aurora se encontraba en la pequeña sala donde guardaban parte del armamento, con su característico conjunto ya puesto, mientras decidía qué armas llevaría. Cruzada de brazos, admiraba la pared repleta de pistolas, rifles y fusiles, además de los cuchillos ubicados de mayor a menor tamaño.

De repente, oyó el ruido de la puerta y esperó a que la conocida voz llenara todo el espacio.

—¿Admirando las vistas? —preguntó acercándose, y la mujer se limitó a seguir mirando la pared mientras continuaba de espaldas a él—. Estamos preparados.

Charles se colocó a su lado, observándola, y recordó el plan que les había indicado horas antes. Debía admitir que retrasar su llegada había sido un movimiento inteligente, pues ¿quién no enloquecería preguntándose cuándo haría su aparición la ladrona? Nina se mantendría expectante, casi al borde del colapso, esperando su aparición.

—¿Nina ha dado señales de vida?

—Aún no. ¿Crees que lo hará?

Charles la observó inclinar levemente la cabeza de manera que la larga trenza le acarició la espalda.

—No sabe qué hacer —respondió Aurora, confiada; a pesar de saberla imprevisible, la conocía mejor que nadie—. No le hará daño a Sira porque sabe lo que sería capaz de hacerle, y, si me llamara preguntándome dónde estoy, demostraría su falta de seguridad. Estaría rindiéndose a mi control, y eso es algo que no estará dispuesta a aceptar aun siendo consciente de ello.

—Lo tienes todo pensado.

—Quiero volver a casa —murmuró encogiéndose de hombros—. Y para ello necesito recuperar a mi gata; después me encargaré de Nina. Que tus hombres se mantengan a la espera hasta mi orden.

—De acuerdo —respondió, y Charles no tardó en dejar que el silencio la rodeara otra vez tras haber abandonado la habitación y haberle dedicado la última mirada.

Sin embargo, minutos más tarde un nuevo ruido la interrumpía. Aurora continuó de espaldas, indiferente, mientras oía sus pasos avanzar hasta ella. Le sorprendió haberlos reconocido al instante. A diferencia de lo que había ocurrido en el encuentro con Charles, fue la primera en iniciar la conversación después de haberlo encarado, aunque alzó un poco la barbilla sin querer.

—¿Qué quieres? —Le resultaba difícil esconder su molestia, sobre todo cuando le había ordenado que se quedara al margen. Pero recordó sus palabras del día anterior, la manera con la que siempre respondía, y supo que Vincent no dudaría en colocarse a su lado a la mínima dificultad que se presentara.

—Tan educada como siempre —murmuró con un aire divertido—. Venía a verte y saber qué es lo que tanto te entretiene. ¿No sabes qué elegir?

Se permitió contemplarla de pies a cabeza: ese conjunto que se había adueñado de ella como si se tratara de una segunda piel, la voluminosa trenza de raíz que volvía a caer sobre su pecho, las manos cubiertas para hacer referencia a su título… Aurora acababa de convertirse en una sombra, en la oscuridad misma. Y en aquel instante el detective comprendió cómo conseguía volverse invisible en cada robo.

—Solo voy a necesitar una Glock 19, un cargador extra y un par de cuchillos en el muslo derecho —respondió observándolo mientras se percataba del sutil cambio en su vestuario—. ¿Charles te ha dejado la ropa? ¿Ya os habéis hecho amigos?

Vincent bajó la mirada, sonrió y negó con la cabeza.

—Es mía —se limitó a decir mientras se dirigía a las armas, bajo la atenta mirada de la italiana, para seleccionar las que acababa de decir. Se volvió de nuevo hacia ella segundos más tarde—. A mí también me gusta el negro —murmuró dejando que apreciara su intención de colocárselas.

El pensamiento no tardó en convertirse en una realidad que el destino, pendiente de sus miradas y sus conversaciones, atrapó para conservarla: Vincent arrodillándose ante la princesa de la muerte, hincando una rodilla para colocarle el arnés que sujetaría las armas.

—¿Me permites? —Levantó la mirada en busca de su aprobación.

Aurora asintió sin decir nada mientras separaba las piernas dejando que el detective se encargara de todo lo demás. Sintió que la respiración la abandonaba cuando notó el suave roce de sus dedos en la parte interna de los muslos; la cercanía de su rostro mientras permanecía concentrado en la tarea.

Pero el ajuste de la última correa hizo que su corazón empezara a bombear con algo más de fuerza. Todavía agachado ante ella, aún le ceñía la pierna marcando una leve presión sobre la piel cubierta por el material negro.

Sin embargo, en contra de lo que ella había imaginado, Vincent no parecía tener la intención de seguir acariciándola, mucho menos de acercarse hasta su entrepierna. El detective dejó escapar un largo suspiro, se levantó, y la diferencia de altura volvió a ser notable. La joven ladrona se quedó mirándolo expectante.

—¿Tengo que suplicarte otra noche para que sigas tocándome? —preguntó, casi en un susurro, y pudo apreciar sorpresa en su mirada.

—¿Por qué piensas que tendrías que suplicar?

—Porque no has vuelto a besarme desde entonces. —Su mano, sigilosa, rodeó la cintura masculina para acercarlo más a ella; el rostro de él se inclinó hacia abajo de manera sutil para que sus labios se encontraran, aunque sin tocarse todavía—. No me gusta que me dejen con las ganas.

Vincent dejó que sus dedos se adentraran entre el pelo recogido hasta llegar a la parte posterior de su cuello y experimentó de nuevo el conocido cosquilleo.

—¿Y crees que yo lo disfruto? —preguntó sin esperar respuesta—. Si por mí fuera, Aurora... —Dejó escapar el aire por la nariz—. Contigo pierdo el control; no soy capaz de detenerme y no pienso hacer nada hasta que no te tenga de nuevo en mi cama —susurró cerca de sus labios—. Además, no olvides dónde estamos.

—No lo hago.

—Bien. —Se alejó despacio, casi como si le hubiera dolido—. Porque una vez que estemos de vuelta en casa dejaré la puerta de mi habitación abierta y te esperaré. O tal vez irrumpa directamente en la tuya. —Esbozó una pequeña sonrisa.

Sin saber qué decir, ladeó la cabeza devolviéndole el gesto y no tardó en dirigirse a la salida.

—Es la hora —murmuró.

Y el detective, con las manos a la espalda, no tardó en

seguirla hasta que la princesa de la muerte se detuvo delante del grupo de hombres que los acompañarían, Charles entre ellos. Todos con la mirada al frente; fría, despiadada, entrenados para cumplir órdenes y hacer correr la sangre, pues, si tenía la posibilidad de atrapar a Nina, lo haría.

32

Desde la distancia Aurora pudo apreciar la motocicleta aparcada en una esquina del pestilente garaje donde los demás vehículos ya tenían el motor encendido. Una deportiva, totalmente negra, en cuyo asiento descansaban dos cascos del mismo color, uno para ella y el otro para el detective.

No le gustaba ir acompañada, pero mucho menos tener que ir detrás, por lo que a Vincent no le quedó más remedio que asentir con la cabeza. Tampoco le importó, de hecho, disfrutaba verla cuando pasaba la pierna para sentarse correctamente.

—Límpiate la baba, colega —murmuró Charles mientras se acercaba al coche con una mochila colgada al hombro—. Y podrías disimular mejor. No estamos para vuestros juegos de pareja.

—No somos pareja —respondió el detective—. Y tampoco tengo la intención de disimular nada.

—Aurora no es de las que se enamoran «bien» —siguió diciendo el líder, con cierto énfasis, aunque no tardó en volverse para añadir—: Solo es una advertencia, para que tengas cuidado, porque según lo que me...

—Te gusta el cotilleo, ¿verdad? —lo interrumpió frunciendo el ceño—. Dime, ¿lo sabes bien porque se ha enamorado de ti? —Alzó las cejas para esperar una respuesta que sabía que no iba a llegar—. Si fuera tú, dejaría de hablar de la vida de los demás, sobre todo de la de ella, y me concentraría en lo que tenemos entre manos.

—Quería avisarte —se limitó a decir encogiéndose de hombros—. Porque luego el que lo pasará mal serás tú, no ella. Además, al jefe no le gustará saber que te follas a su princesita.

Si las miradas hubieran sido capaces de lanzar cuchillos, la del detective ya lo habría hecho. En lugar de eso, ni siquiera se lo pensó dos veces cuando avanzó hasta él para rodearle el cuello. Un agarre firme, limpio, que arrojó al líder a los pies de la muerte y provocó el silencio entre los presentes.

Los hombres de Charles dieron un paso hacia ellos con la intención de separarlos; sin embargo, la voz de Vincent no tardó en hacerse notar mientras su mirada permanecía en la de él. Sus manos, tratando de aflojar el agarre, demostraron su miedo.

—La próxima vez que te refieras así a ella, te arranco el corazón —siseó muy cerca de su rostro—. ¿Queda claro?

No quería seguir escuchándolo, tampoco necesitaba una ayuda que se había basado en rumores y mucho menos le interesaba saber si la ladrona se enamoraba «bien» o no.

Charles, temiendo que no fuera a soltarlo, empezó a asentir con la cabeza. Incluso trató de disculparse, pero el detective, cansado de su lengua venenosa, no tardó en deshacer el agarre provocando que empezara a toser con fuerza. Le regaló una última mirada en la que convirtió su amenaza en una promesa antes de dirigirse hacia Aurora, que había presenciado toda la escena.

—¡¿Se puede saber qué hacéis parados?! En marcha —pronunció la mujer en un tono que denotó autoridad. Sentada aún en la moto, observó la intención del detective de colocarse detrás de ella—. Quiero saber qué ha pasado.

—Lo detuvo agarrándolo por el brazo y apreció su mirada, aún molesta—. Vincent.

Alzó la cabeza cuando la oyó murmurar su nombre, y dejó que sus miradas se enlazaran en un nuevo baile. ¿Qué iba a saber ese pobre desgraciado de cómo sentía Aurora el amor?

—Te ha faltado al respeto y me he encargado de hacerle saber lo que le pasará si lo hace de nuevo —se limitó a decir; segundos más tarde, se subió al vehículo—. Tenemos que irnos.

El ruido de los motores restantes empezó a cobrar vida y los coches no tardaron en abandonar el garaje.

—¿Qué le has dicho?

—¿Podemos hablarlo luego?

—No, ¿qué le has dicho?

Vincent dejó escapar una profunda exhalación.

—Que le arrancaría el corazón —masculló casi sin abrir la boca—. No iba en serio, ¿vale? Fue lo primero que pensé, porque empezó a soltarme no sé qué tontería del amor y de que tú no sabes enamorarte «bien». ¿A qué coño se refería con eso? —preguntó sin esperar respuesta. A continuación, añadió—: ¿Podemos irnos?

La ladrona no apartó la mirada, pero tampoco dijo nada. Incluso su expresión se mantuvo intacta. Lo único que hizo fue ponerse el casco y arrancar la moto, aunque, a diferencia de la primera vez, sintió la ausencia de sus manos en la cintura. Utilizando el más antiguo de los trucos, aceleró rápido y frenó después, con lo que el detective se desequilibró y su cuerpo se abalanzó sobre el de ella.

Vincent entendió la orden y no tardó en rodearla con los brazos. Entonces, arrancó.

Con la mirada más seria de lo habitual, Charles se mantuvo todo el trayecto en silencio, en el asiento del copiloto, sin que nadie se atreviera a dirigirle la palabra. Se sentía humillado, insultado por alguien que seguía considerándose intocable solo por estar bajo las faldas de esa muchacha que creía pertenecer a la realeza.

Era el líder de una de las bases de la Stella Nera, se había ganado el respeto de todos los que trabajaban para él, ¿por qué iba a quedarse de brazos cruzados? ¿Por una mujer? Charles estaba seguro de que no la había ofendido, tan solo había dicho lo que sus ojos habían captado, y sabía que a Giovanni no le gustaría que a la ladrona la hubiera cegado un amor destinado al fracaso.

Ella llevaba razón desde el principio. ¿Por qué tenían que confiar en una persona que creía que los demás debían besar el suelo por donde pisaba? Una reina sin corona que no se había ganado la confianza de ninguno de sus hombres, pues se habría quedado en la calle y con las manos vacías de no haber sido por el *capo*.

Tal vez, tendría que enseñarle cómo funcionaba la jerarquía y las reglas que mantenían unida a la organización. La primera y la más importante: los desconocidos no tenían voz ni voto, mucho menos potestad para amenazar a un líder con arrancarle el corazón.

Arrancárselo. Quitarle la vida. Dejarlo sin nada.

El hombre sonrió de mala gana al recordar sus palabras. Era una promesa vacía para asustarlo, pues, si llegaba a ponerle una mano encima, toda la organización iría contra él, también Giovanni. Y nadie lograba sobrevivir cuando el *capo* de la organización criminal más implacable decidía acabar con la vida de quienes lo molestaban. Nadie. Ni siquiera Aurora podría salvarlo.

Aquel fue el pensamiento que apareció cuando oyó el rugir de su motocicleta al pasar entre los vehículos. Se movía con gracia; de hecho, le pareció verla jugar en la autopista cuando se acercó de forma temeraria a un coche que pasaba por su lado.

Le gustaba tentar a la suerte, divertirse con el riesgo sin pensar en las consecuencias. ¿Sería ella la futura líder de la organización? ¿Una imprudente cuya preocupación parecía reducirse a un estúpido animalejo?

«Cuarenta hombres para salvar un gato», pensó, y no pudo evitar negar con la cabeza e incluso reírse. Cuarenta hombres que iban a arriesgarse por nada, pues, si algo salía mal, si empezaban a llover disparos… ¿Con cuántos regresaría a casa?

La princesa de la muerte también se lo preguntaba. Con la mirada fija en la carretera, después de haber dejado atrás todas las furgonetas de la organización, su mente no podía dejar de imaginarse los posibles escenarios de aquella noche. ¿Cómo actuaría Nina en cada uno de ellos? ¿Cómo respondería ella? Si su idea era pillarla desprevenida y entrar por la puerta principal como método de distracción, tendría que anticiparse a sus movimientos.

Solo se encargaría del Zafiro de Plata cuando estuviera segura de que Sira se encontraba bien. Luego, con el colgante a salvo de sus sucias manos, procedería a la última fase del plan: impedirle la huida.

Para ello necesitaría reconciliarse con esa suerte a la que tantas veces había repudiado. De pronto, recordó una conversación con Nina, en el metro, cuando volvían a casa después de haber hecho una entrega. A Aurora le extrañó un cambio repentino en la actitud de Nina. Nadie quería atender esos encargos, era un trabajo aburrido, fácil y para nada emocionante, y Nina lo odiaba como la que más; sin embargo, aquella fue la primera y la última vez que lo hizo.

La primera y la última vez… Cuando ese mismo día robó la cartera, Giovanni la arrojó al pozo para que aprendiera la lección. «Irresponsable —había pronunciado con una seriedad que jamás le había oído—. Todo tiene consecuencias». Pero Aurora no le había contado lo que había ocurrido en realidad... El pensamiento provocó que la muchacha abriera los ojos; había sido Nina. Pero se suponía que en aquel tiempo eran amigas, hermanas, ¿qué motivo habría tenido para delatarla?

El mismo que las había llevado a aquella situación, el mismo por el que los había traicionado. Nina quería demostrarle a su tío que ella era igual de valiosa que la ladrona, incluso más, y Aurora nunca había querido darse cuenta de ello, pues siempre había considerado que la Rubia actuaba con honradez. En realidad, nunca había llegado a conocerla. Tal vez no se había esforzado lo suficiente... Negó con la cabeza: la conocía, incluso había llegado a quererla como si se hubiera tratado de su propia familia, como si...

En aquel instante apretó el puño derecho e hizo que la velocidad aumentara. La ladrona observaba la carretera; sin embargo, parecía como si su parte racional se hubiera esfumado y la pobre chica indefensa, incapaz de controlar sus emociones, hubiera ocupado su lugar. La misma chica de dieciocho años que había robado esas dos carteras en el metro, la misma que se había adueñado de la más oscura de las máscaras para sobrevivir en el mundo al que la habían lanzado sin remordimiento.

—Aurora. —Oyó decir; quizá se trataba de su cruel imaginación, que se empeñaba en torturarla cada vez que se preguntaba qué habría pasado si sus padres no la hubieran dejado en ese orfanato.

Siempre las mismas preguntas, una y otra vez...

—Aurora. —Aquella voz lejana le pedía a gritos que regresara a la vida para evitar un accidente—. ¡Frena, joder! ¡FRENA! —El vehículo había alcanzado una velocidad desorbitada y hasta que Vincent no colocó la mano sobre la suya Aurora no volvió a la realidad.

La muchacha frenó al instante y detuvo la moto a un lado de la carretera, en medio de la nada. El detective, con una mano en el pecho para impedir que el corazón lo abandonara, no tardó en bajarse y dejó que el casco rebotara contra el suelo. Estaba enfadado y dejó ver el miedo que había sentido.

Ella también se quitó el casco; la larga trenza le cayó sobre la espalda. Aún no se había atrevido a bajarse, pues tenía la sensación de que, si lo hacía, tendría que contarle lo que había pasado en su interior. Era lo último que quería en aquel momento, aunque mucho menos deseaba aguantar sus gritos.

—Si vas a empezar a gritarme... —empezó a decir ella; sin embargo, el detective pronto la cortó.

—Casi nos matas —le recriminó, aunque le habría gustado descargar toda la rabia que sentía en aquel momento—. ¿Es la primera vez que te pasa? —La mujer agachó la cabeza—. No sé por lo que has pasado y tampoco tengo derecho de meterme, pero...

—Pero nada, ¿crees que no sé lo que vas a decir? No necesito la ayuda de nadie. Estoy bien. —Volvió a mirarlo—. Tenemos que irnos.

—¿Para que vuelvas a ponernos en peligro? No, conduzco yo. Bájate.

—Estoy bien.

—No lo estás... —murmuró acercándose—. Y está bien admitirlo. No dejes que las emociones te encierren o el día que revientes será peor. Lo que sea que te esté ocurriendo tiene solución.

—No me conoces —respondió en un tono que pretendió volverse arisco para apartar al detective de ella. Era lo que hacía siempre: apartar a quienes sintieran el mínimo interés por ayudarla, a los que para debilitarla intentaban derruir la fortaleza que la envolvía—. ¿Cómo sabes que la tiene, que no he intentado encontrarla? Que hayamos pasado una noche juntos no te da derecho a decirme lo que tengo que hacer. Ahora, sube. No quiero repetirlo.

—Muy bien —murmuró, casi sin abrir la boca, aunque no iba a dejar que condujera de nuevo, así que cuando estuvo cerca de ella la agarró por la cintura y la trasladó a la parte de atrás del asiento—. ¿Quieres ponerte en peligro? Haz lo que te dé la gana, Aurora, pero yo quiero seguir con vida hasta los noventa años, a poder ser. —El detective no tardó en colocarse ante el manillar mientras un silencio rígido los envolvía. Trató de aligerarlo cogiéndole las manos para que le rodeara el torso con ellas—. El día que permitas que alguien te ayude…

No obstante, ni siquiera pudo acabar lo que iba a decir, pues sintió en el cuello un leve pinchazo que lo arrojó a las profundidades del abismo. Y su último pensamiento, que además lo destrozó, fue creer que Aurora acababa de romper la tregua que habían firmado.

Aquel había sido su error: confiar en una ladrona cuya ambición jamás conocería límites.

33

Cuando la princesa de la muerte observó el dardo paralizante que tenía en el cuello, se dio cuenta de que, al dejar que el control se le escapara de las manos, acababa de perder una batalla que ni siquiera había empezado.

Entonces sintió miedo. Un miedo genuino al pensar en el futuro que le aguardaba. «Nuestro fin es inevitable, Aurora», recordó las palabras del detective al notar ella también un pinchazo en la pierna que hizo que su mejilla impactara suavemente contra la espalda de él.

—Vincent... —trató de decir en un débil susurro antes de sentir pesadez en los párpados, pues ni siquiera le dio tiempo a desenfundar el arma que escondía en el interior de la cazadora, al lado de la falsificación.

El detective, que había creído que Aurora había decidido romper su tregua, no fue capaz de escuchar nada. Y ninguno de los dos, totalmente inconscientes, pudo saber quién acababa de tenderles la trampa que suponía su perdición.

—Atadlos de pies y manos —pronunció la voz que se encontraba al mando y había dado la orden de disparar—. Que alguien se ocupe de la moto, no quiero dejar ningún cabo suelto. Y no os olvidéis de quitarles las armas.

—¿Qué hacemos con ellos cuando tengas el cofre? —preguntó Charles a su lado mientras observaba cómo dos desconocidos se encargaban de la pareja de amantes—. Si me das luz verde, podría deshacerme de…

—¿Eres imbécil? —contestó horrorizada la segunda al mando de la organización—. ¿Quieres que Giovanni nos mate a todos? Sigue siendo su ojito derecho, nada de matarla. La quiero atada, amordazada y encerrada en una de las habitaciones hasta que yo decida cuándo verla. Sin embargo, a él… Tal vez nos sea útil, pero que lo encierren en otra habitación; nada de dejarlos juntos.

—¿Se puede saber quién es?

—¿Has dejado entrar a un detective de la Policía de Nueva York sin saberlo? —Se volvió hacia él, sonriente, mientras apreciaba su mirada asustada, además de la sorpresa en su rostro. Incluso le dedicó un par de palmadas en el hombro—. No sé qué ha pasado entre ellos, pero, si resulta que tenemos a un policía que ha decidido cambiarse de bando… —Se quedó pensativa—. Seguramente querrá seguir con vida y, tal vez, pueda contarnos algo importante.

Charles se mordió la lengua para evitar decir algo inapropiado y, con las manos por detrás de la espalda, les regaló una última mirada.

Nina había contactado con él a espaldas del *capo* semanas atrás para pedirle que la informara si la princesa de la muerte llegaba a poner un pie en la base de Nueva York. Sin embargo, ese aviso no se dio, pues Charles era un hombre fiel a sus principios, obediente; sin embargo, no iba a quedarse de brazos cruzados después de que la rata impostora se hubiera atrevido a ponerle una mano encima y a amenazarlo.

Entonces, sin pensar en Giovanni, contactó con su sobrina, ignorando la traición que existía entre ambas, y le entregó la ubicación precisa de la motocicleta, pues había ordenado que le instalaran un chip de rastreo.

En unos minutos Nina se presentó en el punto indicado, alejada de ellos, y vio discutir a la pareja. «Una relación destinada al fracaso», pensó, y un instante después ordenó que los durmieran. Observó sus ojos cerrados; estaban totalmente indefensos.

Por primera vez se encontraba un paso por delante de la ladrona de guante negro, esa mujer que yacía inconsciente en el interior del coche mientras Romeo y Stefan custodiaban su sueño.

Nina empezó a caminar hacia el asiento del copiloto, pero Charles le impidió que cerrara la puerta.

—Cuando pisé esta organización por primera vez, el jefe me dejó claro lo que pasaría si se me ocurría, o a algún otro miembro, confraternizar con alguien que no perteneciera a nuestro mundo. ¿Me estás queriendo decir que Aurora, por ser su ojito derecho, puede saltarse las normas? Exijo justicia, joder. Cree que puede hacer lo que le dé la gana con esos aires de superioridad que Giovanni le consiente, porque, si no fuera por él, no sería nadie. ¿Tú qué harás? ¿También lo dejarás pasar?

Nina, sin dejar de mirarlo, recordó el primer intercambio que se había producido entre la ladrona y el detective hacía casi dos meses. Desde aquel momento había podido apreciar la complicidad que había nacido entre ambos, la atracción de sus manos y el deseo de sus labios por unirse y protagonizar un vals.

Cuando descubrió dónde había estado escondiéndose Aurora, le sorprendió averiguar que se trataba de la casa del hombre que, sin saberlo, había iniciado la sangrienta competición por obtener la joya más codiciada de la historia. Pero lo que más le impactó fue ver que su hijo, el detective a quien tendría que haber eliminado, se encontraba bajo el mismo techo. Que ambos entraran en aquel cobertizo escondido en un rincón del jardín tan solo confirmó lo que había estado sospechando, y se preguntó qué habría pensado el *capo* de toda esa situación.

Desde la última vez que la castigó, cuando la arrojó al pozo por su irresponsabilidad, su relación se había vuelto indestructible, algo que Nina no pensó que fuera a suceder después de haberle contado lo que en realidad había ocurrido.

La posición de la Rubia dentro de la organización se había opacado considerablemente ante la deslumbrante presencia de *la principessa della morte*, un título que debería haber sido para ella, para su sobrina, la única familiar viva que le quedaba. A partir de aquel momento, nunca dejó de preguntarse qué había visto Giovanni en Aurora para tenerla en tan alta estima, para considerarla, incluso, parte de la familia cuando su origen se encontraba en las oscuras calles de Milán, cerca del orfanato donde había crecido. «Es su hija biológica», pensó en más de una ocasión durante las veces que observó el trato de su tío hacia ella. Sin embargo, no podía ser, pues la esposa del *capo* había fallecido estando aún embarazada. Desde entonces, él, sumergido en el más oscuro de los duelos, nunca había vuelto a enamorarse y después de que su hermana y su cuñado también murieran tiempo más tarde, Giovanni no había tenido más remedio que hacerse cargo de ella arrastrando una tristeza que no deseaba ni a su peor enemigo.

¿Qué derecho se había ganado Aurora para pertenecer a una familia que no era la suya? Cuando la vio llegar a las puertas de la organización, tan sucia, envuelta en trapos y con el pelo en la cara, se imaginó que compartirían una bonita amistad, pero siempre creyó que la niña de ojos verdes respetaría su lugar y que mantendría con su tío la misma relación que el resto de los miembros de la organización: agradecida porque la hubiera sacado de la calle. Con el paso de los años, esa relación se volvió más cercana, aunque tampoco se salvaba de los castigos. Por ello, cuando Giovanni sentenció que la lanzaran al pozo, Nina imaginó que todos sus problemas se resolverían.

Gran error, pues sucedió justo lo contrario, y ella no tuvo más remedio que sonreír y guardarse todo aquel rencor durante los años siguientes. Quiso aprender a controlarlo, a reconocer a Aurora como su hermana; de hecho, la vio así durante un tiempo. Sin embargo, no pudo resistirse a la tentadora oferta de Smirnov: derrocar a la princesa de su trono y recuperar la Corona que le pertenecía por derecho. Y quería que Aurora lo presenciara cuando llegara el momento.

Necesitaba que su «hermana» comprendiera cuál era su lugar y, para ello, Giovanni debía saber lo que había estado haciendo a sus espaldas, revelarle la verdadera traición y no la de Nina, que, al fin y al cabo, nunca había dejado de portar el Zafiro de Plata en el cuello.

—Lo que yo haga con Aurora no es de tu incumbencia —murmuró segundos más tarde al reclamo del líder de la subdivisión neoyorquina.

Charles la miró sorprendido y, aunque habría deseado protestar, no lo hizo. La segunda al mando cerró la puerta del copiloto.

Y la noche volvió a quedarse en silencio.

Aquella sustancia los había sumido a ambos en un profundo estado de somnolencia durante varias horas. En habitaciones separadas y atados de pies y manos, los dos despertaban de aquel sueño que los había mantenido ajenos a la realidad.

Cuando se percataron de dónde se hallaban, las reacciones fueron muy diferentes. La de Vincent fue de decepción mezclada con enfado, además de furia por no saber lo que sucedería cuando esa puerta se abriera. Se la imaginó entrando en la habitación con una sonrisa cargada de suficiencia para escarbar aún más en la herida, para decirle que su padre también se encontraba cautivo. Aquello provocó en él un enfado desconocido. Como se atreviera a ponerle una mano encima, teniendo en cuenta que se trataba de la persona que la había salvado de la muerte, la destrozaría sin dudarlo y enterraría todo lo que hubiera podido sentir por ella. Su familia era intocable y no dejaría que les pasara nada malo, aunque aquello significara tener que enfrentarse de nuevo a la ladrona de guante negro.

El detective apoyó la espalda en la pared y empezó a buscar cualquier cosa que pudiera ayudarlo a escapar. Sin embargo, cuando se dio cuenta de que le habían quitado el móvil, no pudo evitar chasquear la lengua. No tuvo más remedio que quedarse en silencio y esperar. No imaginó ni por un segundo que la mujer por la que había amenazado con arrancarle el corazón a quien le faltara al respeto se encontraba en la habitación contigua.

La reacción de Aurora, despojada de sus armas y de la falsificación, fue más dolorosa y podría haberle arrancado las lágrimas a cualquiera, pues su mente se había encargado de que reviviera los recuerdos de su pasado. Notaba la cuerda que le rodeaba las muñecas, las manos sujetas al reposabrazos de la silla en la que se sentaba, los tobillos atados de igual manera. No podía escapar. Nina la había encerrado en una jaula oscura con la que recreaba la misma situación que cuando Giovanni la había arrojado al pozo cinco años atrás; la misma que el orfanato también la obligó a vivir. Una jaula que coartaba su libertad.

Sentía cada latido del corazón, furioso por lo que había permitido que sucediera. Ni siquiera era capaz de pensar, su mente le hacía repetir una y otra vez el mismo recuerdo: ella sometida al control ajeno, dejando que encadenaran sus alas. Se le deslizó una lágrima por la mejilla y aquello la hizo enfurecer todavía más.

Había dejado que la atacaran y su fortaleza, la pared de diamantes que la había protegido hasta entonces, acababa de derrumbarse por completo. Ya no tenía nada que perder y lo que la contenía había desaparecido.

—¡NINA! —rugió mientras trataba de aliviar el dolor de las cuerdas alrededor de las manos. Lo único que la hacía continuar en pie era pensar en Sira, en que debía salvarla—. ¡NINA! —volvió a gritar, y no dejaría de hacerlo hasta que se atreviera a abrir la puerta que la separaba de su ruina.

Entonces, unos minutos después, una pequeña rendija de luz brilló en el pasillo y la puerta no tardó en abrirse. Lo que no había esperado era encontrarse con Charles.

—¿Quieres dejar de gritar? —ordenó con una sonrisa burlona en los labios mientras encendía una pequeña lámpara—. Nina no bajará, ¿qué quieres?

—Voy a acabar contigo —murmuró dejando que en su voz se notara la bienvenida a la muerte—. Tráemela, no pienso decírtelo dos veces, puto traidor.

Sin embargo, el líder, sin dejar de observarla, no dudó en dar pequeños pasos hacia ella ignorando que Aurora acababa de convertirse en un animal rabioso con sed de venganza y sin paciencia alguna.

—Si lo piensas… No das tanto miedo —dijo inclinándose hacia ella con las manos apoyadas en las rodillas—. Nina no bajará, he dicho, así que deja de gritar si no quieres que te ponga un bozal como la perra que…

Ni siquiera le dio tiempo a decir más; la cabeza de Aurora impactó contra su nariz deformada e hizo que un doloroso quejido se le escapara de la garganta. No obstante, el hombre, que no iba a soportar más humillaciones, no tardó en alzar la mano contra ella. Le dio un golpe en la mejilla que le hizo girar la cara.

—¿Crees que me ha dolido? —pronunció dejando que la luz revelara la herida que le había causado en el labio inferior—. Dile que venga.

—Hija de puta —respondió con la sangre goteando a sus pies—. Has perdido, ¿no lo ves? ¿Qué coño esperas? —Aurora no respondió, pero tampoco dejó de mirarlo mientras observaba su nariz rota, y cuando Charles quiso amordazarla con la cinta plateada, no dudó en morderle la mano y hacerle una profunda herida—. ¡Joder! —exclamó alejándose.

—Necesitarás puntos —añadió después de escupir su sangre al suelo burlándose de él—. Haz que venga —repitió—. Ahora.

Entonces, la ladrona elevó una de las comisuras al verlo abandonar la habitación como un niño pequeño que buscara a su mamá para llorar porque lo habían pegado. A pesar de que le hubiera gustado encontrarse con Nina, acababa de mandarle un mensaje que esperaba que comprendiera: no iba a agachar la cabeza y estaba muy equivocada si pensaba que podría retenerla durante mucho más tiempo.

La princesa de la muerte no volvió a gritar. Permaneció en silencio, observando la puerta entreabierta, mientras trataba de liberarse de las cuerdas que la mantenían prisionera.

No supo cuánto tiempo había transcurrido desde que Charles había abandonado la habitación, y tampoco encontró nada a su alrededor que pudiera ayudarla a saberlo. Pensó en volver a armar un escándalo, en llamarla hasta que sintiera que miles de cristales le acariciaban las cuerdas vocales; de hecho, se planteó cada escenario posible, cada respuesta de Nina si se dignaba a aparecer. Necesitaba mantener la mente ocupada para no sucumbir de nuevo a su lado más impulsivo, el que le susurraba al oído que se desatara.

Más de una vez pensó en Vincent y en lo que había sucedido antes de que los adormecieran, en la tensa conversación que habían mantenido cuando él solo trataba de ayudarla.

Necesitaba encontrarlo, saber en qué parte de la casa lo habían escondido, para poder escapar junto a Sira y alejarse todo lo que pudieran. Para ello tendría que desatarse las muñecas, pero, por más que intentaba deslizar la mano por debajo de las cuerdas, seguía atrapada, como si de alambre de espino se tratase.

Aurora podía soportar ese dolor y camuflarlo, incluso, con algún recuerdo agradable para olvidar lo que iba a sentir en unos segundos. Así que, ignorando también el corte del labio y la quemazón de la mejilla, mordió una parte del cuello de la cazadora mientras volvía a deslizar la mano para liberarse.

Sin embargo, cuando oyó un ruido que se acercaba, se quedó quieta. La puerta no tardó en abrirse. Se trataba de Charles, aunque, en esa ocasión, no había dudado en ir acompañado. Él y tres hombres más se habían adentrado en la habitación y la ladrona no tardó en alzar la barbilla y adoptar una posición temeraria, sobre todo cuando su mirada se encontró con la de Stefan.

Sentía rabia, una rabia cegadora que la nublaba por completo. No había sido suficiente con la traición de Nina, sino que, además, su hombre más fiel había decidido abandonarla también.

—Se te ha concedido el deseo, al parecer —murmuró el cabecilla—. Nina quiere verte. —Y, con esas simples palabras, además de un leve movimiento de cabeza, los miembros de la organización se acercaron a ella.

—Como alguien me ponga una mano encima, la perderá, y luego me pensaré si cortar la otra —sentenció mirándolos, con el tono más tranquilo que pudo emplear—. Si queréis llevarme hasta ella, bien, podéis desatarme e iré caminando.

—Déjalo, Aurora. Nina es quien está al mando —intervino Stefan dando un paso más.

—A ti ni se te ocurra volver a dirigirme la palabra —respondió en italiano sin apartar los ojos. No quería que se le notara la tristeza que aquellas palabras le habían provocado, aunque no pudo hacer nada para evitarlo. Su voz seguía rota, igual que ella—. ¿Se os ha olvidado que me encuentro en lo alto de la pirámide? Giovanni Caruso es el *capo*, respondéis ante él, incluida Nina, pero yo... —sonrió creando expectación—, yo no respondo ante nadie. Así que, teniendo en cuenta que podéis morir por el simple hecho de haberme encerrado, os sugiero que hagáis lo que os diga.

El tercer hombre, uno que Aurora no había visto en su vida, tensó la mandíbula sin saber cómo proceder. La conocía, había oído centenares de rumores, y la veía muy capaz de cumplir su amenaza. Por muy valiente que fuera, deseaba conservar ambas manos.

El líder, sin embargo, se mostró en desacuerdo cuando apreció su intención de desatarla.

—Quieto —ordenó, y no dudó en desenfundar el arma que había mantenido escondida en la cinturilla del pantalón—. Un paso más y te vaciaré el cargador en la frente, no quiero tonterías. —El hombre no se movió y la mirada de Charles viajó hasta la ladrona—. No eres nadie, ¿me oyes? Así que no empieces con tu discursito de superioridad —pronunció en un tono con el que buscó intimidarla—. Que uno de vosotros la sujete del cuello y el otro le desate las manos de una vez y luego las junte. Cuidado con las piernas, no querréis quedaros sin descendencia. Vamos, no tenemos todo el día.

Sin embargo, cuando la ladrona menos se lo esperaba,

las rodillas de esa persona que en un principio había querido ayudarla impactaron contra el suelo.

Stefan acababa de romperle el cuello en un solo movimiento provocando que el ceño de la mujer se frunciera. La estaba ayudando... ¿Por qué la estaba ayudando?

Y Charles, agrandando los ojos, no dudó en apuntarles con la pistola. A ambos, pues su antiguo compañero se había colocado delante de Aurora con el arma en mano.

—Tienes dos segundos para bajarla. —La advertencia en el tono de voz de Stefan, en la que se apreciaba el acento italiano, se sintió como una corriente de agua helada como la muerte misma.

—¿O qué? —murmuró Charles con una altivez que al italiano no le gustó. Aurora se mantenía callada, aún atada a la silla—. Si disparas, los demás no tardarán en bajar y estaréis rodeados. ¿Ese es tu plan genial?

—No —respondió con una risita, y no vaciló en dar un paso hacia delante que provocó que el líder se tensara—. Te queda un segundo.

—No vas a disparar.

—Créeme. Es mejor que te mate yo a que lo haga ella —murmuró, y Charles notó la mirada de la ladrona a sus espaldas.

El americano no contestó y siguió manteniendo el arma en alto sin dejar de pensar en la bronca que recibiría de la segunda al mando. El italiano, ese que Nina había asegurado que era de fiar, acababa de reírse de él, y ahora la situación se había convertido en un auténtico desastre. Lo había sido desde el instante en el que había accedido a interponerse entre las dos mujeres; se había sentenciado a muerte, pues sabía que en el momento en el que abriera la puerta de aquella habitación rodarían cabezas, la suya entre ellas.

Sin embargo, ese futuro sobre el que se debatía no tardó en impactarle de lleno, directamente en el pecho, y provocó que su corazón se inundara de sangre mientras observaba el humo procedente del silenciador, el arma todavía en la mano de Stefan.

El líder, con la vida escapándosele de las manos, exhaló su último aliento y comprendió antes de caer de rodillas por qué Giovanni la había coronado como la princesa de la muerte. Nadie a su alrededor salía con vida.

34

Gracias a la escasa iluminación procedente del pasillo, la mirada perdida de Vincent no tardó en descubrir quién acababa de entrar en la habitación, y, aunque le hubiera supuesto un enorme esfuerzo mantener la cabeza erguida, aguantó solo para encontrarse con su mirada.

La mirada de Aurora.

Estaba atado de manos, con los brazos colgando del techo y el torso desnudo. Lo habían golpeado hasta el cansancio, incluso se percató de su pelo mojado y de las pequeñas gotas que le resbalaban sobre la piel; sin embargo... Arrugó la nariz tratando de identificar el desagradable olor del espacio.

Vinagre.

Las gotas procedían de las cuerdas, que habían empapado en el líquido amarillo para que tuviera que retorcer el cuerpo tratando de evitar que alguna de ellas se desviara hacia las heridas.

La ladrona se acercó a él rápidamente e hizo que volviera a abrir los ojos cuando le levantó la barbilla con un toque suave del dedo índice, una caricia de la que el detective quiso impregnarse. «Tocadlo y estáis muertos», había dicho una vez. Y esas mismas palabras revolotearon a su alrededor cuando desvió los ojos a las heridas de su torso.

—Voy a desatarte —susurró con la mandíbula tensa—. ¿Te vas a quedar ahí quieto o vas a ayudarme? —preguntó, aunque en un tono bastante autoritario, a la persona que seguía detrás de ella.

Todavía no habían hablado, pero, por alguna extraña razón, Aurora quería creer que la traición de Stefan había sido un espejismo. Frunció el ceño al pensar en Romeo, ¿seguiría él estando de su parte?

—Así que es verdad —murmuró el italiano. Quería creer que su compañera no se había aliado con la policía, que solo eran pamplinas dichas por Nina para que desconfiara de ella.

—Si vas a quedarte ahí, puedes irte.

Sin perder mucho más tiempo, se concentró en el nudo de las cuerdas y no reparó en que la mirada del detective no había dejado de contemplarla, sobre todo cuando se fijó en el pequeño corte del labio, que no había dejado de sangrar.

—¿Quién te ha hecho eso? —preguntó en un hilo de voz mientras trataba de esconder los quejidos al sentir el peso de los brazos al ser liberado. Solo necesitaba unos minutos para recuperarse y... No obstante, no pudo ignorar el leve mareo que sintió cuando se abalanzó sobre el cuerpo de Aurora.

Stefan no tardó en acercarse para aguantar parte de su peso.

—Tranquilo, está bien, te tengo. —En aquel instante la voz de la ladrona sonó delicada, dulce, como nunca antes, y no tardó en sentarlo en el suelo mientras inspeccionaba la gravedad de sus heridas—. ¿Cuánto tiempo has...? —Se quedó callada, agachada junto a él, dejando que el color miel de sus ojos se fundiera con el suyo—. Tienes que irte, ¿me oyes? No sé dónde han escondido la moto, pero debes encontrarla y salir de aquí, reunirte con tu padre y...

Pero la mano de Vincent, con el suave roce de los dedos

sobre su mejilla, cerca del labio partido, hizo que se callara de nuevo; trató de esconder el alivio que había sentido al descubrir que su tregua, ese pacto que camuflaba su deseo, no se había roto.

—¿Quieres iniciar una discusión? —respondió aún con la voz debilitada, aunque ya se encontraba un poco mejor—. No voy a dejar que te enfrentes al mundo tú sola.

—Estás herido.

—Tú también.

—Tú más —reclamó ella recorriendo con los ojos cada uno de sus hematomas—. Tampoco sería la primera vez —recordó sin darse cuenta de que acababa de decirlo en voz alta—. Me he enfrentado a situaciones peores, y contigo así... No puedo estar pendiente de ti, ¿no lo entiendes?

—Di lo que quieras —respondió tratando de incorporarse, aunque un nuevo quejido le brotó de la garganta—. Pero no pienso irme.

La ladrona empezó a negar con la cabeza y levantó la mirada con la esperanza de encontrar cualquier cosa que pudiera ayudarlo, pero segundos más tarde fue Stefan quien se quitó la sudadera para entregársela.

—No tenemos tiempo —dijo agachándose—. Nina empezará a sospechar si no subimos en los próximos minutos. Seguimos estando de tu parte, ¿de acuerdo? —Entonces, Stefan levantó la cabeza para verla. Había echado de menos sus ojos verdes—. La convencimos de que nuestra lealtad estaba con ella y a Nina le encantó la idea de que también nosotros te traicionáramos. El plan era buscarte y preparar el rescate de la joya, pero... Las cosas se jodieron.

—¿Dónde está Romeo?

—Arriba, a su lado —respondió echándole un vistazo al policía. No acababa de fiarse de él, pero, si se había ganado la confianza de Aurora...—. Tengo que llevarte hasta ella, pero debe seguir pareciendo que nosotros estamos en tu contra. Y tu amigo tiene que quedarse aquí; no es una opción.

Vincent trató de negar con la cabeza, pero la mirada de la que aún consideraba su pareja de baile se endureció. No aceptaría una negativa al respecto.

—Tendremos que improvisar —acabó por decir la mujer, consciente de que, una vez que se produjera el cara a cara, las posibilidades de que algo se torciera alcanzarían el infinito.

Antes de que la ladrona hubiera podido ponerse de pie, empezó a oírse al final del pasillo el sonido de unas palmadas solitarias que se aproximaron hasta la habitación donde los tres se encontraban.

—No digáis nada —susurró ella.

Vincent asintió con un pequeño movimiento de cabeza mientras se ponían de pie, pues el único pensamiento que le llenaba la mente era el de mantenerse a su lado.

—Qué sorpresa —pronunció Nina permitiendo que su contrincante observara el pequeño obsequio que había llevado: su pequeña gata, sin el collar, encerrada en una jaula para animales. Pero cuando contempló su intención de acercarse dejó entrever el arma escondida detrás—. Quieta —ordenó, y su mirada no tardó en situarse sobre Stefan—. ¿Por qué no me extraña? El que aseguró que la ladrona era agua pasada.

Sira empezó a maullar con desesperación al ver a su dueña a lo lejos. Odiaba la sensación de encierro y además se encontraba hambrienta.

—¿Esta es tu manera de decirme que has ganado? —empezó a decir llamando su atención, pero sin atreverse a mover un solo músculo. No quería que su gata sufriera daño alguno—. ¿Utilizando a un animal indefenso? Suéltala, Nina, y acabemos con esto. Me tienes donde siempre has querido, sometida a ti, porque sabes que no haré nada mientras sigas teniéndola. ¿Estás contenta? —Alzó los brazos a la altura de su pecho con la única intención de provocarla—. Tienes el Zafiro, pero sabes tan bien como yo que sin el cofre no conseguirás nada. Teníamos un trato, ¿no?

—¿Acaso tú lo has cumplido? ¿Dónde está el cofre?

—Es tuyo, pero suéltala, por favor.

La ladrona de guante negro nunca se había arrodillado; aunque las monjas habían tratado de obligarla muchas veces, ella se había resistido. Su orgullo le repetía que no debía dejarse someter a los deseos de nadie. Ese pensamiento surgió cuando la obligaron a abrillantarles los zapatos, un servicio que requería que se doblegara a sus pies, y se negó; por ello recibió múltiples castigos. Después de un tiempo, las monjas, en especial la madre superiora, dejaron de insistirle y no tuvieron más remedio que buscar a otro niño para que ejecutara la tarea. Aurora sonrió victoriosa ante aquel pequeño logro, aunque su cuerpo ya había sufrido las peores consecuencias. Desde entonces, se prometió que su orgullo se mantendría intacto, y Nina, consciente del carácter que poseía y conociendo su determinación, no pudo evitar mostrarse sorprendida ante lo que estaba viendo.

Aurora acababa de dejarse caer sobre las rodillas, una princesa derrocada de ese trono que se había ganado por derecho.

Pero eso era lo que quería que creyera, ya que su verdadero propósito se hallaba escondido en el interior de su bota: el pequeño cuchillo que utilizaría en cuanto tuviera la oportunidad.

La segunda al mando siguió maravillada ante la imagen que la ladrona le ofrecía, pues nunca se lo habría imaginado. Sin embargo, ese gesto no hizo que bajara la guardia. Sin romper el contacto visual que las unía, Aurora acababa de hacerse con el cuchillo y se lo había escondido en la manga de la cazadora.

—Nunca te has arrodillado ante nadie ¿y esperas que me crea todo este espectáculo? Tú solita acabas de ridiculizarte, querida amiga, así que haz el favor de levantarte —respondió—. Me preguntas qué quiero cuando ya deberías saberlo; insistes en que yo he traicionado a la organización cuando ¡tú te has metido en la cama de un puto policía! ¡Explícame dónde han quedado la lealtad, la confianza, la promesa que le hiciste a Giovanni! ¿Cómo sabes que no es una trampa? ¿Cómo sabes que, a la mínima oportunidad que tenga, no te echará a los leones? —Su tono de voz volvió a suavizarse cuando observó la mirada de Vincent, además de su deseo de intervenir—. Me llamas a mí patética, pero ¿qué me dices de ti? La huérfana que...

—Cállate.

—A la que sus padres abandonaron como si fuera un trozo de basura —continuó escupiendo sin haber medido las consecuencias de aquellas palabras— y que no tuvo más remedio que apropiarse de una familia a la que nunca ha pertenecido. Escucha la verdad, aunque sea por una vez, Aurora; la organización nunca te respetará, y, si lo están haciendo ahora, es porque mi tío tomó la mala decisión de ponerte en lo alto de la jerarquía años atrás. Por él —insistió una vez más—, no por ti.

«Un trozo de basura... Abandonada por sus padres». Aquellas palabras fueron un golpe directo en su corazón e hicieron volver sus recuerdos más ocultos, aquellos de los que siempre intentaba deshacerse.

Aurora siempre había creído, durante su estancia en el orfanato, que sus padres regresarían para buscarla. Mantuvo la esperanza muchas noches, hasta el punto de que se volvieron eternas, y se quedaba cerca de la ventana por si llegaban a aparecer. Sin embargo, nunca lo hicieron, y las primeras noches pronto se convirtieron en semanas, las semanas en meses y, tras el primer año en completa soledad, la mejor opción que encontró fue olvidarse de ellos y de todos los recuerdos que habían compartido.

Se olvidó de los nombres, incluso del suyo propio; de la casa donde había crecido; de su habitación repleta de juguetes; de los juegos que su padre siempre se inventaba para entretenerla; de las galletas de su madre y de todos los dulces que le preparaba. Se olvidó de todo y de todos, se sintió desnuda contra el mundo, y en aquel instante, con tan solo seis añitos, decidió que se enfrentaría con uñas y dientes a todo aquel que quisiera dañarla.

Y Nina acababa de hacerlo, sin escrúpulos, con la lengua envenenada por una envidia acumulada desde hacía años.

«Un trozo de basura», repitió en su mente mientras se ponía de pie. Stefan, detrás de ella, pudo apreciar el pequeño cuchillo que escondía en la mano y no tardó en darse cuenta de su propósito. Pero antes de que hubiera podido cumplir con su cometido, una voz varonil que se aproximaba la alertó.

—¿Por qué cojones tardáis tanto? —preguntó dejando entrever la poca paciencia que le quedaba. Varios hombres, que la ladrona no supo reconocer si eran de su organización o no, se arremolinaron en torno a Nina. Todos armados y con las manos en la empuñadura—. Vamos, Smirnov quiere verte —murmuró dejando la mirada sobre la de Aurora.

—¿Y se puede saber qué quiere?

El hombre alzó las cejas sorprendido.

—Que muevas tu bonito culo hasta la sala principal, ¿es suficiente explicación para ti o necesitas que te lo escriba?

Aurora no respondió, aunque tampoco dejó de mirarlo. Podría haberse negado, incluso la idea de rebatir su orden le pareció tentadora, pero sabía que, en caso de iniciar una pelea, el resultado sería el mismo. Ella no podía vencer ni aun teniendo al detective de su lado. Ni siquiera con el apoyo de Stefan o el de Romeo. Los superaban en número y en armas.

Así que, sin decir nada más, los tres empezaron a caminar detrás de ese hombre, que los condujo a una sala que parecía bañada en oro, amplia y con un característico aroma a flores, como si miles de pétalos hubieran caído del cielo. Al fondo de la estancia, bajo la enorme lámpara de araña, se encontraba Dmitrii Smirnov con una copa de vino en la mano, sentado a la mesa circular en cuya superficie descansaba el Zafiro de Plata. Detrás de él, otros diez hombres armados.

Y en aquel instante la ladrona se dio cuenta de que, a menos que ocurriera un milagro, acababa de perder una batalla que ni siquiera había empezado. Sin hombres, sin su gata y con la réplica de la joya en manos de su enemigo, sus posibilidades de vencer se habían reducido a la nada.

—Por favor, sentaos —pronunció con su remarcado acento eslavo. Acariciaba con el dedo índice la superficie de terciopelo en la que descansaba el colgante y tan solo bastó una mirada para que Romeo, que se había mantenido a su lado, avanzara un paso—. Me ofende que me hayáis hecho pasar por estúpido. Nina —la llamó y la mujer no tardó en acercarse—. Me aseguraste que eran de fiar.

La italiana obvió su comentario, pero la ladrona no perdió oportunidad de atacar:

—¿Piensas matarnos, Smirnov?

—Nada de eso, *дорогая* —contestó esbozando la sonrisa de suficiencia siempre que sus labios acariciaban ese apodo—. Lo único que quiero es tu cooperación para encontrar la Corona de las Tres Gemas.

Y, tras unos segundos, Aurora dejó escapar una pequeña risa que se oyó con claridad, la misma que Nina había deseado soltar al oír semejante disparate.

—Eso es lo más ridículo que he escuchado hoy. ¿Se puede saber por qué supones que voy a aceptar?

—Porque la otra opción es encerrarte —se limitó a decir—. O, tal vez, ya que tenemos a tu pequeña gatita con nosotros, utilizarla a ella para que la próxima vez pienses antes de hablar. Aunque, mejor aún, podemos encerrar a tu novio, que se mantiene a tu lado como un perro guardián. Eres demasiado valiosa como para no utilizarte.

—¿Y Nina no lo es? —respondió ganándose la mirada inmediata de la italiana—. A mí no me necesitas.

—Eres tú quien ha conseguido el cofre, no ella.

La ladrona esbozó una diminuta sonrisa al contemplar que el propio Smirnov se encargaba de hacerle cosquillas a esa rivalidad que existía entre ambas.

—Una herramienta que muchos ni siquiera sabían que existía —puntualizó—. ¿No te has preguntado por qué?

—No juegues conmigo, принцесса. —Esa vez el apodo había cambiado; había utilizado el mismo que Giovanni empleaba con ella, aunque en su versión rusa—. Habla claro o no me quedará otra que sacarte las respuestas a golpes. Recuerda que has agotado mi paciencia.

Vincent dio un paso hacia delante; sin embargo, solo hizo falta un movimiento leve de cabeza para que la mano derecha de Smirnov, el mismo hombre que había ido a buscarlos, lo inmovilizara por el cuello y le retorciera un brazo hacia atrás. El detective trató de deshacerse de su agarre, pero el otro no hizo más que aumentar la fuerza. Stefan quiso intervenir, pero lo inmovilizaron igual que a su compañero, que no había dejado de mirarlo.

—No te muevas, ¿de acuerdo? A no ser que quieras que te ate de nuevo —advirtió Dmitrii—. Bien, ¿por dónde íbamos? Ah, sí, el cofre: cuéntame lo que sepas, y te pido que consideres de nuevo mi oferta.

—Suéltalos.

—Tú a mí no me das órdenes.

—¿Y piensas que yo voy a obedecer las tuyas? —respondió mientras acariciaba el filo del pequeño cuchillo con un dedo—. No soy ninguna muñeca a la que puedas manipular como te dé la gana —siguió diciendo cuando, en un momento determinado, su mirada volvió a encontrarse con la de Nina—. Me da completamente igual el poder que tengas o de cuántos hombres dispongas, no pienso inclinarme ante ti y mucho menos seguir tu juego. O salimos todos vivos de esta habitación o el primero que va a caer vas a ser tú como no los sueltes.

—¿Es una amenaza?

—Interprétalo como quieras.

Dmitrii elevó una de las comisuras y negó con la cabeza, pues su carácter indomable seguía pareciéndole una delicia.

No podía permitir que ese talento innato que poseía desapareciera, así que no le hizo falta más que una nueva mirada a su mano derecha, Sasha, para soltarlos. En aquel momento Romeo quiso acercarse a ella, pero la mirada del secuaz lo mantuvo en su lugar.

—¿Tenemos un trato? —preguntó el ruso.

—Tú y yo no tenemos una mierda. ¿Esperas que acepte cuando tu nueva socia sigue teniendo a mi gata en su poder? Entrégamela y entonces podremos sentarnos a negociar.

Nina dio un paso hacia atrás mientras agarraba un poco más fuerte la jaula. Se estaba plegando a sus deseos, él... Dmitrii Smirnov le había prometido que se mantendrían alejados de ella, que lo que necesitaban era arrebatarle el único instrumento que podría llevarlos hasta la Corona.

—¿Para qué vas a negociar con ella? —preguntó retrocediendo otro paso—. ¿Crees que yo no soy lo suficientemente competente para encontrar esa puta Corona? ¿Lo crees de verdad? —Nina elevó el tono de voz lo bastante para que Dmitrii se volviera para mirarla, pues no iba a permitir que una chiquilla de veintitantos años le indicara cómo debía actuar—. ¿Qué hago aquí entonces? ¿Eh?

—Nina —pronunció la ladrona sin darse cuenta del error cometido, pues la frustración no tardó en asomar a su rostro.

—Tú cállate. ¡Ahora me dirás que sigues sin darte cuenta de lo que haces! No te necesitamos, ¿me oyes? —Avanzó hacia atrás sin importarle que Sira estuviera ansiosa en el interior de la jaula; asustada, incluso—. ¿Cuándo dejarás de querer todo el protagonismo para ti? Llevo años intentando hacértelo ver, pero te crees alguien inalcanzable, poderosa... —Esbozó una sonrisa incrédula, de cansancio; una reacción que trataba de mostrar su enfado—. ¿De verdad quieres que lleguemos a ese punto, que te enseñe lo que es temer a la muerte?

Aurora sintió varias alertas a su alrededor, como el pánico que se apoderó de su mente al pensar que Nina sería capaz de herir al pequeño animal que tanto significaba para ella. Empezó a negar con la cabeza, atemorizada, pues no podía permitir que le pasara nada.

—Nina —volvió a llamarla acercándose. Sin embargo, la Rubia no dudó en desenfundar el arma que había permanecido escondida en el interior de su chaqueta—. Tranquilicémonos, ¿de acuerdo? Nadie tiene por qué salir herido hoy.

La mujer negó mientras la alzaba a la altura de su cabeza. Los hombres de Smirnov no tardaron en reaccionar, al igual que su jefe.

—Lo dice quien se ha cargado sin piedad a dos hombres —murmuró—. A ti nunca te ha importado nada, ¿verdad? Siempre has hecho lo que has querido, sin pensar en las consecuencias. Quise darte una oportunidad, ¿sabes? Antes del atraco... Quise darte la oportunidad de empezar de nuevo y que me dieras el lugar que me corresponde.

—Nina. —Esa vez era Dmitrii el que la llamaba poniéndose en pie—. No tengo tiempo para vuestros problemas de niñas. Contrólate a no ser...

—No —respondió con firmeza, interrumpiéndolo, a la vez que alzaba la jaula y apuntaba a la gata con la pistola sin dejar de mirar a la dueña—. ¿Temes quedarte sin ella?

La ladrona no respondió, incluso dudó de estar respirando con normalidad, pues Nina acababa de cruzar una línea que había hecho que todos los recuerdos compartidos a su lado desaparecieran por completo. Quiso responder, decir algo, incluso moverse, pero su cuerpo no era capaz de reaccionar, no cuando su mente le había hecho imaginar un mundo donde Sira ya no existía.

Era su gatita, su pequeña, que parecía haber heredado su mismo carácter gruñón. ¿Cómo podía imaginar una vida donde la felina no la levantara cada mañana para reclamar su atención? Sira se había convertido en su familia en cuanto la vio abandonada a su suerte, herida, hambrienta... Repudiada por la crueldad de la población, por aquella miserable alma que no había sido capaz de buscarle otro hogar.

Tal como habían hecho con ella, con la pequeña niña de cinco años que había tenido que aprender a sobrevivir en un mundo cruel, despiadado y lleno de sombras.

—Por favor —susurró débilmente, aunque la rabia se apreciara lo bastante en sus ojos para que Nina comprendiera que acabaría con ella sin dudarlo—. Déjala en el suelo.

Los dos italianos, dudando de si era conveniente intervenir, sintieron la tensión viajar por todo el cuerpo. Si la que había sido su compañera, su amiga en algunas ocasiones, se atrevía a apretar el gatillo, no querían imaginarse lo que Aurora sería capaz de hacer. Allí. Delante de todos.

Y Nina lo sabía; sin embargo, negó con la cabeza mientras abría y cerraba los ojos rápidamente. No quería llorar, no delante de ella, pero en su interior se habían concentrado un sinfín de sentimientos y recuerdos que pronto empezaron a apoderarse de su realidad.

—¿Cómo puede un simple animal generarte todo eso? —preguntó, aunque sin esperar respuesta.

La sala volvió a inundarse de la densidad de un nuevo silencio mientras todos habían posado los ojos sobre Nina, pendientes del arma que sostenía con firmeza. Tan concentrados estaban que ni siquiera se percataron de la llegada de Giovanni Caruso junto a sus hombres a la propiedad de Smirnov.

Y cuando Aurora vio entrar al *capo* a la amplia habitación sintió como si le devolvieran el alma y no se detuvo a pensar cómo el milagro que necesitaba había podido llegar en el momento oportuno.

No obstante, contempló la mirada que Giovanni le dedicó a su sobrina.

Una mirada de complicidad, de cariño, y se preguntó si su mentor, esa persona que la había rescatado tal como ella había hecho con Sira, también había decidido jugar en su contra.

35

Después de que Charles le hubiera contado al *capo* de la Stella Nera, casi un día antes y a espaldas de la ladrona, sus planes para entrar en la mansión de Smirnov, ya estaba preparando las maletas, pero cuando aterrizó y se enteró del desastre que se había formado supo que necesitaba llegar cuanto antes para poner orden.

Giovanni Caruso se adentró junto a sus hombres en la sala abarrotada de miradas serias y poses rígidas, y observó a las dos mujeres enfrentadas, sus dos pequeñas. Durante un segundo pensó que no era más que su imaginación jugándole una mala pasada, incluso deseó creer que se trataba de un malentendido que podría llegar a solucionarse con un abrazo entre ambas; sin embargo, su subconsciente no tardó en reírse de él cuando contempló a su sobrina, a quien había dedicado una mirada cargada de pesar, apuntando a Sira con un arma.

Incluso él sabía cuán importante era esa gata para Aurora y temía que, si Nina no la liberaba en los próximos segundos, la ladrona enloqueciera.

Pero a Dmitrii Smirnov no le importaba ese estúpido animalejo y, con el rostro cargado de frialdad, no le hizo falta decir nada para que Sasha apuntara al jerarca italiano directamente a la frente. Los demás no tardaron en seguirlo y aquello se convirtió en dos bandos enfrentados y con las armas en alto.

—Gracias por recordarme que tengo que reforzar la seguridad —murmuró Smirnov sonriendo mientras trataba de esconder la sorpresa que le había producido su llegada—. Controla a las señoritas y haz que comprendan que no estamos en el patio del colegio, que ya tienen una edad.

—¿Me vas a decir a mí lo que tengo que hacer? —preguntó Giovanni regalándole una mirada poco agradable.

Ambos mostraban una evidente seriedad en sus facciones, pues ninguno de ellos iba a bajar la cabeza ante el otro. Y mientras el ruso pretendía decir algo más, la mirada del *capo* se paseó por la estancia hasta que se detuvo en un rostro que le resultó conocido: el de aquel hombre cuyo destino acababa de escribir, pues no iba a permitir que nadie que no perteneciera a su mundo metiera las narices en sus asuntos. No tardó en contemplar a Aurora, que se encontraba cerca de él, y se preguntó cómo había conseguido un policía encontrarse en el ojo del huracán.

—¿No lo sabes? —Dmitrii alzó las cejas sorprendido cuando se percató de su reacción al contemplar al intruso—. Te presento al acompañante de la ladrona, el que juega a dos bandos y no sabemos si va a atacar o no. Es posible que la policía esté en camino y nosotros aquí hablando tranquilamente.

Giovanni no respondió, ya que no podía dejar de pensar qué clase de relación tenía con su *principessa*. ¿Cómo había logrado engatusar su mente manipuladora y desconfiada? El *capo* no tardó en abrir los ojos y fruncir el ceño, pero no por lo que acababa de imaginarse, sino por la determinante amenaza que se había camuflado en las palabras de Aurora:

—Como alguien se acerque a él, firmará su sentencia de muerte.

Vincent permaneció en silencio, sin moverse apenas, pues sabía que al mínimo movimiento acabaría con el pecho perforado; además, Aurora le había pedido que no dijera nada. Aquel no era su mundo y, si quería salir vivo, necesitaba confiar en ella.

Ante la advertencia de la ladrona, nadie se movió, pues tampoco era cuestión de tentar a la muerte. Sin embargo, el único que empezó a caminar hacia ella, hacia las dos, en realidad, fue el *capo* de la organización, que dejaba a su paso su característico aroma: una combinación de puro y algún perfume caro.

Sasha le dedicó una mirada a su jefe sin saber si debía proceder o no.

—¿Quién te ha dicho que puedes moverte? —soltó Dmitrii inclinando la cabeza sin dejar de mirar al italiano.

—Querías que pusiera orden, ¿no? Ellas dos me pertenecen, así que hazte a un lado y deja que lo solucione.

Entonces, Dmitrii Smirnov alzó las manos a la altura de su pecho.

—Adelante.

Y Giovanni se detuvo delante de ellas y se adentró en una conversación en su idioma natal.

—Nina, suelta a la gata —pronunció su tío tratando de mantener la paciencia. No quería provocarla, tampoco invalidar sus sentimientos; no obstante, debía comprender que aquel no era momento para discutirlo—. Lo hablaremos más tarde, ¿de acuerdo? No tienes por qué…

—¿Comportarte así? —soltó la segunda al mando—. ¿Como una niña pequeña celosa y consentida? No se te ocurra decirme cómo debo sentirme, *zio*. Pensé que lo entenderías.

—Y lo entiendo, créeme que lo hago, pero ¿no crees que sería mejor hablarlo en un entorno más privado, lejos de toda esta gente?

Nina observó a su alrededor: docenas de hombres sujetando sus respectivas armas, pendientes por si cometía alguna locura, dispuestos a disparar y provocar un baño carmesí. Smirnov no dudaría en atacar a la mínima que se sintiera amenazado y Giovanni respondería con la artillería pesada como se le ocurriera hacerle daño a alguna de las dos.

La Rubia, que tenía en su poder la vida de Sira, contempló los ojos asustados de su dueña, aquellos ojos verdes que siempre la habían mirado con superioridad. Ella no quería herir a lo más preciado que tenía, tampoco derramar ninguna gota de sangre; lo único que necesitaba era saber por qué su tío siempre la elegía a ella.

A pesar de que la había nombrado su segunda, nunca se había sentido importante entre aquellas cuatro paredes que llamaba «hogar».

—¿De parte de quién estás? —preguntó, casi en un susurro, sin dejar de mirar al único familiar vivo que le quedaba—. Y no me digas que de las dos, porque sabes que no es cierto.

—Nina…

—Solo quiero que me des el lugar que me corresponde. ¿O seguirás confiando en una persona que acaba de romper una de tus reglas, que ha matado a tu cabecilla por defender a una persona considerada nuestra enemiga por naturaleza…? Charles ha muerto con una bala en el pecho, por si nadie te lo ha dicho. Pero sigues con los ojos cerrados, dejándole hacer lo que quiere, creyendo que todo lo que hace no es por capricho.

Giovanni se volvió hacia la ladrona, que tenía los dientes apretados, y por primera vez después de tantos años sintió el mismo enfado que al descubrir el cuerpo sin vida de Rinaldi. Aurora le había prometido que no dejaría que esa impulsividad la venciera de nuevo cuando se tratara de algún miembro de su organización.

—¿Podemos hablarlo luego?

—¡No, joder! ¿Por qué sigues defendiéndola? ¿No me has oído? Ha matado a Charles y vete a saber a cuántos más solo porque no han seguido sus órdenes. ¿Piensas dejar que siga al mando y poner a todo el mundo en peligro? ¿Qué clase de líder es el que no vela por la seguridad de sus hombres? Destroza todo lo que toca y no tardará en hacerlo contigo, pero para cuando quieras abrir los ojos ya será demasiado tarde.

¿Por qué su tío no quería entenderla? ¿Por qué no reaccionaba? Elegía creer que no tardaría en ponerla en su lugar, que pronto la regañaría y le quitaría todos sus privilegios.

Sin embargo, nada de eso ocurrió. Giovanni seguía callado, aunque con las manos convertidas en puños que le caían a ambos lados del cuerpo. Necesitaba que se moviera, que hablara; necesitaba saber que su tío se encontraba de su lado y que lo que había hecho Aurora era mil veces peor que su traición.

Cuando el *capo* dio un paso hacia delante y después otro, Nina imaginó mil escenarios diferentes. Aunque no todos le gustaran, quiso aferrarse al único que lograría que ella esbozara una pequeña sonrisa, el que le haría soltar a Sira para devolvérsela a ella. No obstante, creyendo que su lazo familiar debía pesar más, no se sorprendió cuando Giovanni se acercó, con el rostro inundado en la más absoluta seriedad, y le susurró las únicas palabras que acabaron por alterarla más.

—¿Y tú no me has traicionado aliándote con el enemigo? Mi sobrina, mi propia sangre. Tú también has actuado mal, Nina. Deja a Sira despacio en el suelo y entrégame tu arma; lo hablaremos luego.

Giovanni creyó por un momento que había solucionado el problema o, por lo menos, que acababa de neutralizarlo durante el tiempo suficiente para hablar con Smirnov y regresar a la organización. Cuando vio a su sobrina guardar la pistola y agacharse para dejar la jaula en el suelo, incluso pensó que había entrado en razón.

Pero aquel pensamiento solo fue una mera ilusión, ya que, en el instante en el que Nina abrió la puerta para dejar que la gata volviera con Aurora después de haber acariciado su negro pelaje, la italiana no tardó en alzar el arma y apuntar hacia la lámpara de araña situada sobre su cabeza.

La multitud no tardó en darse cuenta de su intención, incluido el detective, quien quiso apresurarse para apartar a Aurora de ahí, pero Sira aún no había llegado hasta sus brazos. Tampoco lograba verla entre todos los cuerpos que habían empezado a alejarse del peligro. Necesitaba encontrar a esa asustada mancha negra y acurrucarla.

Sin embargo, fue demasiado tarde. Nina acababa de apretar el gatillo.

Y el caos y la oscuridad no tardaron en llegar.

Volaron miles de cristales, se oyeron gritos por doquier, las gotas de sangre empezaron a manchar el suelo de porcelana… Y las órdenes de Smirnov, junto con las del *capo*, pronto se opacaron debido a la confusión que enseguida reinó por todo el espacio. Sobre todo, cuando ambos la vieron con el deseo de escapar con el Zafiro de Plata.

—Блядь —exclamó Smirnov sintiendo que el corazón pronto se le escaparía del pecho—. ¡Atrapadla! ¡Sasha! —pronunció el nombre de aquel tipo de casi dos metros de altura que intimidaba solo con respirar—. Olvídate de todo y haz que bloqueen todas las putas puertas.

Este asintió y se alejó del grupo de heridos que se encontraban en el suelo, entre ellos, la ladrona y el detective.

Vincent logró apartarla antes de que la lámpara impactara contra el suelo, aunque un par de cristales le alcanzaron finalmente la mejilla y le mancharon la piel de rojo;

aquello ni siquiera le importó. En sus brazos, Sira se acurrucaba asustada contra ella.

—Cuídala —murmuró mientras se la pasaba a Vincent para, enseguida, ponerse de pie.

No obstante, la mano alrededor de su muñeca la frenó.

—¿Adónde vas?

Pero Aurora no contestó, se soltó y él la vio caminar directa hacia la oscuridad. Con cuidado, tratando de acomodar mejor al animal entre sus brazos, se puso de pie mientras apreciaba la confusión a su alrededor.

El *capo* de la organización, Stefan y Romeo no tardaron en llegar hasta él y sorprenderlo.

—Tranquilo, muchacho. Por ahora voy a olvidar que eres policía. Centrémonos en este desastre. ¿Dónde está?

—Se ha ido.

—¿Cómo has dicho? —preguntó Stefan, y, sin evitarlo, observó a Sira entre sus brazos—. Pero ¿tú eres idiota o qué?

—¿Hay alguien capaz de frenarla? —respondió a la defensiva—. No solo quiere atraparla, también busca recuperar el Zafiro.

—*Merda*. —Romeo se frotó la cara con las manos—. Hay que ir a por ella y largarse de aquí. Smirnov está a nada de montar una carnicería y sus hombres nos superan en número.

—Cálmate —respondió Stefan a su lado mientras le ponía una mano en el hombro, gesto que su compañero notó al instante.

—No lo entiendes. Yo...

La ladrona de guante negro pronto se hizo con la primera arma que encontró en el suelo y la sujetó en alto mientras deambulaba por los oscuros pasillos.

Marchaba a ciegas y sedienta de venganza. Lo único

que sabía era que debía atraparla, encontrarla antes que los demás y ponerle un punto final a aquella historia. Ni siquiera era capaz de pensar con claridad, pues seguía sin comprender cómo había permitido que la situación llegara tan lejos. Sentía que, de no haber sido por ella, Nina nunca se habría rebelado, seguirían siendo hermanas y conservarían la misma relación de cuando se conocieron años atrás.

«Destroza todo lo que toca», recordó sus palabras. Las mismas que todo el mundo había escuchado, incluido Giovanni.

Y, a partir de aquel momento, empezó a preguntarse si en realidad Nina había conseguido que abriera los ojos, que dudara de ella misma.

Tal vez acababa de destrozar a la única amiga que había tenido en toda su vida. Tal vez había provocado que reaccionara de aquella manera porque no se daba cuenta de...

Pero los pensamientos se esfumaron en el instante en el que Nina, sin percatarse de la presencia de la ladrona, chocó con ella e hizo que las dos impactaran contra el suelo. La caída provocó una drástica confusión en ambas, sobre todo en Aurora, que empezó a marearse por el golpe en la cabeza. Trató de levantarse y aprovechó el aturdimiento de su contrincante para atacarla.

—Te mataré.

Nina no respondió, se limitó a golpearla de nuevo en la cara con la intención de abatirla y escapar, olvidándose de que, en cada uno de los entrenamientos que habían compartido en el pasado, Aurora siempre había acabado venciéndola.

La mujer de ojos verdes respondió como siempre solía: esquivando el golpe para propinarle otro en alguna zona estratégica y dejarla en desventaja.

—Sabes que no pararé —siguió diciendo—. Y que siempre te he ganado. No puedes contra mí.

Pero a ella le dio igual y siguió luchando sin que le importara que su cansancio fuera aumentando a cada impacto.

Esquivó otro golpe. Y otro.

Y Aurora no dudó en demostrar toda la fuerza que poseía.

—Te olvidas de que estoy enfadada —respondió Nina entre cada respiración—. Y sabes que cuando estoy enfadada... —Golpe contra su mejilla, aunque no tardó en escupir la sangre para seguir defendiéndose—. No pienso perder otra vez contra ti.

Sin embargo, Aurora continuó luchando sin detenerse, presa de la ira. Aquel pasillo pronto se convirtió en el escenario perfecto para la danza sangrienta que ambas mujeres protagonizaban, hasta que el grito de Dmitrii impidió que siguieran luchando.

—¡Basta! —exclamó, y sus hombres se apresuraron a sujetar a Nina, que trató de resistirse.

La ladrona intentó calmarse, pero, antes de que hubiera podido abrir la boca, su mirada se inundó de aquel miedo que pocas veces sentía: el miedo a ser descubierta, atrapada, pues el sonido que se acercaba cada vez más pertenecía a las sirenas de la policía.

—Es la puta policía, joder —exclamó la mano derecha de Dmitrii. Y no tardaron en marcharse para escapar.

«Nuestro fin es inevitable, Aurora».

«¿Quieres que me arrodille ante ti y te jure lealtad?».

«No estoy jugando contigo, tampoco se trata de ninguna trampa».

«Te dije que podías confiar en mí».

Empezó a negar con la cabeza y no tardó en llevarse una mano para adentrarla en la trenza ya desecha. Sentía que hervía, cada latido de su corazón magnificado en el interior de su mente, como si estuvieran golpeando con un martillo cada recuerdo que había compartido junto a Vincent, aquel hombre que le había pedido que depositara una mínima confianza en él, aunque él mismo se había encargado de pisotearla como si no valiera nada.

Trató de mantenerse en pie, de buscar alguna superficie de la que poder sujetarse, pero no podía detener el fuerte mareo que pronto se apoderó de ella.

Entonces, Aurora cerró los ojos.

La ladrona nunca había experimentado el aroma de una comisaría, menos el de una celda, pues siempre trataba de huir de ellas. Ni siquiera se sabía cómo reaccionaría cuando despertara y viera que la habían esposado.

¿Gritaría? Tal vez. Pero tampoco le serviría de nada si se encontraba rodeada de agentes y detectives, Vincent Russell entre ellos. La única opción que le quedaba era planificar su huida y empezar de nuevo, aunque ese nuevo inicio significara acabar con él de una vez.

Pero cuando por fin abrió los ojos, arrugó la nariz al intentar localizar ese aroma desconocido que había significado su derrota y su entrada a prisión. Lejos de aquella ilusión, el aroma familiar que la impactó fue el de Giovanni, y no pudo evitar inspirar profundamente esa esencia peculiar que le pertenecía: a puro y perfume caro.

El *capo* se encontraba junto a ella, en su cama, y cuando Aurora se dio cuenta de dónde estaba no pudo evitar reaccionar de mala manera, pues tampoco reconocía el lugar.

—Tranquila, *principessa*, estás a salvo —murmuró el jerarca.

—¿Dónde estoy?

—En un piso franco en Nueva York —respondió—. Te desmayaste por el golpe de la cabeza, al parecer —continuó diciendo, y la muchacha se llevó una mano hacia la venda que la cubría—. No te toques.

—Los policías…

—Un engaño para que Smirnov y sus hombres se marcharan. Ese detective piensa rápido.

Aquella respuesta hizo que un balde de agua helada cayera sobre la italiana.

«Te dije que podías confiar en mí».

«Déjame ayudarte».

Frunció el ceño y cerró de nuevo los ojos para apoyar la cabeza sobre la almohada; sin embargo, la imagen de su gata no tardó en inundarle la mente.

—¿Dónde está Sira?

—La está viendo un veterinario. Todavía no sabemos nada, pero… —Aurora se apresuró a levantarse de la cama y ese simple gesto le provocó un pequeño mareo—. ¿Quieres comportarte como una paciente normal? La verás, no te preocupes.

La ladrona dejó escapar un suspiro profundo en el que quiso ahogarse para retroceder en el tiempo y despertar en el momento en que el *capo* le había enseñado por primera vez la fotografía antigua del Zafiro de Plata. Debería haber dicho que no. Debería haberse negado a robarlo y todo habría seguido en perfecta armonía. ¿De qué le había servido? Al fin y al cabo, no había conseguido dar el cambiazo por la falsificación y Nina acababa de desaparecer con el auténtico.

—Estamos como al principio —susurró, y no pudo evitar tragar fuerte mientras sentía que se le endurecía la mandíbula. Quería llorar. Hacerlo de verdad—. Nina con los rusos, el Zafiro aún en su poder y ahora además saben de la existencia del cofre.

—Te equivocas.

—¿Se puede saber en qué? —Lo miró tratando de esconder el líquido salado que estaba deseando surgir—. Todo esto es un desastre, Giovanni… ¿Vale la pena seguir arriesgándose? ¿Por una corona que no sabemos si existe en realidad? ¿Por una joya que casi nos ha destruido y que hemos perdido?

—No la hemos perdido. La tenemos.

Aurora lo miró sin responder mientras en el rostro se le dibujaba una pequeña sonrisa incrédula que acabó por convertirse en una carcajada sin ganas.

—Pues, si me lo quieres explicar, soy toda oídos, porque me quitaron la réplica en cuanto nos atraparon.

—La pregunta es: ¿quién te quitó la falsificación?

A la ladrona se le iluminó la mirada.

—Romeo —se limitó a decir.

—El muchacho tiene unas manos bastante ágiles.

—¿Dónde está? ¿Y Stefan?

—En la base principal —contestó—. No quería llevarte ahí, ya que no he podido separarte de cierto detective que, por cierto, está en el salón esperando verte. ¿Quieres que lo deje entrar? Considéralo una excepción.

Aurora se lo pensó durante unos segundos y su respuesta fue determinante:

—No.

—Como desees. —Se levantó y se arregló el traje—. Te dejaré sola. Necesitarás unos días para descansar, pero después nos pondremos en marcha. La misión no ha acabado, *principessa*; hay que encontrar la segunda gema de la Corona.

Cuando Giovanni abrió la puerta de su habitación, después de que le hubiera dedicado una última sonrisa, la ladrona pudo ver al detective sentado a la mesa del comedor. Se había cambiado la sudadera por una camiseta de color negro y sus heridas ya se encontraban limpias, aunque tenía varios vendajes cubriéndole los brazos. Sus miradas se buscaron un instante más tarde y no rompieron el contacto, pues el *capo* ni siquiera se había molestado en volver a cerrar la puerta. «Qué despistado», lo oyó murmurar mientras se alejaba, y entendió su intención: tampoco le había pedido que la cerrara.

Pronto oyeron la puerta principal y un nuevo silencio los acogió al quedarse solos.

Al principio el detective dudó, aunque la mirada de Aurora siguiera sobre la de él sin que tuviera intención de apartarla. Al fin se acercó hasta la puerta y apoyó el hombro en el marco de la puerta, cruzándose de brazos.

Ninguno de los dos dijo nada durante varios minutos.

—Estás enfadada. —No se trataba de ninguna pregunta; sin embargo, la ladrona tampoco se molestó en confirmarlo.

—Los llamaste.

—Un «gracias» habría quedado mejor.

—Vete a la mierda.

—Aurora... —murmuró cuando observó que giraba la cabeza hacia el lado contrario. Tampoco se atrevió a adentrarse en la habitación—. Hice una llamada anónima. ¿No lo entiendes? Era la única manera de salir de allí.

—¿Esperas que te lo agradezca? ¿Sabes cómo me sentí cuando oí las sirenas? —El detective se quedó en silencio, sin saber qué decir—. ¿Por qué sigues aquí?

—¿De verdad quieres que te conteste a eso?

Aurora esbozó una sonrisa irónica.

—Te he preguntado primero.

Entonces, Vincent, bajo su atenta mirada, avanzó un paso hacia ella.

—Pídeme que me marche y lo haré.

—Lo que quiero es que me respondas y que dejes de hacer lo que yo siempre hago.

—Seguimos en tregua —respondió sencillamente—. Y te dije que podías confiar en mí.

—Ya no se trata de una simple caza del tesoro.

—Lo sé.

—Se ha vuelto personal.

—También lo sé.

—Y peligroso.

—Soy consciente de...

—¡Deja de repetirlo! —exclamó—. Lo que no entiendes es que no quiero volver a experimentar esa sensación. Cuando pensé que me habías engañado... —Volvió a juntar los labios y apretó la mandíbula—. No quiero volver a vivirlo, así que déjame seguir siendo egoísta; permíteme pensar en mí porque, al fin y al cabo, nuestro fin es inevitable, ¿no? Llegará un punto en el que tú tendrás que volver a ponerte en la piel del detective. Así funciona cuando dos personas viven en dos mundos completamente diferentes.

Vincent dio un paso más, sin apartar la mirada, y no tardó en sentarse a su lado en la cama mientras intentaba que su corazón se mantuviera tranquilo.

—No soy del tipo de persona que rompe sus promesas —murmuró casi en un susurro—. Así que no me pidas que me aparte cuando está claro que no lo deseas.

—No me conoces —respondió, como tantas veces hacía cuando se sentía atacada.

—Voy entendiéndote mejor. —Esbozó una pequeña sonrisa.

—Entonces entenderás que ya no se trata de un simple juego y que voy a utilizar todo lo que tenga a mi alcance para destruirla —aseguró—. Me convertiré en mi peor versión, Vincent, porque nadie toca lo que me importa y sigue viviendo sin atenerse a las consecuencias.

—Lo sé.

La ladrona no respondió y se limitó a no apartar los ojos.

En realidad, no podía saberlo. ¿Cómo podía siquiera llegar a imaginárselo? Aurora tenía razón, el detective no la conocía, pues nunca le había permitido contemplar esa oscuridad que habitaba bajo su piel. La que era más densa, más peligrosa que la que normalmente enseñaba.

Y esa oscuridad acababa de despertar después de toda la sangre que había derramado, dejando que sus guantes negros se bañaran en el mismo líquido rojo.

Ya no se trataba de un robo cualquiera, sino de vengar una traición que había conseguido enfurecerla.